Jandy Nelson

Le soleil est pour toi

*Traduit de l'anglais
par Nathalie Peronny*

Gallimard

Titre original : *I'll give you the sun*
Édition originale publiée aux États-Unis par
Dial Books For Young Readers, Penguin Group LLC.
Used with the permission of Pippin Properties, Inc.
Through Rights People, London.

Pour papa et Carol.

Au-delà des conceptions de bien ou de mal,
d'erreur ou de réussite, il y a un champ.
Je t'y retrouverai.
RUMI

Je ne suis certain de rien
mais de la sainteté des penchants du cœur
et de la vérité de l'imagination.
JOHN KEATS

Quand l'amour est grand,
il y a toujours des miracles.
WILLA CATHER

Il faut du courage pour grandir
et devenir qui vous êtes vraiment.
E.E. CUMMINGS

Le Musée invisible

Noah
13 ans

C'est comme ça que ça commence.

Avec Zephyr et Fry, les sociopathes en chef du quartier, me pourchassant à travers bois, et le sol qui tremble sous mes pas à mesure que je fends l'air entre les arbres, totalement paniqué.

— Tu vas crever, chochotte ! hurle Fry.

Alors Zephyr me rattrape, me plaque un bras, puis les deux, dans le dos, et Fry s'empare de mon carnet de croquis. Je me jette sur lui mais je suis manchot, totalement impuissant. Je me débats et tente de me libérer de la poigne de fer de Zephyr. Impossible. Je cligne des yeux pour les transformer en insectes. Non. Ils restent eux-mêmes : deux brutes épaisses de quatre mètres cinquante et élèves de seconde dont le passe-temps favori consiste à jeter des petits mecs de treize ans comme moi du haut des falaises, juste pour rigoler.

Zephyr me fait une clé de bras par-derrière. Son torse exerce une pression contre mon dos, et réciproquement. On baigne tous les deux dans la sueur. Fry commence à feuilleter mon carnet. «Alors, t'as fait de jolis dessins, Bubble?» Je l'imagine en train de passer sous les roues d'un camion. Il brandit soudain une page. «Hé, Zeph, mate un peu ces mecs à poil!»

Le sang se fige dans mes veines.

«Ce ne sont pas des mecs. Ce sont des *David*», dis-je tout en priant pour ne pas avoir la voix d'une gerbille ou pour qu'il ne découvre pas mes croquis les plus récents, c'est-à-dire ceux d'aujourd'hui, que j'ai réalisés en *les* regardant tous les deux sortir de l'eau avec leurs planches de surf sous le bras, sans combinaison ni rien, hyper-luisants de partout et, heu… se tenant la main.

OK, j'ai peut-être pris quelques libertés artistiques. Ils vont fatalement penser que… Ils vont me buter avant même de m'avoir tué, voilà ce qui va se passer. Le monde se met à sautiller autour de moi. Je jette des mots au visage de Fry: «Tu sais, Michel-Ange? Ça te dit quelque chose?»

Je ne vais pas me laisser faire comme d'hab. «Joue les durs et tu le deviendras», comme dit sans arrêt mon père en me comparant à un parapluie cassé.

«Ouais, j'en ai entendu parler», répond Fry entre ses deux grosses lèvres boursouflées, parfaitement assorties au reste de ses traits, larges et boursouflés eux aussi, le tout sous le front le plus énorme que le monde ait jamais vu, d'où la confusion possible avec un hippopotame. Il arrache la page du carnet. «Paraît qu'il était gay.»

Il l'était, en effet – ma mère a écrit un bouquin entier sur sa vie. Non pas que Fry connaisse la vie intime de Michel-Ange. Il traite tout le monde de gay, de pédé ou de chochotte. Moi, j'ai droit à : pédé, chochotte *et* Bubble.

Zephyr éclate d'un rire sombre et diabolique qui résonne à travers moi.

Fry exhibe la page suivante. D'autres *David*. Notamment la partie inférieure de son corps. Une étude détaillée. Je me pétrifie sur place.

Ils se marrent tous les deux. Leurs éclats de rire résonnent comme l'écho à travers la forêt. Ils ressortent par le bec des oiseaux.

De nouveau, je tente de me libérer pour récupérer mon carnet des mains de Fry, mais la poigne de Zephyr se resserre encore davantage. Ce type, ma parole, c'est Thor. L'un de ses bras m'encercle le cou, l'autre m'écrase la poitrine comme une ceinture de sécurité. Il est torse nu, tout droit débarqué de la plage, et la chaleur de son corps transperce mon tee-shirt. Le parfum de sa lotion bronzante à la noix de coco envahit mes narines, mon crâne – l'odeur entêtante de l'océan, aussi, comme s'il le portait sur son dos… Zephyr traînant la marée haute derrière lui, telle une couverture… Ce serait magnifique, ce serait même *parfait* (PORTRAIT : *Le garçon qui entraînait la mer*), mais pas maintenant, Noah, le moment est vraiment *trop* mal choisi pour peindre mentalement le tableau de cet abruti. Je me replonge dans le présent, je sens le goût du sel sur mes lèvres et me remémore que je suis sur le point de mourir…

Les longs cheveux de Zephyr sont comme des paquets d'algues humides qui me gouttent le long de la nuque et des épaules. Je note que nous respirons en même temps, lui et moi, un souffle lourd et épais. J'essaie de changer de rythme. De me désolidariser de la loi de la gravité, de flotter au-dessus du sol. Nouvel échec. Je n'arrive à rien. Le vent essaime mes dessins, des portraits de famille pour la plupart, à mesure que Fry les arrache du carnet. Il déchire un croquis de Jude et moi dans le sens de la longueur pour m'exclure de l'image.

Je regarde le vent m'emporter au loin.

Je regarde Fry se rapprocher de plus en plus près des croquis de la fin, ceux qui vont provoquer mon assassinat.

Mon cœur bat violemment à mes oreilles.

Quand soudain, Zephyr lance : « Les déchire pas, Fry. Paraît qu'il est bon, d'après sa frangine. »

N'aurait-il pas un petit faible pour Jude ? Tout le monde ou presque adore ma sœur parce qu'elle assure en surf, qu'elle saute du haut des falaises et qu'elle n'a peur de rien, pas même des grands requins blancs, ni de notre père. Et à cause de ses cheveux, aussi ; j'ai utilisé tous mes jaunes pour eux. Ils font des centaines de kilomètres de long et tous les habitants de Californie du Nord ont peur de se prendre les pieds dedans, surtout les petits enfants, les chiots et, maintenant, les surfeurs attardés.

Sans parler de sa poitrine, qui a débarqué comme ça, un beau matin, sans crier gare. Je vous jure.

Contre toute attente, Fry écoute les conseils de Zephyr et lâche mon carnet.

Jude me fixe depuis la page, solaire, confiante. *Merci*, lui dis-je silencieusement. Elle vient toujours à ma rescousse, ce qui me colle souvent la honte, mais pas aujourd'hui. C'était légitime.

(PORTRAIT, AUTOPORTRAIT : *Jumeaux : Noah observant son reflet dans le miroir, sans Jude*)

— Tu sais ce qu'on va te faire, hein ? me souffle Zephyr à l'oreille, reprenant ses projets d'homicide là où il les avait laissés.

Il y a trop de lui dans son haleine. Trop de lui sur moi.

— Je vous en prie, les gars…

— Je vous en prie, les gars, répète Fry d'une voix plaintive de fillette.

Mon estomac se serre. Le pic du Diable, la deuxième plus haute falaise, celle de laquelle ils ont l'intention de me jeter, n'a pas hérité de ce nom par hasard. L'à-pic surplombe un parterre de rochers déchiquetés et un tourbillon sournois capable d'entraîner votre squelette jusque dans l'au-delà.

J'essaie de me libérer de l'étreinte de Zephyr. Encore. Et encore.

— Prends-le par les jambes, Fry !

Trois cents kilos d'hippopotame se jettent sur mes chevilles. Désolé, mais ça ne va pas être possible. Hors de question. Je déteste l'eau, j'ai bien trop peur de couler et de laisser mon corps dériver jusqu'en Asie. J'ai besoin de mon crâne entier, en un seul morceau. Le briser serait comme détruire un musée secret à coups de boulet de démolition avant que quiconque ait eu le temps de le visiter.

Alors, je grandis. Plus haut, encore plus haut, toujours plus haut, jusqu'à ce que ma tête touche le ciel. Puis je compte un-deux-trois et je me transforme en furie destructrice, remerciant papa au passage de m'avoir obligé à m'entraîner à la lutte lors de ces innombrables combats à mort où il ne pouvait utiliser qu'un seul bras et moi tout le reste de mon corps et où il m'atomisait quand même à la fin pour la bonne raison qu'il mesure six mètres de haut et qu'il est constitué de pièces détachées de camion.

Mais je suis son fils, son Gargantua de fils. Je suis tel Goliath, insaisissable et invincible, un véritable typhon sur pattes, alors je me débats et je balance des coups pour me libérer, mais mes bourreaux tiennent bon et ils rigolent en lâchant des commentaires du genre «quel pauvre taré». Je crois quand même déceler une pointe de respect dans la voix de Zephyr lorsqu'il s'exclame : «J'arrive pas à le coincer, c'est une vraie anguille», ce qui m'incite à me démener encore plus. J'adore les anguilles, elles sont électriques et je me visualise moi-même comme un câble haute tension incontrôlable, un coup de fouet par-ci, un coup de fouet par-là, et je sens leurs corps se tordre autour du mien, tièdes et glissants, ils se jettent à deux sur moi mais je résiste, nos bras et nos jambes s'entortillent et la tête de Zephyr s'enfonce dans ma poitrine et Fry se retrouve derrière moi avec une centaine de mains à l'œuvre on dirait. Je me laisse absorber par le mouvement et la confusion, je m'y perds, de plus en plus profondément, quand je me demande tout à coup si… et que je m'aperçois que… j'ai une érection, bien dure et bien naturelle, pressée en plein contre le ventre de Zephyr. Une peur panique m'envahit. Je me représente aussitôt la pire scène de massacre bien gore à la machette, un truc imparable pour débander mais trop tard. Zephyr s'immobilise quelques instants, puis me lâche.

– Qu'est-ce que… ?

Fry tombe à genoux.

– Quoi, qu'est-ce qu'il y a ? halète-t-il.

J'ai bondi en titubant pour aller m'asseoir par terre, genoux pressés contre ma poitrine. Je n'ose pas déjà me lever, de peur d'être encore en mode poutre apparente, et je me concentre de toutes mes forces pour ne pas éclater en sanglots. Je me sens comme un petit rongeur effrayé, vulnérable et à bout de souffle. Même s'ils ne me tuent pas tout de suite, d'ici ce soir, tout le monde dans le quartier sera au courant de ce qui vient de se passer. Autant avaler un bâton de dynamite et me jeter moi-même du haut du pic du Diable. C'est grave, beaucoup plus grave que le fait qu'ils aient vu mes dessins débiles.

(AUTOPORTRAIT : *Funérailles en forêt*)

Mais Zephyr ne dit rien. Il reste planté là, tel un Viking, sauf qu'il a un air bizarre et qu'il ne dit plus rien. Pourquoi ?

L'ai-je désarmé par la seule force de mon esprit ?

Non. D'un geste, il désigne l'océan, puis lance à Fry :

– Et merde. On va chercher nos planches et on se tire.

Un soulagement immense m'envahit. Est-il possible qu'il n'ait rien senti ? Négatif, mon membre était dur comme de l'acier trempé et Zephyr a fait un bond, l'air totalement flippé. Ça ne l'a pas quitté, d'ailleurs. Alors pourquoi m'épargne-t-il son harcèlement homophobe habituel ? Est-ce parce qu'il a un penchant pour ma sœur ?

Fry agite son index devant son oreille tout en disant à son pote : « Eh ben, ça tourne pas rond

15

là-dedans.» Puis, s'adressant à moi: «Tu perds rien pour attendre, Bubble.» Puis, avec sa grosse main, il mime ma chute libre depuis le sommet du pic du Diable.

Ouf, c'est terminé. Ils repartent vers la plage.

Avant que leurs cerveaux néandertaliens ne changent d'avis, je me précipite sur mon carnet, le coince sous mon bras et, sans un seul regard derrière moi, je m'éloigne d'un pas vif vers les arbres comme quelqu'un qui n'aurait ni le cœur qui tremble ni les larmes qui lui montent aux yeux, quelqu'un qui ne se sentirait pas aussi fragile qu'un nouveau-né.

Une fois certain que je suis hors de danger, je m'élance en sprint comme un guépard; ces animaux sont capables de passer de zéro à cent vingt kilomètres-heure en trois secondes, et moi aussi, pour ainsi dire. Je suis le quatrième meilleur coureur de toutes les classes de cinquième confondues. Je peux fendre l'air, l'ouvrir et disparaître à l'intérieur, et c'est d'ailleurs ce que je fais, jusqu'à ce que je me sois suffisamment éloigné d'eux et de notre incident. Heureusement que je ne suis pas un insecte éphémère: les mâles sont affublés de deux sexes pour le prix d'un. Déjà avec un seul, je passe la moitié de ma vie sous la douche à penser à des trucs auxquels je ne peux pas m'empêcher de penser parce que j'aime trop ça, j'aime *trop* y penser... Oh là là, oui.

Parvenu à la crique, je saute de rocher en rocher jusqu'à ce que je trouve la grotte idéale d'où je pourrai admirer le soleil et nager peinard pendant les cent prochaines années. Il devrait y avoir une corne, un gong ou je ne sais quoi pour réveiller le bon Dieu, là-haut. Parce que j'aurais un mot à lui dire. Ou plutôt trois, pour être exact :

MERDE ALORS, POURQUOI ?

Au bout d'un moment, n'ayant obtenu aucune réponse, comme d'hab, je sors mes fusains de ma poche arrière. Par miracle, ils ont survécu à mon calvaire. Je m'assois par terre et j'ouvre mon carnet. Je noircis une page entière, puis une deuxième, puis une troisième. J'appuie si fort que je brise les bâtonnets les uns après les autres. Je les utilise chacun jusqu'au bout du bout, si bien que la noirceur semble jaillir de mes doigts, de ma personne, pour se répandre sur la feuille. Toutes les pages de mon carnet y passent. Ça dure des heures.

(SÉRIE : *Garçon à l'intérieur d'une boîte noire*)

Le lendemain soir, à table, maman nous annonce que Granny Sweetwine, alias notre chère grand-mère, a fait un bout de chemin en voiture avec elle et qu'elle lui a même transmis un message à l'intention de Jude et moi.

Sauf que… Granny est morte.

– Pas trop tôt ! s'exclame Jude en retombant en arrière contre sa chaise. Elle me l'avait promis !

Ce que Granny a promis à ma sœur, juste avant de mourir paisiblement dans son sommeil il y a trois mois, c'est qu'en cas de besoin, elle rappliquerait aussi sec. Jude était sa chouchoute.

Maman lui sourit et pose sa main sur la table. Je fais pareil, avant de m'apercevoir que je viens de singer son geste, et je cache mes mains sur mes cuisses. Maman est vraiment contagieuse.

Et elle vient d'ailleurs, aussi. Certaines

personnes ne semblent pas de ce monde, et elle en fait clairement partie. J'ai un dossier, ça fait des années que je rassemble des preuves. J'y reviendrai plus tard.

Pour le moment, son visage s'anime et s'éclaire tandis qu'elle fait monter la sauce en nous racontant d'abord comment l'odeur familière de Granny a soudain envahi sa voiture.

– Vous vous souvenez comment son parfum la précédait toujours dans une pièce ?

Elle respire un grand coup, comme si l'odeur florale et capiteuse de notre grand-mère s'était soudain mise à flotter dans la cuisine. J'inspire d'un air théâtral. Jude inspire d'un air théâtral. Tous les habitants de Californie, des États-Unis, de la terre entière inspirent d'un air théâtral.

Sauf papa. Lui, il se racle la gorge.

Il n'y croit pas une seconde. Parce que c'est un artichaut. En tout cas d'après sa propre mère, Granny Sweetwine, qui n'a jamais compris comment elle avait pu mettre au monde et élever un rabat-joie pareil. Moi non plus.

Un rabat-joie qui étudie les *parasites…* sans commentaire.

Je l'observe à la dérobée, avec son bronzage et ses muscles dignes d'un maître nageur, ses dents qui brillent dans le noir, sa normalité qui fait mal aux yeux, et mon sang se fige : que se passerait-il, s'il savait ?

Pour l'instant, Zephyr n'a rien dit. Vous l'ignorez sans doute, car je suis le seul au monde à le savoir, mais il y a une ville en Angleterre qui s'appelle Walton-on-the-Naze. Elle est construite au bord d'une rivière, la Naze, et a une tour célèbre, la Naze Tower, qui mesure vingt-six mètres de haut. Un gros naze de vingt-six mètres ! Voilà exactement comment je me sens depuis hier.

(AUTOPORTRAIT : *Raide comme la Naze Tower*)

Bref.

Mais parfois, je me dis que mon père a des soupçons. Parfois, j'ai l'impression que même le grille-pain me soupçonne.

Jude me fait du pied sous la table pour détourner mon attention de la salière que je regardais fixement sans m'en rendre compte. D'un mouvement de la tête, elle me désigne d'abord maman, qui a maintenant les yeux fermés et les deux mains posées sur le cœur, puis papa, qui la dévisage comme si elle avait les sourcils au niveau du menton. On roule des yeux, ma sœur et moi. Je me mords l'intérieur de la joue pour ne pas rigoler. Jude, pareil, on se marre en silence. Nos pieds se touchent sous la table.

(PORTRAIT de famille : *Maman communiant avec les morts à table*)

– Et alors, demande Jude, ce message ?

Maman rouvre brièvement les yeux, le temps de nous adresser un clin d'œil, et reprend la parole façon médium en pleine séance de spiritisme :

« Bref, j'ai humé des senteurs de fleurs dans l'air et il s'est produit alors une sorte de scintillement… » Elle fait onduler ses bras comme des foulards, histoire de faire monter le suspense. C'est ce qui lui a valu de décrocher tant de fois le prix du meilleur prof de l'année : tout le monde veut jouer dans son film. On est suspendus à ses lèvres, guettant la suite et son message de l'au-delà, quand papa l'interrompt, ensevelissant ce moment sous une montagne d'ennui.

Il n'a jamais reçu le prix du meilleur professeur de l'année, lui. Pas une seule fois. Sans commentaire.

«Il est important que les enfants comprennent que tu t'exprimes de façon métaphorique, chérie», déclare-t-il en se rasseyant si droit que sa tête passe à travers le plafond. Dans la plupart de mes dessins, il est tellement grand qu'il ne tient pas sur la page et que je suis obligé de le décapiter.

Maman lève les yeux, toute trace d'amusement effacée de son visage.

«Sauf que je ne m'exprime pas de façon métaphorique, Benjamin.» Papa avait le don de faire briller ses yeux, autrefois ; maintenant, il la fait surtout grincer des dents. J'ignore pourquoi. «Ce que je veux dire, littéralement parlant, poursuit-elle, c'est que l'inénarrable Granny Sweetwine, paix à son âme, se trouvait dans ma voiture, à côté de moi, en chair et en os.» Elle sourit à Jude. «Elle portait l'une de ses Robes Flottantes. Elle était *splendide*.»

La Robe Flottante était le nom de la marque de vêtements de Granny.

– Oh ! Laquelle ? La bleue ?

La voix de ma sœur lorsqu'elle pose cette question me serre le cœur.

– Non, celle avec les petites fleurs orange.

– Bien sûr, soupire Jude. Parfait pour une revenante. On avait discuté de sa garde-robe post-mortem.

Je comprends que notre mère invente tout ça parce que Jude n'arrive pas à faire le deuil de

Granny. Vers la fin, elle n'a presque pas quitté son chevet. Quand maman les a retrouvées toutes les deux, ce fameux matin, l'une assoupie, l'autre morte, elles se tenaient par la main. J'ai trouvé ça hyper-glauque, mais je me suis bien gardé de dire quoi que ce soit.

– Et donc, poursuit Jude d'un air interrogateur, ce message ?

«Vous savez ce qui me ferait plaisir? intervient soudain papa d'un ton excédé et bougon, si bien qu'on ne connaîtra jamais le contenu de ce satané message. Ce qui me ferait vraiment plaisir, c'est qu'on déclare officiellement la fin du règne du ridicule absolu.» C'est reparti. Le règne auquel il fait allusion a commencé quand Granny est venue habiter chez nous. Papa, en sa qualité d'«homme de science», nous avait aussitôt conseillé de prendre toutes les âneries mystiques qui sortiraient de la bouche de sa propre mère avec des pincettes. Granny, elle, nous avait dit de ne pas écouter son artichaut de fils et de plutôt utiliser nos pincettes pour jeter des pincées de sel par-dessus notre épaule gauche afin d'aveugler le diable.

Puis elle a sorti sa «bible», un énorme bouquin relié de cuir et truffé de conseils tous plus délirants les uns que les autres (ou «âneries mystiques») et a commencé à nous enseigner la bonne parole. Enfin, surtout à Jude.

Papa soulève une part de pizza de son assiette. Le fromage fondu dégouline des deux côtés.

– Qu'en dis-tu, Noah ? Tu ne préfères pas ça aux ragoûts porte-bonheur de ta grand-mère ?

Je ne réponds pas. Désolé, Charlie. J'adore la

pizza, je veux dire, je l'adore au point de rêver que j'en mange alors même que je suis déjà en train d'en manger, mais je refuse de me ranger du côté de papa, même si Michel-Ange me soufflait de le faire. Il a un peu trop tendance à oublier qu'on n'est pas vraiment potes, lui et moi. Sauf que moi, je n'oublie pas. Chaque fois que je l'entends m'appeler de sa voix tonitruante pour venir mater un match ou un film d'action plein d'explosions, ou même écouter du jazz, cette musique qui me donne toujours l'impression que mon corps est devant derrière, je saute par la fenêtre de ma chambre pour m'enfuir dans la forêt.

De temps en temps, quand la maison est vide, je fais un petit tour dans son bureau pour casser ses crayons. Un jour, après qu'il m'avait encore soûlé avec l'un de ses sermons particulièrement gerbifiants sur le thème Noah-est-un-parapluie-cassé, celui où il s'est exclamé en riant que si Jude n'avait pas été ma sœur jumelle, il aurait pu penser que j'étais le résultat d'une parthéno-génèse (j'ai cherché la définition : conception sans père), je suis allé dans le garage pendant que tout le monde dormait et j'ai rayé sa bagnole avec mes clés.

Parce qu'il m'arrive parfois de voir l'âme des gens quand je les dessine, je sais un ou deux trucs : celle de notre mère est un tournesol énorme, si grand qu'il reste à peine assez de place pour ses organes. Jude et moi, on se partage la même : un arbre au feuillage en feu. Et celle de papa est un amas de lombrics grouillants.

– Tu crois que Granny ne t'a pas entendu insulter sa cuisine ? lui demande Jude.

– La réponse est non, assurément, répond-il avant de mordre dans sa pizza.

Sa bouche est toute luisante de gras.

Jude se lève. Ses cheveux s'animent autour d'elle comme des cercles lumineux. Elle lève les yeux au plafond et déclare solennellement :

– Moi, j'ai toujours aimé ta cuisine, Granny.

Maman se penche vers elle pour prendre sa main dans la sienne, puis s'adresse à son tour au plafond :

– Moi aussi, Cassandra.

Jude a le sourire jusqu'aux oreilles.

Papa fait semblant de se tirer une balle dans la tête.

Maman fronce les sourcils, ce qui lui donne l'air d'une centenaire. « Un peu de mystère dans la vie ne fait pas de mal, professeur », déclare-t-elle. Elle lui répète souvent cette phrase, mais elle la prononçait d'un ton différent, avant. Comme si elle ouvrait une porte pour l'inviter à entrer, et non comme si elle la lui claquait au nez.

« J'ai épousé un mystère, professeur », rétorque-t-il, comme à son habitude. Mais autrefois, il le disait comme un compliment.

On mâchonne tous notre pizza. L'ambiance est pesante. L'air est obscurci par les pensées de nos parents. Je m'écoute mastiquer quand je sens le pied de Jude tapoter le mien sous la table. Je lui réponds de la même manière.

– Et… le message de Granny ? insiste-t-elle au milieu de cette tension, un sourire plein d'espoir aux lèvres.

Papa la regarde, et son expression s'adoucit. C'est sa chouchoute, à lui aussi. Maman n'a pas de préférence entre nous, ce qui signifie qu'il y a une place à conquérir.

«Comme je disais… (Cette fois, elle reprend sa voix normale, c'est-à-dire un peu rauque, comme si une grotte vous adressait la parole.) J'étais en train de passer devant l'IAC, l'Institut d'Art de Californie, quand Granny a fait irruption dans ma voiture pour me dire que ce serait un choix parfait pour vous deux.» Elle secoue la tête; ses traits s'illuminent, elle retrouve enfin son vrai visage. «Et elle a raison! Dire que je n'y avais jamais pensé. Une citation de Picasso m'est revenue en mémoire: *Chaque enfant est un artiste. Le problème, c'est de le rester en grandissant.* Elle a soudain cette expression démente qu'elle a parfois dans les musées, comme si elle était sur le point de voler une œuvre d'art. «C'est la chance de votre vie, mes petits. Je refuse que vous laissiez votre créativité se faire piétiner par…» Sa phrase reste en suspens. Elle passe une main dans ses cheveux noirs et broussailleux, comme les miens, et se tourne vers papa.

– C'est vraiment ce que je veux pour eux, Benjamin. C'est un lycée privé et coûteux, j'en suis consciente, mais pense aux opportuni…

– Quoi? l'interrompt Jude. C'est tout ce qu'a dit Granny? C'était ça, son message en provenance de l'au-delà? Des conseils pour nos études?

Elle semble à deux doigts de fondre en larmes.

Pas moi. Une école d'art? Jamais je n'aurais imaginé une chose pareille. Je me voyais bêtement aller à Roosevelt, au lycée des crevards, comme tout le monde. Je suis sûr que mon sang s'est illuminé d'un coup dans mes veines.

(AUTOPORTRAIT : *Une fenêtre s'ouvre dans ma poitrine*)

Maman a de nouveau sa tête de folle.

– Il ne s'agit pas de n'importe quelles études, Jude. Dans cette école, tu seras libre de crier sur les toits tous les jours pendant quatre ans. Ça ne te plairait pas d'aller crier sur les toits ?

– Crier quoi ? rétorque ma sœur.

À ces mots, papa étouffe un ricanement. « Je ne sais pas trop, Di, dit-il. C'est peut-être un peu trop spécialisé. Tu oublies que pour nous autres, l'art n'est pas une religion : ce n'est que de l'art. » Maman s'empare d'un couteau et le lui enfonce dans le ventre. Papa continue à parler, comme si de rien n'était. « De toute façon, ils ne sont qu'en cinquième. Le lycée, ce n'est pas pour tout de suite.

– Je veux y aller ! je m'exclame. Je ne veux pas qu'on piétine ma créativité ! » Je m'aperçois que ce sont les premiers mots que je prononce à voix haute depuis le début du repas. Maman me sourit. Rien de ce que papa pourra dire ne la fera changer d'avis. Il n'y a pas d'attardés du surf, là-bas. Je le sais. Il n'y a rien que des ados comme moi avec du sang lumineux dans les veines. Des révolutionnaires.

Maman rétorque : « Ils auront toute l'année pour se préparer[1]. C'est l'un des meilleurs lycées artistiques du pays, doté d'une équipe pédagogique excellente. Et seulement à deux pas de chez nous ! » Son enthousiasme ne fait que doper le

---

1. Aux États-Unis, le lycée englobe parfois l'année de troisième. (*Toutes les notes sont du traducteur.*)

mien. Je vais bientôt battre des bras, si ça continue. «La sélection à l'entrée est impitoyable. Mais vous y arriverez, tous les deux. Vous avez un don naturel et une très bonne culture générale.» Elle nous sourit avec une telle fierté qu'on croirait voir un lever de soleil au-dessus de la table. C'est vrai : les autres enfants avaient des imagiers, nous des livres d'art. «Nous commencerons la tournée des musées et des galeries dès ce week-end. Vous pourriez même organiser des concours de dessin !»

Jude vomit une gerbe bleu fluo sur la table, mais je suis le seul à le remarquer. Elle dessine bien, elle aussi, mais c'est différent. Moi, le collège a cessé de me faire l'effet de huit heures de chirurgie abdominale quotidiennes quand j'ai découvert que mes petits camarades avaient encore plus envie que je les dessine que de me parler ou de me taper dessus. Personne n'a jamais envie de taper Jude. Elle est radieuse, drôle, normale, le contraire d'une révolutionnaire, et elle parle à tout le monde. Moi, je me parle à moi-même. Et à ma sœur, bien sûr, même si c'est surtout par la pensée, car c'est comme ça qu'on communique. Et aussi à maman, parce que c'est une créature d'un autre monde. (Rapide liste de preuves : pour le moment, elle n'a encore jamais traversé de mur ni soulevé la maison par la force de son esprit, ni arrêté le temps, ni rien fait de complètement incroyable, mais il s'est quand même passé des choses. Par exemple, un matin, il n'y a pas si longtemps, elle était sortie sur le ponton, comme d'habitude, pour boire son thé et, quand je me suis approché, j'ai vu qu'elle flottait au-dessus du sol. En tout cas, c'est l'impression que ça m'a fait. Et en prime, tenez-vous bien : elle n'a pas de parents. C'était un bébé abandonné ! On l'a retrouvée dans une église à Reno, dans le Nevada. Voyez ce que je veux dire ? *Ils* l'avaient déposée là, oui.) Oh, et je parle aussi à Rascal, notre voisin, dont je me sens bien obligé de préciser qu'il s'agit d'un cheval, mais bref. Voilà, quoi.

Et donc : Bubble.

Sérieux, la plupart du temps, je me fais l'effet d'être un otage.

Papa pose ses coudes sur la table. «Dianna, tâche de prendre un peu de recul. Je crois vraiment que tu te projettes trop sur eux. Les ambitions ratées…»

Maman ne le laisse pas prononcer un mot de plus. Elle grince des dents à mort et semble sur le point de lâcher un dictionnaire entier de gros mots ou de déclencher une guerre nucléaire. «Noah-et-Jude, débarrassez vos couverts et allez dans le salon. J'ai besoin de discuter avec votre père.» Aucun de nous ne bouge.

– Noah-et-Jude, exécution.

– Jude, Noah, insiste papa.

Je prends mon assiette et je sors de la cuisine sur les talons de ma sœur. Elle me tend la main par-derrière et je l'attrape. Je remarque alors qu'elle porte une robe aussi colorée qu'un poisson-clown. Granny lui a appris à fabriquer ses propres vêtements. Tiens ! J'entends le nouveau perroquet du voisin, Prophète, à travers la fenêtre ouverte. «Où diable est passé Ralph ?» coasse-t-il. «Où diable est passé Ralph ?» C'est la seule phrase qu'il répète en boucle, vingt-quatre heures sur vingt-quatre, sept jours sur sept. Nul ne sait qui est Ralph et encore moins où il est.

– Saleté d'oiseau des îles à la noix ! hurle papa, si fort qu'un courant d'air semble soulever nos cheveux.

– Ce n'est pas ce qu'il voulait dire, dis-je par la pensée à Prophète avant de m'apercevoir que je viens de le dire à haute voix.

Parfois, les mots sortent de ma bouche comme des grenouilles couvertes de pustules. Je commence à expliquer à papa que je m'adressais à l'oiseau, puis je me ravise, de peur que mes propos soient mal interprétés, et un bêlement incongru s'échappe de ma gorge. Tout le monde me regarde bizarrement, excepté ma sœur. On se précipite vers la porte.

Quelques instants plus tard, on est sur le canapé. On n'allume pas la télé, exprès pour entendre la conversation des parents, mais ils n'échangent que des murmures hargneux impossibles à décrypter. Après que j'ai partagé ma part de pizza bouchée par bouchée avec Jude, qui a oublié la sienne là-bas, elle déclare :

– Je croyais que Granny avait un truc incroyable à nous dire dans son message. Genre, que le paradis était un océan, tu vois ?

Je m'affale en arrière sur le canapé, soulagé de n'être plus qu'avec elle. Je ne me sens jamais dans la peau d'un otage quand on est seuls ensemble.

– Mais oui, bien sûr, un océan, sauf qu'il est violet, que le sable est bleu et que le ciel est vert.

Elle sourit, réfléchit un moment. «Et quand on est fatigué, ajoute-t-elle, on regagne sa fleur et on s'endort. La journée, les gens s'expriment avec des couleurs à la place des sons. Il règne un calme absolu.» Elle ferme les yeux et ajoute lentement : «Quand on tombe amoureux… on prend feu.» Jude adore ce jeu ; c'était l'un des préférés de Granny. On y jouait souvent avec elle quand on était petits. «Emmenez-moi là-bas!» s'exclamait-elle, ou encore : «Sortez-moi de cet enfer, les enfants!»

Quand Jude rouvre les yeux, toute magie a disparu de son visage. Elle soupire.

– Quoi ? je lui demande.

– Je n'irai pas dans cette école. Il n'y a que des losers.

– Des losers ?

– Ouais, des asociaux, quoi. Institut des Asociaux de Californie, c'est comme ça qu'on l'appelle.

Wouah. Merci du tuyau, Granny. Papa n'a plus le choix : il faut que j'y aille! Des asociaux qui font de l'art! Je suis tellement fou de joie que j'ai l'impression de sauter sur un trampoline et de rebondir *boing, boing* à l'intérieur de moi-même. Pas Jude. Elle paraît bien lugubre. Pour la consoler, je lui dis :

– Granny a peut-être vu tes femmes volantes et c'est pour ça qu'elle veut qu'on y aille.

À trois criques d'ici, Jude fait des sculptures en sable mouillé. Les mêmes que celles qu'elle faisait autrefois avec sa purée, la mousse à raser de papa ou Dieu sait quoi d'autre lorsqu'elle pense que personne ne l'observe. Elle prend même les poses elle-même en secret, mais je l'ai vue faire comme si elle était l'une d'elles. Depuis le sommet de la plage, je l'ai regardée construire ces immenses statues grandeur nature en sable et je sais qu'elle essaie de communiquer avec Granny. Je sais toujours ce qui se passe dans la tête de ma sœur. Elle a plus de mal à lire ce qui se passe dans la mienne parce que je suis équipé de volets et que je les referme dès que j'en ai besoin. Comme en ce moment.

(AUTOPORTRAIT : *Le Garçon caché dans le garçon caché dans le garçon*)

« Je ne considère pas ça comme de l'art. C'est… » Sa phrase reste en suspens. « C'est à cause de toi, Noah. Et tu devrais arrêter de m'espionner sur la plage. Si j'étais en train d'embrasser quelqu'un ?

– Qui ça ? (Je n'ai que deux heures, trente-sept minutes et treize secondes de moins que ma sœur, mais elle me traite toujours comme si j'étais son petit frère. J'ai horreur de ça.) Tu pourrais être en train d'embrasser qui ? T'as déjà embrassé quelqu'un ?

– Je te le dirai si tu m'expliques ce qui s'est passé hier. Je sais qu'il est arrivé quelque chose, et que c'est la raison pour laquelle tu n'as pas voulu qu'on prenne le chemin habituel pour aller au bahut ce matin. »

Je n'avais aucune envie de croiser Zephyr ou Fry. Leur lycée est adjacent à notre collège. Je ne veux plus jamais les revoir de toute ma vie. Jude me touche le bras. « Si quelqu'un t'a dit ou fait quelque chose, je veux savoir. »

Elle essaie de s'infiltrer dans mon esprit, alors je referme les volets. *Vlan*, je les rabaisse d'un coup sec, moi dedans, elle dehors. Ça n'a rien à voir avec d'autres épisodes horrifiques : par exemple, la fois où elle a frappé cette armoire à glace de Michael Stein en pleine face l'an dernier pendant un match de foot après qu'il m'a traité de débile mental sous prétexte que j'avais été distrait par l'observation d'une fourmilière super-intéressante. Ou la fois où je me suis laissé surprendre par le courant et où papa et elle ont dû aller me sauver devant une plage entière d'attardés du surf. Non, là, c'est différent. Mon secret me fait l'effet de charbons ardents qui me brûleraient la plante des pieds en permanence. Je me lève du canapé, histoire d'échapper à toute télépathie potentielle… quand des cris parviennent à nos oreilles.

Ça hurle tellement fort qu'on croirait que la maison va se casser en deux. Comme chaque fois, ces derniers temps.

Je retombe lourdement sur le canapé. Jude me regarde. Ses yeux sont d'un bleu de glacier hyper-clair; j'utilise surtout du blanc quand je les dessine. Normalement, ils ont le pouvoir de vous faire vous sentir aussi léger que les nuages ou le son d'une harpe, mais en cet instant précis, j'y lis plutôt de la peur. Tout le reste a disparu.

(PORTRAIT : *Papa et maman avec des théières sifflantes en guise de têtes*)

Quand Jude reprend la parole, j'ai l'impression de l'entendre quand elle était petite, avec sa voix scintillante comme une guirlande de Noël : «À ton avis, c'est vraiment pour ça que Granny veut qu'on aille dans cette école ? Parce qu'elle a vu mes femmes volantes ?

– Oui», dis-je, ce qui est un gros mensonge.

Car je crois plutôt en sa première hypothèse. Je crois que c'est surtout pour moi.

Elle se rapproche pour coller son épaule contre la mienne. C'est nous. Notre pose. Le *smush*. C'est même dans cette position qu'on nous voit sur la photo de l'échographie, quand on était dans le ventre de notre mère, et que je nous ai représentés sur le dessin que Fry a déchiré hier. Contrairement à la plupart des gens, dès la formation de nos premières cellules, on était ensemble. Et on est arrivés ensemble. Voilà pourquoi personne ou presque ne remarque que Jude parle pour nous deux, qu'on ne peut jouer du piano qu'à quatre mains ou qu'on ne peut jamais jouer à chifoumi parce que chaque fois qu'on essaie, depuis treize ans, on fait systématiquement les mêmes choix. C'est toujours : deux pierres, deux papiers, deux ciseaux. Quand je ne nous dessine pas dans cette position, je nous dessine sous forme de demi-gens.

Le calme du *smush* m'envahit. Jude inspire à fond, et je l'imite. Peut-être qu'on est trop vieux pour faire ça, mais tant pis. Je devine son sourire en regardant droit devant moi. On expire en même temps, puis on recommence, inspiration, expiration, l'air entre et sort, entre et sort, jusqu'à ce que les arbres eux-mêmes aient oublié ce qui s'est passé hier, que les cris de nos parents deviennent une musique, qu'on n'ait plus seulement le même âge mais aussi un même cœur et un même corps.

Une semaine plus tard, tout change.

C'est un samedi. Maman, Jude et moi sommes en ville, au café panoramique sur le toit du musée, parce que maman a gagné la bataille et qu'on va tous les deux s'inscrire à l'IAC l'année prochaine.

De l'autre côté de la table, Jude discute avec elle tout en me bombardant de menaces de mort silencieuses sous prétexte qu'elle trouve mes dessins meilleurs que les siens et qu'elle s'imagine qu'on fait un concours, elle et moi. Avec maman dans le rôle du jury. Certes, je n'aurais peut-être pas dû essayer de lui améliorer ses dessins. Elle a cru que je voulais saboter son travail. Sans commentaire.

Elle me fait les gros yeux à la dérobée. 6,3 sur l'échelle de Richter. J'envisage de lui asséner le coup de pied de la mort sous la table, mais je me retiens. À la place, je bois mon chocolat chaud tout en espionnant discrètement le groupe de garçons plus âgés à ma gauche. En ce qui concerne mon érection raide comme la Naze Tower, toujours aucune répercussion publique, excepté dans ma tête (AUTOPORTRAIT : *Garçon donné en pâture morceau par morceau à une armée de fourmis rouges*). Mais peut-être Zephyr n'a-t-il pas l'intention d'en parler à qui que ce soit.

Les garçons à la table d'à côté ont tous des écarteurs de lobe aux oreilles et des piercings aux sourcils, et ils se marrent entre eux comme des baleines. Sans doute des élèves de l'IAC, me dis-je… Cette pensée me fait vrombir de plaisir des pieds à la tête. L'un d'entre eux a un visage de Pierrot lunaire, des yeux bleus grands comme des soucoupes et des lèvres écarlates, un peu comme les modèles de Renoir. J'adore ce genre de bouche. J'exécute un rapide croquis de son visage du bout des doigts sur ma cuisse quand, soudain, nos regards se croisent. Au lieu de me fusiller du regard pour m'ordonner de m'occuper de mes affaires, il m'adresse un clin d'œil, lent et délibéré, avant de se replonger dans sa discussion avec ses copains pendant que je me liquéfie sur ma chaise.

Il m'a fait un clin d'œil. Genre, il *sait*. Mais je ne me sens pas mal. Pas du tout. En fait, j'aimerais pouvoir m'arrêter de sourire, et wow, voilà qu'il… qu'il tourne encore la tête vers moi et me sourit à nouveau. J'ai le visage en ébullition.

Je m'efforce de me concentrer sur maman et Jude. Elles discutent de la fameuse bible de Granny. Pour la énième fois. Maman explique que c'est une sorte d'encyclopédie des vieilles croyances de notre grand-mère. Qu'elle aimait glaner toutes sortes d'idées, partout, tout le temps, au point de laisser parfois sa bible ouverte près de la caisse dans sa boutique de vêtements afin que ses clients puissent eux aussi y inscrire leurs conseils les plus délirants.

– Sur la dernière page, révèle-t-elle à Jude, on peut lire qu'en cas de décès prématuré, l'ouvrage te revient.

– À moi ? ma sœur me jette son regard le plus hautain – Rien qu'à moi ?

Elle ne se sent plus, c'est clair. Tant mieux pour elle. Comme si je l'enviais d'hériter de ce truc.

– Je cite, poursuit maman : *Je lègue cet ouvrage à ma petite-fille, Jude Sweetwine, dernière héritière du don des Sweetwine.*

J'éclabousse la table d'un geyser de vomi vert.

Granny Sweetwine a décrété que ma sœur possédait le don d'Intuition des Sweetwine le jour où elle a découvert qu'elle savait plier sa langue en forme de fleur. On avait quatre ans. Après ça, Jude passait des journées entières avec moi devant la glace à m'appuyer sur la langue avec le doigt pour tenter de m'apprendre le truc, histoire que j'hérite moi aussi du don des Sweetwine. En vain. Ma langue pouvait s'enrouler, se recourber, mais elle était incapable de fleurir.

Je jette un autre coup d'œil en direction de la table des garçons baleines. Ils ramassent leurs affaires et s'apprêtent à partir. Pierrot lunaire au clin d'œil balance son sac à dos par-dessus son épaule et me fait un petit signe de la main.

Je déglutis, la gorge nouée, baisse les yeux et me sens m'enflammer de partout.

Puis je commence à le dessiner de mémoire.

Quand je reviens à la réalité, une minute plus tard, maman est en train d'expliquer à Jude que, contrairement à Granny, elle reviendrait nous hanter de manière flamboyante et persistante; les visites éclair en voiture, très peu pour elle. «Je serai le genre de fantôme qui fourre son nez partout.» Elle éclate de rire, presque un grondement de tonnerre, et agite les mains en l'air. «Vous savez que j'aime tout contrôler. Vous ne vous débarrasserez jamais de moi!» Sur ces mots, elle rit à gorge déployée, genre bien fait pour vous.

Le plus bizarre, c'est qu'elle ressemble à une tempête, tout à coup. Ses cheveux sont souf-flés par le vent et sa robe ondule légèrement. Je regarde sous la table histoire de voir s'il y a un ventilateur ou quoi, mais non. Voyez? Les autres mères n'ont pas de microclimat personnel. Elle nous sourit tendrement, comme à deux petits chiots, et je sens comme un pincement au cœur.

Je me referme de l'intérieur tandis qu'elles

continuent à débattre du genre de fantôme que serait maman. Si notre mère mourait, le soleil s'éteindrait. Point final.

Je préfère penser à la visite du musée, tout à l'heure.

Je me suis arrêté devant chaque tableau en lui demandant de m'avaler tout cru, et c'est exactement ce qui s'est passé.

Je me sentais enfin à ma place, non pas comme si j'allais trébucher à chaque pas ou comme si j'avais la tête prise dans un étau.

Je reviens à moi en entendant maman marteler la table. « Bon, et si on jetait un œil à vos croquis ? » lance-t-elle avec excitation. J'ai réalisé quatre pastels de l'exposition temporaire : un Chagall, un Franz Marc, et deux Picasso. J'ai choisi ces œuvres parce qu'elles me regardaient aussi fixement que je les regardais moi. Maman nous avait dit de ne pas nous sentir obligés de faire des reproductions fidèles. Et ce n'est pas ce que j'ai fait. J'ai secoué les originaux dans ma tête et je les ai ressortis en y ajoutant ma patte.

« Moi d'abord », dis-je en plaçant d'autorité mon carnet entre ses mains. Le roulement d'yeux de Jude fait 7,2 sur l'échelle de Richter ; le bâtiment tout entier tremble sur ses fondations. Je m'en fous, je suis trop impatient. Un déclic s'est opéré en moi pendant que je dessinais, aujourd'hui. Comme si on m'avait donné une meilleure paire d'yeux. Je veux que maman le remarque.

Je la regarde feuilleter lentement le carnet, puis enfiler ses lunettes de grand-mère qu'elle garde suspendues autour de son cou et tout reprendre depuis le début, une deuxième fois, puis une troisième. À un moment donné, elle lève la tête vers moi et me dévisage comme si j'étais devenu une taupe à nez étoilé avant de se replonger dans mes croquis.

Tous les bruits du café : les voix, le vrombissement de la machine à expresso, le fracas des verres et des assiettes…, tout s'estompe et se réduit au silence tandis que j'examine son index en suspens au-dessus de chaque page. Je vois à travers son regard, et voilà ce que je vois : c'est du bon boulot. Je me sens presque comme au décollage d'une fusée. Oui, c'est sûr, je vais être accepté à l'IAC ! Et j'ai encore toute l'année pour m'y préparer. J'ai déjà demandé à Mr. Grady, notre prof d'arts plastiques, de m'apprendre à mélanger les huiles après les cours, et il a accepté. Quand je crois que maman a terminé, elle retourne à la première page et reprend tout depuis le début. On ne l'arrête plus ! Le ravissement se lit sur ses traits. Oh, je suis sur un nuage.

Jusqu'à ce que commence le bombardement. Un raid aérien psychique mené par ma propre sœur jumelle (PORTRAIT : *Verte de jalousie*). Teint : citron vert. Cheveux : chartreuse. Yeux : émeraude. Tout en elle est vert, vert, vert. Elle ouvre un sachet de sucre, le vide sur la table et enfonce son doigt dedans pour l'écraser sur la couverture de son carnet. Encore un porte-bonheur débile de Granny. Je sens une boule au fond de mon ventre. La sagesse me dicte d'arracher mon carnet des mains de maman, mais je ne le fais pas. C'est au-dessus de mes forces.

Chaque fois que Granny nous lisait les lignes de la main, à Jude et moi, elle nous disait qu'on avait assez de jalousie en nous pour ruiner nos vies dix fois de suite. Je sais qu'elle avait raison. Quand je nous dessine tous les deux avec la peau transparente, on a toujours des serpents à sonnette dans le ventre. Quelques-uns pour moi, dix-sept pour Jude au dernier comptage.

Maman se résout enfin à refermer mon carnet et me le rend. Puis elle déclare : « C'est idiot, les concours. Passons plutôt nos prochains samedis à apprécier simplement des œuvres d'art et à peaufiner notre technique. Ça vous va ? »

Avant même d'avoir ouvert le carnet de Jude.

Elle soulève sa tasse de chocolat chaud, mais ne le boit pas.

« C'est incroyable », poursuit-elle en secouant la tête. A-t-elle oublié les croquis de Jude ? « Je vois la sensibilité de Chagall, la palette de Gauguin, mais le point de vue semble ne venir que de toi, et toi seul. Tu es si jeune. C'est extraordinaire, Noah. Vraiment extraordinaire. »

(AUTOPORTRAIT : *Le garçon qui s'enfonce dans un étang de lumière*)

– Sérieux ? je murmure.

– Sérieux, dit-elle. Je suis impressionnée.

Quelque chose s'est modifié dans l'expression de son visage, comme si un rideau venait de s'ouvrir en plein milieu. Je coule un regard en direction de Jude. Je vois bien qu'elle s'est recroquevillée en elle-même, comme je le fais moi-même dans les cas d'urgence. Il existe au fond de moi un abri de secours accessible de moi seul, en toute circonstance. J'ignorais qu'elle en avait un, elle aussi.

Maman ne remarque rien. Elle qui remarque

tout, d'habitude. Elle est assise là, comme perdue dans ses rêveries, juste en face de nous.

Elle revient enfin à la réalité, mais c'est trop tard.

— Jude, chérie, passons à ton carnet, j'ai hâte de voir ce que tu as fait pendant l'expo.

— Bah, ça ira, répond-elle de sa petite voix scintillante, son carnet déjà rangé au fond de son sac.

On a pas mal de jeux, ma sœur et moi. Ses préférés sont «Choisis ta mort» (elle: gelée, moi: brûlé par le feu) et le «Jeu de la noyade». Le principe en est le suivant: si papa et maman se noyaient, qui sauverais-tu en premier? (Moi: maman, bien sûr. Jude: ça dépend.) Il y a une variante: si on coulait tous les deux, qui papa sauverait-il en premier? (Jude.) Ça faisait treize ans qu'on s'interrogeait sur la réponse de maman. Impossible de savoir qui elle sortirait de l'eau en premier.

Jusqu'à aujourd'hui.

Sans même échanger un regard, Jude et moi, on a compris.

L'Histoire de la chance

Jude
16 ans

3 ans plus tard

Bref, me voilà.

Debout à côté de ma sculpture dans l'atelier de l'IAC avec un trèfle à quatre feuilles dans ma poche. J'ai passé la matinée dans un champ de trèfles sur le campus de l'école, en vain – il avait déjà été ratissé. Et puis, soudain, *eurêka !* J'ai rajouté à la colle forte une quatrième feuille sur un trèfle ordinaire que j'ai emballé dans de la Cellophane et glissé dans la poche de mon sweat, juste à côté de l'oignon.

Je suis une sorte d'accro à la Bible. Certains la lisent grâce aux Gédéons[1], moi, j'ai celle de Granny Sweetwine. Extraits choisis :

*Quiconque possède un trèfle à quatre feuilles
saura repousser les mauvaises ondes.*

---

1. Association qui distribue des bibles gratuitement dans la rue. (*N.d.T.*)

(Les mauvaises ondes, en école d'art, ça ne manque pas. Surtout aujourd'hui : non seulement je passe mon grand oral, mais j'ai aussi rendez-vous avec mon conseiller et je risque de me faire virer.)

> *Pour éviter les maladies graves,*
> *garde toujours un oignon dans ta poche.*
(Ça, c'est fait. On n'est jamais trop prudent.)

Si un garçon offre une orange à une fille, son
amour pour lui sera décuplé.
(Alors là, joker. Aucun garçon ne m'a jamais offert d'orange.)

Les fantômes ne foulent jamais le sol du pied.
(Nous y reviendrons. Patience.)

La cloche sonne.

Et les voilà. Les autres élèves de deuxième année, option argile. Tous prêts à m'étouffer avec un oreiller. Oups, je veux dire : contemplant d'un air hébété ma sculpture. Autoportrait, disait la consigne. J'ai opté pour le mode abstrait. Genre : blob. Degas avait ses danseuses, moi je fais des blobs. Des blobs déglingués, rattachés à la colle. C'est mon huitième.

« Qu'est-ce qui vous semble réussi, dans cette œuvre ? » demande Sandy Ellis, le céramiste en chef, notre prof d'argile. Il commence toujours ses analyses critiques par cette question.

Personne ne dit rien. L'analyse critique, à l'Institut des Asociaux de Californie, commence et se termine toujours de la même manière : avec des compliments. Et entre les deux, les gens disent vraiment ce qu'ils pensent.

Je parcours la pièce du regard sans bouger la tête. Le groupe de deuxième année option argile est un bon échantillon représentatif des élèves de l'IAC : des marginaux de tous horizons qui revendiquent haut et fort leur personnalité originale. Ici, les gens normaux et passe-partout comme moi – excepté quelques tics nerveux, bien sûr, mais qui n'en a pas ? – sont l'exception à la règle.

Je sais ce que vous pensez. Noah aurait sa place ici, pas moi.

Sandy scrute les autres élèves par-dessus la monture de ses petites lunettes rondes.

D'habitude, tout le monde se lâche et vide son sac, mais le seul bruit qui flotte dans l'atelier est le bourdonnement électrique des néons du plafond. Je consulte l'heure sur la vieille montre de maman – celle qu'elle portait quand sa voiture est passée par-dessus la falaise il y a deux ans, la tuant sur le coup – qui égrène ses tic-tac à mon poignet.

Pluie en décembre, enterrement à venir.
(Il a plu tout le mois de décembre avant sa mort.)

«Allons, quoi, pas un seul avis positif sur *Moi, Blob cassé n° 8* ? » Sandy caresse lentement sa barbe hirsute. Si on devait tous se transformer en l'animal qui nous ressemble le plus (un jeu auquel Noah et moi jouions tout le temps quand on était petits), Sandy deviendrait un bouc. «Nous avons déjà abordé la question du point de vue, insiste-t-il. Débattons du travail de CJ, OK ? »

CJ, ou la version abrégée de Calamity Jane/ Jude, est le surnom officiel dont j'ai hérité ici à cause de ma légendaire « malchance ». Et je ne parle pas juste de mes œuvres qui se sont cassées dans le four à céramique. L'an dernier, dans l'atelier de poterie, certains de mes vases ont soidisant fait des vols planés depuis l'étagère sur laquelle ils étaient posés pendant la nuit, alors qu'il n'y avait personne, que les fenêtres étaient fermées et que le tremblement de terre le plus proche avait lieu en Indonésie. Le gardien de nuit était estomaqué.

Tout le monde l'était, d'ailleurs. Sauf moi.

Caleb Cartwright lève les deux mains en même temps, histoire sans doute de parfaire son look de mime : pull sombre à col roulé, jean skinny noir, eye-liner sur les yeux, chapeau melon sur la tête. À vrai dire, il est plutôt sexy dans le genre cabaret *arty* – non pas qu'il m'intéresse particulièrement. Mon boycott masculin est toujours d'actualité. Je ne me sépare jamais de mes œillères antimecs et de mon uniforme d'invisibilité :

Recette pour disparaître en un clin d'œil : couper quatre-vingts centimètres de cheveux blonds, et enfouir ce qui reste sous une casquette noire. Ne jamais montrer ses tatouages. Ne porter que des pulls à capuche, des jeans trop grands et des baskets. Toujours se taire.

Caleb parcourt le groupe du regard. « Je vais donc parler au nom de tout le monde, d'accord ? »

Il marque une pause, soucieux de bien choisir ses mots pour m'exterminer sur place. « Il est impossible de critiquer une œuvre de CJ parce qu'elle est *toujours* mutilée et recollée de la même manière. On a l'impression de se retrouver face à un Monsieur Patate ! »

Je m'imagine dans une prairie. C'est le conseiller pédagogique de l'école qui m'a dit de le faire chaque fois que je me sens à deux doigts de péter les plombs ou, comme disait Granny, que je n'ai plus vraiment toutes mes cases.

Et au cas où vous vous poseriez la question : non, les trèfles à quatre feuilles trafiqués à la colle, ça ne marche pas.

– Alors, que cette œuvre nous dit-elle d'elle-même, et en elle-même ? demande Sandy à la classe.

Randy Brown, alias le roi de la diplomatie, commence à bafouiller. Ce type est une ordure cinq étoiles qui s'imagine pouvoir balancer les pires horreurs sur le travail de quelqu'un sous prétexte qu'il commence toutes ses phrases par « C'est pas pour critiquer, mais... – je rêve de le viser avec une fléchette anesthésiante – cette œuvre serait bien plus parlante, Sandy, si elle était née d'une intention. » Il me regarde. J'attends la suite inévitable. « Écoute, CJ, *c'est pas pour critiquer, mais* tu souffres de négligence pathologique. La seule explication rationnelle à tes accidents systématiques dans le four à céramique est soit que tu maîtrises encore mal l'argile, soit que tu ne sais pas bien faire sécher tes œuvres. »

Et voilà le travail. Bim. Prends-toi ça dans les dents.

Parfois, les explications n'ont rien de rationnel. Des phénomènes étranges se produisent. Et si nous étions autorisés à répondre quand nos œuvres sont critiquées par la classe, et si j'avais un papier officiel signé par une personnalité très haut placée, genre Dieu par exemple, m'assurant que je ne passerais pas le reste de ma vie dans un asile de fous, je lui rétorquerais : «Est-ce qu'aucun d'entre vous n'a une mère morte suffisamment énervée contre vous pour resurgir d'entre les morts et saboter votre travail?»

Là, ils comprendraient ce que je vis.

— Randall soulève un point intéressant, commente Sandy. L'intentionnalité est-elle un critère important dans notre appréhension et notre appréciation de l'art? Si la sculpture de CJ est en morceaux à l'arrivée, l'image qu'elle en avait au départ, dans son entièreté, nous intéresse-t-elle? Qu'est-ce qui importe le plus, le voyage ou la destination, si j'ose dire?

À ces mots, la classe entière se met à bourdonner comme une petite ruche et Sandy lance alors un débat théorique visant à déterminer si l'artiste a encore une place quelconque une fois son œuvre achevée.

Je préférerais penser à un bocal de cornichons.

«Moi aussi! Ceux du traiteur kasher, les gros bien juteux, mmm…» chuchote Granny Sweetwine dans ma tête. Elle est morte, comme maman. Mais, contrairement à ma mère, qui se contente de casser des objets, Granny me parle et je la vois souvent. Elle joue le rôle du flic gentil dans mon univers fantomatique; maman, elle, c'est le méchant flic. Je m'efforce de rester impassible tandis qu'elle poursuit : « Oh, la barbe, quel ennui ! Mais il faut reconnaître que ta sculpture est moche comme tout. Pourquoi tergiverser et couper les cheveux en quatre ? Pourquoi ne te disent-ils pas juste que tu feras mieux la prochaine fois avant de passer à leur prochaine victime, tiens, par exemple ce type, là, avec les bananes sur la tête ?

– Ce sont des dreadlocks blondes, Granny, lui dis-je intérieurement en veillant à ne surtout pas remuer les lèvres.

– Suis mon conseil, et va-t'en de là !

– J'aimerais bien. »

J'avoue : mes tics discrets ne sont peut-être pas si discrets que ça, tout compte fait.

Mais pour info, je tiens quand même à préciser que vingt-deux pour cent de la population mondiale voit des fantômes – soit plus d'un demi-milliard d'individus au total. (Je suis fille de prof. Je suis super-calée en recherches.)

Pendant que l'autre continue à monologuer, je me distrais comme je peux en jouant à Choisis ta mort. Je suis la championne absolue à ce jeu. Ce n'est pas aussi facile qu'on le croit : proposer deux morts aussi effrayantes l'une que l'autre exige un sacré talent. Par exemple : avaler de pleines poignées de verre pilé ou…

Me voilà interrompue dans mes pensées car, contre toute attente, et à la surprise générale, Fish (c'est son seul nom) a levé la main. Fish étant du genre muette, comme moi, c'est un petit événement en soi.

« CJ a une bonne technique, dit-elle, son piercing à la langue étincelant comme si elle avait une

46

étoile dans la bouche. Je pense que c'est un fantôme qui a saboté son travail. » À ces mots, tout le monde ricane, y compris Sandy. J'en reste bouche bée. Elle ne plaisantait pas, ça se voit. Nos regards se croisent ; elle lève la main et agite discrètement son poignet. Elle porte une espèce de bracelet porte-bonheur punk, tout à fait assorti au reste de sa personne : cheveux violets, bras entièrement tatoués, sale caractère. Je reconnais les breloques de son bracelet : trois morceaux de verre de mer rubis, deux trèfles à quatre feuilles en plastique et une série de petits oiseaux blancs en fleurs des sables, le tout rattaché par un cordon de cuir élimé. Wouah. J'ignorais que j'avais déposé tant de gris-gris que ça dans son sac ou les poches de sa blouse. Elle avait juste l'air tellement triste sous son maquillage de vampire. Mais comment a-t-elle su que c'était moi ? Et les autres, est-ce qu'ils savent, aussi ? Comme le nouveau qui ne tient pas en place, par exemple ? Il doit vraiment lui manquer une case, à celui-là. Je lui ai refilé en douce et à la pelle des petits oiseaux en fleurs des sables.

Mais la déclaration tragi-comique de Fish et son bracelet punk sont des phénomènes isolés. Pendant le reste de l'heure, un par un, tous les autres élèves du groupe écharpent *Moi, Blob cassé n° 8* et je me concentre de plus en plus sur mes mains, entremêlées et livides devant moi. Elles me grattent. Très fort. Je finis par les décroiser pour les examiner discrètement. Pas la moindre morsure ni plaque de boutons. Je cherche un point rouge susceptible de trahir une fasciite nécrosante, plus communément appelée maladie

47

des bactéries mangeuses de chair, sur laquelle je suis *incollable* depuis que j'ai lu dans l'un des journaux médicaux de mon père que...

Ça y est, j'ai trouvé. Comment préférerais-tu mourir? En avalant des sacs de verre pilé, ou en attrapant une fasciite nécrosante fatale?

La voix de Felicity Stiles – le signal que la fin est proche! – m'arrache à ce casse-tête dont l'option verre pilé m'apparaît a priori comme la plus enviable des deux solutions.

«Puis-je clore les débats, Sandy?» demande-t-elle, comme à son habitude. Son adorable petit accent sud-californien, mélodieux et cadencé, accompagne toujours ses prêches de conclusion. On croirait entendre parler une fleur – un pissenlit évangélique. Fish mime discrètement le geste de se planter un poignard dans le cœur. Je lui souris et me prépare psychologiquement à son analyse. «Je trouve cette œuvre triste», déclare-t-elle avant de marquer une pause, histoire d'attendre que tout le monde ait fixé son attention sur elle, ce qui prend à peine une seconde puisqu'elle n'a pas seulement la voix d'un pissenlit mais aussi son apparence et son attitude, si bien qu'on fond tous sur place rien qu'en l'écoutant. D'une main, elle désigne mon blob. «Je ressens la souffrance du *monde entier* dans cette sculpture. Parce que nous sommes tous cassés de l'intérieur. N'est-ce pas la vérité? Je le suis, moi. Le reste du monde aussi. Nous avons beau faire de notre mieux, voilà ce qui nous arrive, inlassablement. C'est le message que je reçois du travail de CJ, et cela m'inspire un profond sentiment de tristesse. (Elle se tourne face à moi.) Je comprends ta détresse,

CJ. Je t'assure.» Elle ouvre de grands yeux. Oh, comme je hais cette école. Felicity presse son poing contre sa poitrine, puis frappe trois fois. «Je. Te. Comprends.»

Subjuguée malgré moi, j'acquiesce telle une fleur jumelle quand, soudain, la table sur laquelle est posé *Moi, Blob cassé n° 8* s'écroule. Mon auto-portrait se brise par terre en mille morceaux. À nouveau.

«Pas très sympa», dis-je mentalement à ma mère.

– Voyez? commente Fish. Un fantôme.

Cette fois, plus personne n'ose rire. Caleb secoue la tête: «C'est dingue.» Randall: «J'hallucine!» Et moi donc, camarades. Contrairement à Casper et à Granny S., ma mère n'est pas un gentil fantôme.

Sandy est parti voir sous la table.

– Une vis est tombée, constate-t-il, incrédule.

Je vais chercher le balai que je garde précieusement dans un coin pour ce genre d'éventualité et je nettoie les débris de *Moi, Blob cassé n° 8* pendant que tout le monde marmonne que je suis vraiment maudite. Je vide la pelle à poussière dans une poubelle. La seconde d'après, mon trèfle truqué et inutile part rejoindre les morceaux de mon œuvre.

Je me dis que Sandy aura peut-être pitié de moi au point de décaler notre rendez-vous au retour des vacances de Noël, qui commencent demain, lorsqu'il articule silencieusement: «Dans mon bureau» et me désigne la porte. Je traverse l'atelier.

Toujours ouvrir la marche du pied droit pour éviter une calamité qui vient du côté gauche.

Je suis avachie sur un gros fauteuil en cuir moelleux, face à Sandy. Il vient de s'excuser pour la chute de la vis et d'ajouter en plaisantant que, si ça se trouve, Fish a raison pour cette histoire de fantôme, hein, CJ ?

Je pouffe de rire poliment, genre quelle déclaration absurde.

Il pianote des doigts sur son bureau. Aucun de nous ne dit plus rien. Ça me va très bien comme ça.

À sa gauche se trouve une reproduction grandeur nature du *David* de Michel-Ange ; il est si vivant que, dans la lumière fragile de l'après-midi, je m'attends presque à voir sa poitrine se soulever et à le voir inspirer sa première gorgée d'air. Sandy suit mon regard par-dessus son épaule, en direction du sublime homme de pierre.

– Sacrée biographie qu'a écrite votre mère, déclare-t-il, brisant le silence. Elle n'a pas eu peur de briser un tabou concernant la sexualité de l'artiste. Son succès critique était largement mérité. (Il ôte ses lunettes, les pose sur son bureau.) Parlez-moi, CJ.

Par la fenêtre, je regarde la plage, lentement envahie par des nappes de coton. « Le brouillard arrive », dis-je. La ville de Lost Cove doit en partie sa célébrité au nombre de fois où elle disparaît entièrement dans la brume. « Saviez-vous que, pour certaines tribus indiennes, les brumes transportaient les âmes trop agitées pour mourir ? » Extrait de la bible de Granny.

« Vraiment ? » Il caresse sa barbe, coinçant de petits fragments d'argile entre ses poils avec ses doigts sales. « Très intéressant, mais nous sommes ici pour parler de vous. Votre situation est extrêmement délicate. »

Mais je parlais bien de *moi*, pourtant.

Le silence retombe… et je décide d'opter pour le verre pilé. C'est mon dernier mot.

Sandy soupire. Je l'embarrasse, peut-être ? J'ai remarqué que j'embarrasse parfois les gens. Ce n'était pas le cas, avant.

« Écoutez, je sais que vous venez de traverser une période très difficile, CJ. » Il me fixe intensément de ses yeux tendres de bouc. C'est insupportable. « Et nous vous avons fichu une paix royale l'an dernier à cause du drame qui a frappé votre famille. » Il me fait le coup du regard triste à « la pauvre petite orpheline » – tous les adultes y viennent à un moment ou à un autre lorsqu'ils me parlent, comme si j'étais condamnée par le destin, poussée hors d'un avion sans parachute vu que le parachute, c'est votre mère. Je baisse les yeux, aperçois un mélanome mortel sur son bras et vois sa vie entière défiler devant moi avant de réaliser avec soulagement qu'il s'agit d'une croûte d'argile séchée. « Mais l'IAC applique des règles strictes, poursuit-il d'un ton plus sévère. L'échec à l'examen final dans un atelier est un motif de renvoi, et nous avons décidé de vous placer en sursis. » Il se penche en avant. « Je ne parle pas de vos accidents avec le four à céramique. Ce sont des choses qui arrivent. Même si elles semblent n'arriver qu'à vous, ce qui jette un certain doute sur votre technique de travail et votre concentration.

Ce qui nous pose problème, c'est votre isolement et votre manque de motivation. Vous devez savoir que de jeunes artistes de tout le pays rêvent d'intégrer cette école et d'être à *votre* place.»

Noah, lui, mériterait d'être à ma place. N'est-ce pas ce que le fantôme de maman essaie de me dire, en brisant systématiquement tout ce que je fais?

C'est la vérité, et je le sais.

J'inspire profondément... et je vide mon sac.

«Alors, qu'ils viennent prendre ma place. Vraiment, ils le méritent. Pas moi.» Je relève la tête et soutiens son regard interloqué. «Je n'ai rien à faire ici, Sandy.

— Je vois, dit-il. C'est votre avis, peut-être, mais pas celui de l'IAC. Ni le mien.» Il reprend ses lunettes pour les essuyer avec sa chemise maculée d'argile, ce qui ne fait que les salir davantage. «Vos femmes de sable, celles que vous aviez présentées dans votre dossier de candidature, avaient quelque chose d'unique.»

Pardon?

Il ferme les yeux comme s'il écoutait de la musique, au loin. «Elles étaient si joyeuses, si fantasques. Elles avaient du mouvement, de l'émotion.»

De quoi est-ce qu'il parle?

— Sandy, il n'y avait que des patrons et des modèles de robes que j'avais confectionnées moi-même dans mon dossier de candidature. J'ai parlé de mes sculptures de sable dans ma lettre de motivation.

— Oui, je me souviens de votre lettre. Et de vos robes. Très jolies. Dommage que nous n'ayons pas

52

un atelier de stylisme. Mais si vous êtes assise dans ce fauteuil aujourd'hui, c'est grâce aux photos de vos magnifiques statues de sable.

Je n'ai jamais pris aucune photo de mes statues.

OK. Cet épisode de la *Quatrième Dimension* commence un peu à me faire flipper.

Parce que personne ne les a jamais vues. J'ai fait exprès d'aller me planquer dans une petite crique isolée, tout au bout de la plage, et je laissais chaque fois la marée les emporter... sauf que Noah m'a bien dit, une fois, non, deux, qu'il m'avait suivie et observée. Mais a-t-il pris des photos ? Pour les envoyer à l'IAC ? Ça m'étonnerait beaucoup.

En apprenant que j'étais prise et pas lui, il a détruit absolument toutes ses œuvres. Pas le moindre gribouillis n'y a survécu. Et il n'a plus jamais tenu un crayon, un pastel, un fusain ou un pinceau depuis.

J'observe Sandy à la dérobée. Il tapote ses ongles sur son bureau. Minute, vient-il de me dire qu'il aimait mes sculptures de sable ? Je crois bien, en effet. Voyant que je suis de nouveau disposée à l'écouter, il cesse d'agiter ses doigts et poursuit : « Je sais qu'on vous bombarde d'enseignement théorique pendant les deux premières années, mais j'aimerais qu'on reprenne les choses au début, vous et moi. Une seule question, CJ : n'avez-vous vraiment plus envie de créer quoi que ce soit ? Vous avez traversé des épreuves très dures pour quelqu'un de si jeune. N'avez-vous rien à en tirer ? Rien besoin d'*exprimer* ? » Le voilà si sérieux et intense, tout à coup. « Parce qu'il s'agit de cela, et rien d'autre. Nous autres, les artistes, nous rêvons avec nos mains. »

Ses mots débloquent quelque chose en moi. Ça ne me plaît pas.

– Réfléchissez bien, insiste-t-il, soudain radouci. Je vais vous reposer la question. Y a-t-il quelque chose au monde que vous avez un besoin vital d'exprimer et que seules vos mains sont capables de créer ?

Je sens une douleur déchirante au fond de ma poitrine.

– Alors, CJ ? insiste-t-il.

Oui. La réponse est oui. Mais c'est quelque chose d'inaccessible. Je me concentre sur l'image de ma prairie.

– Non, dis-je.

– Je ne vous crois pas.

– C'est pourtant vrai, dis-je en pressant mes mains au maximum sur mes cuisses. Rien du tout. Zéro.

Il secoue la tête, déçu : « Très bien. »

Je lève les yeux vers le *David*…

– CJ, vous êtes là ?

– Oui, pardon.

Il est très contrarié, on dirait. Pourquoi ? Pourquoi s'intéresse-t-il autant à moi ? Comme il l'a dit lui-même, ce pays regorge de jeunes artistes qui rêvent de prendre ma place. « Nous allons devoir parler avec votre père, déclare-t-il. Vous êtes en train de tourner le dos à la chance de votre vie. Est-ce vraiment ce que souhaitez ? »

Mon regard se pose à nouveau sur le *David*. Il semble façonné par la lumière. Ce que je souhaite ? Je ne souhaite qu'une seule chose…

Tout à coup, c'est comme si le *David* se détachait du mur pour m'enlacer de ses gros bras de pierre et me murmurer quelque chose à l'oreille.

Il me rappelle que Michel-Ange l'a sculpté il y a *cinq siècles*.

– Désirez-vous vraiment changer d'école ?

– Non ! (La véhémence de ma voix nous surprend tous les deux.) J'ai besoin de travailler la pierre. (Je lui montre le *David*. Une idée vient de jaillir en moi.) Oui, il y a quelque chose que j'ai besoin de créer ! dis-je.

Je me sens tout feu tout flamme, comme essoufflée. « Un besoin vital. » J'en rêve depuis mon arrivée ici, mais j'avais trop peur que maman casse tout. Je ne l'aurais pas supporté.

– Voilà qui fait plaisir à entendre, commente Sandy en plaquant ses mains l'une contre l'autre.

– Mais ça ne sera pas en argile. Ni en céramique. Il me faut de la pierre.

– Bien plus résistant, dit-il en souriant. Il voit où je veux en venir. Enfin, en partie.

« Exactement », dis-je. Elle aura plus de mal à briser mon travail, cette fois ! Mais surtout, elle n'aura même pas envie de le faire. Je vais l'étonner. Je vais *communier* avec elle. Voilà ce que je vais faire. « Désolée, Jude, me murmurera-t-elle à l'oreille. J'ignorais de quoi tu étais capable. »

Et peut-être, alors, me pardonnera-t-elle.

Je m'aperçois que Sandy était en train de parler. Il n'entend pas la musique qui enfle, parfaitement inconscient de la réconciliation mère-fille qui se joue dans ma tête. Je m'efforce de me concentrer.

– Le problème, c'est qu'Ivan part en Italie pour deux ans et qu'il n'y aura personne d'autre dans le département pour vous aider. Si vous aviez opté pour l'argile et le bronze, j'aurais pu…

— Non, il faut que ce soit de la pierre, la plus dure possible. Voire du granite. (C'est du pur génie.)

Il s'esclaffe, redevient soudain le gentil bouc qui broute dans son pré.

— Seriez-vous éventuellement… disposée à prendre un tuteur extérieur, si vous n'y voyez pas d'inconvénient ?

— Bien sûr.

Il plaisante ? C'est encore mieux.

Sandy se caresse la barbe, l'air pensif. Très pensif.

— Un problème ?

— Eh bien, j'aurais peut-être quelqu'un… Un sculpteur émérite. L'un de nos derniers grands artistes, sans doute. Mais non, c'est impossible. (Il chasse son idée d'un geste.) Il n'enseigne plus. N'expose même plus. Il lui est arrivé quelque chose. Personne ne sait vraiment quoi, et même avant cela, il n'était pas le plus… hmm, comment dire ? (Il lève les yeux au plafond, cherche ses mots.) Le plus humain. (Il éclate de rire et commence à fouiller dans une pile de magazines posée sur son bureau.) Un merveilleux sculpteur et un excellent orateur. J'ai assisté à l'une de ses conférences quand j'étais à la fac, c'était extraordinaire. Il…

— S'il n'est pas humain, alors quoi ? je l'interromps, intriguée.

— Eh bien… Il me sourit. Je crois que c'est encore votre mère qui en parlait le mieux.

— Ma mère ? Inutile de posséder le don des Sweetwine pour comprendre qu'il s'agit d'un signe.

«Oui, votre mère a écrit un article sur lui. Dans la revue *L'Art de demain*. C'est drôle, je relisais justement son interview, l'autre jour.» Il parcourt plusieurs numéros de la revue d'art pour laquelle travaillait ma mère, sans retrouver l'article en question. «Tant pis, soupire-t-il en se renfonçant dans son fauteuil. Laissez-moi une seconde… quels mots employait-elle, déjà? Ah oui, voilà ce qu'elle disait de lui : *C'est le genre d'homme à faire tomber les murs lorsqu'il entre dans une pièce.*»

Un type qui fait tomber les murs quand il entre dans une pièce?

– Comment s'appelle-t-il? je demande, un peu pantelante.

Il plisse les lèvres un long moment, m'examine, puis semble prendre une décision.

– Laissez-moi l'appeler en premier. S'il est d'accord, vous n'aurez qu'à passer le voir chez lui après les vacances de Noël.

Il griffonne un nom et une adresse sur un bout de papier qu'il me tend.

– Vous ne pourrez pas dire que je ne vous ai pas prévenue, conclut-il en souriant.

Granny Sweetwine et moi sommes perdues dans la purée de pois, incapables d'y voir plus loin que le bout de notre nez. Nous avançons à l'aveuglette au milieu d'épais nuages flottant au ras du sol pour rejoindre Day Street, où se trouve l'atelier de Guillermo Garcia. Le fameux sculpteur dont m'a parlé Sandy. Je n'ai pas envie d'attendre de savoir s'il est d'accord, je veux aller le voir, un point c'est tout.

Avant de quitter l'institut, je consulte l'oracle :

Google. Les recherches sur Internet sont bien plus efficaces que les feuilles de thé ou les cartes de tarot. Il suffit de taper sa question : « Suis-je quelqu'un de mauvais ? Ma migraine est-elle le signe que j'ai une tumeur inopérable au cerveau ? Pourquoi le fantôme de ma mère refuse-t-il de me parler ? Qu'est-ce que je dois faire à propos de Noah ? » Ensuite, il vous suffit de faire le tri dans les réponses et de choisir vos prédictions.

Quand j'ai demandé : « Dois-je proposer à Guillermo Garcia d'être mon tuteur ? », je suis tombée sur un lien vers la couverture d'*Interview Magazine*. J'ai cliqué dessus. Et découvert la photo d'un homme sombre et imposant, aux yeux d'un vert radioactif, en train d'abattre une batte de base-ball sur *Le Baiser*, la célèbre sculpture si romantique de Rodin. La légende indiquait : « Guillermo Garcia, la rock star du monde de la sculpture ». En couverture d'*Interview* ! J'ai préféré ne pas aller plus loin, par peur du malaise cardiaque.

« Tu ressembles à un truand, dans cette tenue », déclare Granny Sweetwine qui trottine à côté de moi, trente bons centimètres au-dessus du sol, en agitant son ombrelle magenta malgré la météo exécrable. Elle a un look incroyable, comme d'habitude, avec sa Robe Flottante gonflée par le vent qui la fait ressembler à un coucher de soleil et ses énormes lunettes de soleil en écaille. Elle marche pieds nus. Au diable les chaussures, quand on lévite. On peut dire qu'elle a eu de la chance.

Certains visiteurs de l'au-delà reviennent avec les pieds à l'envers.

(L'angoisse! Heureusement, les siens sont restés à l'endroit.)

Elle continue.

– On dirait ce garçon, tu sais, là… M&M's…

– Eminem? dis-je en souriant. Le brouillard est si épais que je dois tendre les bras devant moi pour éviter de me cogner aux boîtes aux lettres, aux poteaux téléphoniques et aux arbres.

– Voilà, oui! s'exclame-t-elle en assénant un coup d'ombrelle sur le trottoir. Je savais qu'il avait un nom de marque de bonbons. C'est lui. (Elle pointe le bout de son ombrelle vers moi, à présent.) Toutes ces robes que tu as fabriquées et qui restent enfermées dans ta chambre… C'est une honte. (Elle pousse un de ses fameux soupirs interminables.) Et tes prétendants, Jude?

– Je n'ai pas de prétendants, Granny.

– C'est bien le problème, ma chère, dit-elle avant d'éclater de rire, ravie de son propre humour.

Une femme passe devant nous avec deux enfants équipés de harnais de brouillard, autrement dit des laisses – une vision qui n'est pas rare à Lost Cove pendant les épisodes de brume.

Je contemple mon uniforme d'invisibilité. Granny n'a toujours pas compris. Je lui explique :

– Être avec des garçons, c'est encore plus dangereux pour moi que de tuer un criquet ou de laisser un oiseau entrer dans la maison. (Autres présages funestes bien connus.) Tu le sais très bien.

– Ridicule. Ce que je sais, c'est que ta ligne d'amour est très enviable, comme ton frère, mais

59

même le destin a parfois besoin d'un petit coup de pouce. Cesse de t'habiller comme un rutabaga. Et laisse donc repousser tes cheveux, nom d'une pipe.

— Je te trouve bien superficielle, Granny.

Elle se racle ostensiblement la gorge.

Moi aussi. J'en profite pour changer de sujet.

— Je ne veux pas te faire peur, mais je crois que tes pieds commencent à changer de sens. Tu sais ce qu'on dit. Rien de pire pour gâcher une tenue que des pieds qui pointent à l'envers.

Elle lâche un hoquet de stupeur et baisse les yeux.

— Comment donner un infarctus à une vieille dame décédée !

Le temps de rejoindre Day Street, je suis trempée et grelottante. J'aperçois une petite église à l'autre bout du pâté de maisons, l'endroit idéal pour me sécher, me réchauffer un peu et réfléchir à la manière dont je vais bien pouvoir convaincre ce Guillermo Garcia de devenir mon mentor.

— Je t'attends dehors, dit Granny. Surtout, prends ton temps. Ne t'inquiète pas pour moi, seule dehors dans le brouillard froid et humide. (Elle agite ses orteils.) Pieds nus, sans un sou en poche, et morte.

— Très subtil, dis-je en me dirigeant vers l'édifice.

— Mes amitiés à Clark Gable ! me lance-t-elle alors que je tire sur le gros anneau en fer pour ouvrir la porte.

Clark Gable est le surnom qu'elle a donné à Dieu. Une explosion de lumière et de chaleur m'accueille dès que j'entre à l'intérieur. Maman

60

adorait visiter les églises, et elle nous y traînait toujours avec elle, Noah et moi, sauf lorsqu'il y avait une messe. Elle disait qu'elle aimait juste s'asseoir dans les lieux saints. Moi aussi, désormais.

Si vous avez besoin d'une aide divine, ouvrez un bocal dans un lieu de culte et refermez-le en partant.

(Maman nous disait parfois qu'elle se réfugiait dans les églises du quartier quand les choses se passaient «trop mal» dans ses familles d'accueil. J'imagine qu'un bocal ne suffisait pas pour l'aider, mais je n'ai jamais réussi à lui tirer les vers du nez concernant cette période de son passé.)

L'intérieur est magnifique, en forme de coque de bateau, tout en boiseries sombres et vitraux lumineux sur lesquels, à y regarder de plus près, on reconnaît Noé en train de construire son arche, Noé accueillant les animaux qui montent à bord, Noé, Noé, Noah... Soupir.

Chaque fratrie de jumeaux comporte un ange et un diable.

Je m'assois au deuxième rang. Tout en me frottant vivement les bras pour me réchauffer, je réfléchis à ce que je vais bien pouvoir dire à Guillermo Garcia. Qu'est-ce qu'un *Blob cassé* peut bien raconter à la «rock star du monde de la sculpture»? Un homme qui fait tomber les murs quand il entre dans une pièce? Comment vais-je bien pouvoir le convaincre qu'il doit absolument devenir mon tuteur ? Que créer cette sculpture sera…

Un fracas sonore m'arrache à mes pensées, à mon siège et à ma peau, les trois en même temps.

« Bon sang, tu m'as flanqué une de ces trouilles ! » La voix, grave, rauque et teintée d'un fort accent britannique, émane d'un type penché sur l'autel, en train de ramasser le candélabre qu'il vient de faire tomber. « Nom de Dieu… je viens de jurer dans une église ! Oh, bon sang, et je viens de dire nom de Dieu ! » Il se redresse et pose le candélabre sur la table. Un sourire de traviole se dessine au coin de ses lèvres, aussi tordu que si Picasso l'avait peint lui-même. « Je suis bon pour aller en enfer, maintenant. » Une cicatrice zigzague en travers de sa joue gauche, et une autre relie la base de son nez à sa lèvre supérieure. « Bah, tant pis, marmonne-t-il. Je suis sûr que le paradis est un endroit super-merdique, de toute manière. Tous ces nuages prétentieux. Tout ce blanc immaculé. Ces âmes pures et irréprochables, de vraies saintes-nitouches à bâiller d'ennui… » Son sourire déglingué pirate tout le reste de son visage. C'est un sourire impatient, provocateur et révélant une dent cassée sur un visage incongru et asymétrique. Ce garçon a une allure incroyable, à la fois sexy et dangereuse, non pas que ça m'intéresse, hein.

Toute particularité sur le visage indique une semblable particularité de caractère.

(Hmm.)

Et d'où vient-il ? D'Angleterre, on dirait, mais vient-il de se téléporter ici, en plein monologue ?

« Désolé », murmure-t-il en m'apercevant. Je me rends compte que je suis bouche bée de stupeur, une main plaquée contre ma poitrine. Je m'empresse de retrouver une contenance. « Je ne voulais pas te faire peur, poursuit-il. Je me croyais seul. Il n'y a jamais personne, ici. » Parce qu'il vient souvent dans cette église ? Pour faire repentance, sans aucun doute. Il m'a tout l'air d'avoir de gros péchés bien juteux à se faire pardonner. Il désigne une porte derrière l'autel. « Je traînais, je prenais des photos… » Il se tait, penche la tête et m'observe avec curiosité. Je vois un tatouage bleu dépasser de son col. « Ben, dis donc, t'es un vrai moulin à paroles. Impossible d'en placer une, avec toi. »

Je me sens sourire malgré moi et lutte de toutes mes forces pour me retenir, rapport à mon boycott masculin. Il est charmant – non pas que ça m'intéresse non plus. Le charme, ça porte la poisse. Je ne prête non plus aucune attention au fait qu'il respire l'intelligence, malgré son immoralité, ni au fait qu'il soit hyper-grand, ni à ses cheveux en bataille dont une mèche rebelle cache l'un de ses yeux, ni à son blouson de motard en cuir juste élimé comme il faut et ridiculement cool. À l'épaule, il porte une vieille besace élimée et pleine de livres – des manuels universitaires ? Ça se pourrait bien. En tout cas, s'il est encore au lycée, il est sûrement en terminale. Autour de son cou pend un appareil photo qu'il pointe à présent dans ma direction.

« Non ! » Je hurle si fort qu'il y a de quoi faire

exploser le toit, tout en me cachant aussi sec derrière le banc de devant. Je dois avoir l'air d'un furet trempé et transi de froid. Je refuse que ce type possède une photo de moi où je ressemble à un furet trempé et transi de froid. Et vanité mise à part :

Chaque photo prise de vous réduit votre force d'âme et la durée de votre vie.

« Hmm, d'accord, murmure-t-il. Tu fais partie des gens qui ont peur que les appareils photo ne volent leur âme ou je ne sais quelles croyances. » Je le dévisage. Est-il versé dans les croyances de type je-ne-sais-quoi ? « Quoi qu'il en soit, merci de ne pas crier. On est dans une église, quand même ! » Il me refait son sourire chaotique, pointe son appareil vers le plafond et *clic*. Autre détail auquel je ne prête pas la moindre attention : il a un air familier, comme si on s'était déjà rencontrés, bien que j'ignore totalement où et quand.

J'ôte ma casquette et m'attelle à peigner mes cheveux hirsutes et négligés… moi, la fille équipée d'œillères antimecs ! Mais qu'est-ce qui m'arrive ? Je me rappelle à moi-même que son corps moisit, comme tous les êtres vivants. Que je ne suis qu'un *Blob cassé*, accro à la bible de sa grand-mère, doté de tendances hypocondriaques et dont la seule amie n'est sans doute que le pur produit de son imagination. Désolée, Granny. Je me rappelle à moi-même qu'il doit sûrement porter encore plus malheur que tous les chats noirs et les miroirs brisés du monde réunis. Je me rappelle à moi-même que certaines filles méritent leur solitude.

Avant que j'aie le temps de remettre ma casquette, je l'entends dire de sa voix normale, grave et veloutée (non pas que ça m'intéresse) : « Un regret, peut-être ? Allez, quoi. Je vais devoir insister. » Et voilà qu'il braque à nouveau son appareil vers moi.

Je secoue la tête pour indiquer que non, je n'ai pas changé d'avis. Je remets ma casquette et abaisse la visière sur mon front, dissimulant ainsi presque mes yeux, puis je pose mon doigt en travers de ma bouche en faisant *chhhut*, ce qui, pour un témoin ou un passant, pourrait être interprété comme un geste aguicheur, sauf que, heureusement, il n'y a personne d'autre à part nous. J'ai fait ça sans réfléchir. Ce n'est pas comme si je risquais de le recroiser un jour.

« Tu as raison, j'avais oublié où on était », chuchote-t-il. Il me dévisage un long moment, ce qui me met hyper-mal à l'aise. J'ai l'impression de me tenir immobile sur une scène. D'ailleurs, je ne sais même pas si c'est légal de regarder quelqu'un aussi fixement. Mon cœur cogne dans ma poitrine. « Dommage pour la photo, dit-il. J'espère que tu ne m'en voudras pas de te dire ça, mais tu ressembles à un ange, assise là comme ça. (Il plisse les lèvres d'un air pensif.) Mais un ange déguisé, comme si tu venais de tomber du ciel et d'emprunter des fringues à quelqu'un. »

Que suis-je censée répondre à ça ? D'autant que les pulsations de mon cœur viennent de passer en mode marteau-piqueur.

« En tout cas, je te comprends de vouloir échapper à l'ordre angélique. » Il se remet à sourire, et je sens ma tête tourner. « Comme je l'ai déjà dit, ça doit quand même être plus marrant de vivre au milieu de nous autres, les mortels détraqués.» On peut dire qu'il a le sens de la tchatche. Moi aussi, autrefois, même si ça peut paraître difficile à croire. Il doit penser que j'ai la mâchoire bloquée par une sorte de mécanisme électrique.

Oh, non. Voilà qu'il me refait le coup du regard perçant, comme s'il cherchait à voir sous ma peau.

«Allez, s'il te plaît, dit-il en ajustant son objectif, davantage sur le ton de l'ordre que de la requête. Juste une...» Il y a quelque chose dans sa voix, dans son regard, dans son être tout entier, quelque chose d'insatiable et d'insistant qui me déstabilise complètement.

Je fais oui de la tête. J'hallucine : je fais oui de la tête. Au diable ma vanité, ma force d'âme, ma vieillesse. «OK, dis-je d'une voix rauque qui ne me ressemble pas. Juste une.» Il n'est pas impossible qu'il m'ait hypnotisée. Ce sont des choses qui arrivent. Certaines personnes ont un don magnétique. C'est écrit dans ma bible.

Il s'accroupit derrière un banc au premier rang et règle son objectif, un œil dans le viseur. «Wow, dit-il. Génial. Ouais, c'est parfait.»

Je sais qu'il doit prendre une bonne centaine de photos mais, à ce stade, je m'en fiche. Des frissons brûlants me parcourent de la tête aux pieds à mesure que retentissent ses *clic-clic-clic* ponctués de : «Oui, merci, voilà, c'est parfait, putain, ouais, ouais, trop bon, hmm, superbe.» C'est comme si on s'embrassait ou plus encore. Je n'ose imaginer la tête que je dois faire.

– C'est bien *toi*, conclut-il en remettant le couvercle de son objectif. J'en suis sûr.

– Qui ça?

Mais il ne me répond pas. Il descend l'allée à ma rencontre. Sa démarche, tranquille et nonchalante, m'évoque l'été. Il est totalement détendu à présent, son hyperactivité envolée à l'instant où il a refermé son objectif. À mesure qu'il se rapproche, je note qu'il a un œil vert et l'autre marron, comme s'il abritait deux personnes – deux êtres très intenses – en une seule.

« Bien », dit-il lorsqu'il me rejoint enfin. Il marque une pause comme s'il s'apprêtait à dire autre chose, par exemple ce qu'il entend par « c'est bien *toi* », mais il se contente d'ajouter : « Je vous laisse » en désignant Clark Gable.

En l'observant de près, je suis frappée par la certitude absolue que j'ai déjà croisé ce garçon absolument incroyable quelque part.

Oui, j'avoue : j'ai remarqué qu'il était absolument incroyable.

Je me dis qu'il va me serrer la main, me toucher l'épaule ou je ne sais quoi, mais il poursuit simplement son chemin le long de l'allée. Je tourne la tête pour le voir s'éloigner d'un pas de sénateur, comme s'il ne lui manquait qu'un brin de paille coincé entre les dents. Il récupère au passage un trépied dont je n'avais pas remarqué la présence et le balance par-dessus son épaule. Arrivé devant la porte, il ne se retourne même pas ; il lève la main en l'air et m'adresse un petit salut, comme s'il savait que je le regardais.

Et il a raison.

En quittant l'église quelques minutes plus tard, je me sens réchauffée, séchée, et dans la peau de quelqu'un qui vient d'échapper de justesse à un piège mortel. Granny Sweetwine a disparu.

Je repars d'un pas vif dans la rue à la recherche de l'atelier du sculpteur.

Soyons clairs : pour une fille comme moi, un garçon comme lui, c'est de la kryptonite. Non pas que j'aie déjà eu l'occasion de rencontrer un garçon comme lui, qui vous donne l'impression de vous embrasser, pire, de vous *posséder*, de l'autre bout de la pièce. Il n'a pas semblé remarquer que j'étais en zone interdite, non plus. Pourtant, je le suis, et je dois impérativement le rester. Interdiction d'abaisser ma garde. Ma mère avait raison, au fond. Je n'ai aucune envie d'être *cette fille-là*. Pas question.

Les dernières paroles qu'on prononce avant de mourir se réalisent toujours.

(Je me rendais à une soirée quand ma mère m'a sorti : «Tu veux vraiment devenir *cette fille-là* ?» en me désignant mon reflet dans la glace. C'était la veille de sa mort.)

Ce n'était pas la première fois qu'elle me le disait. «Veux-tu vraiment devenir cette fille-là, Jude ?»

Eh bien, oui. Parce que *cette fille-là*, au moins, a réussi à attirer enfin l'attention de sa mère. *Cette fille-là* ne laisse jamais personne indifférent.

Surtout pas les mecs plus âgés qui traînent en haut de la colline, comme Michael Ravens, alias Zephyr, qui me donne envie de m'évanouir chaque fois qu'il m'adresse la parole, chaque fois qu'il me laisse passer pour aller choper une vague, chaque fois qu'il m'envoie des SMS ou des messages instantanés la nuit, chaque fois qu'il me touche quand on se parle – et notamment la fois où il a passé son doigt dans l'anneau en plastique de mon bas de bikini pour me chuchoter à l'oreille : Suis-moi.

Je l'ai suivi.

« Tu peux dire non », m'a-t-il soufflé en promenant ses grosses mains sur mon corps, en m'explorant avec ses doigts, le sable brûlant dans mon dos et mon tout nouveau tatouage d'angelot encore brûlant sur mon ventre. Le soleil enflammait le ciel. « Tu peux dire non, Jude. » Voilà ce qu'il m'a dit, tout en ayant l'air de penser le contraire. Il pesait sur moi comme l'océan, comme si mon bas de bikini était déjà roulé en boule au creux de sa main, comme si j'étais déjà aspirée par cette vague scélérate dont on espère toujours qu'elle ne vous trouvera jamais, celle qui vous entraîne par le fond, vous coupe le souffle, vous ôte vos points de repère, vous désoriente complètement et ne vous ramène jamais à la surface. « Tu peux dire non. » Ces mots ont résonné entre nous. Pourquoi ne disais-je pas non ? J'avais l'impression d'avoir du sable plein la bouche. Puis que le monde entier se remplissait de sable. Je n'ai rien dit. À voix haute, en tout cas.

Tout était arrivé si vite. On était à trois ou quatre criques de là où se trouvaient les autres, invisibles depuis la plage grâce à une barrière de rochers. Quelques minutes plus tôt, on parlait des vagues, du type qui m'avait tatouée et qui était l'un de ses potes, de la fête où on était allés la veille, où je m'étais assise sur ses genoux et où j'avais bu ma toute première bière. Je venais d'avoir quatorze ans. Il en avait quatre de plus que moi.

Puis on a cessé de parler et il m'a embrassée. Notre premier baiser.

Je l'ai embrassé à mon tour. Ses lèvres avaient un goût de sel. Il sentait la lotion bronzante à la noix de coco. Entre chaque baiser, il s'est mis à dire mon prénom comme s'il lui brûlait la langue. Puis il a écarté mon haut de bikini et il a dégluti en me regardant. J'ai remis mon soutien-gorge en place, non parce que je n'avais pas envie qu'il me mate comme ça, mais justement parce que j'en avais envie et que j'étais mortifiée. C'était la première fois qu'un garçon voyait mes seins et mes joues se sont enflammées. Il a souri. Ses pupilles étaient noires et immenses, son regard sombre, et il m'a allongée lentement sur le sable avant d'écarter à nouveau mon soutien-gorge. Cette fois, je l'ai laissé faire. Je l'ai laissé me regarder. J'ai laissé mes joues s'enflammer. J'entendais son souffle résonner à travers mon corps. Il s'est mis à embrasser mes seins. Je n'étais pas trop sûre d'aimer ça. Puis sa bouche s'est posée sur la mienne, si fort que je pouvais à peine respirer. C'est alors que son regard est devenu absent et que ses mains, ses mains, ses mains, se sont retrouvées partout à la fois. C'est là qu'il a commencé à me dire que je pouvais dire non et que je n'ai rien dit. Son corps m'écrasait sur le sable brûlant, m'enfonçait dedans. Je me répétais en boucle, courage, ne t'inquiète pas. Ça va aller. Sauf que je me mentais à moi-même.

J'ignorais qu'on pouvait s'enterrer dans son propre silence.

Puis la fin est arrivée.

La fin de ça, et de tout le reste.

Il y aurait encore d'autres choses à raconter, mais je préfère m'arrêter là. Sachez juste une chose : j'ai coupé quatre-vingts centimètres de cheveux blonds et juré de ne plus jamais laisser entrer un seul garçon dans ma vie car, après cette histoire avec Zephyr, ma mère est morte. Genre *juste* après. À cause de moi. Je nous ai porté malheur.

Ce boycott n'a rien d'un caprice de ma part. Pour moi, les garçons ne sentent plus ni le savon, ni le shampooing, ni l'herbe fraîchement coupée, ni la sueur après leur entraînement de foot, ni l'huile bronzante, ni l'océan après avoir passé des heures à surfer, non, ils sentent la mort.

J'expire, je chasse tout ça hors de ma tête, j'inspire une bonne dose d'air vibrant et humide et continue à chercher l'atelier de Guillermo Garcia. C'est à maman qu'il faut que je pense. À maman, et à cette sculpture que je veux réaliser. Je vais la rêver avec mes mains. Très fort.

Quelques instants plus tard, je me tiens devant un hangar en briques rouges : le 225, Day Street.

Le brouillard s'est à peine levé et le bruit du monde est tourné au volume minimum – seule dans le silence.

Il n'y a aucune sonnette à l'entrée. Ou plutôt, il y en avait une, mais elle a dû être démontée ou dévorée par un animal sauvage car il n'en reste rien de plus qu'une poignée de fils électriques déchiquetés qui sortent du mur. Quel accueil. Sandy n'exagérait pas. Je croise les doigts de ma main gauche pour me porter chance et frappe à la porte de ma main droite.

Rien.

Je cherche Granny du regard – elle aurait quand même pu m'informer de son programme perso pour la journée – et je réessaie une deuxième fois.

Puis une troisième, plus hésitante cette fois, car je commence à me demander si c'est vraiment une bonne idée. Sandy a bien dit de lui qu'il n'était pas humain… qu'entendait-il par là, au juste ? Et cette phrase de ma mère à propos des murs qui tombent, ce n'est quand même pas très rassurant, non ? À bien y réfléchir, qu'est-ce que je fais là, à débarquer sans prévenir ? Avant même que Sandy ait eu le temps de lui parler pour s'assurer qu'il était encore sain d'esprit. Et en prime, dans ce brouillard flippant et glacial qui ne présage rien de bon. Je regarde autour de moi et redescends la marche du perron, prête à repartir en m'engouffrant de nouveau dans la brume, quand j'entends un grincement de porte.

Genre film d'horreur.

Un homme imposant, visiblement tout juste réveillé d'un sommeil de plusieurs siècles, se tient sur le seuil. Igor, me dis-je aussitôt – si cette personne/créature a un prénom, alors c'est certainement Igor. Une touffe de cheveux noirs recouvre sa tête et se termine en une barbe hirsute qui part dans tous les sens à la fois.

Une pilosité faciale abondante dénote une nature incontrôlable.

(Je n'en doute pas.)

Les paumes de ses mains sont si calleuses qu'elles en paraissent bleues, comme s'il avait passé sa vie à marcher sur les mains. Ça ne peut pas être le même homme que sur la photo. Ça ne peut pas être Guillermo Garcia, «rock star du monde de la sculpture».

«Désolée, je bafouille. Je ne voulais pas vous déranger.» Il faut que je me barre d'ici. *C'est pas pour critiquer, mais* je parie qu'il mange des chiots au petit déj.

Il repousse ses cheveux hors de ses yeux, dont la couleur jaillit aussitôt – un vert clair, presque fluorescent, comme sur la photo. C'est bien lui. Mon instinct me hurle de tourner les talons et de prendre la fuite, mais impossible de détacher mon regard du sien. En outre, je subodore que personne n'a jamais appris à Igor, comme au garçon anglais de tout à l'heure, qu'il est impoli de dévisager les gens, parce qu'on se fixe l'un l'autre sans bouger, comme si on nous avait jeté un sort, jusqu'au moment où il trébuche, sans raison apparente, et manque se casser la figure, ne devant son salut qu'à la poignée de la porte à laquelle il se rattrape *in extremis*. Est-il ivre? J'inspire très fort et, en effet, reconnais une vague odeur d'alcool, à la fois âcre et douceâtre.

«Il lui est arrivé quelque chose, m'avait confié Sandy. Mais quoi, nul ne le sait.»

– Est-ce que ça va? je lui demande d'une voix à peine audible.

J'ai l'impression qu'il a basculé hors du temps.

– Non, assène-t-il d'un ton ferme. Non, ça ne va pas du tout.

Un accent hispanique pointe derrière ses mots.

Sa réponse me prend au dépourvu. Je me surprends moi-même à penser : *Oh, mais moi non plus, ça ne va pas du tout, vous savez, et ça fait même des années que ça dure.* Allez savoir pourquoi, j'ai même envie de le dire à voix haute à cette espèce de fou furieux. J'ai peut-être moi aussi basculé hors du temps, si ça se trouve.

Il m'étudie comme s'il dressait l'inventaire de ma petite personne. Sandy et maman avaient raison : ce type est tout sauf normal. Son regard plonge à nouveau dans le mien – c'est comme un électrochoc, une décharge électrique qui me transperce de part en part.

– Allez-vous-en, dit-il avec force, d'une voix imposante comme un immeuble. Qui que vous soyez, quoi que vous me vouliez, ne revenez pas ici.

Sur ces mots, il se retourne en vacillant, agrippe la poignée et claque la porte.

Je reste plantée là un long moment pendant que le brouillard m'efface, morceau par morceau.

Puis je frappe à nouveau. Fort. Je ne m'en irai pas. Je ne peux pas. J'ai besoin de faire cette sculpture.

« Bravo, me dit Granny dans ma tête. Ça, c'est ma petite-fille. »

Mais ce n'est pas Igor qui m'ouvre la porte, cette fois. C'est l'Anglais de tout à l'heure.

Nom de Dieu de ça alors.

La surprise illumine ses yeux vairons à la seconde où il me reconnaît. J'entends un boucan pas possible à l'intérieur, comme si des super-héros se livraient à un concours de lancer de meubles.

«Le moment est mal choisi», dit-il. J'entends alors la voix d'Igor tonner en espagnol tandis qu'il balance une voiture à travers la pièce, du moins à en juger par le bruit. L'Anglais regarde par-dessus son épaule, ses traits baroques à présent affolés. Toute son assurance effrontée, sa goguenardise, son jeu de séduction ont disparu. «Je suis vraiment désolé», me dit-il poliment, comme le ferait un majordome anglais dans un film avant de me refermer la porte au nez, sans un mot de plus.

Une demi-heure plus tard, Granny et moi nous tenons cachées dans les buissons qui surplombent la plage, attendant le moment, si besoin est, de sauver Noah. En rentrant de chez Igor l'Ivrogne, alors que je planifiais déjà ma prochaine visite à son atelier, j'ai reçu un SMS d'urgence de Heather, mon informatrice : Noah, pic du Diable, 15 min.

Je ne prends aucun risque dès qu'il s'agit de mon frère et de l'océan.

La dernière fois que j'ai mis les pieds dans l'eau, c'est pour l'en sortir. Il y a deux ans, deux ou trois semaines après la mort de maman, il a sauté du pic du Diable, s'est retrouvé emporté par le courant et a failli se noyer. Quand j'ai enfin réussi à le traîner (il faisait deux fois ma taille, la poitrine aussi immobile que de la pierre, les yeux révulsés) sur la rive et à le ranimer, j'étais si furieuse contre lui que j'ai dû me retenir de ne pas le renvoyer au milieu des vagues.

Quand des jumeaux sont séparés, leurs esprits
s'échappent pour se retrouver.

Le brouillard s'est presque entièrement dissipé,

ici. Bordé par l'océan sur trois côtés et par la forêt partout ailleurs, Lost Cove marque le bout du bout, le point le plus éloigné à l'ouest où il est possible de s'aventurer avant de basculer du monde. Je promène mon regard le long de la falaise à la recherche de notre maison rouge parmi les nombreuses baraques branlantes qui longent la côte, accrochées à la limite du continent. J'adorais vivre ici, autrefois – j'ai tant nagé et surfé que, même hors de l'eau, je sentais le sol onduler sous mes pieds comme un bateau amarré. Je scrute de nouveau le rebord de l'à-pic. Toujours aucun signe de Noah.

Granny m'observe par-dessus ses lunettes de soleil. «Ils faisaient la paire, les deux Européens. Le vieux n'a plus toutes ses cases.

– Tu m'étonnes», dis-je en enfonçant mes doigts dans le sable froid. Comment vais-je convaincre cet Igor, cette effrayante créature poilue et ivre dont le hobby consiste à jeter des meubles, de devenir mon tuteur? Et si j'y arrive, comment parviendrai-je à me tenir à distance de cet Anglais lourdaud, moche et banal qui m'a transformée, moi, la pasionaria du boycott, en un tas de Chamallows gluants en l'espace de quelques minutes et dans une église, par-dessus le marché!

Un vol de mouettes plonge vers les brisants, les ailes écartées, en poussant des cris.

Et je regrette de toutes mes forces de n'avoir pas dit à Igor l'Ivrogne que j'allais très mal, moi aussi.

Granny laisse s'envoler son ombrelle. Je regarde le disque rose s'élever en tourbillonnant vers le ciel. Magnifique. Noah en aurait fait un très beau croquis, du temps où il dessinait encore. «Tu dois faire quelque chose pour ton frère, me dit-elle. Tu le sais. Il était censé devenir le nouveau Chagall, pas un butoir de porte. Tu es sa gardienne, chou. »

C'est l'un de ses refrains favoris. Elle est devenue la voix de ma conscience ou un truc comme ça. C'est ce que m'a expliqué le conseiller pédagogique de l'IAC à propos de son fantôme et de celui de maman, ce qui était plutôt finaud de sa part, vu que je ne lui avais quasiment rien dit.

Une fois, elle m'a fait faire un exercice de méditation où je devais m'imaginer en train de marcher dans une forêt et lui décrire ce que je voyais. Au début, je n'ai vu que des arbres. Puis une maison est apparue, sauf qu'il était impossible d'y entrer. Elle n'avait ni porte ni fenêtres. Le truc bien flippant. La conseillère m'a expliqué que cette maison, c'était moi. « La culpabilité est une prison », a-t-elle ajouté. Je ne suis plus jamais retournée la voir.

Sans m'en rendre compte, je scrute mes paumes de main en quête d'éventuelles lésions, ces éruptions que l'on appelle larva migrans cutanées, jusqu'à ce que Granny me fasse ses célèbres gros yeux. C'est étourdissant. Je suis à peu près sûre qu'elle m'a transmis ce pouvoir.

– Ankylostome, dis-je d'un ton penaud.

– Tu nous rendrais à tous un grand service, mademoiselle Morbide, si tu arrêtais de fourrer ton nez dans les manuels médicaux de ton père.

Bien qu'elle soit décédée depuis plus de trois ans, ça ne fait que deux ans que Granny vient me rendre visite. Quelques jours après la mort de maman, j'ai ressorti sa machine à coudre du placard. À la seconde où je l'ai allumée et où le vrombissement familier de sa vieille Singer a envahi ma chambre, elle est apparue sur le fauteuil à côté de moi, ses éternelles aiguilles pincées entre les lèvres, et déclarant :

– La mode est aux coutures en zigzag. Ça vous fait des ourlets fabuleux. Tu verras.

C'était ma partenaire de couture. Et de chasse aux porte-bonheur, aussi : trèfles à quatre feuilles, oiseaux en fleurs des sables, verre de mer rouge, nuages en forme de cœur, premier pissenlit du printemps, coccinelles, dames aux chapeaux trop grands. « Mieux vaut miser sur tous les chevaux à la fois, mon chou, pour reprendre son expression. Vite, fais un vœu. » J'ai misé. J'ai fait des vœux. J'étais sa disciple. Aujourd'hui encore.

« Les voilà », lui dis-je soudain. Mon cœur commence à cogner dans ma poitrine par anticipation du saut.

Noah et Heather se tiennent au bord de la falaise, le regard tourné vers le large au-dessus des moutons d'écume. Lui est en caleçon de bain, elle vêtue d'un long manteau bleu. Heather est une informatrice géniale car elle ne quitte pas mon frère d'une semelle. Elle est comme son animal totem, un lutin adorable et bienveillant qui, j'en suis sûre, a une réserve de poussière de fée quelque part. Ça fait un moment qu'on a créé la Brigade secrète anti-noyade de Noah, elle et moi. Le seul problème, c'est qu'elle n'a pas vraiment l'étoffe d'une maître-nageuse. Elle ne va jamais dans l'eau.

Quelques secondes plus tard, mon frère se jette dans le vide, les bras en croix. Je sens une brusque montée d'adrénaline.

Il se passe alors le même phénomène que d'habitude : *il ralentit*. Je ne pourrais pas l'expliquer, mais mon frère met une éternité avant d'atteindre la surface de l'eau. Je cligne des yeux plusieurs fois face à la vision de sa silhouette suspendue en l'air, comme un funambule. J'en suis parvenue à la conclusion qu'il savait défier la loi de la gravité ou que j'avais sérieusement perdu la boule. J'ai lu quelque part que l'angoisse pouvait affecter notre perception du temps et de l'espace.

Normalement, Noah se tourne face à l'horizon, et non à la côte, pour sauter, si bien que je n'ai jamais eu l'occasion de le voir de face et en entier tandis qu'il se jette dans le vide. Il a la nuque tendue, la poitrine bombée, et ses traits semblent touchés par la grâce, comme autrefois. À présent, il lève les bras comme pour se raccrocher au ciel.

– Regarde-moi ça, commente Granny avec une pointe d'émerveillement dans la voix. Le voilà. C'est notre petit gars. De retour dans le ciel.

– Il ressemble à l'un de ses dessins, je murmure.

Est-ce pour cette raison qu'il continue à sauter ? Pour redevenir, rien qu'un instant, celui qu'il était jadis ? Parce qu'il lui est arrivé la pire chose au monde – pour lui : il est devenu normal. Il a désormais récupéré toutes ses cases.

À un détail près. Cette manie de se jeter dans le vide depuis le pic du Diable.

Enfin, mon frère crève la surface de l'eau sans une éclaboussure, comme s'il n'avait pas pris de vitesse pendant sa chute libre, comme s'il avait été posé là délicatement par un gentil géant. Le voilà maintenant sous l'eau. *Viens*, lui dis-je, mais notre télépathie gémellaire ne fonctionne plus depuis longtemps. Quand maman nous a quittés, il s'est raccroché à moi. Et aujourd'hui, à cause de ce qui s'est passé, on évite de se croiser – pire, on se repousse l'un l'autre.

Je vois ses bras faiblir, l'espace d'une seconde. Est-il en difficulté ? L'eau doit être glaciale. Et il n'a pas mis le slip de bain dans lequel j'avais cousu un sachet d'herbes protectrices. Bien, il nage de toutes ses forces à présent pour se sortir des courants tumultueux au pied de la… et ouf, il est hors de danger. Je pousse un gros soupir de soulagement. Sans m'en rendre compte, j'ai retenu mon souffle pendant tout ce temps.

Je le regarde tituber hors de l'eau, sur la plage, la tête entre les épaules, en train de penser à Clark Gable seul sait quoi. Son visage, son être tout entier ne montrent plus rien de ce que j'ai vu il y a une minute à peine. Son âme s'est retranchée dans sa tanière.

Voilà ce que je voudrais : prendre mon frère par la main pour courir et remonter le temps, nous délester du poids de toutes ces années comme de lourds manteaux qui tomberaient de nos épaules.

Les choses ne se déroulent pas vraiment comme on les imagine.

Pour inverser le destin, se tenir debout dans un champ avec un couteau pointé dans le sens du vent.

Le Musée invisible

Noah
13 ans et 1/2

Le niveau de menace terroriste du quartier diminue sérieusement depuis qu'armé des jumelles de papa, j'examine tout le périmètre allant de la forêt et de la rue jusqu'à la plage en passant par l'avant de notre maison. Je suis sur le toit, le meilleur poste de surveillance, et Fry et Zephyr pagaient sur leurs planches de surf à l'aube. Je les reconnais au panneau CREVARDS SOCIOPATHES FONDUS DU CERVEAU qui clignote au-dessus de leurs têtes. Tant mieux. Je dois être à l'IAC dans une heure et je peux donc arpenter les rues sans risques, pour une fois, au lieu de courir à travers la forêt pour tenter de semer Fry. Bizarrement, Zephyr (grâce à ma sœur ? l'érection de la Naze Tower ?) me laisse à présent tranquille, mais où que j'aille, Fry me tombe dessus comme un chien fou qui renifle un morceau de viande. Me jeter depuis le sommet du pic du Diable est son obsession de l'été.

J'envoie mentalement un banc de grands requins blancs affamés à leurs trousses quand j'aperçois Jude sur la plage. Je zoome sur elle. Elle est entourée du même groupe de filles qu'elle fréquente depuis le printemps au lieu de passer du temps avec moi. De ravissants frelons moulés dans les bikinis de couleurs vives, la peau étincelante de lotion solaire à des kilomètres. Je m'y connais, en frelons : si l'un d'eux envoie un signal de détresse, cela peut déclencher une attaque de tout le nid. Les gens comme moi peuvent même en mourir.

D'après maman, le comportement de Jude est à mettre sur le compte des hormones, mais je sais qu'en réalité, il est surtout motivé par la haine que je lui inspire. Elle a cessé de nous accompagner au musée depuis des lustres, ce qui est sans doute une bonne chose car, quand on y allait ensemble, son ombre semblait toujours vouloir étrangler la mienne. Je la voyais se glisser sur les murs ou sur le sol. Ces derniers temps, il m'arrive même de la voir rôder autour de mon lit, la nuit, pour tenter d'extraire mes rêves de mon cerveau. J'ai bien ma petite idée sur ce qu'elle fabrique pendant qu'on est au musée, cela dit. À trois reprises, j'ai aperçu des suçons dans son cou. Des piqûres de moustique, soi-disant. Ben voyons. Pendant mes missions d'espionnage, j'ai entendu dire qu'elle se rendait à vélo jusqu'à la promenade de la plage avec Courtney Barret le week-end et qu'elles y faisaient des concours à qui embrasserait le plus de mecs.

(PORTRAIT : *Jude tressant des garçons dans ses cheveux*)

En vérité, ma sœur n'a pas besoin de m'envoyer son ombre assassine. Rien ne l'empêche d'emmener maman sur la plage pour lui montrer l'une de ses femmes volantes avant que la marée ne les emporte. Parce que ça, ça changerait tout. Non pas que je le souhaite.

Pas le moins du monde, même.

L'autre jour, je l'observais, depuis l'à-pic, en train de façonner une nouvelle sculpture. Elle était dans sa cachette habituelle, à trois criques de chez nous. Cette fois, il s'agissait d'une grosse femme très ronde, en bas-relief, comme toujours, sauf qu'elle était à moitié transformée en oiseau – c'était une image si incroyable que ça m'a donné des frissons. J'ai pris une photo avec l'appareil de papa, mais c'est alors qu'une impulsion horrible et répugnante s'est emparée de moi : dès que Jude a quitté la crique et qu'elle s'est éloignée suffisamment pour ne plus pouvoir me voir ni m'entendre, j'ai descendu le sentier depuis la falaise, j'ai couru sur le sable et, mugissant tel un singe hurleur – leurs cris sont incroyables –, j'ai écrasé la femme-oiseau de tout mon poids avant de la détruire à coups de pied. Je n'avais même pas envie d'attendre que la marée l'emporte, cette fois. J'avais du sable partout, dans les yeux, la gorge et les oreilles. Pendant des jours, j'en ai retrouvé jusqu'au fond de mon lit, dans mes fringues et jusque sous mes ongles. Mais il fallait que je le fasse. C'était trop bon.

Et si, au détour d'une promenade, maman avait vu la femme-oiseau ?

Car que se passerait-il si c'était Jude l'artiste ? Pourquoi ne le serait-elle pas ? Elle surfe des vagues grosses comme des maisons et plonge depuis n'importe où. Elle a un teint parfait, des amis, elle a papa, le don des Sweetwine, des branchies et des nageoires en plus de ses poumons et de ses pieds.

Elle répand de la lumière. Moi, de l'obscurité. (PORTRAIT, AUTOPORTRAIT : *Jumeaux : la lampe-torche et la lampe moche*)

Oh, rien que d'y penser, mon corps se serre comme une serviette qu'on essore.

Et toutes les couleurs se délavent. (AUTOPORTRAIT : *Noah le Gris croque des pommes grisâtres sur l'herbe grise*)

Avec mes jumelles, je passe de la colline décolorée à la fourgonnette décolorée garée devant la maison décolorée à deux portes de la nôtre…

– Où diable est passé Ralph ? Où diable est passé Ralph ? s'écrie Prophète, le perroquet du voisin.

«Aucune idée, vieux. Personne n'a l'air de le savoir», dis-je comme pour lui répondre dans un souffle tout en me concentrant sur les déménageurs, les deux mêmes qu'hier – pas décolorés, ceux-là, ça non, au contraire –, des chevaux, ai-je décidé, l'un alezan, l'autre palomino. Ils transportent un piano noir à l'intérieur de la maison. Je zoome jusqu'à voir la sueur couler depuis leurs fronts congestionnés par l'effort jusqu'au creux de leurs cous et laisser des taches transparentes sur leurs tee-shirts humides et moulants comme une seconde peau… Ces jumelles sont géniales. Un fragment du ventre lisse et hâlé de l'alezan apparaît chaque fois qu'il lève les bras. Il est encore plus gaulé que le *David*. Je m'assois en tailleur, les coudes sur les genoux, et je ne perds pas une miette du spectacle. Une soif humide s'empare de moi. C'est maintenant un canapé qu'ils transportent sur le perron…

Soudain, je lâche mes jumelles. Car, sur le toit de cette même maison, un garçon braque un télescope en plein sur *moi*. Depuis combien de temps est-il là? Je l'observe à la dérobée derrière mes cheveux. Il est coiffé d'un chapeau étrange, comme dans les vieux films de gangsters, duquel semble dépasser une chevelure de surfeur blond platine en pagaille. Super, encore un surfeur. Même sans les jumelles, je vois qu'il sourit. Est-ce qu'il se moque de moi? Déjà? Sait-il que j'espionnais les déménageurs? Pense-t-il que…? Il doit forcément le penser. Je serre les poings, un sentiment de terreur me presse la gorge. Mais peut-être pas. Peut-être me sourit-il juste en bon voisin, genre salut-je-suis-nouveau-dans-le-quartier? Peut-être s'imagine-t-il que je m'intéressais au piano? Après tout, les crevards ne sont pas du genre à avoir un télescope, non? Quant à ce chapeau…

Je me lève et le vois sortir un truc de sa poche, armer son bras et lancer le truc en question par-dessus l'espace qui sépare nos deux maisons. Wouah. Je tends la main en l'air et, au même moment, un objet s'écrase au creux de ma paume. J'ai l'impression d'avoir la main trouée et le poignet fracturé, mais je ne bronche pas.

– Bien rattrapé! me crie-t-il.

Ah! C'est bien la première fois de ma vie qu'on me fait un compliment pareil. Dommage que papa n'ait pas entendu. Ou bien un journaliste de la *Gazette de Lost Cove*. Je suis allergique à tout ce qu'il faut rattraper, lancer, shooter ou dribbler. «Noah n'est pas fait pour les sports d'équipe.» Bon, et alors? Les révolutionnaires non plus.

J'examine le caillou plat au creux de ma main. Il doit faire la taille d'une pièce de monnaie et il est fendillé de partout. Que suis-je censé en faire? Je relève les yeux vers le garçon. Il est en train de diriger son télescope vers le ciel. Je suis incapable de dire quel animal il est. Peut-être un tigre albinos du Bengale, à cause de ses cheveux? Et puis, qu'est-ce qu'il regarde comme ça, d'abord? Je n'avais jamais réalisé que les étoiles continuent à briller pendant la journée, même lorsqu'on ne les voit pas. Il ne s'intéresse plus du tout à moi. Je glisse le caillou dans ma poche.

«Où diable est passé Ralph?» entends-je tout en redescendant l'échelle posée sur le côté de la maison. C'est peut-être *lui*, Ralph, si ça se trouve. Enfin. Ce serait parfait.

Je traverse la rue comme une flèche pour couper quand même à travers bois jusqu'à l'IAC, car je suis trop gêné pour passer devant chez notre nouveau voisin. Et maintenant que les couleurs reviennent, c'est une expérience surnaturelle de se retrouver au milieu de la forêt.

Les gens croient que ce sont eux qui commandent, mais ils se trompent. Ce sont les arbres.

Je me mets à courir, me fonds dans l'air, le bleu s'échappe du ciel pour me poursuivre tandis que je me plonge dans le vert, toutes les teintes et les nuances de vert qui déteignent en tourbillons de jaune, un jaune dingue, avant de percuter de plein fouet le violet des lupins, pareils à des cheveux de punk : partout. Je l'aspire, tout entier, en moi, encore et encore – (AUTOPORTRAIT : *Garçon faisant exploser une grenade de merveilles*) – et je sens la joie monter en moi, cette joie qui vous coupe le souffle et vous donne l'impression d'avoir un millier de vies à l'intérieur de votre petite existence misérable et, avant de m'en rendre compte, je me retrouve devant l'IAC.

Quand les cours se sont achevés au collège, il y a deux semaines, j'ai commencé à venir ici en reconnaissance et à épier par les fenêtres des ateliers lorsqu'il n'y avait personne. Il fallait que je voie le travail des élèves, que je comprenne s'ils étaient meilleurs que moi, si le jeu en valait vraiment la peine. Depuis six mois, je reste presque tous les jours après les cours pour étudier la peinture à l'huile avec Mr. Grady. Je crois qu'il tient autant à ce que j'intègre l'IAC que maman et moi.

Les travaux des élèves doivent être rangés quelque part, parce que je n'ai jamais vu un seul tableau pendant mes missions d'espionnage. Par contre, je suis tombé sur un cours de dessin avec modèle vivant dans l'un des ateliers du campus principal – un bâtiment dont un côté entier disparaissait sous une bordée de vieux arbres aux troncs épais. C'était un miracle. Après tout, qu'est-ce qui m'empêchait de m'incruster ? En toute discrétion, planqué derrière la fenêtre ouverte ?

C'est pour ça que je suis là. À chacun des deux cours auxquels j'ai assisté jusqu'à maintenant, il y avait une vraie fille nue, avec des seins comme des obus, assise sur une estrade. On en faisait des croquis éclair, toutes les trois minutes. Trop cool, même si je devais me hisser sur la pointe des pieds pour jeter un coup d'œil rapide avant de me rabaisser aussitôt pour dessiner, mais peu importe. L'essentiel, c'est que j'entends tout ce que dit le prof et que j'ai déjà appris une nouvelle façon de tenir mon fusain, si bien que j'ai l'impression de dessiner avec un moteur.

Aujourd'hui, je suis arrivé le premier. Adossé au mur bien chaud du bâtiment, j'attends le début du cours, écrasé par le soleil qui perce entre les arbres. Je sors le caillou noir de ma poche. Pourquoi le garçon sur le toit me l'a-t-il donné ? Pourquoi me souriait-il comme ça ? Ça n'avait pas l'air d'un piège, pas du tout – mais un bruit interrompt mes pensées, un bruit très humain, un craquement de branches : quelqu'un approche.

Je m'apprête à prendre la fuite dans les bois quand, du coin de l'œil, j'aperçois un mouvement à l'angle du bâtiment. Le bruit reprend et s'éloigne, comme si la personne faisait demi-tour. Un sac marron est posé sur le sol. Bizarre. J'attends un peu, puis je me faufile le long de la façade et jette un œil au coin du bâtiment : pas un chat. Je m'avance jusqu'au sac, m'accroupis et le secoue d'une main. Il y a une bouteille à l'intérieur. Je la sors : du gin Sapphire, à moitié pleine. Sans doute la planque de quelqu'un. Vite, je la remets à l'intérieur, repose le sac par terre et regagne mon poste de départ. Quoi, me faire choper avec ce truc et me retrouver sur la liste noire de l'IAC ? Pas question.

En jetant un œil par la fenêtre, je m'aperçois que tout le monde est là. Le prof, un type à la barbe blanche qui tient son gros ventre quand il parle, discute avec un élève près de la porte. Les autres sont en train d'installer leurs carnets de croquis sur leurs pupitres. J'avais raison. Inutile d'éclairer les classes, dans cette école. Tous les étudiants ont le sang qui brille. Tous des révolutionnaires. Une salle entière remplie de Bubble. Pas un seul crevard, pas un seul attardé du surf ni un seul frelon parmi eux.

Le rideau du vestiaire s'ouvre sur un grand mec en peignoir bleu. *Un mec.* Il ôte son peignoir pour l'accrocher à une patère puis, entièrement nu, se rend vers l'estrade, grimpe la marche, trébuche à moitié et en plaisante aussitôt, faisant rire toute la salle. Je n'entends pas sa petite blague à cause du cyclone qui me ravage de l'intérieur. Il est *tellement* nu – encore plus nu que ne l'était la fille. Et contrairement à elle, qui s'asseyait en cachant certaines parties de son corps avec ses bras maigres, lui prend la pose debout sur l'estrade, une main sur la hanche, presque avec un air de défi. Mon Dieu. Je ne peux plus respirer. Quelqu'un dit quelque chose que je n'entends pas non plus, mais le modèle sourit et, soudain, c'est comme si son visage se détraquait et devenait tout de travers. Un reflet dans un miroir brisé. Wouah.

Je plaque mon carnet contre le mur et le maintiens en place à l'aide de ma main droite et de mon genou. Quand ma main gauche cesse enfin de trembler, je commence à dessiner. Je ne regarde même pas ce que je fais, j'ai les yeux rivés sur lui. Je travaille sur son corps, en ressens les lignes et les courbes, les muscles et les os, chaque fragment de lui filtré par mon regard pour se diffuser jusqu'au bout de mes doigts. La voix du prof est comme le bruit des vagues sur la plage. Je n'entends plus rien… jusqu'à ce que le modèle prenne la parole. J'ignore s'il vient de s'écouler dix minutes ou une heure. «Qu'est-ce que vous diriez d'une petite pause?» Je crois déceler un accent britannique dans sa phrase. Il secoue d'abord les bras, puis les jambes. Je fais pareil car je réalise soudain que j'ai des fourmis partout, que je ne sens plus mon bras droit, que je me tenais en appui sur une seule jambe et que j'ai mal au genou à force de le garder appuyé contre le mur. Je le regarde traverser la salle pour regagner le vestiaire, légèrement chancelant, et comprends soudain que le sac marron est à lui.

Une minute plus tard, il se dirige nonchalamment vers la porte en peignoir – il se déplace comme de la colle. J'avais entendu le prof dire que la fille modèle était étudiante à la fac, et je me demande si c'est son cas aussi. Il a l'air plus jeune qu'elle. Je sais qu'il va venir chercher son sac avant même de sentir l'odeur de sa cigarette et de l'entendre approcher. J'envisage de fuir à travers bois, mais je reste cloué sur place.

Il tourne au coin du bâtiment et s'accroupit juste là, dos au mur. Il ne m'a pas encore vu, immobile à quelques mètres de lui. Son peignoir bleu resplendit sous le soleil comme la tunique d'un roi. Il écrase sa clope par terre et enfouit sa tête entre ses mains… Ça alors. Je suis frappé par cette image. C'est sa *vraie* pose, la tête entre les mains, sa tristesse irradiant jusqu'à moi.

(PORTRAIT: *Le garçon qui se pulvérise*)

Il tend la main vers son sac, sort la bouteille, ôte le bouchon et boit directement au goulot, paupières closes. Personne n'est supposé boire de l'alcool de cette manière, comme si c'était du jus d'orange. Je sais que je ne devrais pas être là, en train de l'espionner ; je sais que j'ai franchi la zone interdite. Je ne bouge pas un muscle, terrifié à l'idée qu'il me voie et découvre qu'il a un témoin. Les secondes passent. Il tient la bouteille contre son visage comme une compresse, les yeux toujours fermés, baigné par les rayons du soleil comme s'il était l'élu. Il boit une autre gorgée, puis rouvre les yeux et tourne la tête de mon côté.

Je lève les bras pour bloquer son regard tandis qu'il recule, effrayé. « Merde ! lâche-t-il. Tu sors d'où, toi ? »

Je ne trouve plus aucun mot, nulle part.

Il reprend rapidement ses esprits. « Tu m'as collé une de ces trouilles, mon pote », dit-il. Avant d'éclater de rire et de hoqueter en même temps. Il aperçoit mon carnet de croquis, avec mon dessin de lui en évidence sur la page. Il rebouche sa bouteille.

« T'as donné ta langue au chat ? Euh, pardon… vous connaissez cette expression, aux USA ? »

Je hoche la tête.

« OK, c'est bon à savoir. Ça fait seulement quelques mois que j'habite ici. » Il se relève en s'aidant du mur. « Voyons voir », dit-il en s'avançant d'un pas titubant. Non sans difficulté, il extrait une cigarette du paquet qu'il garde dans la poche de son peignoir. Sa tristesse semble s'être volatilisée. Je note un détail étrange.

– Tes yeux sont de deux couleurs différentes, dis-je tout à coup. Comme ceux d'un husky de Sibérie !

– Bravo. Il parle ! rétorque-t-il avec un sourire

qui détraque à nouveau tout l'équilibre de son visage.

Il allume sa cigarette, inhale une longue première bouffée et recrache la fumée par le nez, tel un dragon. Il me montre ses yeux et poursuit : « Heterochromia iridium, de quoi se retrouver expédié au bûcher avec les sorcières. » J'aimerais lui rétorquer que je trouve ça hyper-cool, mais bien sûr, je me tais. Une seule pensée me tourne dans la tête : je l'ai vu à poil, *lui*. J'ai les joues en feu mais j'espère que ça ne se voit pas. Il désigne mon carnet du menton. « Je peux ? »

J'hésite, ça ne me plaît pas trop. « Vas-y », ajoute-t-il en me faisant signe d'aller le chercher. On dirait qu'il chante quand il parle. Je ramasse le carnet et le lui tends. J'aimerais pouvoir lui expliquer la position dans laquelle je me tenais du fait que je n'avais pas de pupitre, que j'ai dû dessiner sans regarder ce que je faisais, que je suis nul. Que je n'ai pas le sang qui brille. Mais j'ai une grosse boule dans la gorge et je ne dis rien. « C'est superbe, dis donc », commente-t-il d'un ton enthousiaste. Il a l'air de le penser. « Les cours d'été étaient trop chers pour toi, c'est ça ?

— Je ne suis pas inscrit dans cette école.

— Tu devrais. » Mes joues me brûlent davantage. Il éteint sa clope contre le mur, projetant une gerbe d'étincelles. C'est sûr, il n'est pas d'ici. On est en pleine saison à risque pour les incendies. La nature ne demande qu'à s'enflammer.

« Je vais voir si je peux t'apporter un pupitre en douce à ma prochaine pause. » Il planque son sac derrière un rocher. Puis il pointe son index dans ma direction. « Si tu ne parles pas, je ne parlerai pas », déclare-t-il comme si on était maintenant complices. J'acquiesce en souriant. Les Anglais sont tout sauf des crevards ! Il faut que je déménage chez eux. William Blake était anglais. Francis Bacon (alias le-nom-de-Dieu-de-peintre-le-plus-génial-de-la-terre) aussi. Je le regarde s'éloigner, ce qui met un certain temps étant donné qu'il se traîne à la vitesse de l'escargot, et j'ai bien envie de lui dire une dernière chose, mais je ne sais pas quoi. Juste avant qu'il tourne au coin, une question me vient. « Tu es artiste ?

– Je suis plutôt le chaos ambulant, dit-il en s'appuyant d'une main contre le mur. Un putain de chaos ambulant. C'est toi l'artiste, mon pote. » Sur ces mots, il disparaît.

Je ramasse mon carnet et examine le croquis que j'ai fait de lui : ses épaules larges, sa taille étroite, ses longues jambes, le trait de poils qui lui part du nombril pour descendre… plus bas. « Je suis le chaos ambulant, dis-je à voix haute en imitant son accent, comme pris de vertiges. Je suis un putain d'artiste, mon pote. Un putain de chaos ambulant. » Je répète ces mots plusieurs fois de suite, de plus en plus fort et de plus en plus fougueusement, avant de prendre conscience que je suis en train de parler à des arbres avec un accent anglais. Confus, je m'empresse de regagner mon poste d'observation.

À deux ou trois reprises, pendant la séance suivante, l'Anglais regarde directement dans ma direction en me faisant un clin d'œil parce qu'on est maintenant complices, lui et moi ! Et à la pause suivante, il m'apporte un pupitre *et* un petit tabouret pour que je le voie mieux. J'installe mes nouveaux accessoires – c'est parfait – et m'adosse à côté de lui contre le mur pendant qu'il fume entre deux gorgées de gin. Je me sens hyper-cool, comme si je portais des lunettes de soleil. On est alliés, on est *potes*, sauf qu'il ne me dit absolument rien cette fois, rien du tout, et que son regard est devenu trouble et vitreux. Comme s'il se liquéfiait lui-même.

– Tu te sens bien ?

– Non, dit-il. Pas bien du tout.

Il jette son mégot dans une touffe d'herbes sèches, puis se lève et s'éloigne en titubant sans même se retourner ou me dire au revoir. Je m'empresse de piétiner le début d'incendie qu'il vient de provoquer, aussi déprimé que j'étais extatique tout à l'heure.

Grâce à mon nouveau tabouret, j'ai une vue imprenable sur l'atelier, jusqu'aux pieds des élèves, si bien que je ne rate rien de la suite des événements. Le prof attend l'Anglais devant la porte et lui fait signe de le suivre dans le couloir. Lorsqu'il revient, le modèle a la tête basse. Il regagne le vestiaire et en ressort quelques instants plus tard, habillé de pied en cap, l'air encore plus perdu et déconnecté que lors de sa première visite. Il n'adresse pas un seul regard aux élèves, ni à moi-même, en sortant du studio.

Le prof explique qu'il est en état d'ébriété et qu'il ne reviendra jamais plus poser comme modèle dans cette école, que l'IAC applique la politique de la tolérance zéro pour ce genre d'incident, et patati et patata. Puis il nous demande de finir nos croquis de mémoire. J'attends un peu, au cas où l'Anglais repasserait par ici, ne serait-ce que pour récupérer sa bouteille. Mais il ne revient pas. Je finis par planquer mon tabouret et mon pupitre dans les buissons en prévision de la prochaine fois, et je m'engouffre dans la forêt pour rentrer chez moi.

J'ai à peine fait quelques mètres sur le sentier que je reconnais le garçon du toit, appuyé contre un arbre, avec le même sourire et le même chapeau vert foncé qu'il fait tourner entre ses doigts. Ses cheveux sont une explosion de lumière blanche.

Je cligne des yeux parce que ma vue me joue parfois des tours.

Je recommence. Alors, comme pour me confirmer qu'il est bien réel, il parle :

« C'était comment, l'école ? » me lance-t-il comme si sa présence était tout ce qu'il y a de plus normal, comme s'il n'y avait rien d'étonnant au fait que je prenne des cours de dessin derrière une fenêtre, rien d'étonnant au fait qu'on ne se connaisse même pas, lui et moi, alors qu'il me sourit comme si c'était le cas, et surtout comme s'il n'y avait rien d'étonnant au fait qu'il m'ait suivi, car je ne vois pas comment expliquer autrement sa présence juste devant moi. Il doit avoir lu dans mes pensées, car il ajoute : « Ben ouais, mon pote, je t'ai suivi. Je voulais juste faire un tour en forêt, mais mes projets m'ont rattrapé... » Il me montre une petite valise remplie de cailloux. Il les collectionne ? Et les transporte dans une valise ? « Je n'ai pas encore déballé mon sac de météorites », poursuit-il. Je hoche la tête comme si j'y comprenais quelque chose. Les météorites ne sont-elles pas dans le ciel, et non par terre ? Je l'examine de plus près. Il est un peu plus âgé que moi, en tout cas, plus grand et plus costaud. Je me rends compte que je ne sais même pas quelle couleur j'utiliserais pour faire ses yeux. Aucune. C'est vraiment la journée des gens avec des yeux suprêmement cool. Les siens sont d'un marron si clair qu'il en est presque jaune, ou cuivré, et parsemé d'éclats verts. Mais je ne vois guère que des flashes de couleur étant donné qu'il plisse les yeux, détail charmant sur un visage. Peut-être pas un tigre du Bengale, tout compte fait…

– Pourquoi tu me regardes comme ça ? me demande-t-il.

Je baisse la tête, mortifié, des picotements brûlants dans la nuque. Je forme une pyramide d'aiguilles de pin avec le bout de mon pied.

« T'as dû bien t'entraîner en regardant ce type bourré pendant des heures. » Je relève la tête vers lui. Il m'a donc espionné pendant tout ce temps ? Il jette un œil intéressé à mon carnet. « Il était à poil ? » Il inspire en prononçant ces mots, et je sens comme un camion de briques dégringoler au fond de mon ventre. Je m'efforce de garder un air calme. Il m'a vu épier les déménageurs. Il m'a suivi jusqu'ici. Nouveau coup d'œil en direction de mon carnet. Il veut que je lui montre mes dessins de l'Anglais tout nu ? On dirait. Et j'ai envie de les lui montrer. Très envie. Je me sens traversé par un second cyclone, bien plus intense que celui de tout à l'heure. Je suis sûr d'avoir été piraté et de ne plus avoir le contrôle de mon propre cerveau. C'est la faute de ses yeux plissés couleur cuivre. Ils m'hypnotisent. Il me sourit, mais seulement avec la moitié de sa bouche, et je remarque qu'il a les dents du bonheur, autre détail suprêmement charmant sur un visage. «Écoute, mec, dit-il d'une voix goguenarde, je me suis paumé. J'ai essayé un chemin et je me suis retrouvé ici. J'attendais que tu me serves de guide.» Il remet son chapeau.

Je lui indique la bonne direction et ordonne à mon corps piraté de se remettre en marche. Il referme sa valise de cailloux (je n'en reviens toujours pas), la soulève par la poignée et m'emboîte le pas. J'essaie de ne surtout pas le regarder. Je voudrais me débarrasser de lui. Je crois. Je garde les yeux rivés sur les arbres. Les arbres sont sans danger.

Ils sont calmes.

Et ils n'exigent pas de moi que je leur montre mes dessins de nu dans mon carnet!

Le trajet est long, ça grimpe pas mal, et la lumière du soleil s'estompe un peu plus dans la forêt à chaque minute. À côté de moi, même avec sa valise de pierres, qui doit être lourde, vu qu'il ne cesse de la passer d'un bras à l'autre, le type gambade presque sous son chapeau, comme si ses jambes étaient montées sur ressorts.

Au bout d'un moment, les arbres m'apaisent.

À moins que ce ne soit sa présence.

Parce que marcher à ses côtés ne me paraît plus ni chaud ni froid.

Il doit dégager une sorte d'aura de calme – peut-être l'émet-il du bout du doigt – parce qu'en effet, je me sens détendu, excessivement détendu, comme une motte de beurre en train de fondre au soleil. C'est vraiment bizarre.

Il n'arrête pas de ramasser des cailloux qu'il examine pour ensuite les rejeter par terre ou les glisser dans la poche de son sweat-shirt, qui commence à s'alourdir. Je ne le quitte pas d'une semelle, j'ai envie de lui demander ce qu'il cherche. De lui demander pourquoi il m'a suivi. À quoi lui sert son télescope et s'il voit des étoiles pendant la journée. D'où il vient, comment il s'appelle, s'il aime le surf, quel âge il a et dans quel bahut il va à la rentrée. À plusieurs reprises, j'essaie de formuler une question en ayant l'air détaché et normal, mais les mots restent coincés quelque part et ne trouvent jamais le chemin de la sortie. Finalement, j'abandonne et sors mes pinceaux invisibles pour commencer à le peindre dans ma tête. Puis je me dis que, si ça se trouve, ces cailloux lui servent à alourdir ses poches pour l'empêcher de s'envoler…

On continue à marcher dans la grisaille du crépuscule et la forêt s'endort tout doucement. Les arbres se couchent côte à côte, la rivière s'arrête de couler, les plantes se renfoncent dans la terre, les animaux changent de place avec leurs ombres et, pour finir, nous aussi.

Quand on sort enfin du bois pour émerger dans notre rue, il se tourne vers moi.

– Ça alors ! J'étais jamais resté aussi longtemps sans parler. Genre, de toute ma vie ! C'était comme de retenir son souffle ! Comme de faire un concours avec moi-même. T'es toujours comme ça ?

– Comme quoi ?

– Eh mec ! s'écrie-t-il. Tu te rends compte que ce sont les premiers mots que tu prononces ? (Non, je ne m'en rendais pas compte.) T'es comme

Bouddha ou je ne sais qui. Ma mère est bouddhiste. Elle devrait plutôt devenir copine avec toi.
Enfin, je ne parle pas de : « Je suis un putain d'artiste, mon pote, un putain de chaos ambulant. »
Il prononce ces mots avec un faux accent britannique avant d'éclater de rire.

Il m'a entendu ! Quand je parlais aux arbres !
Tout le sang me monte à la tête, j'ai l'impression
qu'elle va exploser. Le silence de notre longue
marche l'a transformé en moulin à paroles et je
comprends que c'est quelqu'un de très joyeux,
rien qu'à la manière dont son rire le transporte
et l'illumine. Même s'il se moque de moi, je me
sens bien, accepté, voire légèrement grisé par le
fou rire qui commence à me gagner moi aussi. Il
faut dire que ça devait être hilarant, moi décla-
mant tout seul avec un accent anglais. Voilà qu'il
me refait son imitation, avec un accent *british* à
couper au couteau – « Je suis un putain d'artiste »
– alors je renchéris, « Un putain de chaos ambulant, mon pote ». Et là, je craque et j'éclate de rire,
et il répète sa phrase, et moi la mienne, et on se
marre tous les deux, on est carrément pliés de rire,
et on met un sacré bout de temps à s'en remettre
parce qu'à chaque fois que l'un de nous réussit
à s'arrêter de rire, l'autre lui glisse : « Je suis un
putain de chaos ambulant, mon pote », et c'est
reparti pour un tour.

Une fois qu'on a vraiment retrouvé notre calme,
je réalise qu'il vient de m'arriver un truc inédit.
Jamais je n'avais connu ça. C'est comme si j'avais
volé, ou quelque chose comme ça.

Il désigne mon carnet. « En fait, c'est là-dedans
que tu t'exprimes, hein ?

– En gros, oui. » On s'est assis sous un lampadaire et je me fais violence pour ne pas le dévorer du regard. Mais c'est dur. J'aimerais que le temps s'arrête pour que je puisse le regarder aussi longtemps que je veux. Il se passe un truc sur son visage, en ce moment même, un truc très lumineux qui essaie de s'échapper – comme un barrage qui retiendrait un mur de lumière. Qui sait, il a peut-être un soleil en guise d'âme. Je n'avais jamais rencontré quelqu'un avec l'âme comme un soleil.

J'ai envie de parler pour qu'il reste. Je me sens *tellement* bien, un bien verdoyant et luxuriant. « Je peins dans ma tête, dis-je. Et je le fais depuis tout à l'heure. » Je n'avais jamais avoué ça à qui que ce soit, même pas à Jude, et j'ignore ce qui m'a pris. Jamais je n'avais ouvert la porte de mon musée imaginaire.

– Tu peignais quoi ?

– Toi.

Il en écarquille les yeux de surprise. Je n'aurais pas dû lui dire. Je ne voulais pas, c'est sorti tout seul. L'air semble se fendiller autour de nous et son sourire s'efface. Quelques mètres plus loin, ma maison est un phare. Sans réfléchir, je traverse la rue en courant avec un gros nœud dans le ventre et le sentiment d'avoir tout gâché – l'ultime coup de pinceau qui ruine *toujours* l'ensemble du tableau. Il va sans doute vouloir me jeter du haut du pic du Diable avec Fry dès demain. Sortir ses cailloux et…

Arrivé au pied du perron, j'entends : « J'étais comment, sur ton tableau ? » Il y a de la curiosité dans sa voix. Il n'a rien d'un crevard.

Je me retourne. Il est sorti du faisceau de lumière. Je ne distingue qu'une silhouette au milieu de la rue. Voilà à quoi il ressemblait, sur mon tableau : il flottait au-dessus de la forêt endormie, son chapeau vert tourbillonnant au-dessus de sa tête. Il tenait à la main sa valise ouverte d'où s'échappait un ciel immense parsemé d'étoiles.

Mais je ne veux pas lui dire – comment le pourrais-je ? –, alors je tourne les talons, je grimpe les marches du perron, j'ouvre la porte et j'entre sans lui jeter un regard.

Le lendemain matin, Jude crie mon prénom depuis le couloir, ce qui signifie qu'elle va faire irruption dans ma chambre d'une seconde à l'autre. Je tourne précipitamment la page de mon carnet. Je ne veux surtout pas qu'elle voie mon dessin en cours : ma troisième version du petit nouveau du quartier, avec ses yeux de cuivre tournés vers le ciel, sa collection de cailloux, ses éclats de rire intempestifs et des étoiles plein sa valise. J'ai fini par trouver la couleur parfaite, la forme exacte de ses paupières mi-plissées, si bien que plonger mon regard dans le dessin de ses yeux me donnait les mêmes frissons que les vrais. J'étais dans un tel état d'excitation que j'ai dû tourner cinquante fois autour de ma chaise avant de me calmer.

Je m'empare d'un crayon pastel et je fais semblant de peaufiner un portrait de l'Anglais nu que j'ai terminé hier soir. Je l'ai représenté façon cubiste pour que son visage ressemble encore davantage à un miroir cassé. Jude débarque en talons hauts et minirobe bleue. Maman et elle n'arrêtent pas de se disputer à cause des nouvelles fringues qu'elle porte, c'est-à-dire pas beaucoup. Ses cheveux sont si ondulés qu'ils rebondissent presque. Les jours humides, d'habitude, c'est comme si la pluie la délavait de son aura et de sa magie. Elle semble alors presque ordinaire, comme nous autres. Mais pas aujourd'hui. Elle s'est tartiné la figure de maquillage. Ça aussi, c'est un sujet de querelle entre maman et elle. Sans parler du fait qu'elle ne respecte pas son couvre-feu, qu'elle est insolente, qu'elle claque les portes, qu'elle envoie des SMS à des garçons qui ne sont même pas élèves de son collège, qu'elle traîne avec des attardés du surf plus âgés qu'elle, qu'elle plonge du haut de la corniche de la Mort – la falaise la plus haute et la plus terrifiante du coin –, qu'elle veut dormir chez ses copines frelons presque tous les soirs, qu'elle dépense tout son argent de poche pour s'acheter un rouge à lèvres baptisé Point d'Ébullition et qu'elle fait le mur en sortant par la fenêtre de sa chambre. Personne ne me demande mon avis, mais je pense que si elle s'est transformée en une espèce de diablesse qui rêve d'embrasser tous les garçons de Lost Cove, c'est parce que maman a oublié de regarder son carnet de croquis, le jour de notre première visite au musée.

Et parce qu'on l'a oubliée, aussi. C'était à l'expo Jackson Pollock. Avec maman, on était restés une éternité devant l'un de ses tableaux intitulé *One: Number 31* – un truc de fou! – et, quand on est ressortis du musée, la peinture si vivante et arachnéenne de Pollock nous habitait encore, elle semblait vibrer autour des passants, sur les façades des immeubles, et nous avons eu une conversation à bâtons rompus dans la voiture à propos de sa technique, et c'est seulement au milieu du pont qu'on s'est aperçus de l'absence de Jude.

Maman a répété «Oh, mon Dieu oh, mon Dieu oh, mon Dieu» en boucle pendant toute la durée du trajet retour. J'en étais malade. Lorsqu'on a pilé devant l'entrée du musée, Jude était assise sur le trottoir, la tête entre les genoux. On aurait dit un morceau de papier chiffonné.

En vérité : maman et moi étions habitués à ne plus remarquer sa présence quand on était tous les trois ensemble.

Elle dépose une boîte sur mon lit avant de venir se poster derrière moi, à mon bureau, pour regarder par-dessus mon épaule. Une longue corde de ses cheveux humides se met à pendre dans ma nuque. Je la chasse d'un geste.

L'Anglais nu nous fixe depuis la page de mon carnet. Pour choper son espèce de regard de schizo, juste avant le moment où le désespoir s'était emparé de lui, j'étais allé davantage vers l'abstraction que d'habitude. Il ne se reconnaîtrait sans doute pas lui-même, mais le résultat était pas mal du tout.

– C'est qui? me demande-t-elle.

– Personne.

– Ben voyons. C'est qui? insiste-t-elle.

– Quelqu'un que j'ai inventé, dis-je en repoussant une autre mèche de ses cheveux mouillés pareils à la queue d'un écureuil.

– Tut tut! Il est réel. Je vois bien que tu mens.

– Tu te trompes, Jude. Je le jure.

Je n'ai pas envie de lui dire. Je ne veux pas qu'elle se fasse des idées. Et si elle se mettait à rôder sur le campus de l'IAC pour assister elle aussi à des cours en douce ?

Elle vient carrément à côté de moi et se penche pour mieux voir.

« J'aimerais qu'il soit réel, soupire-t-elle. Il a l'air trop cool. Trop… je sais pas… Il y a un truc… » C'est étrange. Aucun de mes dessins ne lui fait plus cet effet depuis longtemps. D'habitude, elle se contente d'y jeter un œil comme si elle avait du caca dans la bouche. Elle croise ses bras sur sa poitrine – qui est toute pleine de bosses maintenant, on croirait *Le Choc des Titans*. « Tu me le donnes ? »

Je n'en reviens pas. C'est la première fois qu'elle me demande une chose pareille. Je déteste donner mes dessins. « En échange du soleil, des étoiles, des océans et de tous les arbres, je veux bien y réfléchir », dis-je, sachant pertinemment qu'elle n'acceptera jamais. Elle sait que je veux absolument avoir le soleil et les arbres. On se partage le monde depuis l'âge de cinq ans. Je suis en position de force, en ce moment ; pour la première fois, la domination de l'univers semble à ma portée.

« Tu plaisantes ? » dit-elle en se redressant d'un bond. Ça m'énerve qu'elle soit devenue aussi grande. À croire qu'on l'étire de force pendant la nuit. « Ça ne me laisse plus que les fleurs, Noah. »

Parfait, me dis-je *in petto*. Elle n'acceptera jamais. La question est officiellement réglée – sauf que pas vraiment. Elle soulève mon carnet devant elle pour plonger son regard dans celui du portrait, comme si elle s'attendait à ce que l'Anglais lui adresse la parole.

– OK, lâche-t-elle. Les arbres, les étoiles, les océans. Marché conclu.

– Et le soleil, Jude.

– Bon, d'accord, dit-elle à ma grande surprise. Je te donne le soleil.

– J'ai presque tout, maintenant ! je m'écrie. T'es dingue !

– Mais moi, je l'ai *lui*.

Avec mille précautions, elle arrache la page de l'Anglais nu, Dieu merci sans remarquer le dessin juste en dessous, et va s'asseoir sur mon lit avec son trophée à la main.

« T'as vu le nouveau voisin ? me demande-t-elle. Il a l'air complètement taré. » Je baisse les yeux vers mon carnet, où le taré en question explose en un feu d'artifice de lumières. « Il porte un chapeau vert avec une plume dessus. La *lose* ! » Elle lâche son nouveau rire de frelon insupportable. « Ouais. Il a l'air encore plus bizarre que toi, c'est dire. » Elle marque une pause. J'attends, dans l'espoir qu'elle redevienne ma sœur, c'est-à-dire telle qu'elle était avant, et non cette nouvelle version. « Sans doute pas plus que toi. » Je me retourne. Ses antennes oscillent d'avant en arrière sur son front. Elle est venue m'infliger la piqûre fatale. « *Personne* n'est plus bizarre que toi. »

J'ai vu un reportage sur une race de fourmis en Malaisie, qui se font imploser elles-mêmes sous l'effet de la menace. Elles attendent que leurs ennemis (les frelons, par exemple) soient assez près, puis elles se transforment en bombes empoisonnées.

– J'en sais rien, Noah. *Bzz. Bzz. Bzz.*

Elle est en mode automatique. J'entame le compte à rebours avant ma détonation. Dix, neuf, huit, sept…

– Pourquoi faut-il que tu sois tellement *bzz bzz bzz*, tellement *toi*, tout le temps ? C'est…

Sa phrase reste en suspens.

– C'est quoi ? je lui demande, brisant ma craie pastel en deux – *crac* – comme si je brisais un cou.

Elle a un geste exaspéré.

– C'est *gênant*, tu comprends ?

– Au moins, je suis encore moi-même.

– Qu'est-ce que tu entends par là ? Je n'ai rien à me reprocher, ajoute-t-elle, sur la défensive. J'ai le droit d'avoir d'autres amis. Des amis qui ne sont pas toi.

– J'ai d'autres amis, moi aussi, dis-je en coulant un regard en direction de mon carnet.

– Ah, oui, vraiment ? Qui ça ? Les amis imaginaires ne comptent pas. Ni ceux que tu dessines.

Six, cinq, quatre… Ce que je ne sais pas, c'est si les fourmis de Malaisie meurent dans le processus de destruction de leurs ennemis.

« Eh bien, le nouveau voisin, par exemple », dis-je. Je fouille dans ma poche pour toucher le caillou qu'il m'a donné. « Et il n'est pas taré du tout. » Alors qu'il l'est, en vérité ! Il a une valise remplie de cailloux !

– C'est ton ami ? Ben voyons. Comment s'appelle-t-il, alors ?

Là, elle m'a coincé.

– J'en étais sûre, ajoute-t-elle d'un ton sec.

Je la déteste. Je suis *allergique* à sa présence. Je regarde la reproduction de Chagall sur le mur en face de moi et tente de m'immerger dans le tourbillon onirique de sa peinture. La vraie vie, ça craint. À ça aussi, je suis allergique. Me marrer avec le nouveau voisin, ça ne ressemblait pas à la vraie vie. Pas un instant. Être avec ma sœur, ça n'y ressemblait pas non plus, autrefois. Mais maintenant, c'est le pire truc asphyxiant et gerbifiant qu'on puisse imaginer. Lorsqu'elle reprend la parole, quelques instants plus tard, c'est d'une voix dure, tendue :

– Qu'est-ce que tu t'imagines ? Il fallait bien que je me fasse d'autres amis. Tu passes ton temps terré dans ta chambre à gribouiller des trucs stupides et à te faire des films avec maman sur cette école d'art à la noix.

Gribouiller des trucs stupides ?

C'est parti. Trois, deux, un : j'appuie sur l'unique détonateur dont je dispose. « T'es jalouse, Jude. Voilà. Tout ça, c'est de la jalousie et rien d'autre. »

J'ouvre une page blanche de mon carnet et prends un crayon pour commencer (PORTRAIT : *Ma Sœur-Frelon*), non (PORTRAIT : *Ma Sœur-Araignée*), voilà, c'est mieux, la reine du poison et des petits déplacements furtifs dans le noir sur ses huit pattes poilues.

Quand le silence qui s'est abattu sur ma chambre finit par me crever les tympans, je me tourne vers elle. Ses grands yeux bleus brillent droit dans ma direction. Le frelon en elle s'est volatilisé. Et elle n'a rien d'une araignée.

Je repose mon crayon.

D'une voix si faible que je distingue à peine les mots, elle déclare : « C'est aussi ma mère. Tu ne voudrais pas la partager un peu ? »

La culpabilité me serre le cœur. Je me tourne de nouveau vers mon Chagall pour le supplier de m'absorber, oh pitié, quand papa apparaît soudain dans l'encadrement de la porte. Il a une serviette autour du cou, le torse nu et bronzé. Ses cheveux sont humides – maman et lui ont dû aller nager. Ils font tout ensemble, en ce moment.

Il penche la tête d'un air interrogateur, comme s'il voyait les morceaux de corps arrachés et les tripes d'insectes éparpillés aux quatre coins de la pièce. «Tout va bien, les enfants?»

On acquiesce en même temps. Papa place ses mains de chaque côté de l'encadrement de la porte, emplissant tout l'espace – voire les États-Unis entiers. Comment puis-je à la fois le détester et vouloir autant lui ressembler?

Je n'ai pas toujours souhaité qu'un immeuble lui tombe dessus, cela dit. Quand on était petits, avec Jude, on s'asseyait sur la plage comme deux canetons, *ses* canetons, en attendant pendant des heures qu'il finisse de nager pour le voir jaillir des vagues tel Poséidon. Il se plantait devant nous, si colossal qu'il éclipsait le soleil, et il secouait la tête en nous éclaboussant comme une pluie salée. Il me tendait toujours la main en premier pour m'asseoir sur l'une de ses épaules, avant de hisser ma sœur de l'autre côté. On remontait toute la plage comme ça, et les autres gamins avec leurs pères maigrichons en étaient verts de jalousie.

Mais ça, c'était avant qu'il s'aperçoive que j'étais moi. Le jour où il a nagé en direction du rivage et où, au lieu de sortir de l'eau, il est reparti avec Jude et moi, chacun sur une épaule, vers le large. L'océan était agité, couvert d'écume, et les vagues nous frappaient de toutes parts à mesure qu'on s'éloignait. Je m'agrippais à son bras, qui m'entourait comme une ceinture d'acier, et je me sentais en sécurité parce que papa était là et que c'était sa main qui soulevait le soleil chaque matin et le descendait chaque soir.

Il nous a dit de sauter.

J'ai cru mal entendre mais Jude a bondi en l'air avec un hurlement de joie, un sourire extatique aux lèvres, avant de disparaître sous la surface pour remonter quelques secondes plus tard, hilare, et se laisser flotter comme un petit bouchon heureux, agitant les jambes et faisant tout bien comme on nous avait appris en cours de natation pendant que moi, sentant la pression du bras de papa se relâcher autour de moi, je m'étais cramponné à sa tête, à ses cheveux, à son oreille, à la pente glissante de son dos, sans rien trouver à quoi me raccrocher.

« Dans ce monde, on nage ou on coule, Noah », m'a-t-il déclaré avec gravité. La ceinture de sécurité de son bras est devenue une fronde qui m'a propulsé dans l'eau.

J'ai coulé.

Comme.

Une.

Pierre.

(AUTOPORTRAIT : *Noah et les concombres de mer*)

Le premier sermon sur le thème du parapluie cassé a eu lieu le soir même. Il faut être courageux quand on a peur, ça s'appelle être un homme. J'ai eu droit à tout : comporte-toi comme un dur, tiens-toi droit quand tu t'assois, tiens-toi droit quand tu es debout, bats-toi jusqu'au bout, pratique des sports collectifs, regarde-moi dans les yeux, réfléchis avant de parler. Si Jude n'était pas ta sœur jumelle, je penserais que tu es né par parthéno-je-ne-sais-quoi. Heureusement que ta sœur est là, sans quoi ils t'auraient transformé en chair à pâté sur le terrain de foot. Heureusement que ta sœur est là. Heureusement que ta sœur est là. Tu n'as pas honte de laisser une fille se battre à ta place ? Tu n'as pas honte qu'on te choisisse toujours en dernier pour former une équipe ? Tu n'as pas honte d'être toujours tout seul ? Tu n'as pas honte, Noah ? Pas honte ?

OK, assez ! Oui, j'ai honte.

Pourquoi faut-il que tu sois toujours tellement TOI, Noah ?

Ils constituent leur propre petite équipe, à présent. Ce n'est plus seulement Jude et moi. Alors tant pis, mais c'est comme ça. Pourquoi devrais-je partager maman ?

«Cet après-midi, bien sûr», est-elle en train de dire à papa. Il lui sourit comme si elle était un arc-en-ciel, traverse la chambre d'un pas d'ogre et me donne une petite tape affectueuse sur la tête – de quoi m'infliger une commotion cérébrale.

Dehors, Prophète coasse : «Où diable est passé Ralph ? Où diable est passé Ralph ?»

Papa mime le geste d'étrangler le perroquet à mains nues, puis me demande : «Et ce coiffeur, c'est pour quand ? Tu fais très préraphaélite avec ta longue chevelure sombre.» En raison de la passion contagieuse de maman, même lui, tout crevard qu'il est, en connaît un rayon sur l'art. Assez pour m'insulter, en tout cas.

– J'adore les préraphaélites, je marmonne.

– Les aimer, c'est une chose, mais ressembler à l'un de leurs modèles, c'en est une autre, pas vrai, champion ?

Autre tape sur le sommet de ma tête, autre commotion cérébrale.

Après son départ, Jude me confie : « J'aime tes cheveux longs, moi. » Et ces mots seuls suffisent à effacer la tension qui règne entre nous, ainsi que mes vilaines pensées. D'un ton qui se veut enjoué, elle ajoute : « T'as envie de jouer ? »

Je me tourne vers elle, soudain rappelé au fait qu'on a été fabriqués ensemble, cellule par cellule. On se tenait déjà compagnie avant d'avoir des yeux ou des mains. Avant même que nos âmes nous soient livrées.

Elle est en train de sortir une sorte de plateau de la boîte qu'elle a posée sur mon lit.

– C'est quoi ?

« Où diable est passé Ralph ? Où diable est passé Ralph ? » redemande le perroquet, toujours aussi affolé. Jude se penche par la fenêtre près du lit et hurle : « Désolée, Prophète, on n'en sait rien ! » J'ignorais qu'elle lui parlait, elle aussi. Ça me fait sourire.

– C'est un Ouija, m'explique-t-elle. Je l'ai trouvé dans la chambre de Granny. On y a joué toutes les deux, une fois. Il suffit de poser des questions et ça te donne les réponses.

– Les réponses de qui ? je demande, même s'il me semble avoir déjà vu ça dans des films.

– Ben, tu sais. Des esprits.

Goguenarde, elle lève et abaisse les sourcils plusieurs fois de suite, comme pour me faire peur. Je sens un sourire se dessiner au coin de mes lèvres. J'aimerais tellement qu'on refasse équipe, elle et moi ! J'aimerais tant que les choses redeviennent comme avant.

– OK, dis-je. Pourquoi pas.

Son visage s'éclaire. «C'est parti.» Et c'est comme si toute cette horrible conversation n'avait jamais eu lieu. Comme si on ne s'était pas écharpés vivants. Comment le vent peut-il tourner aussi vite ?

Elle me montre le fonctionnement, comment tenir légèrement le pointeur du bout des doigts pour que les esprits puissent le manipuler et le déplacer sur le plateau en direction des lettres de l'alphabet ou des cases «Oui» et «Non».

Je lâche un petit rire.

– Et c'est moi, le taré ? Sérieux ?

Elle entrouvre une paupière. «C'est comme ça qu'on fait, juré. Granny m'a appris.» Elle referme l'œil. «OK, les esprits. Voilà ma question : est-ce que M. est amoureux de moi ?»

– C'est qui, M. ? ai-je envie de savoir.

– Juste quelqu'un.

– Michael Stein ?

– Sûrement pas !

– Ne me dis pas que c'est Max Fracker !

– Non mais ça va pas ?

– Alors qui ?

– Noah, les esprits ne viendront jamais si tu interromps la séance tout le temps. Je ne te dirai pas qui c'est.

– Très bien.

Elle écarte les bras, repose sa question et place sa main sur le pointeur.

J'y ajoute la mienne, aussi. Le pointeur va sur

la case « Non ». Il est fort possible que je l'aie déplacé moi-même.

– Tu triches ! s'exclame Jude.

La fois d'après, je ne triche pas, et le pointeur va quand même sur le « Non ».

Jude semble extrêmement contrariée.

– Essayons encore.

Cette fois, je la vois distinctement déplacer le pointeur vers le « Oui ».

– C'est toi qui triches, maintenant, dis-je.

– Bon, encore une fois.

Le pointeur indique « Non ».

Elle soupire. « OK, à toi. »

Je ferme les yeux et formule intérieurement ma question : *serai-je accepté à l'IAC l'année prochaine ?*

– À voix haute, ajoute-t-elle, exaspérée.

– Pourquoi ?

– Parce que les esprits n'entendent pas ce qui se passe dans ta tête.

– Qu'est-ce que t'en sais ?

– Je le sais, point final. Maintenant, accouche. Et n'oublie pas d'écarter les bras.

– D'accord.

J'ouvre les bras en croix et répète tout haut : « Serai-je accepté à l'IAC l'année prochaine ? »

– Question idiote. Bien sûr que oui.

– J'ai besoin d'en avoir la certitude. »

Je la fais recommencer plus de dix fois de suite. Chaque fois, la réponse est non. Jude finit par replier le plateau. « C'est des conneries, de toute manière », soupire-t-elle. Mais je sais qu'elle n'en croit pas un mot. M. n'est pas amoureux d'elle et je ne serai pas admis à l'IAC.

– Demandons si tu seras admise, dis-je.

– C'est débile. Ils ne me prendront jamais. Et puis, qui te dit que je vais m'inscrire ? Je préfère aller au lycée Roosevelt, comme tout le monde. Ils ont une équipe de natation.

– Allez, quoi…, j'insiste.

La réponse est oui.

Encore.

Et encore.

Et encore.

Je ne peux pas rester au lit une minute de plus, alors je m'habille et je grimpe sur le toit pour voir si le nouveau voisin est là. Il n'y est pas, ce qui n'a rien de surprenant étant donné qu'il est six heures du matin et qu'il fait encore à peine jour, mais une idée m'obsédait pendant que je me tournais et me retournais dans mon lit tel un poisson pris dans un filet, et cette idée, c'est qu'il était sûrement réveillé, lui aussi, à projeter avec ses doigts des décharges électriques à travers le plafond dans ma direction, et c'était même la raison pour laquelle je ne trouvais pas le sommeil. Mais je me trompais. Il n'y a que moi, ici, seul avec la lune ronde qui s'estompe peu à peu et toutes les mouettes venues à Lost Cove pour participer à un concert de cris au point du jour. Je ne m'étais jamais levé de si bonne heure, et j'ignorais qu'elles pouvaient faire autant de bruit. Ou que l'atmosphère pouvait être aussi sinistre, me dis-je dans ma tête en observant tous ces vieux bonshommes voûtés déguisés en arbres.

Je m'assois, ouvre mon carnet à une page vierge et tente de dessiner, mais impossible de me concentrer pour réussir ne serait-ce qu'un trait correct. C'est la faute du Ouija. Et si la vérité était que ma sœur entrerait à l'IAC et pas moi ? Que je devrais retourner au lycée Roosevelt avec ses trois mille clones gerbifiants de Franklyn Fry ? Que j'étais un peintre raté ? Que maman et Mr. Grady jouaient la comédie pour me faire plaisir ? Parce que je suis *gênant*, comme dit ma sœur. Et comme le pense mon père. J'enfonce ma tête entre mes mains, et je sens la chaleur de mes joues contre mes paumes en repensant à ce qui s'est passé dans les bois avec Fry et Winter l'hiver dernier.

— (AUTOPORTRAIT, Série : *Parapluie cassé n° 88*)

Je relève la tête et jette un coup d'œil au toit du voisin. Et s'il découvre que je suis moi ? Un vent glacé me transperce comme un courant d'air dans une pièce vide, et je pressens tout à coup que le futur va être horrible ; pas seulement pour moi, mais aussi pour ce monde maudit et maussade.

Je m'allonge sur le dos, étends les bras le plus loin possible et chuchote : « Au secours. »

Quelques instants plus tard, je suis alerté par le bruit d'une porte de garage. Je me redresse sur mes coudes. Le ciel a viré au bleu (azur), l'océan encore plus (céruléen), les arbres sont des tourbillons de tous les verts qui existent sur terre et un jaune intense et brillant envahit absolument tout le reste. Génial. Le jour du jugement dernier a été repoussé à une autre fois, apparemment.

— (PAYSAGE : *Quand Dieu colorie hors des lignes*)

Je me rassois et constate que la porte de garage qui vient de s'ouvrir n'est autre que la *sienne*.

Une poignée de secondes qui ressemble à une poignée d'années plus tard, je le vois s'éloigner le long de la rue. Un gros sac noir, genre sac de marin, lui pend en travers du torse. Son fameux sac de météorites, peut-être ? Oui, il a un sac de *météorites*. Il transporte des morceaux de la galaxie en bandoulière. Oh là là. J'essaie de crever le ballon d'euphorie qui me soulève dans les airs en me disant que je ne devrais pas me mettre dans un état pareil rien qu'en voyant un garçon que j'ai rencontré la veille. Quand bien même il transporterait des morceaux de la galaxie en bandoulière !

(AUTOPORTRAIT : *Garçon et son ballon d'euphorie aperçus pour la dernière fois au-dessus de l'océan Pacifique*)

Il traverse la rue pour rejoindre le sentier de la forêt, s'arrête à l'endroit où on a eu notre fameux fou rire hier, paraît hésiter un moment puis se retourne pile vers moi, comme s'il savait que j'étais là depuis le début, voire que je guettais sa présence depuis le lever du jour. Nos regards s'accrochent l'un à l'autre et un frisson électrique me parcourt l'échine. Je suis quasi sûr qu'il m'invite à le suivre par télépathie. Après une bonne minute d'échanges silencieux comme je n'en ai jamais eu qu'avec Jude, il pivote sur ses talons et disparaît dans la forêt.

J'aimerais le suivre. Vraiment, oui, j'adorerais, sauf que je ne peux pas. Parce que mes pieds sont cimentés au toit. Pourquoi ? Où est le mal ? Il m'a bien suivi jusqu'à l'IAC, hier ! Les gens se font des amis. Partout, tout le temps. Moi aussi, j'en suis capable. Et puis, après tout, on est déjà potes – on s'est marrés comme des putois hier. C'est décidé. J'y vais. Je glisse mon carnet de croquis

116

dans mon sac à dos, je redescends l'échelle et me dirige à mon tour vers le sentier.

Je ne le vois nulle part. Je guette ses bruits de pas, mais n'entends rien d'autre que mon pouls qui cogne à mes oreilles. Je continue à longer le sentier et je tombe alors sur lui, juste après le premier virage, agenouillé sur le sol. Il est en train d'examiner quelque chose à la loupe dans le creux de sa main. Franchement gerbifiant. Je ne sais pas quoi lui dire. Je ne sais pas quoi faire de mes mains. Je veux rentrer chez moi. Sur-le-champ. Je commence à faire demi-tour lorsqu'il tourne la tête et m'aperçoit.

«Oh, salut!» me lance-t-il d'un air tranquille. Il se lève et jette ce qu'il avait dans la main. Souvent, les gens ressemblent moins à l'image que vous aviez gardée d'eux quand vous les revoyez pour la deuxième fois. Mais lui, non. Il flotte en l'air, exactement comme la vision que j'avais de lui dans ma tête. Il irradie de lumière. Il s'avance vers moi. «Je ne connais pas bien cette forêt. J'espérais que…» Sa phrase se perd dans son sourire. Ce mec n'a tellement rien d'un crevard. «Comment tu t'appelles, au fait?» Il est si près de moi que je pourrais le toucher ou compter ses taches de rousseur. J'ai vraiment un problème avec mes mains. Pourquoi les autres savent-ils toujours quoi faire des leurs, et pas moi? *Mes poches*, me dis-je soudain avec soulagement, *mes poches, j'adore mes poches!* Je m'empresse de ranger mes mains à l'abri. Tout en évitant de croiser ses yeux. Ils ont ce truc, dedans. Je préfère encore fixer sa bouche.

Son regard s'attarde sur moi. Je le sens, malgré le fait que mon attention est entièrement concentrée sur ses lèvres. Ne vient-il pas de me demander quelque chose ? J'ai bien l'impression que si. Mon QI est en chute libre.

– Je peux essayer de deviner, dit-il. Voyons voir. Van ? Non, je sais : Miles. T'as une tête à t'appeler Miles.

– Noah, dis-je en bafouillant, comme si je venais de découvrir mon propre prénom. Je m'appelle Noah. Noah Sweetwine. La *lose*. Totale.

– T'en es sûr ?

– Oui, sûr ! dis-je d'un ton un peu trop guilleret.

Mes mains semblent totalement et irrémédiablement prisonnières, à présent. Les poches sont des pièges à mains. Je les libère et les frappe l'une contre l'autre comme une paire de cymbales. Hmm, bien joué.

– Oh, et toi ? je demande à sa bouche, me souvenant tout à coup, malgré le fait que mon QI se rapproche dangereusement du niveau végétal, qu'il doit avoir un prénom, lui aussi.

– Brian, dit-il simplement, parce qu'il est normal, lui.

Fixer sa bouche n'est pas non plus une bonne idée, surtout quand il parle. Sa langue n'arrête pas de se glisser dans l'interstice entre ses dents de devant. Je vais regarder cet arbre, alors.

– T'as quel âge ? je demande à l'arbre.

– Quatorze. Et toi ?

– Pareil. Hum, hum.

Il hoche la tête. Parce qu'il me croit, bien sûr – c'est vrai, ça, pourquoi mentirais-je ? Aucune idée !

« Je suis au lycée en internat sur la côte Est, explique-t-il. J'entre en seconde l'année prochaine.» Il doit surprendre le regard étonné que j'adresse à l'arbre, parce qu'il ajoute : «J'ai sauté l'école maternelle.

– Je vais à l'Institut d'Art de Californie.» Ces mots jaillissent hors de ma bouche sans mon consentement.

Je l'observe à la dérobée. Il semble étonné. Alors je me souviens : tous les murs de ce satané campus portent la mention Institut d'Art de Californie. Il m'a vu à l'extérieur du bâtiment, et non à l'intérieur. Il m'a même sans doute entendu dire à l'Anglais tout nu que je n'étais pas inscrit officiellement.

J'ai deux choix possibles : regagner ma maison en courant et ne plus en ressortir pendant deux mois jusqu'à ce qu'il reparte à l'internat, ou bien…

«Enfin, pas tout à fait, dis-je à l'arbre, trop effrayé à l'idée de le regarder lui, maintenant. Disons, pas encore. J'ai juste très envie d'y aller. Je ne pense qu'à ça. Et j'ai encore treize ans. Bientôt quatorze. Enfin, dans cinq mois. Le 21 novembre. Le même jour que Magritte, le peintre. C'est lui qui a peint ce tableau avec un type qui a une pomme verte devant la figure. Tu as dû le voir, déjà. Et aussi celui où un autre type a une cage à oiseau à la place du corps. À la fois suprêmement cool et hyper-tordu. Oh, et il y a celui d'un oiseau en train de voler sauf que les nuages sont à l'intérieur de lui, et non à l'extérieur. C'est vraiment magnifique…» Je m'arrête là parce que quand même, wouah – et je pourrais continuer des heures. J'éprouve soudain l'envie irrésistible de décrire à ce chêne tous les tableaux que je connais.

Je me tourne lentement vers Brian, qui me regarde fixement, les paupières plissées, sans rien dire. Pourquoi garde-t-il le silence ? J'ai trop parlé, peut-être ? Il m'en veut d'avoir menti, puis avoué que j'avais menti, avant de lui faire un cours d'histoire de l'art parfaitement psychotique ? Pourquoi ne suis-je pas resté sur mon toit ? J'ai besoin de m'asseoir. Se faire des amis est un truc suprêmement stressant. J'avale ma salive plusieurs centaines de fois.

Il finit par hausser les épaules. « Cool. (Un sourire se dessine au coin de ses lèvres.) T'es un *putain de chaos ambulant*, mon pote, dit-il avec son faux accent britannique.

– Tu m'étonnes. »

Nos regards se croisent, et on éclate de rire comme si on était faits du même air.

Là-dessus, voilà que la forêt, qui jusque-là était restée en dehors de tout ça, ajoute son grain de sel. J'inspire une profonde bouffée d'air teintée d'odeurs de pin et d'eucalyptus, j'entends les oiseaux moqueurs et les mouettes ainsi que le grondement des vagues au loin. J'aperçois trois biches en train de mâchonner des feuilles à quelques mètres à peine de l'endroit où Brian fouille maintenant dans son sac à deux mains.

– Il y a des pumas par ici, dis-je. Ils dorment dans les arbres.

– Mortel, commente-t-il tout en continuant à farfouiller parmi ses météorites. Tu en as déjà vu ?

– Non. Mais des lynx, oui. Deux fois.

– J'ai vu un ours, moi, marmonne-t-il, le nez dans son sac. (Que cherche-t-il ?)

– Un ours ! Wouah. Je les adore ! Brun ou noir ?

– Noir. Une mère avec ses deux oursons. Au parc Yosemite.

J'aimerais vraiment en savoir plus, et je m'apprête à le bombarder de questions tout en me demandant s'il aime lui aussi les documentaires animaliers lorsqu'il semble soudain avoir trouvé ce qu'il cherchait. Il brandit un caillou d'apparence banale, l'air aussi excité que s'il me montrait un lézard à collerette ou un dragon de mer et non ce petit machin sans intérêt. « Tiens », dit-il en posant le caillou dans ma paume. C'est si lourd que mon poignet s'affaisse et que je dois mettre mon autre main par en dessous pour ne pas tout lâcher. « Celui-là, c'en est une. C'est sûr. Du nickel magnétisé – un bout d'étoile qui a explosé. (Il désigne mon sac à dos, avec mon carnet de croquis qui dépasse.) Tu peux le dessiner, si tu veux. » J'observe le grumeau noir au creux de ma main – ça, une étoile ? – et songe que c'est sans doute la chose la moins passionnante du monde à dessiner, mais je lui réponds quand même : « Bonne idée. OK.

– Excellent. » Il pivote sur ses talons. Je reste planté là, mon bout d'étoile à la main, sans trop savoir ce que je suis censé faire, mais il se tourne à nouveau vers moi. « Ben quoi, tu viens ? Je t'ai apporté une loupe supplémentaire. »

Le sol se dérobe sous mes pieds. Il savait que je l'accompagnerais, avant même de partir de chez lui. Il savait. Et moi aussi. On savait *tous les deux*.

(AUTOPORTRAIT : *Debout sur la tête !*)

Il sort sa seconde loupe de sa poche arrière et me la tend.

– Cool, dis-je en lui emboîtant le pas.

– Tu peux aussi la reproduire dans ton carnet pour inventaire, dit-il. Ou alors dessiner ce qu'on trouve. Ce serait même fabuleux, maintenant que j'y pense.

– Qu'est-ce qu'on cherche ?

– Des débris de l'espace, me rétorque-t-il comme une évidence. Le ciel nous tombe dessus en permanence. Tout le temps. Tu verras. Les gens ne sont même pas au courant.

Non, ils ne sont pas au courant parce que ce ne sont pas des révolutionnaires comme nous.

Cela dit, les heures passent et aucune météorite ne croise notre chemin. Pas le moindre fragment de débris stellaire. Mais je m'en fiche. Au lieu de dresser un inventaire, quel que soit le sens exact de ce mot, j'ai passé la matinée sur un petit nuage, à observer des limaces et des scarabées à la loupe en écoutant le charabia intergalactique de Brian qui s'affairait autour de moi tout en passant le sol de la forêt au peigne fin à l'aide de son râteau magnétique. Oui, un râteau magnétique. De son invention. C'est le mec le plus cool que j'ai jamais rencontré.

Lui aussi vient d'ailleurs, aucun doute là-dessus. Sauf qu'il ne débarque pas d'une autre dimension, comme maman, mais plutôt d'une exoplanète (un mot que je viens d'apprendre) entourée de six soleils. Ça expliquerait tout : son télescope, sa quête fébrile de morceaux de sa terre d'origine, son bla-bla scientifique sur les géantes rouges ou les naines jaunes et blanches (!!!) que je me suis aussitôt attelé à dessiner, sans parler de ses prunelles hypnotiques et de sa capacité à me faire mourir de rire comme si j'étais normal et bien dans ma peau, que j'avais des tonnes d'amis et que je savais toujours à quel moment ponctuer mes phrases de «eh, mec» ou «mon frère». Autre chose : le royaume du calme existe vraiment. Les colibris viennent se poser autour de lui. Les fruits se détachent des arbres pour atterrir pile au creux de ses mains. Sans parler des séquoias qui penchent, me dis-je en levant les yeux. Moi? Je ne m'étais jamais senti aussi à l'aise de toute ma vie. Je n'arrête pas d'oublier que j'ai un corps et qu'il faut que je retourne le chercher.

(PORTRAIT, AUTOPORTRAIT : *Le garçon qui regardait celui qui hypnotise le monde*)

Je lui explique ma théorie sur les êtres qui viennent d'ailleurs, assis avec lui sur un monticule d'ardoise au bord de la rivière. Le courant de l'eau nous berce tout doucement comme si on était sur une barque.

– Ils ont vraiment bien bossé pour te faire ressembler à un Terrien, dis-je.

Il esquisse un sourire. Je lui découvre une fossette en haut de la joue. «C'est sûr. Ils m'ont bien préparé. Je joue même au base-ball.» Il jette un petit caillou dans l'eau. Je le regarde couler. Il hausse un sourcil. «Toi, en revanche…»

Je ramasse une pierre et je la jette au même endroit. «Ouais, manque de préparation total. Ils m'ont balancé sur Terre, comme ça. D'où mon incompétence dans tous les domaines.» Je l'entendais comme une blague, mais je le dis malgré moi d'un ton sérieux. D'un ton vrai. Parce que c'est la vérité. J'ai totalement raté l'épisode dans lequel on transmettait les infos essentielles. Brian passe sa langue sur sa lèvre inférieure et ne dit rien.

L'atmosphère s'est modifiée sans que je comprenne pourquoi.

Planqué derrière mes cheveux, je l'observe. Mon expérience du portrait m'a appris qu'il faut regarder quelqu'un pendant longtemps pour déceler ce qu'il cache en lui, pour voir à l'intérieur de son visage. Et lorsqu'on met le doigt dessus et qu'on le restitue sur la feuille, c'est ce détail qui trouble le plus la personne et lui fait dire que son portrait lui ressemble vraiment.

À l'intérieur du visage de Brian, il y a de l'inquiétude.

«Alors, ce dessin…» dit-il d'un ton hésitant. Il marque une pause, s'humecte à nouveau la lèvre inférieure. Serait-il nerveux? Il semble l'être, tout à coup, même si cela m'étonne de lui. Ça me rend nerveux de penser qu'il est nerveux. Voilà qu'il recommence son truc de passer sa langue sur sa lèvre inférieure. Son tic nerveux, peut-être? Je déglutis. Et je me mets à guetter. J'attends qu'il le refasse. Regarde-t-il fixement ma bouche, lui aussi? C'est plus fort que moi. Je me mouille la lèvre, comme lui.

Il se détourne et jette une batterie de petits cailloux avec une sorte de mouvement bionique du poignet qui permet aux projectiles de rebondir sur la surface. Je vois battre les veines de son cou. Je le vois convertir l'oxygène en dioxide de carbone. Je le vois exister, exister, exister. Va-t-il achever sa phrase? Jamais? Quelques siècles de silence s'écoulent. L'air paraît de plus en plus instable et vivant, comme si toutes les molécules qu'il avait mises au repos se réveillaient les unes après les autres. Puis, soudain, je comprends qu'il faisait allusion aux nus que j'ai dessinés hier. Est-ce vraiment ça ? Cette pensée m'électrise.

– L'Anglais à poil ? dis-je d'une voix étranglée.

Arrgh, on dirait un petit animal plaintif. J'aimerais bien que ma voix arrête de jouer aux montagnes russes et qu'elle mue enfin.

Il se tourne vers moi.

– Non, je me demandais s'il t'arrivait de reproduire sur papier les dessins que tu fais dans ta tête.

– Parfois.

– Et alors, tu l'as fait ?

Son regard me prend au dépourvu, comme s'il venait de m'attirer dans ses filets. J'ai envie de dire son prénom.

– Fait quoi ? dis-je pour gagner du temps.

Mon cœur bat la chamade. Je sais de quel dessin il veut parler.

– Ton dessin… (il se lèche sa lèvre inférieure) … de moi ?

Comme possédé, je m'empare de mon carnet et le feuillette fébrilement jusqu'à ce que je tombe sur lui, dans sa version finale. Je le dépose dans ses mains et vois ses yeux balayer la page de haut en bas, puis de bas en haut. J'ai comme un début de fièvre rien qu'à essayer de deviner s'il aime ou pas. Impossible. Puis j'essaie de regarder mon croquis à travers ses yeux et j'ai aussitôt envie de mourir sur place. Le Brian que j'ai dessiné percute de plein fouet un mur magique. Rien à voir avec les petits portraits que je fais au collège. Je m'aperçois avec horreur que ce n'est pas juste le dessin d'un pote. La tête me tourne. Chaque trait, chaque angle, chaque couleur hurle à quel point il me plaît. Je me sens comme enveloppé dans du plastique. Et il ne dit toujours rien. Pas un mot !

J'aimerais me transformer en cheval.

«Tu n'es pas obligé d'aimer», finis-je par lâcher en essayant de récupérer mon carnet. Tout se bouscule dans ma tête. «C'est pas grave, tu sais. Je dessine tout le monde. (On ne peut plus m'arrêter.) Je dessine tout. Les bousiers, les pommes de terre, les morceaux de bois à la dérive, les souches d'acacia et…

– Tu veux rire ?» m'interrompt-il en refusant de me rendre mon carnet. Cette fois, c'est lui qui est devenu tout rouge. «J'adore.» Il marque une pause. J'observe sa respiration. Il respire vite. «Je ressemble à une nom de Dieu d'aurore boréale.» J'ignore ce que c'est mais, au ton de sa voix, j'en déduis que c'est un truc très chouette.

Un circuit électrique explose dans ma poitrine.

Je ne savais même pas que j'en avais un.

– Je suis bien content de ne pas être un cheval !

Je réalise que je viens de prononcer cette phrase à voix haute quand Brian me dit :

– Hein ?

– Rien… Rien du tout.

J'essaie de redescendre un peu, d'arrêter de sourire. Le ciel a-t-il toujours eu cette teinte magenta ?

Il rit à gorge déployée, comme hier. «Ben dis donc, t'es vraiment la personne la plus bizarre que je connaisse. J'ai pas rêvé, tu viens de me dire que tu étais content de ne pas être un cheval ?

– Non.» J'essaie de ne pas rire, mais ça ne marche pas. «J'ai dit que…»

Mais avant que je puisse aligner un mot de

plus, une voix vient anéantir ce rêve parfait. «Oh, comme c'est romantique!» Je me fige sur place. Je sais exactement de quelle tronche d'hippo viennent de jaillir ces moqueries de crevard. Sérieux, ce type a dû placer un mouchard sur moi pour surveiller mes allées et venues – c'est la seule explication.

Il est accompagné d'un grand singe : Big Foot. Au moins, ce n'est pas Zephyr.

– Envie d'un petit plongeon, Bubble ? me lance Fry.

C'est le signal indiquant qu'il est temps de prendre ses jambes à son cou pour fuir à l'autre bout du monde.

BARRONS-NOUS D'ICI, dis-je à Brian par télépathie.

Mais quand je regarde dans sa direction, je constate qu'il a muré son visage. De toute évidence, prendre la fuite ne fait pas partie de ses habitudes. Ce qui craint, vraiment. Je déglutis.

Avant de m'écrier : «Cassez-vous, bande de sociopathes gerbifiants!» Sauf que seul le silence sort de ma bouche. Je leur jette alors une chaîne de montagnes à la figure. Ils ne bougent pas.

Je me mets à prier de toutes mes forces : *Pitié, faites que je ne me fasse pas humilier devant Brian.*

Fry s'intéresse justement à lui. Rictus aux lèvres, il déclare : «Joli chapeau.

– Merci», répond Brian d'un air hyper-dégagé, comme s'il possédait l'hémisphère Nord. Il n'a rien d'un parapluie cassé, c'est clair. Il ne semble pas inquiété le moins du monde par ces abrutis à têtes de poubelle.

Fry hausse un sourcil. Son énorme front

luisant se transforme en une carte topographique. Brian vient de piquer sa curiosité de psychopathe. Génial. J'examine Big Foot. C'est une dalle de béton coiffée d'une casquette de base-ball aux couleurs des Giants. Ses mains sont enfoncées bien au fond des poches de son sweat. On croirait deux grenades à travers le tissu. Je note la grosseur de son poing droit et songe qu'il doit pile faire la largeur de mon visage. On ne m'a jamais frappé, juste un peu bousculé. J'imagine la scène, les gerbes de peinture qui jailliront de mon crâne au moment de l'impact…

(AUTOPORTRAIT : *Pow*)

«Alors, les pédés, vous faites un pique-nique ?» demande Fry à Brian. Mes muscles se tendent.

Brian se relève lentement. «Je vais te laisser une chance de t'excuser», répond-il d'un ton calme et glacial, c'est-à-dire tout le contraire de ses yeux. Notre rocher lui donne quelques centimètres supplémentaires, si bien qu'il nous regarde de haut tous les trois. Son sac de météorites pend lourdement contre sa hanche. Il faudrait que je me lève aussi, mais je n'ai plus de jambes.

– M'excuser de quoi ? De vous avoir traités de pédés, bande de pédés ?

Big Foot s'esclaffe. Le sol tremble. À Taipei.

Je vois que Fry se sent comme le roi du monde : il n'a peur de personne, et certainement pas de deux *losers* plus jeunes que lui qu'il s'amuse à traiter de pédés, de tapettes et autres depuis qu'on a des oreilles pour l'entendre.

– Tu te trouves marrant ? lui demande Brian. Pas moi.

Il recule d'un pas sur son rocher. Il est encore

plus grand. Il est en train de devenir quelqu'un d'autre. Dark Vador, peut-être. Le royaume du calme a subitement réintégré la pointe de son index, et Brian a désormais la tête de quelqu'un qui se nourrit de foie humain. Sauté à la poêle avec des globes oculaires et des morceaux d'orteil.

Il irradie des ondes de haine.

Je voudrais prendre mes jambes à mon cou, mais j'inspire bien à fond et je reste là, mes bras – qui semblent de plus en plus maigrichons depuis quelques minutes – croisés sur ma poitrine fraîchement bombée. Je m'efforce de prendre l'air le plus menaçant possible. Je pense aux crocodiles, aux requins et aux piranhas pour me donner du courage. Ça ne marche pas. Soudain, je me souviens de l'existence du ratel – à poids égal, la bête la plus puissante au monde ! Un improbable petit tueur à fourrure. Je plisse les yeux et serre la mâchoire.

Alors le pire se produit. Fry et Big Foot commencent à se payer ma tête.

« Ooooh, on flippe, Bubble », minaude Fry. Big Foot croise les bras pour m'imiter et son acolyte trouve son geste tellement drôle qu'il l'imite.

Je retiens mon souffle pour ne pas m'effondrer par terre.

– Je crois vraiment qu'il est temps que vous vous excusiez tous les deux avant de partir, entends-je derrière moi. Sinon, vous ne pourrez pas dire que je ne vous aurai pas prévenus.

Je fais volte-face. Il est malade, ou quoi ? Ne réalise-t-il pas qu'il fait la moitié de la taille de Fry et un tiers de celle de Big Foot ? Et que je suis moi ? Il cache un Uzi dans son sac, c'est ça ?

Mais au-dessus de nous, tranquille sur son rocher, il arbore un air détaché. Il jongle avec un petit caillou identique à celui que je conserve encore dans ma poche. Tout le monde le regarde sauter d'une paume à l'autre. Ses mains bougent à peine, comme s'il le faisait sautiller par la seule force de son esprit. «Vous n'avez pas l'intention de partir, on dirait?» demande-t-il à ses mains avant de relever les yeux vers Fry et Big Foot, sans perdre le rythme une seconde. C'est incroyable. «Alors, j'aimerais juste savoir une chose.» Brian esquisse un sourire lent, prudent, mais la veine de son cou palpite et j'ai le sentiment que les prochains mots qui vont sortir de sa bouche vont signer notre arrêt de mort.

Fry échange un coup d'œil avec Big Foot. Ils semblent tous les deux parvenir à un accord éclair et tacite de ce qu'ils ont l'intention de faire de nos deux carcasses.

Je retiens à nouveau mon souffle. Nous sommes suspendus aux lèvres de Brian, les yeux rivés sur son caillou sauteur, hypnotisés par le mouvement, tandis qu'autour de nous, une violence imminente grésille dans l'air. Imminente et bien réelle. Le genre qui vous fait atterrir sur un lit d'hôpital avec juste une paille qui dépasse des bandelettes de votre visage. Le genre malsain et sanglant qui m'oblige à couper le son de la télé pour supporter de regarder la scène jusqu'au bout, sauf quand mon père est là et que je suis obligé de souffrir en silence. J'espère que Mr. Grady donnera les tableaux que j'ai laissés dans sa salle de dessin à maman. Ils n'auront qu'à exposer mes œuvres à mon enterrement – ma première et dernière expo.

(PORTRAIT, AUTOPORTRAIT : *Brian et Noah enter-rés côte à côte*)

Je serre le poing, mais je ne sais plus si on est censé garder le pouce à l'intérieur ou à l'extérieur quand on cogne. Pourquoi papa m'a-t-il enseigné la lutte ? Qui pratique la lutte, sur cette planète ? Il aurait mieux fait de m'apprendre la boxe. Et mes doigts ? Serai-je encore capable de dessiner quand ce sera terminé ? Picasso a bien dû se bas-tonner, dans sa vie. Van Gogh et Gauguin se sont battus. Tout va bien se passer. Mais oui. Et les coquards, c'est cool, c'est plein de jolies couleurs.

Tout à coup, Brian serre son caillou dans sa main et le temps s'arrête.

« Ce que j'aimerais savoir, dit-il en insistant sur chaque mot, c'est qui est le con qui vous a laissés sortir de vos cages ?

– T'entends ça ? » lance Fry à Big Foot. Celui-ci émet une série de borborygmes incompréhen-sibles en langage big-footesque. Et là-dessus, ils chargent…

Je suis déjà en train de dire à Granny Sweetwine que je vais bientôt la rejoindre quand j'aperçois le mouvement ultrarapide du bras de Brian une seconde avant que Fry pousse un cri, ses mains plaquées sur ses oreilles : « Qu'est-ce que c'est que ça ? » Puis Big Foot glapit à son tour et se couvre le crâne. Je pivote sur mes talons et vois que Brian a sa main dans son sac. Fry se baisse brusque-ment, aussitôt imité par Big Foot, parce qu'une pluie de météorites s'abat sur eux, les canarde, les mitraille, frôlant leurs têtes à la vitesse du son, non, plus vite, à la vitesse de la lumière, suffisam-ment près pour leur raser le crâne et menaçant en permanence, au millimètre près, de mettre un terme immédiat à leur activité cérébrale. « Stop ! » s'écrie Big Foot. Ils se tortillent et sautillent d'un pied sur l'autre en essayant de s'abriter derrière leurs bras tandis que des morceaux de ciel continuent à leur pleuvoir dessus à un rythme effréné. Brian est une machine, une mitraillette, voire deux, trois, quatre à la fois, par en dessous, par-dessus, avec les deux mains. Son bras est une tache floue, lui-même n'est plus qu'une tache floue, chaque caillou chaque étoile les frôle et les épargne de justesse jusqu'à ce que Fry et Big Foot se recroquevillent par terre, les mains sur la tête, en disant : « Arrête, mec, par pitié.

– Désolé, mais je n'ai pas entendu le mot « pardon », répond Brian en lançant un projectile si près de l'oreille de Fry que j'en tressaille de peur. Suivi d'un autre pour faire bonne mesure. « Je veux l'entendre deux fois, d'ailleurs. Une fois pour Noah. Et une fois pour moi. D'un ton sincère.

– Pardon », lâche Fry, complètement sonné. Il s'est peut-être vraiment pris un caillou dans la tête, qui sait. « Maintenant, arrête ça.

– Peut mieux faire. »

Une nouvelle grêle de météorites s'abat sur leurs crânes à un milliard de kilomètres à l'heure.

– Désolé, Noah. Désolé, je sais pas ton prénom.

– Brian.

– Désolé, Brian !

– Acceptes-tu leurs excuses, Noah ?

J'acquiesce. Dieu et son fils viennent de se faire rétrograder.

– Alors, foutez-moi le camp, leur ordonne

Brian. La prochaine fois, je ne ferai pas exprès de vous rater.

Sans demander leur reste, ils détalent à la vitesse d'une pluie de météorites, les bras en bouclier au-dessus de la tête, pour *nous* fuir.

– Tu es lanceur dans une équipe de base-ball ? je lui demande en ramassant mon sac.

Il opine. J'aperçois l'ombre d'un sourire fendiller la muraille impassible de son visage. Il saute au bas du monticule de pierre et s'attelle à ramasser toutes les météorites pour les ranger dans son sac. J'attrape le râteau magnétique, posé par terre comme une épée. Ce garçon est la magie incarnée, bien plus que Picasso, Pollock ou ma mère. D'un bond, on traverse la rivière et on part en sprint entre les arbres dans la direction opposée de chez nous. Il court aussi vite que moi, si vite qu'on pourrait presque dépasser les jumbo-jets ou les comètes.

– On est morts, tu sais, ça ? je lui hurle, en m'imaginant déjà leur vengeance.

– Ça m'étonnerait, me répond Brian.

Mais oui, me dis-je. On est *invincibles*.

On court à la vitesse de la lumière jusqu'à ce que le sol cède sous nos pas et qu'on s'élève dans les airs comme si on grimpait un escalier.

Je renonce à mon croquis, ferme les yeux et me laisse retomber contre le dossier de ma chaise. Dans ma tête, je pourrais dessiner Brian en un éclair.

– Tiens, fait une voix, tu te lances dans la méditation, maintenant ? Gourou Sweetwine, ça sonne pas mal.

Je garde les paupières closes.

– Va-t'en, Jude.

– T'étais passé où, cette semaine ?

– Nulle part.

– Qu'est-ce que tu fabriquais ?

– Rien.

Chaque matin depuis le jour où Brian a bombardé Fry et Big Foot de météorites, c'est-à-dire cinq pour être exact, je me poste sur le toit, comme un maniaque, ma tête dressée à plusieurs dizaines de centimètres au-dessus de mon cou, et je guette l'ouverture de sa porte de garage pour qu'on puisse retourner dans les bois, lui et moi, et redevenir imaginaires – c'est le seul mot que j'ai trouvé pour décrire ce que notre relation m'inspire.

(PORTRAIT, AUTOPORTRAIT : *Les deux garçons qui sautent et restent en l'air*)

« Il est sympa, Brian ? » Je rouvre les yeux. Elle connaît son prénom, maintenant. Alors comme ça, ce n'est plus un *taré* ? Appuyée dans l'encadrement de ma porte, en pantalon de pyjama vert citron et débardeur fuchsia, on croirait l'une de ces sucettes multicolores qu'on vend sur la promenade en bord de mer. Quand on plisse un peu les yeux, c'est fou le nombre de filles qui ressemblent à ces sucettes.

Jude tend sa main devant elle pour examiner ses cinq ongles violets. « Tout le monde parle de lui, genre, c'est le dieu du Base-ball, comme s'il allait intégrer les meilleures équipes du pays. Le cousin de Fry – qui passe les vacances de Noël ici – a son petit frère dans le même internat. Il paraît qu'on le surnomme La Hache ou quelque chose comme ça. »

J'éclate de rire. La Hache. Brian s'appelle La Hache ! Je tourne la page et commence aussitôt un nouveau dessin.

Est-ce la raison pour laquelle ils n'ont pas cherché à se venger ? Est-ce pour ça que Fry est passé devant moi l'autre jour pendant que j'étais en pleine discussion avec Rascal le cheval et, qu'avant que j'aie le temps de me dire que je ferais mieux de mettre les voiles vers l'Oregon, il m'a pointé du doigt en disant « mec », et c'est tout ?

« Alors, il l'est ? » insiste Jude. Ses cheveux semblent particulièrement assoiffés de sang, ce soir. Ils serpentent à l'intérieur de ma chambre, se répandent sur les meubles, s'entortillent autour des pieds des chaises et envahissent les murs. Je suis le prochain sur leur liste.

– Il est quoi ?

– Sympa, Bubble. Est-ce que Brian, ton nouveau pote, est sympa ?

– Il est normal, dis-je, ignorant le fait qu'elle m'ait appelé Bubble. Comme tout le monde.

– Mais tu n'es pas ami avec *tout le monde*. (Je perçois de la jalousie dans sa voix.) Quel est son animal ?

Elle s'entortille une mèche de cheveux autour du doigt en serrant si fort que le bout qui dépasse est tout congestionné, comme s'il allait exploser.

– Un hamster, dis-je.

Elle pouffe de rire.

– Ben voyons. La Hache, un hamster !

Il faut que je la désintéresse du cas de Brian. Laissez tomber les volets de protection : si je pouvais mettre la Grande Muraille de Chine autour de nous, je le ferais. « Au fait, qui est M. ? je lui réplique en me remémorant notre petite séance avec le Ouija.

– C'est personne. »

Très bien. Je me replonge dans mon croquis de La Hache.

Quand j'entends soudain : « Choisis ta mort : en buvant de l'essence et en allumant un briquet dans ta bouche, ou enterré vivant ?

– L'explosion », dis-je. Je m'efforce de ne pas sourire en la voyant me manger dans la main après trois mois passés à m'ignorer. « Bien sûr. Trop facile.

– OK, OK… c'était juste un échauffement. Ça faisait longtemps qu'on n'y avait pas joué. Et si tu devais choisir entre… »

On tape à ma vitre.

« C'est lui ? À ta fenêtre ? » Je déteste cette pointe d'excitation dans sa voix.

Est-ce lui, cela dit ? La nuit ? Je lui ai certes mentionné, l'air de rien, où se trouvait ma chambre – celle qui donne sur la rue, facile d'accès – une bonne douzaine de fois parce que, eh bien, j'avais mes raisons. Je me lève de mon bureau, vais jusqu'à la fenêtre et ouvre le store. C'est bien lui. En chair et en os. Des fois, je me demande s'il n'est pas juste le fruit de mon imagination et si quelqu'un me regardant d'en haut ne me verrait pas seul toute la journée, parlant et riant avec personne au beau milieu de la forêt.

La lumière de ma chambre fait ressortir les contours de sa silhouette à contre-jour. Il a l'air de quelqu'un qui s'est coincé un orteil dans une prise électrique. Il ne porte pas son chapeau, et ses cheveux sont hérissés au-dessus de sa tête.

Ses yeux pétillent, remplis d'étincelles. J'ouvre la vitre.

– J'ai trop envie de le rencontrer, dit Jude dans mon dos.

Pas moi. Pas du tout. J'ai surtout envie qu'elle tombe dans un trou.

Je me penche et sors ma tête et mes épaules de manière à obstruer l'ouverture de la fenêtre pour que Jude ne voie rien. L'air est frais, comme la caresse d'une plume sur mon visage.

– Salut, dis-je comme s'il frappait à ma vitre tous les soirs et que mon cœur ne battait pas du tout à deux cents à l'heure.

– Viens avec moi sur le toit, dit-il. C'est le moment. Le ciel est enfin clair. Et il n'y a pas de lune. C'est l'orgie intergalactique, là-haut.

Vraiment, si on m'avait laissé le choix entre m'incruster dans l'atelier de Léonard de Vinci pendant qu'il peignait *La Joconde* ou grimper avec Brian sur son toit la nuit ? Le toit. L'autre jour, il a proposé qu'on aille au cinéma voir un film sur une invasion extraterrestre et j'ai failli m'évanouir rien que d'y penser. Je préfère être assis à côté de lui pendant deux heures dans une salle obscure plutôt que m'amuser à repeindre les murs avec Jackson Pollock. Le seul problème s'agissant de passer mes journées avec Brian dans les bois, c'est qu'il y a trop d'espace. Le coffre d'une voiture semblerait plus adapté. Voire un dé à coudre.

Malgré tous mes efforts pour obstruer la fenêtre, je me sens bousculé sur le côté. Jude tente d'insérer sa tête puis ses épaules à côté des miennes. Résultat, on ressemble à une hydre bicéphale. En voyant les traits de Brian s'illuminer à son apparition, je sens que j'ai le mal de mer.

(PORTRAIT : *Jude : noyée et écartelée*)

«Salut, Brian Connelly», susurre-t-elle d'un ton sautillant et aguicheur qui fait chuter ma température interne de plusieurs degrés. Quand a-t-elle appris à parler comme ça ?

«Wow, vous ne vous ressemblez pas du tout, en fait ! s'exclame Brian. Je pensais que tu serais le portrait craché de Noah, mais…

– Avec des seins ?» l'interrompt Jude. Elle vient carrément de faire allusion elle-même à ses seins !

Et d'abord, pourquoi se demandait-il à quoi ma sœur pouvait bien ressembler ?

Brian esquisse son fameux sourire en coin. Il faut absolument que j'enferme sa tête dans un sac avant que Jude tombe sous le charme de ses yeux plissés et énigmatiques. Ça existe, les modèles de *burqa* pour garçons ? Au moins, il ne s'est pas humecté les lèvres – enfin, je crois.

«Ouais, exactement», dit-il. Avant de s'humecter les lèvres. «Même si je l'aurais sans doute formulé autrement.»

C'est foutu. Il plisse les yeux. Ma sœur est une sucette – tout le monde aime les sucettes. Et ma tête vient d'être remplacée par un chou.

«Viens, toi aussi, lui dit-il. J'allais montrer à ton frère la constellation des Gémeaux. Pour des jumeaux, c'est parfait.» *Ton frère ?* Je ne suis plus que le frère de Jude, maintenant ?

(PORTRAIT : *Jude dans sa nouvelle maison à Tombouctou*)

Elle s'apprête à lui répondre, sans doute

«Cool!», «Génial!» ou «Je t'aime!», alors je lui flanque un coup de coude. C'est l'unique solution. Elle se venge en m'assénant un coup dans les côtes. Pour nous qui avons l'habitude de nous battre discrètement sous la table, à la maison ou au restaurant, cacher notre guéguerre aux yeux de Brian est un jeu d'enfant. Jusqu'au moment où je bredouille : «Elle peut pas venir. Elle doit aller au chratalanamana pour son tromovasical…» J'ânonne des sons et accole des syllabes au hasard en espérant qu'elles s'assembleront pour former des mots cohérents dans l'esprit de Brian tout en me hissant, avec un manque de grâce total, sur le rebord de la fenêtre pour sauter telle une grenouille de l'autre côté et parvenir tout juste à retomber sur mes pieds sans m'écrouler sur lui tête la première. Je me redresse, j'ôte mes cheveux de mes yeux (mon front est moite de sueur, soit dit en passant), puis je me retourne et place ma main sur le rebord de la fenêtre pour commencer à la refermer, décidant à la toute dernière minute de ne pas décapiter ma frangine, bien que ce ne soit pas l'envie qui m'en manque. Non, je me contente de repousser ses épaules, les tentacules jaunes de sa chevelure, ses ongles violets, ses yeux bleus brillants et ses seins envahissants pour les faire disparaître à l'intérieur.

«C'est bon, Noah, j'ai compris… Ravie de t'avoir rencontré, parvient-elle à lancer avant que je referme la fenêtre d'un claquement sec.

– Moi aussi», dit-il en tapotant la vitre du bout des doigts. Elle lui répond avec deux petits coups semblables, pleins d'assurance et de sous-entendus, comme le sourire qu'elle lui adresse. À croire qu'ils ont tapoté des vitres ensemble pendant toute leur vie, au point de développer leur propre code Morse spécial sucette acidulée et tigre du Bengale.

Brian et moi marchons dans la rue, sans un mot. Je transpire de partout. Je me sens exactement comme quand je me réveille de mon rêve où je suis nu à la cafèt' du collège et où je n'ai que trois malheureuses serviettes en papier pour me couvrir.

Brian commente succinctement la scène qui vient de se dérouler. «La vache, dit-il. C'est fou.»

Je soupire, marmonne: «Merci, Einstein.»

À ma vive surprise, et à mon vif soulagement, il éclate de rire. Un rire fontaine, un rire montagne. «Complètement fou, poursuit-il en fendant l'air avec une série de mouvements de karaté. J'ai cru que t'allais la couper en deux avec la fenêtre!» Ces mots le plongent dans une crise de fou rire hystérique qui me contamine rapidement. Et monte d'un cran supplémentaire quand retentissent les coassements de Prophète: «Où diable est passé Ralph? Où diable est passé Ralph?

– Oh, non. Ce piaf de malheur. (Brian se tient la tête à deux mains.) Il faut qu'on retrouve Ralph, mec. Il le faut. C'est une urgence nationale.»

Il ne semble pas se soucier le moins du monde que Jude ne soit pas avec nous. J'ai peut-être trop d'imagination. Si ça se trouve, son visage ne s'est pas illuminé en la voyant apparaître. Si ça se trouve, il n'a pas rougi quand elle a parlé. Si ça se trouve, il n'aime pas les sucettes.

«La Hache?» dis-je. Je me sens soudain beaucoup mieux.

«Eh ben, grogne-t-il, ça n'a pas traîné.» Je perçois à la fois de l'embarras et de la fierté dans sa voix. Il lève le bras droit. «Personne ne s'attaque à La Hache.» Laquelle hache s'abat sur mon épaule d'un coup sec. On se tient pile sous un lampadaire, et j'espère de toutes mes forces que mon visage ne trahit pas l'émotion que son geste vient de provoquer en moi. C'est la première fois qu'il me touche.

Je grimpe à sa suite l'échelle qui mène au toit, l'épaule encore toute tintinnabulante. J'aimerais que les barreaux ne s'arrêtent jamais (PORTRAIT, AUTOPORTRAIT : *Les Deux Garçons échappés des deux garçons*). Au fur et à mesure de notre ascension, j'entends des plantes pousser dans le noir et je sens le sang circuler à toute vitesse dans mes veines.

Soudain, des senteurs de jasmin se répandent autour de nous.

Granny Sweetwine nous conseillait toujours de retenir notre souffle lorsqu'on sentait l'odeur du jasmin la nuit, de peur de révéler tous nos secrets. Elle disait que la police ferait mieux d'agiter ces fleurs blanches en trompette sous le nez des criminels plutôt que de les faire passer au détecteur de mensonge. J'espère sincèrement qu'elle a raison, pour une fois. Je veux connaître les secrets de Brian.

Une fois sur le toit, il sort une lampe-torche de sa poche et éclaire le chemin jusqu'au télescope. Le faisceau lumineux est rouge, au lieu de blanc, explique-t-il, afin qu'on ne perde pas notre vision nocturne. Notre vision nocturne !

Tandis qu'il fouille dans son sac, accroupi au

pied du télescope, j'écoute le fracas des vagues et m'imagine les poissons en train de nager dans cette pénombre immense et glaciale.

« Je ne pourrais jamais être un poisson, dis-je.

– Moi non plus », dit-il. Son élocution est quelque peu altérée par la lampe qu'il tient entre ses dents afin de pouvoir fouiller dans son sac à deux mains.

« Peut-être une anguille, cela dit, poursuis-je, stupéfait de l'aisance avec laquelle je déclare tout haut des choses qu'en temps normal je garderais pour moi. Ce serait cool d'avoir des parties électriques dans le corps, non ? Comme tes cheveux. »

J'entends son rire, étouffé par la lampe-torche, et j'en mourrais presque de bonheur sur place. Je me dis que la raison pour laquelle je me suis montré si taciturne pendant l'année, c'est parce que Brian n'était pas encore là pour que je lui raconte tout. Il sort un livre de son sac, puis se lève et le feuillette jusqu'à la page qu'il cherchait. Il me le passe et s'avance tout près pour pouvoir éclairer la page avec sa lampe, qu'il tient désormais à la main. « Tiens, dit-il. Les Jumeaux. »

Je sens ses cheveux sur ma joue, dans mon cou.

Je me sens exactement comme quand je suis sur le point de pleurer.

– Cette étoile, là, poursuit-il en me la montrant, c'est Castor, et celle-ci, Pollux. Les deux têtes des Jumeaux.

Il sort un stylo de sa poche et commence à dessiner – c'est un stylo phosphorescent qui brille dans le noir. Cool. Il trace une série de traits fins entre les étoiles jusqu'à ce que deux personnages apparaissent.

– Ils sont potes, poursuit-il. Castor était mortel. Pollux, lui, immortel.

Est-ce normal, pour deux garçons, de se tenir aussi près l'un de l'autre ? J'aurais dû faire plus attention à ce type de détail, avant. Mes doigts tremblent, et comme je ne peux pas garantir à cent pour cent qu'ils ne vont pas fendre l'air pour lui toucher le poignet ou la nuque, je préfère les mettre en prison pour plus de sécurité. Je les referme autour du caillou qu'il m'a donné.

« À la mort de Castor, Pollux était si triste qu'il a décidé de partager son immortalité avec lui. Et c'est comme ça qu'ils se sont retrouvés dans le ciel.

– J'aurais fait pareil, dis-je. Sans hésiter.

– Ah, oui ? Sans doute un truc de jumeaux, analyse-t-il, interprétant mes propos de travers. Même si ça ne saute pas vraiment aux yeux après ta petite tentative d'homicide devant ta fenêtre. » Je sens mon visage s'enflammer parce que je parlais de *lui*, bon sang, c'est avec *lui* que je partagerais mon immortalité. « Je parlais de toi ! » ai-je envie de hurler.

Brian est penché sur son télescope, tout à ses derniers réglages. « On dit des Jumeaux qu'ils font couler les bateaux. Qu'ils apparaissent aux marins sous forme de feu Saint-Elme. Tu sais ce que c'est ? (Il n'attend même pas ma réponse, totalement lancé sur son mode Einstein.) C'est un phénomène météorologique occasionné par la séparation de particules électriques qui crée un plasma lumineux à cause de champs électriques provoquant à leur tour une décharge de la couronne…

– Wow », dis-je.

Il rit, mais poursuit quand même son charabia. Je pige à peu près l'essentiel : en gros, les Jumeaux provoquent des incendies. Brian pivote vers moi et me braque sa torche dans les yeux.

– C'est dingue, mais ça arrive. Tout le temps.

Il est plusieurs personnes en une seule. Einstein. Le dieu de la Météo sans peur et sans reproche. Le fou qui rit tout le temps. La Hache ! Il y en a encore d'autres, je le sais. Des facettes cachées. Plus authentiques. Car sinon, pourquoi lirait-on une telle inquiétude sur son visage intérieur ?

Je lui prends la lampe des mains et la braque sur lui. Le vent fait onduler son tee-shirt contre sa poitrine. Je voudrais tendre la main pour aplanir les plis. Je voudrais surtout que ma bouche redevienne sèche.

Nos regards se croisent, cette fois.

– L'odeur du jasmin fait avouer les secrets, dis-je tout bas.

– C'est du jasmin, ça ? demande-t-il en remuant les doigts en l'air.

J'opine. La lumière inonde mon visage. C'est l'inquisition.

– Qu'est-ce qui te fait penser que j'ai des secrets ? ajoute-t-il en croisant les bras.

– Qui n'en a pas ?

– Dis-moi l'un des tiens, alors !

Je lui sors un truc relativement inoffensif, mais assez croustillant quand même pour l'obliger à m'avouer un morceau intéressant : « J'espionne les gens.

– Lesquels ?

– N'importe qui. Le plus souvent pour les

dessiner, mais pas toujours. Je me cache derrière les arbres ou les buissons, sur mon toit avec ma paire de jumelles… partout.

– Tu t'es déjà fait choper ?

– Ouais, deux fois. Par toi. »

Il lâche un petit rire. « Et… tu m'as déjà espionné ? » Sa question me coupe le souffle. La vérité, c'est qu'après enquête en profondeur, j'ai décidé que sa chambre était inespionnable.

– Non. À ton tour.

– OK. (Il désigne l'océan.) Je ne sais pas nager.

– Sérieux ?

– Ben, oui. Je déteste l'eau. Rien que le bruit qu'elle fait. J'ai horreur des bains. Horreur des requins. Horreur d'habiter ici. À toi.

– Je hais le sport.

– Mais tu es un excellent coureur.

Je hausse les épaules. « À toi.

– D'accord. » Il s'humecte les lèvres, puis lâche lentement : « Je suis claustrophobe. » Il fronce les sourcils. « Je pourrai plus être astronaute, maintenant. Ça craint.

– Tu ne l'as pas toujours été ?

– Non. » Il détourne le regard et, l'espace d'un instant, j'aperçois à nouveau son visage intérieur. « À toi. »

J'éteins la lampe-torche.

À moi. À moi. À moi. *J'ai envie de toucher ton torse. J'ai envie d'être avec toi dans un dé à coudre.*

– J'ai rayé la voiture de mon père, une fois.

– J'ai volé un télescope dans mon bahut.

C'est plus facile avec la lumière éteinte. Les mots tombent tout seuls dans le noir, comme des pommes de leurs branches.

– Rascal, le cheval de l'autre côté de la rue, me parle.

Il sourit. Puis ne sourit plus. « Mon père s'est barré. »

Je marque un temps. « J'aimerais que le mien fasse pareil.

– Ne dis pas ça, dit-il, soudain grave. C'est pas marrant du tout. Ma mère passe son temps sur un site de personnes disparues à lui écrire des messages qu'il ne lira jamais. C'est pathétique. » Il y a un silence.

– Oh, c'est toujours à moi ? Je résous des problèmes de maths dans ma tête. Non-stop. Même sur le terrain de base-ball.

– Genre, en ce moment ?

– Aussi.

– Comme moi et ma peinture mentale.

– Oui, il y a de ça.

– J'ai peur d'être nul, dis-je.

Il rit. « Moi aussi.

– Je veux dire, d'être vraiment nul.

– Moi aussi », insiste-t-il.

On fait silence un moment. L'océan gronde en dessous de nous.

Je ferme les yeux, inspire à fond.

– Je n'ai jamais embrassé personne.

– Personne ? répète-t-il. Genre, personne *personne* ?

Que veut dire cette question ?

– Personne.

Le moment s'étire, encore et encore et…

Et puis s'arrête. « Je me suis fait draguer par une connaissance de ma mère. »

Wouah. Je rallume la torche sur son visage. Il

cligne des yeux, l'air mal à l'aise. Je vois sa pomme d'Adam monter et descendre lorsqu'il déglutit. Une fois. Puis deux.

«Une personne adulte, tu veux dire? Draguer comment?» J'aurais préféré qu'il précise s'il s'agissait d'un homme ou d'une femme. Le petit ami de sa mère, peut-être?

«Adulte, oui. Le genre de drague bien lourde. C'était juste une fois. C'est sans importance.» Il me reprend sa lampe des mains et se penche de nouveau vers son télescope, mettant fin à la conversation. Clairement, ce n'est pas un sujet sans importance pour lui. J'aurais des tonnes de questions à lui poser sur ce qu'il entend par «drague bien lourde», mais je les garde pour moi.

J'attends dans l'air froid où il se tenait il y a encore une minute.

– OK, finit-il par déclarer. Tout est prêt.

Je m'avance derrière le télescope pour regarder dans l'oculaire… et un ciel d'étoiles me tombe dessus. C'est un peu comme de prendre une douche dans le cosmos. J'en ai le souffle coupé.

– Je savais que ça t'impressionnerait, dit-il.

– La vache! Pauvre Van Gogh. *Nuit étoilée* aurait pu être mille fois mieux.

– J'en étais sûr! s'exclame-t-il. Si j'étais un artiste, ça me rendrait dingue.

Il me faudrait quelque chose auquel me raccrocher – autre que lui. Je saisis l'un des pieds du télescope. Personne n'a jamais paru aussi excité de me montrer quelque chose, même pas maman. Et il vient plus ou moins de me qualifier d'artiste.

(AUTOPORTRAIT: *Jets de brassées d'air en l'air*)

Il s'avance derrière moi. «OK, maintenant,

regarde ça. C'est à tomber par terre.» Il se penche par-dessus mon épaule pour abaisser une manette, et les étoiles se rapprochent encore plus. Il a raison, c'est à tomber par terre, mais les étoiles n'y sont pour rien cette fois. «Tu vois les Jumeaux? me demande-t-il. Ils sont dans le quart droit supérieur.» Je ne vois rien, pour la bonne raison que j'ai les yeux fermés. Tout ce qui m'intéresse dans le cosmos se déroule ici même, sur ce toit. Je me demande quelle réponse donner pour qu'il garde sa main sur la manette et reste tout près de moi, si près que je sens son souffle au creux de ma nuque. Si je dis oui, il reculera sûrement. Si je dis non, peut-être réajustera-t-il le télescope et pourrons-nous ainsi rester dans cette position quelques instants supplémentaires. «Je ne crois pas, non», dis-je d'une voix rauque, hésitante. C'était la bonne réponse, parce qu'il me dit: «OK, très bien» avant de bidouiller un truc sur son appareil, ce qui a pour effet de rapprocher non seulement les étoiles, mais aussi son souffle.

Mon cœur cesse de battre.

Mon dos est tout contre lui. Si je reculais d'un centimètre, je lui rentrerais dedans, et si on était dans un film – un que je n'ai jamais vu, cela dit –, il enroulerait ses bras autour de moi, j'en suis sûr, alors je me retournerais et on fondrait ensemble comme de la cire brûlante. Je visualise toute la scène dans ma tête. Je ne bouge pas.

«Alors?» lâche-t-il, presque dans un murmure, et je sais qu'il ressent la même chose que moi. Je pense à ces deux amoureux dans le ciel qui font couler les bateaux et mettent le feu aux choses, sans crier gare. « C'est dingue, je sais, avait-il commenté. Mais ça arrive. »

Ça arrive.

C'est en train de nous arriver.

– Il faut que j'y aille, dis-je, désespéré.

Quelle force mystérieuse nous pousse à dire le contraire de ce que chaque cellule de notre corps voudrait qu'on dise ?

– Ah, dit-il. OK.

Le gang des frelons – Courtney Barrett, Clementine Cohen, Lulu Mendes et Heather quelque chose – est réuni au grand complet sur le gros rocher qui borde le sentier quand Brian et moi ressortons des bois, le lendemain. À notre arrivée, Courtney saute de son perchoir et atterrit, les mains sur les hanches, formant un obstacle humain en bikini rose en plein milieu du chemin et coupant court à ma diatribe sur le génie du blobfish, l'animal le plus laid et le plus méprisé d'entre tous, toujours relégué dans l'ombre du paresseux à trois doigts. Juste avant, Brian venait de me parler d'un truc qu'il avait lu sur Internet à propos d'un garçon magnétique vivant en Croatie. Quand ses parents et ses amis lui jetaient des pièces, elles restaient collées sur lui. De même que les poêles à frire. D'après Brian, c'était tout à fait possible, pour une série de raisons charabianesques auxquelles je n'ai pas tout compris.

« Salut », lance Courtney. Âgée d'un an de plus que les autres frelons, elle entre au lycée à la rentrée prochaine, ce qui la place au même niveau que Brian. Son sourire, lèvres écarlates et dents ultra-blanches, est une menace. Ses antennes se penchent vers lui. «Wow! s'exclame-t-elle. Dire que tu nous cachais ces beaux yeux sous ton chapeau ridicule!» Son haut de bikini, constitué de deux triangles de tissu rose, ne couvre pas grand-chose. Elle tire sur le cordon comme si elle pinçait une corde de guitare, révélant une ligne secrète de peau blanche autour de son cou.

Je regarde Brian en train de la regarder. Puis je le regarde en train d'être regardé par elle, conscient que Courtney doit noter le tombé fluide de son tee-shirt sur son torse large, ses bras hâlés et musclés de joueur de base-ball, l'espace trop craquant entre ses dents de devant, ses yeux plissés, ses taches de rousseur et ses yeux, dont il n'existe aucun mot dans sa petite tête de frelon pour décrire la couleur.

«Au nom de mon chapeau porte-bonheur, je suis très vexé», lui répond-il avec une douceur suave qui me picote les tympans. Une autre facette de lui est en train d'émerger, ça se voit. Et je sais d'emblée que ce Brian-là ne me plaît pas du tout.

Je réalise alors que Jude fait pareil: elle adapte sa personnalité en fonction des gens qui l'entourent. Au fond, ils sont tous deux comme ces crapauds qui changent de couleur. Comment se fait-il que je reste toujours moi-même?

Courtney fait semblant de bouder. «Je ne voulais pas te vexer.» Elle relâche le cordon de son bikini et tire sur le rebord de son chapeau avec deux longs doigts. Ses ongles sont du même violet que ceux de Jude. «Pourquoi porte-bonheur?» demande-t-elle en inclinant la tête, faisant pencher le monde entier dans sa direction. Sans l'ombre d'un doute, c'est elle qui a donné des leçons de flirt à ma frangine. Tiens, et d'ailleurs où est-elle ? Comment se fait-il qu'elle ait raté cette embuscade ?

« C'est mon porte-bonheur, dit-il, parce qu'il ne m'arrive que de bonnes choses quand je le porte. » Il est possible que Brian me jette un coup d'œil pendant une nanoseconde tout en prononçant ces mots, mais il existe un tas de choses possibles et hautement improbables, comme par exemple la paix dans le monde et les tempêtes de neige en été, les pissenlits bleus et ce que je crois qu'il s'est passé sur le toit hier soir. Ai-je tout imaginé ? Chaque fois que j'y pense, toutes les dix secondes environ, je m'évanouis intérieurement.

Clementine, étalée sur le rocher dans une posture qui n'est pas sans rappeler le modèle de l'école d'art – le corps en trois triangles –, prend la parole dans le même dialecte frelon que Courtney : « Le cousin de Fry, qui habite à L.A., dit que c'est dommage que tu l'aies raté quand tu lui as jeté des cailloux, parce que comme ça, il aurait pu faire payer les gens pour admirer sa cicatrice quand tu seras devenu un champion de baseball. » Elle fait cette longue tirade à l'attention des ongles violets de l'une de ses mains. Au secours. Fry et Big Foot ont vraiment dû être impressionnés par La Hache et son bras bionique pour admettre leur défaite devant un essaim de frelons.

– Merci pour l'info, dit Brian. La prochaine fois qu'il joue au con avec moi, je saurai viser droit.

Sa réponse déclenche une vague d'admiration qui passe de fille en fille. Beurk. Beurk. Beurk.

Un détail alarmant attire mon attention, bien plus alarmant que le fait que Jude ait rejoint cette secte aux ongles violets : c'est que Brian est cool. Ses amis venus d'ailleurs ne lui ont pas seulement appris à passer pour un humain, mais aussi à les surpasser. Il doit avoir une popularité surnaturelle dans son internat. Athlète *et* populaire ! Comment ai-je pu ne pas le remarquer ? J'ai dû me laisser distraire par son charabia scientifique sur les amas globulaires en orbite autour des noyaux galactiques, dont je note qu'il prend soin de ne pas l'étaler devant ces dames. Il devrait savoir que les élèves populaires sont enduits de retardateur de flamme. Il devrait savoir que les élèves populaires ne sont jamais des révolutionnaires !

J'aimerais le saisir par le poignet, repartir vers le bois et leur dire : « Désolé, les filles, je l'ai trouvé le premier. » Mais je réalise que j'ai tort : c'est lui qui m'a trouvé. Il m'a *traqué* tel le tigre du Bengale. Dommage qu'il ne s'en soit pas tenu à cette facette-là de sa personnalité.

Clementine, s'adressant toujours à ses ongles, demande : « Il faut t'appeler La Hache ? Ou juste H, peut-être ? Ooooh… – elle couine exactement comme un phacochère – j'adore.

– Je préfère Brian. La saison sportive est terminée.

– OK, *Brian*, répète Courtney comme si elle avait inventé son prénom. Vous devriez venir traîner avec nous au spot. (Elle me regarde.) Jude y va. »

Ça alors, mon existence vient d'être reconnue. Ma tête de chou acquiesce, sans mon consentement.

Elle me sourit d'une manière qui pourrait tout aussi bien être une moue réprobatrice.

– Ta sœur dit de toi que t'es une sorte de génie, dit-elle en tirant sur le cordon de son bikini. Je te laisserai peut-être faire mon portrait, un de ces jours.

Brian croise les bras.

– Heu, non. C'est d'abord à *lui* d'accepter que tu poses pour lui.

Je viens de grandir de cinq mille mètres d'un coup.

Mais Courtney se donne une tape sur le poignet en minaudant.

– Mauvaise fille. C'est pas bien. J'ai compris.

OK, le moment est venu de mettre le feu à ce quartier. Et le pire, c'est que sa nullité est récompensée par l'un des fameux petits sourires en coin de Brian, qu'elle lui rend en lui adressant son sourire le plus éclatant.

(AUTOPORTRAIT : *Le garçon dans un sac plastique qui devient tout bleu*)

Un vol de bécasseaux passe au ras du sol vers l'écurie de Rascal. J'aimerais vraiment être un cheval.

Les secondes passent. Lulu descend du rocher et vient rejoindre Courtney. Clementine l'imite et vient se planter à côté d'elle. L'attaque des frelons. Seule Heather ne bouge pas.

– Tu surfes ? demande Lulu à Brian.

– Je suis pas trop branché plage, dit-il.

– Pas branché plage ? répètent Courtney et Lulu dans un cri.

Mais cette invraisemblance est éclipsée par Clementine, qui demande :

– Je peux essayer ton chapeau ?

– Non, moi d'abord, dit Courtney.

– Je veux, moi aussi ! proteste Lulu.

Je roule les yeux, et j'entends alors un petit rire dénué de tout bourdonnement de frelon. Je lève les yeux vers Heather, qui croise mon regard avec empathie, comme si elle seule voyait le chou qui me fait office de tête. J'avais à peine remarqué sa présence, là-haut. Voire en général. Bien qu'elle soit le seul membre du gang des frelons à fréquenter le collège public, comme nous. Une cascade de boucles noires, semblables aux miennes, encadre son visage ciselé. Pas d'antennes. Et elle ressemble davantage à une grenouille qu'à une sucette – une petite reinette. C'est elle que j'aimerais dessiner, perchée dans les branches d'un chêne, presque cachée. Je vérifie la couleur de ses ongles : bleu clair.

Brian a ôté son chapeau. « Hmm…

– Tu choisis, déclare Courtney, certaine d'être élue la première.

– Impossible, rétorque Brian en faisant tournoyer son chapeau sur un doigt. À moins que… » D'un rapide mouvement du poignet, il me jette son chapeau sur la tête. Et je m'élance vers le ciel. J'annule tout ce que je viens de dire. C'est un révolutionnaire.

Jusqu'à ce que je m'aperçoive que tout le monde rit, y compris lui, comme si c'était le truc le plus drôle de tous les temps.

« Tu triches », l'accuse Courtney. Elle me retire le chapeau comme si j'étais un simple présentoir et le rend à Brian. « Cette fois, tu choisis. »

Il lui adresse un large sourire, dévoilant ses

dents du bonheur, et la coiffe de son chapeau en l'inclinant d'un côté, exactement comme elle s'y attendait. Mission accomplie, peut-on lire clairement sur son visage.

Il se penche en arrière et l'examine. «Ça te va bien.»

J'ai envie de le taper.

À la place, je laisse le vent me pousser dans le dos et m'entraîner par-dessus le bord de la falaise.

«Faut que je trace», dis-je, répétant l'expression que j'ai entendue dans la bouche de quelqu'un quelque part, au bahut ou à la télé, voire dans un film qui n'appartenait peut-être même pas à cette décennie, mais peu importe, il faut que je m'en aille avant de m'évaporer, de me chiffonner ou de fondre en larmes. Le temps d'un instant, j'espère que Brian va traverser la rue avec moi, mais il se contente de me lancer : « À plus. »

Mon cœur se détache, sort de mon corps et file en stop plein nord, saute sur un ferry pour traverser le détroit de Béring et va se planter en Sibérie au milieu des ours polaires, des bouquetins et autres chèvres à longues cornes pour achever sa transformation en glacier miniature riquiqui.

Parce que j'ai tout imaginé. Hier soir, voilà ce qui s'est passé : Brian a ajusté une manette sur son télescope, point à la ligne. Et je me trouvais juste sur son chemin. «Noah a une imagination débordante», peut-on lire sur chacun de mes bulletins scolaires. Ce à quoi maman disait en riant : «On ne change pas les rayures d'un zèbre!»

Dès mon arrivée à la maison, je fonce vers la fenêtre de devant, celle qui donne sur la rue, pour les espionner. Le ciel est chargé de nuages orange et chaque fois que l'un d'eux descend vers le sol, Brian le fait remonter d'une pichenette comme un ballon gonflable. Je le regarde hypnotiser ces filles en leur faisant le coup des fruits dans l'arbre et des nuages dans le ciel, comme avec moi. Seule Heather semble immunisée. Étendue sur le rocher, elle garde les yeux rivés sur le paradis orange au-dessus d'elle.

Je me dis qu'il ne m'a pas trouvé. Ne m'a pas traqué. Ce n'est pas un tigre du Bengale. Juste un mec qui vient d'arriver, qui est tombé par hasard sur un autre garçon de son âge, et qui a sympathisé avec lui par erreur avant d'être sauvé par les ados cool du quartier.

Dur retour à la réalité. Le monde est une chaussure de la mauvaise pointure. Comment est-ce supportable, pour qui que ce soit?

(AUTOPORTRAIT : *Laissez-moi tranquille*)

J'entends ma mère arriver à peine quelques secondes avant de sentir la pression tiède de ses mains sur mes épaules. «Quel ciel magnifique, n'est-ce pas?» Je respire son parfum. Elle en a changé. Celui-ci sent la forêt, une odeur de bois et de terre, mêlée à la sienne. Je ferme les yeux. Un sanglot monte en moi, comme si elle le soulevait à mains nues. Je le fais redescendre en disant: «Plus que six mois avant le dépôt des dossiers.»

Elle presse mes épaules. «Je suis fière de toi. (Sa voix est calme, profonde, rassurante.) Sais-tu à quel point je suis fière de toi?» Je le sais, oui. C'est ma seule certitude. Je hoche la tête, et elle enroule ses bras autour de moi. «Tu es ma source d'inspiration», dit-elle. À ces mots, nous nous élevons tous deux dans les airs. Elle est devenue mon véritable regard. J'ai l'impression de n'avoir rien dessiné ni peint tant qu'elle ne l'a pas vu, comme si mon travail était invisible jusqu'à ce qu'une expression familière envahisse ses traits et qu'elle me dise : « Tu refais le monde, Noah. Dessin après dessin. » J'aimerais tellement lui montrer mes croquis de Brian. Mais je ne peux pas. Comme s'il venait de m'entendre penser à lui, il se tourne justement dans ma direction, à contre-jour dans l'explosion de lumière, une image parfaite, si belle que je sens mes doigts s'agiter au bout de mes mains. Mais je ne le dessinerai plus. « Il n'y a rien de mal à être amoureux de la beauté, déclare maman d'une voix éthérée. Emerson a dit : "La beauté est l'écriture de Dieu." » Chaque fois qu'elle parle de la vocation artistique, quelque chose dans sa voix me donne l'impression de respirer le ciel. « Moi non plus, je ne peux pas m'en passer, chuchote-t-elle. Comme la plupart des artistes.

– Mais tu n'es pas une artiste », je lui murmure en retour.

Elle ne répond pas. Je sens qu'elle s'est crispée. J'ignore pourquoi.

« Où diable est passé Ralph ? Où diable est passé Ralph ? »

À ces mots, elle se détend et éclate de rire. « Quelque chose me dit que Ralph est en chemin, dit-elle. Le second avènement est pour bientôt. (Elle m'embrasse le dessus de la main.) Tout va bien se passer, mon chéri », conclut-elle, parce que, en sa qualité de mécanicienne du cœur humain, elle sait déceler toutes mes petites pannes. Enfin, c'est ce que j'ai envie de croire. Car elle finit par ajouter : « Tout va bien se passer pour nous, je te le promets. »

Avant même qu'on réatterrisse sur le tapis, elle s'en va. Je reste, et je continue à regarder dehors jusqu'à ce que l'obscurité envahisse la pièce et que je les voie tous les cinq s'éloigner en direction du spot, le chapeau porte-bonheur de Brian vissé sur la tête chanceuse de Courtney.

Quelques mètres derrière eux, Heather marche sans se presser, la tête tournée vers le ciel. Elle lève les bras en l'air, tel un cygne, puis les rabaisse. *Un oiseau*, me dis-je. *Bien sûr. Pas du tout une grenouille. Je m'étais trompé.*

Sur toute la ligne.

Le lendemain matin, je ne me rends pas sur le toit au lever du jour parce que je refuse de sortir de ma chambre tant que Brian n'aura pas réintégré son internat à quatre mille cinq cents kilomètres d'ici. Plus que six semaines à tenir. Je boirai l'eau des plantes, s'il le faut. Étendu sur mon lit, je regarde fixement au plafond une reproduction du *Cri* de Munch, un tableau excellent que j'aurais adoré peindre moi-même et montrant un type en train de péter un câble.

Comme moi.

Maman et Jude se disputent de l'autre côté du mur. Le ton monte. Je crois qu'elle déteste encore plus notre mère qu'elle me déteste moi.

Maman : Tu auras tout le temps d'avoir vingt-cinq ans quand tu auras vingt-cinq ans, Jude.

Jude : C'est seulement du rouge à lèvres.

Maman : Du rouge à lèvres que tu ne porteras

pas, jeune fille, et à ce propos, ta jupe est beaucoup trop courte.

Jude : Oh, tu aimes ? C'est moi qui l'ai faite.

Maman : Eh bien, tu as manqué de tissu, on dirait. Regarde-toi dans la glace. As-tu vraiment envie d'être *cette fille-là* ?

Jude : Qu'est-ce que je pourrais être d'autre ? Cette fille, c'est moi, non ?

Maman : Tu deviens ingérable, c'est effrayant. Je ne te reconnais plus.

Jude : Ah, bon ? Parce que moi non plus, je ne te reconnais plus.

Il faut dire que maman se comporte bizarrement, ces derniers temps. J'ai remarqué certaines choses. Par exemple, quand le feu passe au vert, elle reste là sans bouger, l'air lobotomisée, et ne revient à elle que quand les autres automobilistes klaxonnent. Ou bien elle prétend travailler dans son bureau, mais je découvre en l'espionnant qu'elle fouille dans de vieux cartons de photos qu'elle a descendus du grenier.

Et les chevaux galopent à toute allure dans sa tête. Je l'entends.

Aujourd'hui, elles ont prévu une grande sortie mère-fille en ville pour essayer de se rabibocher. On peut dire que ça démarre mal. Avant, papa essayait toujours de m'emmener voir des matchs pendant ce temps-là, mais il ne se donne même plus cette peine, pas depuis que j'ai passé un match de foot entier dos à la pelouse et face aux gradins, à croquer les portraits des spectateurs sur des serviettes en papier. Ou s'agissait-il d'un match de base-ball, peut-être ?

Base-ball. La Hache. L'archétype de l'arme barbare et primitive.

Jude frappe une série de coups rapides à ma porte et entre sans même attendre d'y être invitée. Maman a dû gagner la partie, parce qu'elle est sans rouge à lèvres et porte une robe d'été aux couleurs vives qui lui arrive aux genoux, l'un des modèles de Granny. On dirait la roue d'un paon. Ses cheveux forment un lac calme et placide autour d'elle.

« T'es là, pour une fois. » Elle semble sincèrement contente de me voir. Elle s'appuie contre le chambranle de la porte. « Si je me noyais avec Brian, qui sauverais-tu en premier ?

— Toi, dis-je, soulagé qu'elle ne m'ait pas posé cette question hier.

— Et avec papa ?

— Oh, arrête. Toi.

— Et avec maman ? »

Je marque une pause. « Toi.

— Tu as hésité.

— Pas du tout.

— Si, t'as hésité, mais ça fait rien. Tout est de ma faute. À ton tour.

— Entre maman et moi ?

— Toi, Noah. Je te sauverai toujours le premier. » Ses yeux sont deux ciels azur. « Bien que t'aies failli me décapiter l'autre soir, ajoute-t-elle en souriant. Mais je t'en veux pas. Je sais que j'ai été odieuse. Pas vrai ?

— Un monstre. »

Elle fait une grimace de folle, les yeux exorbités, et j'éclate de rire malgré mon humeur morose. « Tu sais, j'aime bien ces filles, mais elles sont d'un

160

normal ! Ça m'ennuie. » Elle s'élance à travers ma chambre en une fausse pirouette de danseuse comique, atterrit sur mon lit et colle son épaule contre la mienne. Je ferme les yeux. « Ça faisait un bail, chuchote-t-elle.

– Trop longtemps. »

On respire ensemble, encore, et encore, et encore. Elle prend ma main et je pense aux loutres qui dorment en flottant sur le dos et en se tenant par les pattes, exactement comme ça, pour ne pas dériver et se perdre dans la nuit.

Au bout d'un moment, elle serre le poing devant elle. Moi aussi.

« Un, deux, trois », disons-nous en même temps.

Caillou/caillou.

Ciseaux/ciseaux.

Caillou/caillou.

Papier/papier.

Ciseaux/ciseaux.

« Youpi ! s'exclame-t-elle. On n'a pas changé ! » Elle bondit sur ses pieds. « On pourrait regarder la chaîne animalière, ce soir. Ou un film. Tu choisis.

– OK.

– Je veux qu'on…

– Moi aussi, » dis-je. Je sais ce qu'elle s'apprête à dire. Moi aussi, je veux qu'on redevienne comme avant.

(PORTRAIT, AUTOPORTRAIT : *Frère et sœur assis sur un tape-fesse, les yeux bandés*)

Elle me touche le bras en souriant. « Ne sois pas triste, me dit-elle d'une voix si chaleureuse que l'air en change de couleur. Je l'ai senti à travers le mur, hier soir. » C'était pire lorsqu'on était jeunes. Si l'un de nous pleurait, le second fondait en larmes aussi, même à l'autre bout de Lost Cove. Je ne pensais pas que ça fonctionnait encore.

– Tout va bien, dis-je.

Elle hoche la tête. «Alors, à ce soir. Si on ne s'étripe pas, avec maman.» Elle m'adresse un dernier salut, et disparaît.

Je ne sais pas comment c'est possible, mais c'est vrai: un tableau est à la fois exactement le même et entièrement différent chaque fois qu'on le regarde. Entre ma sœur et moi, maintenant, c'est pareil.

Quelques instants plus tard, je me souviens qu'on est jeudi, ce qui signifie atelier de dessin avec modèle vivant à l'IAC, ce qui signifie la suspension de mon auto-assignation à résidence. De toute manière, pourquoi devrais-je m'enfermer chez moi sous prétexte que Brian est un athlète crevard et populaire, couvert de retardateur de flamme et qui aime la compagnie des frelons gerbifiants comme Courtney Barrett?

Mon pupitre et mon tabouret sont encore là où je les ai cachés la semaine dernière. Je les installe en me disant que le plus important est mon inscription à l'IAC et que je n'aurai qu'à passer le reste de l'été avec ma sœur. Et Rascal. Et aller au musée avec maman. Je n'ai pas besoin de Brian.

Le prof commence le cours – avec un modèle féminin différent de l'autre jour – en nous expliquant la notion d'espace positif et négatif. On est censés dessiner l'espace autour d'une forme pour la révéler. Je n'avais jamais fait ça, et je patauge un peu en essayant de trouver le modèle en dessinant ce qui n'est pas elle.

Mais durant la seconde partie du cours, je m'assois dos au mur et je commence à faire le portrait de Brian en appliquant la même technique, même si je m'étais juré de ne plus jamais le dessiner. Je ne peux pas m'en empêcher. Il est en moi, il faut que ça sorte. Je réalise croquis après croquis.

Ma concentration est telle que je ne remarque même pas la présence à l'approche jusqu'à ce qu'une ombre masque la lumière. Je sursaute violemment et un borborygme embarrassé s'échappe de ma gorge tandis que mon cerveau me transmet l'info : c'est *lui*, oui, c'est Brian, là, debout devant moi. Il n'a ni sac à météorites, ni râteau magnétique, ce qui tend à prouver qu'il est venu jusqu'ici exprès pour me voir. *Encore*. J'essaie de maintenir ma joie derrière mon visage, et non dessus.

« Je t'ai attendu ce matin », dit-il, avant de s'humecter la lèvre d'un mouvement de langue si nerveux, si parfait, que ça me fait un coup au cœur. Il coule un regard en direction de mon carnet. Je le referme avant qu'il ait le temps de se reconnaître, puis je me lève et lui fais signe de regagner le bois pour que personne dans la classe ne nous entende. Je planque mon tabouret et mon pupitre, en priant pour que mes jambes ne se dérobent pas sous moi ou, à l'inverse, ne se mettent pas à danser la gigue.

Il m'attend près du même arbre que la dernière fois.

— Alors, et ton Anglais, me dit-il lorsqu'on se met en marche, il est là, aujourd'hui ?

S'il y a une chose que je sais déceler dans une voix, grâce à ma sœur, c'est la jalousie. J'inspire avec une joie suprême. « Il s'est fait virer la semaine dernière.

– À cause de l'alcool ?

– Ouais. »

La forêt est très calme, hormis le bruit de nos pas et le chant langoureux d'un oiseau moqueur perché quelque part au milieu des arbres.

– Noah ?

Je retiens mon souffle. Comment peut-on se mettre dans un état pareil rien qu'en entendant quelqu'un prononcer votre prénom ?

– Oui ?

Son visage trahit une émotion très forte, mais j'ignore laquelle. Je me concentre sur mes baskets.

Les minutes s'égrènent dans le silence.

« Voilà ce qui se passe, finit-il par déclarer. (Il s'est arrêté de marcher et arrache des bouts d'écorce du tronc d'un chêne.) Il y a des planètes qui se font éjecter de leur système solaire d'origine pour se mettre à errer, seules, dans l'espace profond, suivant une trajectoire solitaire à travers l'univers sans le moindre soleil, genre, pour toujours… »

Ses yeux me supplient de comprendre quelque chose. Je réfléchis à ce qu'il vient de dire. Il m'a déjà parlé de ce phénomène, de ces planètes sans soleil, perdues et solitaires. Et alors, quoi ? Est-il en train de me dire qu'il n'a pas envie de devenir un outsider comme moi ? Un révolutionnaire ? Oh, très bien. Je tourne les talons.

« Non ! » Il me rattrape par la manche. *Il me rattrape par la manche.*

La Terre s'arrête de tourner sur son axe.

« Oh, et merde. » Petit coup de langue sur sa lèvre. Il me jette un regard désespéré. « Ne… ne… »

Il bafouille ?

164

«Ne quoi? dis-je.

– Ne t'en fais pas, OK?» Ces mots jaillissent de sa bouche, voltigent autour de mon cœur et le propulsent hors de ma poitrine. Je sais ce qu'il me dit.

«Pourquoi?» J'ai envie de le titiller un peu.

Il esquisse un sourire. «Aucun astéroïde ne te tombera sur la tête. C'est un risque hautement improbable.

– Cool, dis-je. Tant mieux.»

Et d'un coup d'un seul, je décide de ne plus m'en faire.

Je ne m'en fais pas plus que ça lorsque, quelques secondes plus tard, il ajoute, en souriant de toutes ses dents: «J'ai vu ce que t'étais en train de dessiner, mec.»

Je ne m'en fais pas plus que ça en posant un lapin à Jude ce soir-là, et tous les autres. Je ne m'en fais pas plus que ça lorsqu'elle rentre à la maison pour découvrir Brian et les frelons sur le ponton, en train de poser pour moi comme sur une photo qu'elles ont vue dans un magazine. Je ne m'en fais pas, le soir même, lorsqu'elle me sort: «Maman ne te suffisait pas? Il fallait que tu me piques mes *amies*, aussi?»

Je ne m'en fais pas plus que ça à l'idée qu'il s'agit des derniers mots qu'elle m'adressera de tout l'été.

Je ne m'en fais pas plus que ça de devenir cool par association – *moi*! –, de traîner au spot avec Brian en compagnie d'un paquet d'attardés du surf, de crevards et de frelons happés par son royaume du calme, sans jamais me sentir pris en otage, sans jamais me sentir gêné par mes mains, et sans que personne cherche à me jeter du haut d'une falaise ou m'appelle autrement que Picasso, un surnom lancé par Franklyn Fry, pourtant le pire des crevards dans la place.

Je ne m'en fais pas plus que ça en découvrant que ce n'est pas si difficile de se fondre dans la masse et de changer de couleur de peau comme un crapaud. Ou de s'enduire d'un peu de retardateur de flamme.

Je ne m'en fais pas plus que ça quand Brian et moi nous retrouvons seuls dans les bois, sur son toit ou dans son salon à mater un match de base-ball (pourquoi pas) et qu'il érige une barrière électrique entre nous et que pas une fois il ne tente de la frôler, comme si sa vie en dépendait ; mais quand on est en public, comme au spot, cette clôture disparaît et on devient comme deux aimants un peu nigauds, toujours à se bousculer et à se rentrer dedans, à se frôler les mains, les bras, les jambes, les épaules, à se taper dans le dos, et même sur la cuisse, sans raison aucune, sauf que c'est comme d'avaler un éclair.

Je ne m'en fais pas plus que ça quand, pendant toute la durée du film sur l'invasion extraterrestre, nos jambes dérivent à un échelon microscopique : la sienne vers la droite, droite, droite, et la mienne vers la gauche, gauche, gauche, jusqu'à ce qu'à mi-chemin, elles se trouvent et se pressent si fort l'une contre l'autre pendant une, deux, trois, quatre, cinq, six, sept, huit secondes délirantes si bien que je dois courir aux toilettes sous peine d'explosion imminente. Je ne m'en fais pas plus que ça quand, à mon retour, ça recommence de plus belle, sauf que cette fois, nos jambes se retrouvent instantanément et qu'il serre ma main près de l'accoudoir et qu'on meurt tous les deux électrocutés.

Je ne m'en fais pas plus que ça quand, pendant tout ce temps-là, Heather était assise à côté de moi et Courtney à côté de lui.

Je ne m'en fais pas plus que ça que Courtney ne lui ait toujours pas rendu son chapeau ou que Heather ne détache pas ses yeux gris et profonds de moi.

Je ne m'en fais pas plus que ça que Brian et moi ne nous embrassions jamais, pas une seule fois, malgré le contrôle mental que j'essaie d'exercer sur lui et malgré mes prières à Dieu, aux arbres et à toutes les molécules que je croise sur mon chemin.

Et surtout, je ne m'en fais pas plus que ça quand, rentrant à la maison, un jour, je tombe sur un message de Jude invitant maman à venir sur la plage voir l'une de ses sculptures de sable. Je ne m'en fais pas plus que ça quand je chiffonne le message pour l'enterrer au fond de la poubelle. Je ne m'en fais pas plus que ça, vraiment, même si j'ai quand même un nœud au ventre, non, pas dans le ventre, à l'âme, un nœud à l'âme d'avoir pu faire une chose pareille.

J'aurais dû m'en faire.

J'aurais dû m'en faire, et pas qu'un peu.

Brian repart demain matin dans son internat pour préparer la rentrée et je vis ce soir un véritable enfer, à sa recherche. Je n'avais jamais mis les pieds dans une fête, auparavant. J'ignorais que c'était comme de se retrouver enfoui à des kilomètres sous la terre, au milieu de démons à la chevelure en flammes. Je suis à peu près certain que personne ne me voit. Sans doute parce que je suis trop jeune, ou trop maigre ou je ne sais quoi. Les parents de Courtney s'étant absentés pour le week-end, elle a décidé de profiter de la fête qu'organisait sa sœur pour offrir une petite soirée d'adieu à Brian. Je n'ai aucune envie de dire adieu à Brian. Je voudrais dire adieu *avec* Brian, comme si on s'envolait ensemble pour le Serengeti pour admirer la migration des gnous bleus.

Je longe un couloir encombré et enfumé. Des gens se tiennent agglutinés contre le mur, comme des statues hyperréalistes. Tout le monde a le visage de travers. Dans la pièce d'à côté, ce sont les corps qui se contorsionnent. Ça danse. Après m'être assuré que Brian n'était pas là, je m'adosse au mur et observe la foule des gens luisants de sueur avec leurs piercings, leur plumage et leurs bras en l'air, tous à sauter, se balancer et flotter. Je n'en perds pas une miette, peu à peu gagné par la musique, comme si j'avais de nouveaux yeux, quand je sens soudain une main, ou des serres d'oiseau, s'enfoncer dans mon épaule. Je fais volte-face et me retrouve nez à nez avec une rouquine aux cheveux frisés, visiblement plus âgée que moi. Elle porte une robe marron chatoyante, et elle me dépasse d'une bonne tête. Un tatouage suprêmement cool montrant un dragon rouge et orange crachant du feu s'enroule tout autour de son bras. «Tu es perdu?» me crie-t-elle par-dessus la musique, comme si elle s'adressait à un enfant de cinq ans.

Je ne dois pas être invisible, tout compte fait.

Son visage brille, surtout les ailes de maquillage vert émeraude autour de ses yeux bleu acier. Ses pupilles sont deux immenses grottes noires peuplées de chauves-souris. «T'es trop mignon», me hurle-t-elle dans l'oreille. Elle a un drôle d'accent, un peu comme celui de Dracula, et elle ressemble aux femmes des tableaux de Klimt. «Tes cheveux.» Elle tire sur l'une de mes boucles jusqu'à ce qu'elle soit complètement aplatie. Impossible de détacher mon regard d'elle, parce que c'est ce qui arrive quand on est face à un démon. «Tu as de grands yeux sombres et pénétrants», dit-elle lentement, avec son accent à couper au couteau, comme si elle savourait chaque mot. La musique baisse d'un cran et, Dieu merci, sa voix aussi. «Je parie que toutes les filles te courent après.» Je fais non de la tête. «Bientôt, crois-moi.» Elle me sourit, et une traînée de rouge à lèvres écarlate apparaît sur l'un de ses crocs. «T'as déjà embrassé une fille?» Je secoue de nouveau la tête. Je suis totalement incapable de lui mentir ou de rompre son charme démoniaque. Soudain, sans crier gare, ses lèvres crépitantes se pressent contre les miennes, entre les miennes, et je sens son goût, mélange de cigarette et de douceur trop sucrée comme une orange laissée au soleil toute la journée. Je garde les yeux ouverts, si bien que je vois ses longs cils noirs et arachnéens endormis sur ses pommettes. Elle est vraiment en train de m'embrasser! Pourquoi? Elle se recule, ouvre les yeux et rit en découvrant l'expression de mon visage. Elle me presse à nouveau l'épaule de ses serres, se penche vers moi et me chuchote à l'oreille: «Rendez-vous dans quelques années.»

Sur ces mots, elle pivote et s'éloigne sur ses longues jambes nues, sa queue de diable serpentant derrière elle. Je vois son dragon cracheur de feu remonter jusqu'à son épaule et s'enrouler autour de son cou.

Est-ce vraiment arrivé? Ai-je tout imaginé? Hum, j'en doute: si mon imagination avait eu le contrôle, jamais je n'aurais choisi quelqu'un comme elle. Je m'essuie la bouche et me retrouve les doigts peinturlurés, couverts de rouge à lèvres. C'est bel et bien arrivé. Est-ce qu'on a tous un goût d'orange pourrie au soleil, à l'intérieur? Moi? Brian?

Brian.

Je me dirige vers la porte d'entrée. Je l'attendrai dehors, et je le convaincrai d'aller plutôt passer sa dernière soirée sur son toit, comme je le souhaitais depuis le début, afin que les étoiles puissent s'abattre sur nous une dernière fois et que, peut-être, ce qui ne s'est pas produit de tout l'été puisse enfin arriver, mais quand je pénètre dans le hall, je le vois en train de suivre Courtney à l'étage, fendant la foule, saluant des types en hochant la tête et souriant à des filles, comme s'il était des leurs. Comment fait-il pour toujours être accepté partout?

(PORTRAIT: *Le garçon qui possède toutes les clés dans un monde constitué de serrures*)

Une fois en haut des marches, il se retourne et se penche par-dessus la balustrade pour scruter la foule. Est-ce moi qu'il cherche? Oui, je le sais. Et je me liquéfie aussitôt en chute d'eau. Peut-on mourir d'un tel sentiment? Je pense que oui. Je ne peux même plus le dessiner ou le peindre pour le faire sortir de moi. Quand ça me tombe dessus, et ça m'arrive tout le temps, désormais, je n'ai plus qu'à m'étendre sur le dos pour attendre que ça passe.

Courtney le tire par le bras. Il la suit sans m'avoir vu, et je reprends forme humaine.

Je m'engouffre à leur suite dans l'escalier, la tête baissée. Je ne veux croiser le regard de personne, je ne veux pas qu'on m'adresse la parole ni qu'on me roule une pelle! Est-ce une tradition, dans les soirées, d'embrasser les gens sans leur demander leur avis? Je n'en sais rien. J'ai presque atteint le haut des marches quand je sens une main se poser sur mon bras. Oh, non – ça ne va pas recommencer. Une petite nana – on dirait un écureuil déguisé en gothique – me tend un gobelet de bière en plastique rouge. «Tiens, me dit-elle en souriant. J'ai l'impression que t'en as besoin.» Je la remercie et poursuis mon chemin. Elle a peut-être raison, en effet. Je l'entends dire dans mon dos: «Trop sexy, non?» à quelqu'un qui lui répond: «Tu les prends au berceau ou quoi?» Super. Quand je repense à toutes mes séances de muscu secrètes dans le garage avec les haltères de papa. Tout le monde ici me prend pour un élève de maternelle. Mais... sexy, moi? Difficile à croire. J'ai toujours considéré que les filles me regardaient parce qu'elles me trouvaient bizarre et non parce qu'elles me trouvaient mignon. Ma mère me trouve beau à tomber, mais c'est son job, après tout. Comment sait-on qu'on est sexy? Le démon embrasseur à cheveux roux m'a bien dit que j'avais des yeux profonds.

Est-ce que Brian me trouve sexy?

Cette pensée m'atteint direct à l'entrejambe, et me voilà réveillé d'un seul coup. *Il m'a pris la main près de l'accoudoir pendant le film.* Plus que réveillé. Je m'arrête, respire, tente de me calmer, avale une gorgée de bière – ou plutôt, une bonne grosse lampée. Ce n'est pas si immonde que ça. Je continue à grimper les marches.

Le premier étage n'a rien à voir avec le rez-de-chaussée car ici, c'est le paradis. Je me retrouve à l'entrée d'un long couloir blanc comme un nuage, immaculé de la moquette au plafond et bordé de portes closes.

Dans quelle pièce Brian et Courtney ont-ils pu entrer ? Sont-ils seuls ? En train de s'embrasser ? Si ça se trouve, elle a déjà retiré son tee-shirt. Je bois encore un peu de bière. Est-il en train de lui lécher la poitrine ? Les mecs adorent ça. *Il m'a dit de ne pas m'en faire. Il m'a dit de ne pas m'en faire. Il m'a dit de ne pas m'en faire.* Il y avait un message caché là-dedans, pas vrai ? Un message caché signifiant : « Je ne lécherai pas la poitrine de Courtney Barrett », pas vrai ? J'avale une énorme gorgée de bière. Cette fois, je m'en fais, et pas qu'un peu.

Dans les films, ça dégénère toujours pendant les soirées d'adieu.

Je m'avance dans le couloir en direction d'une porte entrouverte sur la gauche quand, dans un renfoncement, j'aperçois soudain un couple en train de s'embrasser, genre étreinte torride. Je recule de quelques pas pour les espionner en toute discrétion. Le garçon a un dos large incroyable, une taille joliment soulignée par la ceinture de son jean, et la fille se tient entre le mur et lui. Il bouge la tête comme s'il n'arrivait pas à l'embrasser assez vite ou assez fort. Une petite voix me dit que je devrais m'en aller, mais un détail retient mon attention. Les mains de la fille, plaquées dans le dos de son partenaire, ne ressemblent pas du tout à des mains de fille – non, ces mains-là ne peuvent qu'appartenir à un autre garçon. Je sens comme des vibrations dans ma poitrine. En me penchant légèrement sur la gauche, je distingue un peu mieux leurs deux visages – ossature carrée et masculine, les paupières closes comme des croissants de lune, le nez et la bouche écrasés, ils semblent à la fois s'escalader et se recouvrir l'un l'autre. Mes jambes se mettent à flageoler, bientôt imitées par tout le reste de mon corps. (AUTOPORTRAIT : *Tremblement de terre*). Je n'avais jamais vu deux garçons s'embrasser comme ça, comme si c'était la fin du monde, excepté dans ma tête et ce n'était même pas aussi bien. Et de loin. Leur passion semble si *vorace*.

Je recule à nouveau et m'appuie contre le mur, hors de leur champ de vision.

Je ne me sens pas triste, pas le moins du monde, alors j'ignore pourquoi un torrent de larmes se met à couler sur mes joues.

J'entends un grincement de porte à l'autre bout du couloir. Je m'essuie le visage d'un revers de main et me dirige vers le bruit. C'est Heather – soudain, tout en moi se glace. C'est horrible de la voir là, comme de sortir d'un film génial pour se retrouver plongé dans un après-midi morne et banal.

«Oh! s'exclame-t-elle. (Son visage s'illumine.) J'allais justement te chercher.» Je secoue la tête pour me planquer le plus possible derrière mes cheveux. Elle s'avance vers moi, se rapprochant dangereusement du couple. Je décide de m'élancer à sa rencontre. Son sourire s'élargit, et je réalise qu'elle interprète ma réaction comme un signe d'intérêt à son encontre alors que, en réalité, je veux seulement protéger ces deux amoureux, les protéger d'elle-même et du reste du monde.

(PORTRAIT : *Adam et Adam dans le jardin*)

J'essaie d'obliger mes lèvres à sourire, mais j'ai du mal. J'entends un ricanement derrière moi, des murmures précipités. Heather jette un coup d'œil par-dessus mon épaule.

« Où sont les autres ? » je lui demande, histoire de capter son attention. Je m'aperçois que je tremble encore. J'enfouis ma main libre au fond de ma poche.

« Tout va bien ? me dit-elle en penchant la tête. T'as l'air bizarre. » Ses yeux gris me sondent. « Encore plus que d'habitude, je dirais. » Elle me sourit avec bienveillance, et je me détends un peu. On semble partager un secret, elle et moi, bien que j'ignore lequel.

J'aimerais pouvoir lui raconter la scène à laquelle je viens d'assister car même si, techniquement, je n'étais pas impliqué dans ce baiser, j'ai l'impression de l'avoir vécu – contrairement à celui du démon en bas dans lequel, techniquement, j'étais bien impliqué, mais sans l'impression de le vivre. Mais que pourrais-je lui raconter, de toute manière ? Quand je dessinerai cette scène, je me représenterai moi-même avec la peau transparente et on verra que tous les animaux du zoo en moi ont brisé leurs cages pour s'échapper.

– Ça doit être la bière, dis-je.

Elle glousse, lève son gobelet et trinque avec le mien. «Pareil.»

Son attitude m'étonne. Heather n'est pas du genre à glousser, d'habitude. C'est même le contraire : sa compagnie me fait plutôt l'effet d'une église déserte. Et c'est justement ce que j'apprécie chez elle. Elle est calme, sérieuse, d'une sagesse millénaire, et semble parfaitement capable de s'adresser au vent. Je la dessine toujours les bras levés, prête à prendre son envol, ou les mains jointes, comme en pleine prière. Elle n'a rien d'une fille qui glousse.

– Viens, dit-elle en montrant la porte. Tout le monde est là. On t'attendait. Enfin... moi, surtout.

Elle pouffe de rire, et son visage s'embrase comme si un geyser de flammes venait d'exploser à l'intérieur. J'ai un mauvais pressentiment.

On pénètre dans une sorte de grand bureau. Je repère aussitôt Brian à l'autre bout, en pleine discussion avec Courtney. D'un simple clin d'œil, je voudrais nous téléporter à la place des deux amoureux dans le couloir. J'essaie quand même, au cas où. Puis je compte le nombre de doigts que je serais prêt à sacrifier pour vivre ne serait-ce qu'une minute comme celle-là avec lui, et j'arrive au chiffre sept. Voire huit. Il est tout à fait possible de continuer à dessiner avec deux doigts et un pouce.

Je balaie la pièce du regard. Il y a là le même gang de frelons et d'attardés du surf qui traînent au spot, sans les spécimens plus âgés comme Fry, Zephyr et Big Foot, qui doivent être restés en bas. Je connais ces gens, maintenant, et eux me connaissent aussi. Il y a également quelques visages que je n'ai jamais vus de ma vie, sûrement des élèves de l'école privée de Courtney. Tout le monde est planté là et se dandine, comme s'ils attendaient quelque chose. L'air est lourd du souffle de toutes les personnes présentes. Et lourd de la présence de Jude, aussi. Appuyée contre la fenêtre, elle semble discuter avec cinq cents garçons en même temps, moulée dans la petite robe rouge à volants que maman lui avait interdit de porter hors de la maison. Je ne m'attendais pas du tout à la voir ici. Elle m'a fait la tête pendant tout l'été et elle savait pertinemment que je venais à cette fête. Je me demande quel mensonge elle a inventé pour maman. Moi, j'ai juste dit que j'allais dire au revoir à Brian. Nous ne sommes pas vraiment autorisés à nous rendre à ce genre de soirée.

Nos regards se croisent pendant que je traverse la pièce avec Heather. Le sien semble me dire très clairement : « Rien, pas même un monde où il pleut de la lumière, où il neige violet, où les grenouilles parlent et où les couchers de soleil durent une année entière, rien ne pourra *jamais* me faire oublier que tu es le pire frère jumeau du monde, le pire voleur de mère et d'amis de la terre », après quoi elle reprend tranquillement le cours de sa conversation avec son fan-club masculin.

Mon mauvais pressentiment ne fait que croître.

Je me tourne de nouveau vers Brian, adossé à la bibliothèque, toujours en train de papoter avec Courtney. Mais de quoi parlent-ils ? J'essaie de tendre l'oreille à mesure que je me rapproche, quand je réalise que Heather me dit quelque chose.

« C'est complètement débile. On ne joue plus à ça depuis le CM2, mais bon... On le fait au second degré, tu vois ? » Est-ce qu'elle me parle depuis tout à l'heure ?

« Quel jeu ? » je lui demande.

Au son de nos voix, Courtney se retourne vers nous. « Ah, parfait ! » Elle donne un petit coup de coude à Heather, qui se remet à glousser. « C'est ton jour de chance, Picasso. Tu aimes les jeux ?

– Pas vraiment, dis-je. Et même, pas du tout.

– Tu vas aimer celui-là. Promis ! Ça va nous rappeler trop de souvenirs. Ça nous a pris avec Heather et Jude, l'autre fois, quand on évoquait nos bonnes vieilles soirées d'autrefois. Les règles sont archi-simples : enfermer deux personnes du sexe opposé dans un placard pendant sept minutes... et attendre le résultat. » Je n'arrive pas à croiser le regard de Brian. « T'inquiète pas, Picasso. C'est truqué, évidemment. » À ces mots, Heather a les oreilles écarlates. Les deux filles se tiennent bras dessus, bras dessous et éclatent de rire. Mon estomac se liquéfie. « Sois honnête, mon pote, me glisse Courtney. T'as besoin d'un petit coup de pouce. »

C'est pas faux.

Car tout à coup, les cheveux de Jude tourbillonnent et ondulent dans ma direction comme une armée de serpents. « Avec Jude », vient de dire Courtney. Était-ce son idée ? Parce qu'elle sait que j'ai jeté le message qu'elle avait laissé à l'attention de maman ? Parce qu'elle sait ce que je ressens pour Brian ?

(PORTRAIT, AUTOPORTRAIT: *Jumeaux: Jude aux serpents-cheveux, Noah aux serpents-bras*)

Un goût métallique envahit ma bouche. Brian examine les livres alignés sur les étagères comme s'il allait être interrogé dessus.

«Je t'aime», lui dis-je, mais il n'en sort que: «Salut.»

«À la folie», me répond-il, sauf qu'il n'en sort que: «Hé, bonsoir.»

Il s'obstine à éviter mon regard.

Courtney soulève le chapeau de Brian, qui était posé sur une table. Il est rempli de bouts de papier.

– Tous les prénoms des mecs sont déjà inscrits, toi y compris, m'explique-t-elle. Les filles piochent.

Elle s'éloigne avec Heather. Dès qu'elles sont hors de portée, je dis à Brian: «Allons-nous-en.» Pas de réponse. Je répète: «Barrons-nous d'ici. Passons par la fenêtre.» J'examine celle qui se trouve à côté de nous: son rebord touche le tronc d'un arbre qui m'a l'air tout à fait praticable. On pourrait y arriver. «Allez, quoi. Brian…

– J'ai pas envie de partir, OK? – Il y a de l'irritation dans sa voix – Ce n'est qu'un jeu idiot. Relax. Pas de quoi s'affoler.»

Je l'observe. Aurait-il envie d'y jouer? Mais oui. C'est ce qu'on dirait.

Il a l'intention de sortir avec Courtney parce que si ce jeu est truqué et que c'est Courtney qui l'a truqué elle-même, c'est forcément ce qui va se passer. Voilà pourquoi il refuse de me regarder. Je me sens blêmir d'un coup en comprenant la vérité. Mais alors, pourquoi m'a-t-il dit de ne pas m'en faire ? Pourquoi m'a-t-il pris la main ? Pourquoi tout ?

À l'intérieur de moi, toutes les cages vides s'entrechoquent avec fracas.

Je titube vers un fauteuil beige immonde au milieu de cette pièce beige immonde. Je me laisse tomber dedans, mais il est dur comme de la pierre et me brise la colonne vertébrale. Assis là, cassé en deux, je descends le reste de ma bière comme si c'était du jus d'orange, en revoyant dans ma tête l'Anglais qui buvait du gin au goulot, ce fameux jour. Puis j'attrape un autre gobelet oublié par quelqu'un et je le vide d'un trait. *Le purgatoire*, me dis-je. Si l'enfer est au rez-de-chaussée et que le paradis est dans le couloir, alors ce bureau doit être le purgatoire – et que s'y passe-t-il, déjà ? J'ai vu des tableaux représentant cet endroit, mais je ne m'en souviens plus. La tête me tourne à une puissance atomique. C'est ça, être bourré ?

Les lumières se mettent à clignoter. C'est Courtney qui actionne l'interrupteur, Heather à ses côtés.

– Mesdames et messieurs, voici le moment que vous attendez tous !

Clementine pioche la première et tombe sur un certain Dexter. Un grand type que je n'ai jamais vu de ma vie, avec une coiffure cool et des fringues dix fois trop grandes pour lui. Tout le monde se marre et les acclame, franchement pathétique, et ils entrent tous les deux dans la penderie d'un air plus-blasé-tu-meurs. Courtney actionne le minuteur d'un geste théâtral. Je la hais vraiment de toutes mes forces et je voudrais qu'elle se fasse piétiner par un troupeau de tortues carnivores en colère avant qu'elle ait le temps d'entrer là-dedans avec Brian.

Je me lève en prenant appui sur l'accoudoir, me fraie un chemin à travers la chevelure blonde et déchaînée de Jude pour rejoindre une salle de bains où je m'asperge le visage d'eau glacée. Quelle saleté, la bière. Je relève la tête. C'est encore moi, dans le miroir. C'est bien moi, hein ? Je n'en suis pas sûr. Et je n'ai rien de sexy, je le vois bien. J'ai plutôt l'air d'une mauviette maigrichonne qui a trop peur de sauter dans l'eau depuis l'épaule de son père. « Dans ce monde, on nage ou on se noie, Noah. »

À la seconde où je reviens dans la pièce, je suis assailli par ces mots : « Ton nom est sorti, mec ! », « Heather t'a pioché » et « À ton tour, Picasso ».

J'avale ma salive. Brian, toujours en train d'examiner les livres, me tourne le dos tandis que Heather me prend la main pour me conduire vers le placard, son bras tendu comme si elle traînait un chien désobéissant au bout de sa laisse.

Ce que je remarque aussitôt, en entrant dans la penderie, c'est qu'elle est remplie de costumes sombres suspendus à des cintres, comme des rangées d'hommes venus assister à un enterrement.

Heather éteint la lumière, puis me dit tout bas, d'un air timide : « Aide-moi à te retrouver, OK ? » J'envisage de me planquer parmi les costumes, de rejoindre les hommes en noir jusqu'à ce que retentisse la sonnerie du minuteur, mais Heather me percute dans le noir et éclate de rire. Ses mains trouvent rapidement mes bras. Son toucher est aussi léger que la caresse d'une feuille.

« On n'est pas obligés », chuchote-t-elle. Puis :
« Tu veux ? »

Je sens son souffle sur mon visage. Ses cheveux ont un parfum de fleurs tristes.

« OK », dis-je, sans faire mine de bouger pour autant.

Le temps passe. Et passe, et passe, et repasse, au point que lorsqu'on sortira d'ici, on aura l'âge d'aller à la fac ou de mourir, même. Sauf qu'en vérité, je compte les secondes dans ma tête et qu'il vient à peine de s'en écouler sept sur les sept minutes que dure le jeu. Je calcule mentalement combien il y a de secondes dans sept minutes quand je sens soudain ses mains, petites et fraîches, lâcher mes bras et se poser sur mes joues, puis sa bouche effleurer la mienne, d'abord une première fois, puis une seconde, et y rester. On croirait le baiser d'une plume, non, plus délicat encore, un pétale. C'est si doux. Trop doux. Nous sommes deux êtres de pétales. Je repense au baiser tremblement de terre auquel j'ai assisté dans le couloir, et j'ai à nouveau envie de pleurer. Cette fois parce que je suis triste. Et effrayé. Et parce que je ne me suis jamais senti aussi peu à ma place.

(AUTOPORTRAIT : *Garçon dans un robot-mixeur*)

Je m'aperçois que mes bras pendouillent bêtement de chaque côté. Je devrais peut-être en faire quelque chose, non ? Je pose une main au creux de sa taille, mais je trouve mon geste idiot. Je la déplace dans son dos, et trouve ce geste tout aussi idiot, mais avant que j'aie le temps de la repositionner ailleurs, ses lèvres s'écartent, alors je fais pareil. Et ce n'est pas écœurant. Elle n'a pas un goût d'orange rance, plutôt une saveur mentholée, comme si elle avait croqué un bonbon à la menthe juste avant. Je me demande quel goût je peux avoir et sens sa langue s'insérer dans ma bouche. Je n'en reviens pas qu'elle soit si humide. Et tiède. Et *languesque*. La mienne reste inerte. Je lui ordonne de bouger et d'aller dans la bouche de Heather, mais elle ne m'obéit pas. Je trouve enfin la réponse : sept minutes contiennent quatre cent vingt secondes. Il a dû s'en écouler une vingtaine, ce qui signifie qu'il nous en reste encore quatre cents. Oh, nom de Dieu.

Alors, soudain, un phénomène curieux se produit. Brian jaillit de la pénombre de mon esprit et me prend la main comme il l'a fait au cinéma pour m'attirer vers lui. Je sens l'odeur de sa transpiration, je l'entends me parler. «Noah», me dit-il de sa voix à vous faire fondre les os, et mes mains plongent dans les cheveux de Heather, je sens mon corps contre le sien, la serre contre moi, ma langue s'enfonce dans sa bouche…

On a dû louper la sonnerie de la minuterie car, tout à coup, la lumière se rallume et les hommes en deuil font cercle autour de nous, sans oublier Courtney, plantée dans l'ouverture de la porte, en train de tapoter une montre invisible à son poignet. «Allez, les tourtereaux, c'est l'heure.» Je cligne des yeux plusieurs centaines de fois de suite, choqué par l'intrusion de la lumière. Et de la vérité. Heather a l'air envoûtée, comme sur un petit nuage. Heather ressemble totalement à Heather. J'ai mal agi. Envers elle, envers moi-même. Envers Brian, même s'il s'en fout – c'est l'impression que ça me fait. Peut-être la fille du rez-de-chaussée m'a-t-elle transformé en démon en m'embrassant.

– Wow, souffle Heather. Je n'avais jamais… Personne ne m'avait… Wow. C'était hallucinant.

Elle peine à trouver les mots. Je baisse la tête pour vérifier que je n'ai pas une poutre apparente sous mon pantalon lorsqu'elle me prend par la main, et nous ressortons de la penderie tels deux oursons qui se réveillent de leur période d'hibernation. Tout le monde se met à siffler et à lancer des commentaires foireux du type : « Hé, la chambre à coucher est au fond du couloir ! »

Je cherche Brian du regard, m'attendant à le trouver près de la bibliothèque dans la même position que tout à l'heure, mais il n'y est pas. Son visage arbore une expression que je n'ai vue qu'une fois chez lui, congestionné par la rage, comme s'il comptait me jeter une météorite en pleine figure et qu'il n'avait pas l'intention de me rater.

Mais ?

Heather part rejoindre les frelons. La pièce est colonisée par les cheveux de Jude. L'univers tout entier, même. Je m'affale sur un fauteuil. Plus rien n'a de sens. « Ce n'est qu'un jeu idiot, a-t-il affirmé. C'est sans importance. » Mais il m'avait dit la même chose à propos de la « connaissance » de sa mère (son petit ami ?) qui l'avait dragué alors que, en réalité, ça l'avait visiblement très affecté. Peut-être que « sans importance » est un code secret pour dire « c'est glauque ». *Pardonne-moi*, lui dis-je silencieusement. *C'était toi. Je t'ai embrassé, toi.*

Je laisse tomber ma tête entre mes mains, involontairement exposé à la conversation du petit groupe derrière moi – c'est à qui dira le plus souvent l'expression «truc de pédé» – quand je sens qu'on touche mon épaule. C'est Heather.

Je lui adresse un petit salut de la tête et me planque derrière mes cheveux tout en la suppliant par la force de ma pensée d'aller faire un tour ailleurs, genre en Amazonie… Je la sens se crisper. Elle ne doit sans doute pas comprendre pourquoi je viens de l'expédier dans la jungle à neuf mille kilomètres d'ici après un baiser pareil. Je m'en veux de la traiter comme ça, mais je ne vois pas quoi faire d'autre. Quand je jette un œil entre mes cheveux, quelques instants plus tard, elle est partie. Sans m'en rendre compte, j'avais retenu mon souffle. Je suis en train de respirer à nouveau quand je vois Brian se faire escorter à l'intérieur de la penderie, non par Courtney, mais *par ma sœur*.

Ma propre sœur.

Comment est-ce possible? C'est impossible. Je cligne des yeux pour y voir plus clair, mais c'est on ne peut plus clair. Je coule un regard en direction de Courtney qui, la main plongée dans le chapeau de Brian, déplie tous les petits papiers pour tenter de comprendre ce qui a cloché. C'est *Jude* qui a cloché. Je n'arrive pas à croire qu'elle ait osé aller aussi loin.

Il faut que j'intervienne.

«Non! je m'écrie en bondissant de mon fauteuil. Non!»

Sauf que je ne fais pas ça du tout.

Je me jette sur le minuteur, l'arrache de la table et le fais sonner encore et encore et encore.

Sauf que je ne fais pas ça non plus.

Je ne fais rien.

Je ne peux rien faire.

On m'a éviscéré.

(AUTOPORTRAIT : *Boyaux de poisson*)

Brian et Jude vont s'embrasser.

Ils sont peut-être déjà en pleine action en ce moment même.

Je ne sais trop comment, je réussis à me lever du fauteuil, à sortir de cette pièce, à redescendre l'escalier et à franchir la porte de la maison. Je traverse le porche en titubant, avec l'impression que je vais m'écrouler à chaque pas. Des ombres floues parsèment le jardin. Je me fraie un chemin entre elles, dans la nuit noire et assassine, jusqu'à la rue. Dans mon hébétude, je cherche du regard les deux amoureux qui se roulaient furieusement des pelles dans le couloir, mais je ne les vois nulle part. J'ai dû les imaginer.

Je parie qu'ils n'existent pas.

Je regarde en direction de la forêt et vois tous les arbres s'effondrer.

(PORTRAIT de groupe : *Tous les garçons de verre volent en éclats*)

Derrière moi, j'entends quelqu'un déclarer d'une voix pâteuse avec un accent anglais : « Ça alors, c'est l'artiste clandestin. » Je fais volte-face. C'est l'Anglais à poil, sauf qu'il est habillé cette fois – veste en cuir, jean et boots. Toujours le même sourire de traviole sur son visage détraqué. Les mêmes yeux vairons. Je me rappelle que Jude a renoncé au soleil et aux étoiles en échange du portrait que j'avais fait de lui. Je décide de le lui reprendre. Et même de *tout* lui reprendre.

Si elle se noyait, je lui maintiendrais la tête sous l'eau.

– Je te connais, toi, marmonne-t-il, vacillant sur ses jambes, en pointant vers moi la bouteille qu'il tient à la main.

– Non, tu me connais pas. Ni toi ni personne.

Les brumes de son regard se dissipent le temps d'un éclair. «T'as bien raison.»

On se dévisage un moment sans rien dire. Je revois encore l'image de son corps nu, mais je m'en fous, puisque je suis mort. Je vais emménager sous terre parmi les taupes et respirer de l'humus.

– Au fait, on t'appelle comment? me demande-t-il.

On m'appelle comment? Drôle de question. Bubble, j'imagine. Ouais, on m'appelle Bubble.

– Picasso, dis-je.

Il fronce les sourcils. «Je t'ai énervé ou quoi?»

Pourquoi cette question?

Il continue à marmonner, à jeter des mots en l'air. «Eh ben, ce n'est pas du tout ce qui s'appelle placer la barre trop haut, adieu les complexes d'infériorité, et pourquoi pas appeler son gamin Shakespeare tant qu'on y est? Ils pensaient à quoi, tes parents?» Il boit une gorgée.

Je prie l'esprit de la forêt aux arbres effondrés pour que Brian regarde par la fenêtre et me voie, là, avec l'Anglais à poil. Jude aussi.

– T'es comme un personnage de film, je dis et pense en même temps.

Il éclate de rire, et son visage se fragmente en mille éclats, façon kaléidoscope. «Un film bien pourri, alors. Ça fait des semaines que je dors dans le parc. Sauf la nuit que j'ai passée en taule, bien sûr. »

Lui, en prison ? Un hors-la-loi ? Il en a l'air, en tout cas.

« Pourquoi ?

– État d'ivresse. Trouble à l'ordre public. C'est quoi, ça, l'ordre public ? (J'ai du mal à déchiffrer ses borborygmes.) T'es ordonné, toi, Picasso ? Tu connais des gens ordonnés ? » Je fais non de la tête. « C'est bien ce que j'dis. J'arrêtais pas de dire aux flics : "C'est vous qui mettez le trouble." » Il coince deux cigarettes entre ses lèvres, allume d'abord la première, puis la seconde, et les fume toutes les deux en même temps. J'ai jamais vu quelqu'un fumer deux clopes à la fois. Des volutes de fumée grises lui sortent des narines et de la bouche. Il me propose l'une de ses cigarettes, que j'accepte car je ne sais pas quoi faire d'autre. « Je m'suis fait virer de cette école d'art pour gosses de riches dans laquelle t'es même pas inscrit. (Il s'appuie sur mon épaule pour ne pas perdre l'équilibre.) Ça fait rien, ils m'auraient viré d'toute façon en découvrant que j'suis pas majeur. » Je sens qu'il ne tient plus vraiment debout et j'ancre mes pieds fermement dans le sol. Puis je me souviens que j'ai une clope à la main et je tire une bouffée dessus avant de tousser aussitôt. Il ne le remarque pas. Il doit être aussi bourré que ces types qui parlent aux lampadaires, avec moi dans le rôle du lampadaire. Je voudrais lui prendre sa bouteille et la vider par terre.

« Il faut que j'y aille », dis-je, parce que je viens d'imaginer Brian et Jude en train de se tripoter dans le noir. Impossible de chasser cette image.

«OK, dit-il sans me regarder. OK.

– Tu devrais rentrer chez toi», dis-je. Avant de me remémorer son histoire de parc. Et de prison.

Il hoche la tête, le désespoir suinte à travers tous les pores de sa peau.

Je commence à m'éloigner en jetant ma cigarette. Au bout de quelques mètres, j'entends : «Picasso !» et je me retourne.

Il pointe sa bouteille vers moi. «J'ai servi de modèle deux ou trois fois à un sculpteur fou et coléreux qui s'appelle Guillermo Garcia. Il a pas mal d'étudiants. Je suis sûr qu'il ne verrait pas la différence si tu te pointais chez lui un après-midi. Tu pourrais dessiner dans la *même* pièce que le modèle, pour une fois, comme l'autre Picasso.

– C'est où ?» Il m'indique l'adresse et je la répète plusieurs fois mentalement pour ne pas l'oublier. Non pas que je compte y aller un jour, puisque je vais moi-même atterrir en prison pour le meurtre de ma sœur.

Jude a tout planifié. J'en suis certain. C'était son idée. Elle m'en veut depuis tellement longtemps à cause de maman. Des frelons. Et elle a dû trouver le message que j'avais jeté au fond de la poubelle. C'est sa vengeance. Elle devait déjà avoir un petit bout de papier portant le prénom de Brian dans la main avant de piocher.

Sans qu'aucun frelon s'en aperçoive, elle vient de déclencher une attaque majeure contre moi.

Je redescends la côte vers la maison, bombardé par un flot d'images de Brian avec ma sœur, engoncé dans ses cheveux, sa lumière, sa normalité. C'est ce qu'il veut. C'est pour ça qu'il a érigé cette barrière entre nous. Et qu'il l'a électrifiée pour mieux se protéger de moi, le pauvre idiot atypique. Je repense à mon baiser torride avec Heather. Oh, mon Dieu. Est-ce qu'il est en train d'embrasser Jude comme ça ? Et elle ? Un bruit monstrueux et plaintif s'échappe de ma gorge. Bientôt, c'est toute cette soirée répugnante qui cherche à sortir de moi. J'accours vers le caniveau et vomis chaque gorgée de bière, chaque bouffée de cigarette, chaque baiser menteur et immonde, jusqu'à ce que je ne sois plus qu'un sac d'os tremblant.

Quand j'arrive à la maison, la lumière est allumée dans le salon, alors je grimpe par ma fenêtre, toujours entrouverte au cas où Brian déciderait de s'incruster dans ma chambre en pleine nuit comme j'en ai rêvé, chaque soir avant de m'endormir, pendant tout l'été. J'ai honte de moi. Et de mes désirs pathétiques.

(PAYSAGE : *Un monde anéanti*)

J'allume ma lampe et fonce récupérer l'appareil photo de papa, mais je ne le retrouve pas à l'endroit où je le cache d'habitude, sous mon lit. Je balaie ma chambre du regard et ne respire qu'en l'apercevant, posé sur mon bureau comme une grenade. Qui l'a déplacé ? Qui l'a mis là, bon sang ? Est-ce moi ? Peut-être. Aucune idée. Je le ramasse et ouvre le dossier photos. Les premières datent de l'an dernier, au moment de la mort de Granny. Une grosse femme de sable hilare, les bras levés vers le ciel comme pour s'envoler. Quelle œuvre incroyable. Je l'efface d'une pression assassine sur le bouton. Je fais défiler les autres, chacune plus belle, cool et étrange que la précédente, et je les élimine une à une jusqu'à ce que la dernière preuve du talent de ma sœur ait disparu de la surface de la terre pour laisser la place au mien.

Après un coup d'œil de vérification au salon – mes deux parents se sont endormis devant un film de guerre à la télé –, je me rends dans la chambre de Jude, détache le portrait de l'Anglais nu sur son mur, le déchire et éparpille les morceaux en une pluie de confettis sur le sol. Puis je regagne ma chambre et m'attaque aux portraits de Brian – j'en possède tellement que ça me prend un temps fou pour tous les mettre en pièces. Quand j'ai terminé, j'enfouis ses restes dans trois gros sacs-poubelle noirs et les pousse sous mon lit. Demain, je les jetterai du haut du pic du Diable.

Parce qu'il ne sait pas nager.

Même après toute cette activité, Jude n'est pas encore rentrée. Notre couvre-feu estival est déjà dépassé depuis une heure. J'imagine trop bien pourquoi. Il faut que j'arrête d'y penser.

Il faut que j'arrête de serrer ce caillou dans ma main en priant pour qu'il surgisse derrière ma fenêtre.

En vain.

L'Histoire de la chance

Jude
16 ans

Je vais la rêver avec mes mains, comme me l'a conseillé Sandy.

Je vais interroger l'oracle.

Je vais m'asseoir à mon bureau et l'utiliser – à tous les sens du terme – pour en apprendre le maximum sur Guillermo Garcia, alias Igor l'Ivrogne, alias la rock star du monde de la sculpture. Cette statue, il faut que je la fasse. Et elle sera en pierre. Il n'y a que lui qui puisse m'aider. C'est mon seul moyen de communiquer avec maman. Je le sens.

Toutefois, avant de lancer ce grand projet, j'ai la ferme intention de mordre dans un citron – l'ennemi mortel de l'orange aphrodisiaque :

*Rien de tel pour chasser l'amour de son cœur
    qu'un zeste de citron sur la langue.*

Parce qu'il faut que j'étouffe ce truc dans l'œuf.

Granny vient s'en mêler.

– Ah, oui. Lui, avec un grand L… et je ne parle pas de Clark Gable. Ne s'agirait-il pas plutôt

191

d'un… grand… méchant… loup… anglais? demande-t-elle, marquant une longue pause entre chaque mot.

– Je me demande bien ce que j'ai pu lui trouver, lui dis-je dans ma tête. Enfin… hormis *tout le reste*, lui dis-je hors de ma tête.

Soudain, c'est plus fort que moi. Je me mets à déclamer, avec mon plus bel accent britannique : « Quel moulin à paroles ! Impossible d'en placer une. » Le sourire que j'ai refusé de lui adresser dans l'église explose sur mon visage et je me retrouve à sourire aux murs.

Oh, Clark Gable, ça suffit.

J'enfourne mon demi-citron dans ma bouche, évacue Granny hors de ma tête et me dis que cet Anglais doit avoir une mononucléose infectieuse, des boutons de fièvre et des dents pourries – le tiercé gagnant anti-baiser – comme tous les beaux mecs de Lost Cove.

Et des poux, aussi. Plein de poux. Des poux anglais.

Mon crâne tout entier se plisse sous l'effet de l'acidité du citron et je sens mon boycott reprendre des forces. J'ouvre mon ordi et soumets les mots suivants à l'oracle : « Guillermo Garcia » et « L'Art de demain », espérant retrouver ainsi l'interview de maman. Mais manque de chance, le magazine n'a pas d'archives consultables en ligne. Je saisis à nouveau le nom du sculpteur pour lancer une recherche d'images.

Et là, je découvre l'Invasion des géants de granite.

Ce sont d'énormes créatures de pierre. Des montagnes en marche. Des explosions d'expressivité. Je les aime aussitôt. Igor m'a dit qu'il allait très mal. Eh bien, ça se ressent dans son art. J'enregistre des tonnes de marque-pages, choisis l'œuvre qui me retourne le plus pour en faire mon nouveau fond d'écran et attrape mon manuel d'histoire de la sculpture sur mon étagère, certaine de le retrouver à l'intérieur. Son travail est trop spectaculaire pour qu'on ne parle pas de lui.

Bingo : il y est. Je suis en train de relire pour la seconde fois sa biographie atomique – elle mériterait de figurer dans la bible de Granny, et non dans un manuel pour étudiants en arts plastiques, et c'est d'ailleurs la raison pour laquelle j'arrache la page pour la coller illico dans le gros volume relié en cuir –, quand j'entends la porte d'entrée s'ouvrir, puis un brouhaha de voix et un bruit de pas précipités dans le couloir.

Noah.

J'aurais dû fermer ma porte. Plonger sous mon lit ? Avant que j'aie le temps de bouger, un troupeau passe en trombe devant ma chambre et me dévisage comme si j'étais une femme à barbe. Et quelque part au milieu de cette joyeuse cohorte d'athlètes bruyants et d'ados à la normalité surnaturelle, j'aperçois mon frère.

J'espère que vous êtes assis : Noah a intégré l'une des équipes sportives du lycée Roosevelt.

OK, il est devenu coureur de fond, pas footballeur, et Heather est aussi dans l'équipe, mais tout de même. Il fait partie d'un *gang*.

À ma surprise, quelques secondes plus tard, il fait marche arrière, entre dans ma chambre, et j'ai tout à coup l'impression de me retrouver face à ma mère. Ce n'est pas une nouveauté : je tiens de papa, et Noah de maman, mais sa ressemblance avec elle est de plus en plus troublante – et donc déchirante. Alors que moi, je n'ai absolument rien d'elle. Quand les gens nous voyaient ensemble, ils devaient penser qu'on m'avait adoptée.

Noah vient rarement me voir dans ma chambre. Mon estomac se serre. Sa présence me rend trop nerveuse désormais, ça m'énerve. Sans oublier ce que j'ai appris de la bouche de Sandy, aujourd'hui même : quelqu'un a pris des photos de mes femmes volantes en sable et les a envoyées à l'IAC. Et ce quelqu'un ne peut être que mon frère, ce qui signifie qu'il a fait exprès de m'envoyer à l'IAC pour ne pas que j'aille avec lui au lycée Roosevelt.

La culpabilité a un goût amer, malgré l'acidité du citron.

« Hé, salut », me dit-il en se dandinant d'un pied sur l'autre dans ses baskets boueuses sur ma belle moquette toute blanche. Je ne proteste même pas. Il pourrait m'arracher l'oreille que je ne dirais rien non plus. Son visage est l'exact opposé de tout à l'heure, en pleine chute libre dans le ciel : verrouillé. « Tu te souviens que papa part en week-end, pas vrai ? Alors on… » D'un mouvement du menton, il désigne sa chambre, dont émane un flot de rires, de musique et d'uniformité. « On s'est dit qu'on pourrait en profiter pour organiser une petite fête ici. T'es d'accord ? »

Je le dévisage tout en conjurant les extraterrestres, Clark Gable ou quiconque a volé son âme, de me ramener mon frère. Parce qu'en plus d'intégrer des gangs dangereux et d'organiser des fêtes, ce Noah sort aussi avec des filles, il prend soin de ses cheveux, traîne au spot et regarde le sport à la télé avec papa. Pour n'importe quel autre garçon de seize ans : normal. Pour Noah, ça ne peut symboliser qu'une chose : la mort artistique. Un livre qui se serait trompé d'histoire à l'intérieur. Mon frère, le révolutionnaire asocial, s'est enduit lui-même de retardateur de flamme, pour reprendre son expression favorite. Papa est ravi, persuadé que Noah et Heather sont ensemble, ce en quoi il se trompe lourdement. Je suis la seule à savoir ce qui se passe vraiment.

— Heu, Jude, tu sais qu'un citron s'est empalé sur tes dents ?

— Bien sûr que oui, dis-je de manière assez peu audible pour des raisons évidentes.

Hep, par ici le prix Nobel ! Profitant de cette soudaine barrière de la langue, je le regarde fixement en ajoutant : « Qu'avez-vous fait de mon frère ? Si vous le voyez, dites-lui qu'il me manque. Et aussi que je…

— Hein ? Je ne comprends rien, avec ton citron vaudou dans la bouche. » Il secoue la tête avec dédain, un peu comme papa, et je sens que je vais en prendre pour mon grade. Mon intérêt envers lui le perturbe – j'imagine qu'on est à égalité, maintenant. « Tu sais, j'ai emprunté ton ordi l'autre jour pour préparer un devoir pendant que Heather était sur le mien. J'ai regardé ton historique de recherches. (Oh, oh.) La vache, Jude. Combien de maladies as-tu peur d'avoir en une seule soirée ? Et toutes ces nécros que tu lis… il y en a des quatre coins de la Californie. » Le moment semble bien choisi pour m'imaginer ma prairie. Il pointe du doigt la bible ouverte sur mes genoux. «Et tu devrais peut-être oublier ce bouquin débile quelque temps, histoire de, j'sais pas, mettre le nez dehors, par exemple. Parler à un être vivant au lieu de notre défunte grand-mère. Penser à autre chose qu'à la mort. C'est tellement…»

Je sors mon citron de ma bouche. «Quoi, gênant?» Je me souviens de lui avoir dit ça, une fois – en gros, que j'avais honte de lui – et je frémis d'horreur en repensant à mon ancien moi. Est-il possible que nos personnalités aient été échangées? En CE2, Mrs Michaels, qui nous enseignait le dessin, nous avait demandé de faire nos autoportraits. Noah et moi étions assis chacun à un bout de la classe et, sans qu'on échange un seul regard, je l'avais dessiné lui et il m'avait dessinée moi. Ces temps-ci, j'ai de nouveau cette impression.

«Je n'allais pas dire gênant», dit-il en passant sa main à travers sa folle tignasse pour s'apercevoir qu'elle n'est plus là. À la place, il se touche la nuque.

– Si.

– OK, j'avoue: j'allais le dire. Parce que c'est *hyper*-gênant. Aujourd'hui, en voulant payer mon déjeuner à la cafèt', j'ai trouvé ça.

Il fouille dans sa poche et en sort l'assortiment protecteur de haricots secs et de graines que j'ai placé là à son intention.

– Je veille sur toi, Noah, même si tu n'es qu'un artichaut sur pattes.

– T'es complètement dingue, Jude.

– Tu sais ce que je trouve dingue, moi?

196

Organiser une fête pour le deuxième anniversaire de la mort de sa mère.

Son visage se fendille une seconde, puis se recompose aussitôt. « Je sais que tu es là-dedans ! » j'ai envie de hurler. C'est la vérité. Je le sais. Voilà pourquoi :

1/ Cette manie qu'il a de vouloir sauter du pic du Diable, et l'expression extatique sur son visage dans le ciel aujourd'hui.

2/ Je le trouve parfois avachi sur un fauteuil, allongé sur son lit, roulé en boule sur le canapé, et j'agite ma main devant ses yeux mais il ne cille même pas. Comme s'il était aveugle. Où est-il, dans ces moments-là ? Que fait-il ? Parce que je suis sûre qu'il peint. Derrière la forteresse impénétrable de conformisme qu'il est devenu se cache un extraordinaire musée secret.

Et surtout :

3/ J'ai découvert (il n'y a pas que lui qui épluche l'historique de recherches des autres sur leur ordi) que Noah, qui ne va quasiment jamais sur Internet, et qui doit être le seul ado des États-Unis à ne pas s'intéresser à la réalité virtuelle et aux réseaux sociaux, poste des messages sur un site baptisé *avisderecherche.com*, toujours les mêmes, chaque semaine ou presque.

J'ai vérifié – il n'a jamais reçu de réponse. Je suis sûre que son message s'adresse à Brian, que je n'ai pas revu depuis l'enterrement de maman et qui, à ce que j'en sais, n'a pas remis les pieds à Lost Cove depuis que la sienne a déménagé.

Pour info, j'étais la seule à comprendre ce qui se passait entre Brian et Noah. Pendant tout ce fameux été, quand mon frère rentrait à la maison le soir après avoir passé la journée avec lui, il dessinait des portraits de NoahetBrian jusqu'à s'en faire tellement mal aux doigts qu'il devait faire des allers-retours fréquents au congélateur pour mettre ses mains à rafraîchir dans le bac à glaçons. Il ne savait pas que je l'observais depuis le couloir et que je le voyais s'écrouler contre le frigo, le front appuyé contre la porte, paupières closes, ses rêves flottant autour de lui.

Il ne savait pas qu'à la seconde où il partait, le matin, j'allais feuilleter les carnets de croquis qu'il planquait sous son lit. C'était comme s'il avait découvert une nouvelle gamme de couleurs. Une nouvelle galaxie d'images. Comme s'il m'avait remplacée.

Soyons clairs : plus que tout au monde, je regrette d'être entrée dans ce placard avec Brian. Mais leur histoire ne s'est pas terminée ce soir-là.

Il y a un tas d'autres choses que je regrette d'avoir faites, à cette époque.

Si seulement l'épisode du placard avec Brian était la pire d'entre elles.

Le jumeau droitier dit toujours la vérité,
le jumeau gaucher est un menteur.
(Noah et moi sommes tous les deux gauchers.)

Il regarde ses pieds. Intensément. Je ne sais pas à quoi il pense, et ça me creuse de l'intérieur jusque dans les os. Il penche la tête. « La fête n'aura pas lieu le jour de l'anniversaire. Ce sera la veille », précise-t-il d'un ton calme, ses yeux sombres et doux comme ceux de maman.

La dernière chose dont j'ai envie est de me

retrouver entourée d'une meute de surfeurs de Hideaway Hill comme Zephyr Ravens, mais je lui dis : «Vas-y, organise ta fête.» Au lieu de ce que je lui aurais dit si j'avais encore mon citron magique dans la bouche : «Pardonne-moi. Pour tout.»

«Tu viendras, pour une fois?» Il désigne le mur d'un geste. «Avec une de tes robes?» Ma chambre est tout le contraire de moi : un pur truc de filles, avec des dizaines de robes – flottantes et autres – que j'ai fabriquées moi-même, suspendues aux murs. Ça me fait des copines.

Je hausse les épaules.

– J'aime pas voir des gens. Et j'aime pas porter mes robes.

– Tu n'étais pas comme ça, avant.

Je me retiens de lui rétorquer : «Et toi, avant, tu étais un artiste, tu aimais les garçons, tu parlais aux chevaux et tu faisais passer la lune par ta fenêtre pour me l'offrir à mon anniversaire.»

Si notre mère revenait, elle ne nous reconnaîtrait même pas lors d'une séance d'identification.

Et notre père non plus, d'ailleurs, qui vient d'apparaître sur le pas de la porte. *Benjamin Sweetwine : le retour* a le teint de la même couleur (et de la même texture) que de l'argile grisâtre. Ses pantalons sont devenus tous trop grands et sa ceinture bizarrement serrée autour de sa taille lui donne l'air d'un épouvantail, comme s'il allait s'effondrer en un tas de paille si on la lui retirait. C'est sans doute de ma faute. Granny et moi en avons longuement discuté dans la cuisine, avec la bible ouverte devant nous en guise de livre de recettes :

Pour ramener de la joie dans une famille en deuil, répandre trois cuillers à soupe de débris de coquilles d'œufs sur la table avant chaque repas.

C'est sa nouvelle manière de surgir sans crier gare, jamais plus précédé d'un bruit de pas. Mon regard descend en direction de ses chaussures, qu'il porte pourtant bien à ses pieds, lesquels sont pourtant bien posés sur le sol *et* orientés dans la bonne direction – ouf. Parce qu'on en viendrait presque à se demander qui est le fantôme, dans cette famille. À se demander pourquoi votre mère morte est plus présente dans votre quotidien que votre père vivant. La plupart du temps, je sais uniquement que papa est à la maison grâce au bruit de la chasse d'eau ou de la télé. Il n'écoute plus de jazz et ne va plus jamais nager. Il se contente de fixer le vide d'un air lointain ou perplexe, comme s'il essayait de résoudre une équation mathématique impossible.

Et il fait de longues promenades à pied, aussi.

Son goût obsessionnel pour la marche s'est déclaré le lendemain de l'enterrement, alors que tous les amis et collègues de maman étaient encore à la maison. «Je vais faire un tour», m'a-t-il expliqué avant de sortir par la porte de derrière, me laissant seule (Noah était introuvable) jusqu'à ce que tous les invités soient enfin partis. Le jour suivant, rebelote : «Je vais faire un tour.» Et ainsi de suite pendant des semaines, des mois, des années. Il y a toujours quelqu'un pour me dire qu'il a croisé mon père sur Old Mine Road, à vingt kilomètres d'ici, ou sur Bandit Beach, qui est encore plus loin. J'imagine chaque fois qu'il se fait écraser sous les roues d'une voiture, emporter par des vagues scélérates, attaquer par des pumas. J'imagine chaque fois qu'il ne reviendra jamais. J'avais pris l'habitude de lui sauter dessus lorsqu'il partait pour lui demander si je pouvais l'accompagner, mais sa réponse était toujours la même : « J'ai besoin d'être un peu seul pour réfléchir, ma puce. »

Et donc, pendant qu'il part réfléchir, je guette le coup de téléphone m'annonçant qu'il y a eu un accident.

C'est la formule qu'on emploie, dans ces cas-là : « Il y a eu un accident. »

Maman était en route pour aller voir papa quand c'est arrivé. Ils étaient séparés depuis près d'un mois et il vivait à l'hôtel. Avant de partir, cet après-midi-là, elle a expliqué à Noah qu'elle comptait demander à papa de revenir à la maison pour qu'on forme à nouveau une famille.

Mais au lieu de ça, elle est morte.

Histoire d'alléger mon humeur, je lui lance : « Papa, existe-t-il une maladie où la chair se calcifie jusqu'à ce qu'on se retrouve enfermé dans son propre corps comme une prison de pierre ? Je suis sûre d'avoir lu un article là-dessus dans l'un de tes journaux médicaux. »

Noah et lui échangent l'un de leurs fameux « regards » à mes dépens. *Oh, Clark Gable, ça va.*

« Ça s'appelle la fibrodysplasie ossifiante progressive et c'est extrêmement rare, Jude. Extrêmement, extrêmement rare.

– Oh, je n'ai pas peur de l'avoir. » Pas littéralement parlant, en tout cas. C'est nous trois que je soupçonne d'en être atteints – sur le plan métaphorique. Nos vraies personnalités enfouies tout au fond de ces avatars imposteurs. Les journaux médicaux de papa peuvent se révéler aussi éclairants que la bible de Granny.

« Où diable est passé Ralph ? Où diable est passé Ralph ? »

Grâce à Prophète, nous vivons alors un grand moment de complicité familiale ! On roule des yeux à l'unisson avec une mimique théâtrale façon Granny Sweetwine. Mais papa fronce les sourcils.

– Chérie, y a-t-il une explication au fait que tu transportes un oignon dans ta poche ?

Je regarde mon déflecteur de maladies qui, en effet, fait lourdement bâiller la poche de mon sweat. Je l'avais oublié, celui-là. Est-ce que l'Anglais l'a vu, lui aussi ? Oh, super.

« Jude, tu devrais… » commence à dire papa, mais ce qui s'annonce à coup sûr comme un sermon insupportable sur mes penchants bibliques ou sur ma relation longue distance avec Granny (il n'est pas au courant pour maman) s'arrête net parce qu'il vient d'être frappé par une fléchette paralysante.

« Papa ? » Il est devenu tout pâle – enfin, plus pâle qu'il ne l'était déjà. « Papa ? » je répète en suivant la direction de son regard catastrophé vers l'écran de mon ordi. Est-ce à cause de *Famille endeuillée* ? C'était ma préférée parmi les œuvres de Guillermo Garcia que j'ai vues sur Internet, même s'il faut avoir l'estomac bien accroché. Trois géants de pierre frappés de chagrin qui m'avaient renvoyée à l'image qu'on avait dû donner, papa, Noah et moi, penchés au-dessus de la tombe de maman comme si on allait sauter au fond de la fosse. Elle doit faire le même effet à papa.

Je regarde Noah et le trouve dans le même état, en train de regarder fixement l'écran. Terminé, le visage verrouillé. Une forte émotion lui enflamme le visage, le cou et même les mains. C'est prometteur. Il réagit face à une œuvre d'art.

– Je sais, leur dis-je à tous les deux. C'est une œuvre puissante, pas vrai ?

Aucun d'eux ne me répond. Je ne suis même pas sûre qu'ils m'aient entendue.

Puis papa déclare brusquement : « Je vais faire un tour », Noah lâche : « Mes potes m'attendent » sur le même ton, et les voilà partis.

Et à part ça, c'est moi la cinglée de service dans cette maison ?

Le truc, c'est que je sais, moi, que j'ai perdu la boule. Je le constate tous les jours, à chaque instant de la journée. Ce qui m'inquiète, en revanche, c'est que papa et Noah sont convaincus que tout est normal chez eux.

J'ouvre ma fenêtre pour laisser entrer les croassements sinistres des huards et le fracas des vagues hivernales – des vagues *magnifiques*, je les vois d'ici. L'espace d'un instant, je suis de retour sur ma planche, fonçant à travers la zone de barrage, les poumons remplis d'air froid et salé – sauf que je me revois ramenant Noah sur la rive, il y a deux ans, en ce jour funeste où il a failli se noyer, et son poids nous entraîne un peu plus vers le fond à chaque nouvelle brasse et… Non.

Non.

Je referme la fenêtre et abaisse le store.

Lorsqu'un jumeau se blesse, l'autre saigne.

Plus tard dans la soirée, en parcourant Internet à la recherche de plus amples informations sur Guillermo Garcia, je découvre que les marque-pages que j'avais sauvegardés ont tous été effacés.

Mon fond d'écran *Famille endeuillée* a disparu lui aussi, au profit d'une photo de tulipe violette.

Quand j'interroge mon frère à ce sujet, il me dit qu'il ne voit pas du tout de quoi je veux parler. Mais je n'en crois pas un mot.

La fête de Noah bat son plein. Papa est parti pour le week-end à son congrès sur les parasites. Noël a été une catastrophe. Et je viens juste de prendre une résolution – non, une révolution – de Nouvel An avec un peu d'avance : retourner dès ce soir au studio de Guillermo Garcia pour lui demander d'être mon tuteur. Depuis le début des vacances, je me suis dégonflée. J'ai trop peur qu'il refuse. Trop peur qu'il accepte. Qu'il me tape à coups de burin. Que l'Anglais soit là. Qu'il ne soit pas là. Que *lui* me tape à coups de burin. Que ma mère brise la pierre aussi facilement que l'argile. Que cette plaque rouge sur mon bras soit le premier symptôme de la lèpre.

Etc.

J'ai soumis toutes ces hypothèses à l'oracle il y a un instant, et les résultats se sont révélés concluants. Autant saisir le taureau par les cornes, ai-je décidé, aidée en cela par le fait que les invités de Noah – Zephyr y compris – s'amusaient à tambouriner contre ma porte, que j'avais Dieu merci rendue inviolable en poussant ma commode devant. Je suis donc sortie par la fenêtre, prenant soin de glisser au passage dans ma poche les douze petits oiseaux en fleurs des sables que je gardais alignés sur le rebord. J'aurais bien sûr préféré avoir des trèfles à quatre feuilles ou du verre de mer rouge pour me porter chance, mais ça devrait le faire quand même.

Je descends la colline en me guidant aux réflecteurs jaune fluo au milieu de la route, l'oreille tendue pour guetter l'arrivée éventuelle de voitures ou de tueurs en série. Le brouillard est de retour. Ça fout les jetons. Et mon idée est très mauvaise. Mais maintenant que je me suis lancée, autant aller jusqu'au bout. Je me mets à courir dans le coton froid et humide, en priant Clark Gable pour que Guillermo Garcia soit juste un fou ordinaire et non un psychopathe qui assassine les jeunes filles, et en me demandant si l'Anglais sera là. En essayant de ne surtout pas penser à ses yeux bicolores, ni à l'intensité qui émane de sa personne, ni à son visage si familier, ni au fait qu'il m'ait qualifiée d'ange déchu en disant «c'est bien toi» et, en moins de temps qu'il n'en faut pour le dire, toutes ces non-pensées me déposent devant la porte du sculpteur, bordée en bas par un trait de lumière.

Igor l'Ivrogne doit être là. Une vision de lui – cheveux gras, barbe noire et rêche, doigts bleus et calleux – envahit mon esprit. Une vision qui gratte. Je parie qu'il a des poux. C'est vrai, si j'étais un pou, je m'installerais chez lui pour fonder ma colonie. Tous ces cheveux. *Je ne dis pas ça pour critiquer, mais* beurk.

Je recule de quelques pas et repère, sur le côté

205

de l'édifice, une rangée de fenêtres éclairées. Sans doute la pièce principale de son atelier. Une idée germe dans ma tête. Une idée de génie. Parce qu'il doit y avoir un moyen d'épier ce qui se passe à l'intérieur sans être vue... oui, comme depuis cet escalier de secours à l'arrière, par exemple. Je veux voir les géants. Je veux voir Igor l'Ivrogne, aussi, et l'observer à l'abri derrière une vitre m'apparaît comme la solution idéale. C'est brillant, vraiment. En deux temps trois mouvements, j'enjambe la clôture et m'engouffre le long d'une petite allée obscure, typiquement le genre d'endroit où les jeunes filles se font assassiner à coups de burin.

> *Si vous tombez tête la première,*
> *c'est que vous jouez de malchance.*

(Alors ça, c'est ce que j'appelle une indication précieuse. La sagesse de la bible de Granny est sans limites.)

J'atteins l'escalier de secours – vivante – et commence à grimper les marches, aussi discrète qu'une petite souris, en direction du palier inondé de lumière.

Qu'est-ce que je fais là ?

Je ne sais pas ce que je fais, mais je le fais. Arrivée au sommet des marches, je m'accroupis et me déplace en crabe jusque sous la rangée de fenêtres. Une fois certaine de n'entendre aucun bruit derrière, je me relève, plaquée contre le mur, et promène mon regard à l'intérieur d'une vaste salle brillamment éclairée...

Oui, ils sont bien là. Les géants. Des géants

géants. Mais différents de ceux que j'ai vus sur les photos. Là, il n'y a que des couples. D'énormes personnages de pierre enlacés comme sur une piste de danse, figés en plein mouvement. Non, on ne peut pas vraiment dire qu'ils s'enlacent. Pas encore. C'est comme si chacun de ces «hommes» et de ces «femmes» accourait précipitamment, passionnément, *désespérément* l'un vers l'autre et que le temps s'était arrêté une seconde avant qu'ils puissent se toucher.

Je me sens gonflée d'adrénaline. Pas étonnant que le magazine *Interview* l'ait photographié en train d'abattre une batte de base-ball sur *Le Baiser* de Rodin. C'est une œuvre trop polie pour lui et, il faut le dire, tellement ennuyeuse en comparaison…

Mes pensées sont interrompues par l'apparition d'Igor l'Ivrogne, bondissant dans le studio comme si un sang furieux lui coulait dans les veines, mais radicalement transformé. Rasé, les cheveux propres, il est revêtu d'une blouse maculée d'argile, à l'instar de la bouteille d'eau qu'il porte à ses lèvres. Sa biographie ne faisait aucune mention du fait qu'il travaillait également l'argile. Il boit aussi goulûment que s'il venait de traverser le désert aux côtés de Moïse, finit sa bouteille et la jette dans la poubelle.

Quelqu'un a dû recharger ses batteries.

Sur un réacteur nucléaire.

Mesdames et messieurs, la rock star du monde de la sculpture!

Il s'avance vers une statue en argile inachevée au centre de la pièce et se met à lui tourner autour, lentement, tel un prédateur encerclant sa proie, en marmonnant d'une voix gutturale que j'entends malgré l'épaisseur de la fenêtre. Je guette la porte, persuadée que quelqu'un d'autre va entrer – la personne avec laquelle il est en train de parler, l'Anglais, par exemple, me dis-je avec excitation – mais il ne vient personne. Je n'entends pas distinctement ce qu'il grommelle. On dirait de l'espagnol.

Peut-être a-t-il des fantômes, lui aussi. Ça nous ferait un point commun.

Sans crier gare, il se jette sur son œuvre avec une vivacité qui me fait sursauter. Ma parole, cet homme est une ligne à haute tension. Sauf que le courant semble brutalement avoir été coupé : voilà qu'il pose à présent son front contre le ventre de la statue. *Je ne dis pas ça pour critiquer (bis), mais* il est vraiment cinglé. Ses deux mains grosses comme des battoirs placées de part et d'autre de la sculpture, il demeure immobile, comme s'il priait, qu'il essayait d'entendre des battements de cœur ou qu'il avait perdu la raison. Alors, je vois ses mains commencer à bouger en un lent mouvement vertical, arrachant de pleines poignées d'argile pour les jeter par terre, mais sans jamais lever la tête pour vérifier ce qu'il fait. Il sculpte à l'aveugle.

J'aimerais que Noah soit là. Et maman.

À la fin, il recule en titubant légèrement comme s'il émergeait d'une sorte de transe, sort un paquet de cigarettes d'une des poches de sa blouse, en allume une et, appuyé contre une table, il fume en observant la sculpture, la tête penchée un coup à gauche, un coup à droite. Je me remémore certains passages de sa biographie atomique. Son enfance en Colombie, issu d'une longue lignée de sculpteurs de pierres tombales, et ses débuts dans le métier dès l'âge de cinq ans. Personne n'avait jamais vu d'anges aussi beaux que les siens, et les gens qui habitaient près des cimetières dans lesquels ses statues veillaient sur les morts juraient qu'ils les entendaient chanter la nuit et que leurs voix angéliques s'insinuaient dans leurs maisons, dans leur sommeil et jusque dans leurs rêves. Une rumeur prétendait que le jeune sculpteur avait un don magique, voire qu'il était possédé.

J'opte pour l'hypothèse numéro deux.

« C'est le genre d'homme à faire tomber les murs lorsqu'il entre dans une pièce. »

Bien vu, maman. Mais me voilà revenue à la case départ : comment vais-je bien pouvoir convaincre cet homme d'être mon tuteur ? Je le trouve encore plus terrifiant en pleine création qu'Igor l'Ivrogne.

Il jette sa cigarette par terre, avale une longue gorgée d'eau dans un verre posé sur la table, la recrache sur l'argile – hein ? pouah ! – et se met à remodeler furieusement la partie humide, les yeux désormais rivés sur ses doigts. Il est totalement absorbé par son travail, buvant, crachant et sculptant la terre glaise comme pour en extraire quelque chose dont il aurait un besoin vital, absolu. Petit à petit, je commence à voir émerger un homme et une femme – deux corps entortillés l'un autour de l'autre, comme des branches.

C'est ça, rêver avec les mains.

Je n'ai plus la moindre notion du temps qui passe. Je le regarde travailler au milieu des autres

couples de pierre et plonger ses doigts dégoulinants d'argile mouillée dans ses cheveux, encore
et encore, au point qu'on ne sait plus très bien si
c'est lui qui modèle son œuvre ou si c'est l'œuvre
qui le modèle.

Le jour se lève, et je remonte discrètement
l'escalier de secours de Guillermo Garcia.

Une fois parvenue au premier étage, je me
glisse à nouveau sous les fenêtres jusqu'à l'endroit
où je me tenais hier soir et me redresse juste assez
pour jeter un coup d'œil dans l'atelier... Oui, il
est toujours là. J'en étais sûre. Il est assis sur l'estrade, dos aux fenêtres, les épaules voûtées, le
corps avachi. Il ne s'est pas changé. A-t-il dormi?
À côté de lui, la sculpture en terre glaise semble
terminée – il a dû travailler toute la nuit – mais
n'a plus rien à voir avec ce qu'elle était quand je
suis partie. Les amants ne sont plus enlacés. Le
personnage masculin est maintenant couché sur
le dos et la femme semble s'arracher de son corps,
comme si elle jaillissait hors de son torse.

C'est horrible.

Je remarque alors que Guillermo Garcia a
les épaules qui tremblent. Serait-il en train de
pleurer? Comme par contagion, une vague
noire m'envahit. J'avale péniblement ma salive
et contiens le mouvement d'accordéon de mes
épaules. Non pas que j'aie l'habitude de pleurer.

*Les larmes de deuil se doivent d'être recueillies
puis ingérées afin de soigner l'âme.*

(Je n'ai *jamais* pleuré pour maman. J'ai dû
faire semblant à son enterrement. Je faisais des

allers-retours aux toilettes pour me pincer les joues et me frotter les yeux, histoire de paraître crédible. Je savais que si je versais ne serait-ce qu'une larme, ce serait l'apocalypse. Pas Noah. Pendant des mois, c'était comme vivre pendant la mousson.)

J'entends la voix du sculpteur à travers la vitre – un gémissement profond et torturé qui semble vider l'air de tout son air. Il faut que je m'en aille. En m'accroupissant pour repartir, je me souviens que j'ai toujours dans ma poche les petits oiseaux en roses des sables que j'ai emportés hier soir. Il en a besoin. Je les aligne sur le rebord de la fenêtre lorsqu'un mouvement vif attire mon attention. Le bras levé, il s'apprête à asséner un coup sur…

« Non ! » je m'écrie sans réfléchir en écrasant ma main contre la vitre, pour l'empêcher d'achever son geste et d'expédier ses amants douloureux à la mort.

Juste avant de dévaler les marches de l'escalier de secours, je le vois tourner la tête vers moi. L'expression que j'y lis passe de la surprise à la fureur.

Je suis en train d'enjamber la clôture quand j'entends la porte d'entrée grincer façon film d'horreur, comme l'autre jour. Du coin de l'œil, j'aperçois son imposante silhouette s'encadrer sur le seuil. J'ai deux choix possibles. Faire machine arrière le long de l'allée et me retrouver piégée, ou bondir sur le trottoir et courir le sprint de ma vie. *Tu parles d'un choix*, me dis-je en atterrissant bien droite sur mes deux pieds – *ouf* – avant de perdre l'équilibre et de basculer en avant, évitant de justesse la malchance ultime de m'étaler face contre terre sur l'asphalte grâce à l'énorme main de fer qui me rattrape et me remet debout.

« Merci », je m'entends balbutier. *Merci ?* « J'aurais pu me faire très mal, dis-je à ses pieds avant d'ajouter : Vous n'imaginez pas le nombre de traumatismes crâniens provoqués par de simples chutes, d'autant que si le lobe frontal est touché, vous pouvez dire adieu à votre personnalité, même que ça fait réfléchir à ce qui constitue l'essence d'un individu s'il suffit de se cogner la tête pour devenir quelqu'un d'autre, voyez ? » Oh, là là. En roue libre et sans prompteur – genre, moi, ma passion dans la vie ? Tenir des discours insensés à une énorme paire de chaussures pleines de terre. « Si ça ne tenait qu'à moi, poursuis-je, propulsée par Dieu sait quel moteur à parlote, ce qui bien sûr n'est pas le cas, et si ce n'était pas une telle faute de goût, j'obligerais tout le monde à porter des casques en titane, depuis le berceau jusqu'à la mort. C'est vrai, quoi, on ne sait pas ce qui peut vous tomber sur la tête. Vous n'y pensez jamais, vous ? Tenez, un climatiseur, par exemple : qui vous dit qu'il ne va pas en tomber un du premier étage pour vous écraser comme une crêpe pendant que vous êtes tranquillement en train d'acheter des bagels sur le trottoir ? (Je reprends mon souffle.) Ou une brique, même. N'oublions pas le syndrome de la brique volante !

– La brique volante ? » Le timbre de sa voix a plus d'un point commun avec le grondement du tonnerre.

– Parfaitement.

– Des briques volantes.

Il est débile, ou quoi ? « Bien sûr. Ou des noix de coco, j'imagine, si on vit sous les tropiques.

– C'est totalement absurde.

– Pour vous, peut-être. » Je n'ai toujours pas relevé la tête, mais je me dis que je fais bien.

Il lâche un torrent de mots en espagnol. Je reconnais le mot « *loca* » à plusieurs reprises. Sur l'échelle de l'exaspération, je dirais qu'il est à dix. Il dégage une odeur corporelle très forte et *je ne dis pas ça pour critiquer, mais* on n'est pas loin du grand singe en nage. Pas le moindre relent d'alcool, cela dit. Igor n'est pas ici ; le psychopathe est en mode rock star.

Je m'en tiens à ma stratégie du regard-scotché-aux-chaussures, si bien que je n'en suis pas sûre à cent pour cent, mais je crois bien qu'il a lâché mon bras afin de pouvoir accompagner sa tirade incompréhensible de grands gestes de la main. Soit ça, soit des oiseaux tournent en rond juste au-dessus de ma tête. Quand ses mouvements semblent se calmer et que sa furieuse tirade en espagnol s'achève, je prends mon courage à deux mains et relève la tête pour avoir un aperçu des forces en présence. Oh, oh. Ce type est un gratte-ciel, une masse improbable, les bras croisés devant lui en position de combat, m'examinant comme s'il venait de dénicher une forme de vie inconnue. Franchement, c'est le roquefort qui dit au camembert « tu pues » : de près, on dirait vraiment qu'il vient lui-même d'émerger d'un trou rempli de sables mouvants, genre créature des marais dans toute sa splendeur. Il est entièrement

213

recouvert de terre glaise, hormis les sillons creusés sur ses joues par ses larmes et ses deux yeux qui me percent de leurs rayons verts comme l'enfer.

«Alors?» me demande-t-il d'un ton agacé, comme s'il m'avait posé une question à laquelle je n'ai pas répondu.

Je déglutis. «Désolée, dis-je. Je ne voulais pas…» Hmm, et c'est quoi, la suite? Je ne voulais pas enjamber votre clôture, escalader votre escalier de secours, vous regarder pleurer comme une madeleine?

Je reprends à zéro. «Je suis venue hier soir…

– Tu as espionné moi cette nuit? mugit-il. J'ordonne à toi de partir l'autre jour et tu reviens espionner moi pendant toute une nuit?»

Il n'y a pas que des chiots. Cet homme doit aussi dévorer d'adorables bébés joufflus.

«Non. Pas toute la nuit…», dis-je. Et avant de comprendre ce qui m'arrive, voilà que ça me reprend. «Je voulais vous demander d'être mon tuteur, je travaillerais pour vous comme stagiaire, je ferais le ménage, tout ce que vous voulez, parce qu'il faut que je réalise cette sculpture. (Je croise son regard.) Il *faut* que je la fasse, et il faut qu'elle soit en pierre pour plusieurs raisons, dont certaines que vous ne voudrez jamais croire, et mon prof, Sandy, dit que vous êtes le dernier grand sculpteur encore en activité, genre, dans le monde entier… – je rêve, ou l'ombre d'un sourire vient de se dessiner sur ses lèvres? – … mais quand je suis venue l'autre jour, vous aviez l'air tellement… tellement je ne sais pas quoi, et en plus vous m'avez dit de ficher le camp, ce que j'ai fait, mais je suis quand même revenue hier soir dans l'espoir de vous reposer la question, sauf que je me suis dégonflée parce que, j'avoue, vous me faites un peu peur... heu, sérieusement ? En fait, vous me *terrifiez*... (Il hausse les sourcils, craquelant son front d'argile.) Mais bref, hier soir, quand je vous ai vu sculpter à l'aveugle, ça m'a...» Je m'efforce de mettre le doigt sur ce que ça m'a fait, mais aucun des mots qui me viennent à l'esprit ne me paraît suffisant. «C'est simple, je n'en croyais pas mes yeux, et puis je me suis dit que vous deviez avoir des pouvoirs magiques ou je ne sais quoi parce que, dans mon bouquin sur l'histoire de la sculpture, on parle des anges que vous sculptiez dans votre enfance et de la rumeur qui disait que vous étiez enchanté ou même possédé, sans vouloir vous offenser, et cette sculpture, celle qu'il faut que je fasse, eh bien... j'ai besoin d'aide pour la faire, ce genre d'aide, justement, car je suis sûre que si je fais les choses comme il faut, si je fais cette sculpture, alors ça enverra peut-être un message précis à quelqu'un et c'est très important pour moi, genre très, très important, parce qu'elle ne m'a jamais comprise, enfin pas vraiment, et qu'elle m'en veut terriblement à cause d'un truc que j'ai fait...» Je reprends mon souffle et j'ajoute : «Et je suis triste, moi aussi. (Je soupire.) Je vais mal. Comme vous. J'ai failli vous le dire, l'autre jour. Sandy m'a même envoyé chez la conseillère pédagogique, mais elle m'a juste dit d'imaginer une prairie...» Je réalise que j'ai dit tout ce que j'avais à dire, alors je me tais enfin et je reste plantée là en attendant l'arrivée de l'ambulance ou de l'équipe d'urgence chargée de me passer la camisole.

J'ai parlé plus longtemps en une seule fois qu'au cours des dernières années.

Il porte sa main à sa bouche et commence à m'observer. Moins comme une extraterrestre, davantage comme la sculpture qu'il examinait hier soir. Lorsqu'il prend enfin la parole, à ma surprise et à mon soulagement, ce n'est pas pour déclarer «j'appelle la police», mais : «On va boire un café. Oui ? J'ai besoin de faire une pause.»

Je suis Guillermo Garcia le long d'un couloir sombre, poussiéreux et jalonné de portes donnant sur des pièces dans lesquelles croupissent, enchaînés, tous les autres étudiants en art de seize ans venus frapper à sa porte. Je m'aperçois tout à coup que personne n'est au courant de ma présence ici. Soudain, cette histoire de sculpteur de pierres tombales prend une tournure différente.

Pour te donner du courage, prononce ton propre nom trois fois dans ton poing fermé.

(Qu'est-ce que tu dirais plutôt d'une bombe lacrymo, Granny ?)

Je prononce trois fois mon prénom dans mon poing fermé. Six fois. Neuf fois, bientôt dix…

Il se retourne, souriant, et pointe un doigt en l'air.

– Personne il ne fait du café aussi bon que Guillermo Garcia.

Je lui rends son sourire. Il n'y avait rien d'inquiétant dans cette phrase, mais peut-être cherche-t-il juste à me détendre, à m'attirer dans ses filets, comme la sorcière dans *Hansel et Gretel*.

Alerte santé : besoin urgent d'un masque à gaz. Je vois danser des grains de poussière dans les carrés de lumière filtrant à travers deux hautes fenêtres. Je regarde par terre – mon Dieu, que de poussière ! J'y laisse des traces de pas. J'aimerais pouvoir passer l'aspirateur comme Granny S. et ne pas remuer des nuages de poussière. Et cette humidité… il doit y avoir des spores noires et toxiques partout le long des murs en ciment.

Nous entrons dans une pièce spacieuse.

– La salle du courrier, explique Guillermo.

Il ne plaisante pas. Les tables, les chaises, les canapés croulent sous des mois, voire des années, de courrier encore intact et réparti en piles. Il y a un coin-cuisine sur la droite qui sent le botulisme à plein nez, une autre porte close dissimulant sûrement des otages ligotés et bâillonnés, un escalier permettant d'accéder à un petit studio en mezzanine – j'aperçois un lit défait – et, sur ma gauche, oh, Clark Gable oui, à ma plus grande joie, se trouve un ange de pierre grandeur nature qui semble avoir passé beaucoup de temps dehors avant d'atterrir ici.

C'est l'un d'entre *eux*. Forcément. Jackpot ! Dans sa biographie, il est dit qu'aujourd'hui encore, en Colombie, des gens viennent parfois de très loin pour chuchoter leurs vœux secrets dans l'oreille glacée de l'une des créatures angéliques de Guillermo Garcia. Celle-ci est spectaculaire, aussi grande que moi, avec de longues mèches de cheveux comme de la soie, et non de la pierre, qui cascadent dans son dos. Son visage ovale est penché vers le bas, comme si elle regardait tendrement un enfant, et ses ailes s'élèvent derrière elle comme la liberté. On dirait le *David* dans le bureau de Sandy : il ne lui manque que la vie. J'ai envie de l'étreindre ou de pousser de petits cris, mais je me contente de demander calmement :

— Est-ce qu'il vous chante des berceuses la nuit ?

— Hélas non, les anges, ils ne chantent pas pour moi, répond-il.

— Pour moi non plus, dis-je.

À ces mots, il se retourne et me sourit.

Dès qu'il me tourne à nouveau le dos, j'opère une brusque embardée vers la gauche et traverse la pièce sur la pointe des pieds. C'est plus fort que moi. Il faut que je chuchote mon vœu à l'oreille de l'ange.

Il agite un bras en l'air. « Oui, oui, tout le monde faire ça. Si seulement c'est vrai. »

Ignorant son scepticisme, je confie mon vœu le plus cher à l'oreille parfaite de l'ange, qui est en forme de coquillage – « Mieux vaut miser sur tous les chevaux, mon chou » –, avant de remarquer que le mur juste derrière est recouvert de dessins, essentiellement de corps, d'amants, d'hommes et de femmes sans visages s'étreignant ou plutôt explosant dans les bras l'un de l'autre. Des études, sans doute, pour les géants de l'autre pièce ? Je promène mon regard autour de la salle du courrier et constate que les murs sont également couverts de dessins. L'unique brèche dans cet étalage d'art rupestre est une immense toile sans cadre représentant un couple en train de s'embrasser sur une falaise près de la mer tandis que, autour d'eux, le monde tourbillonne en une tornade de couleurs – la palette est à la fois affirmée et lumineuse, comme chez Kandinsky ou Franz Marc, le peintre préféré de ma mère.

Je ne savais pas qu'il peignait, aussi.

Je me rapproche de la toile, ou vice versa. Certains tableaux restent accrochés à leurs murs, pas celui-là. Ses couleurs flottent en deux dimensions et je me retrouve projetée dedans, au beau milieu d'un baiser qui pourrait bien inciter une fille, disons un certain type de fille qui n'aurait rien d'une sainte, à se demander où se trouve un certain jeune Anglais…

«Ça économise le papier», explique Guillermo. Sans m'en rendre compte, je caressais les contours d'un dessin tracé juste à côté du tableau. Il se tient appuyé contre un gros évier industriel, à m'observer. «J'aime beaucoup les arbres.

– C'est cool, les arbres», dis-je distraitement, un peu troublée par tous ces corps nus, cet amour, ce désir qui m'entoure. «Mais ils appartiennent à mon frère, pas à moi», j'ajoute sans réfléchir. Je regarde s'il porte une alliance. Non. Et aucune femme ne semble avoir mis les pieds dans cet endroit depuis longtemps. Mais ces couples géants? Et le personnage féminin qui s'arrache du corps de l'homme dans la sculpture qu'il a faite hier soir? Et ce tableau montrant un baiser? Et tous ces dessins lubriques aux murs? Et Igor l'Ivrogne? Et ses sanglots dont j'ai été témoin? Selon Sandy, il lui est arrivé quelque chose… mais quoi? On sent vraiment qu'un événement grave s'est produit.

Sa perplexité achève de craqueler l'argile sur son front. Je prends conscience de ce que je viens de déclarer à propos des arbres. «Oh, mon frère et moi, on s'amuse à se partager le monde depuis notre enfance. J'ai dû lui laisser les arbres, le soleil et d'autres trucs en échange d'un magnifique portrait cubiste qu'il avait dessiné et que je voulais absolument garder. »

Les restes de ce portrait sont toujours dans un sac plastique, sous mon lit. Quand je suis revenue de la soirée d'adieu de Brian, j'ai vu que Noah l'avait déchiré en mille morceaux sur le sol de ma chambre. Les histoires d'amour ne sont pas écrites pour les filles capables de faire ce que je venais de faire à mon frère, les filles au cœur noir.

J'ai quand même ramassé tous les morceaux. J'ai souvent essayé de reconstituer le puzzle, mais c'est impossible. Je ne me souviens même plus à quoi il ressemblait, mais je n'oublierai jamais ma réaction en le voyant pour la première fois dans le carnet de croquis de Noah. Il me le *fallait*. J'aurais même renoncé au vrai soleil, alors lui donner un soleil imaginaire ne m'a fait ni chaud ni froid.

– Je vois, dit Guillermo. Ces négociations, ça dure depuis combien de temps ? Pour vous partager le monde ?

– C'était tout le temps.

Il croise les bras, retrouve sa position de combat. C'est sa préférée, on dirait. « Vous êtes très puissants, ton frère et toi. Comme des dieux. Mais honnêtement, je crois que tu as fait une mauvaise affaire. » Il secoue la tête. « Tu dis que tu es triste, c'est peut-être à cause de ça. Ni soleil. Ni arbres.

– J'ai aussi perdu l'océan et les étoiles, dis-je.

– C'est affreux, commente-t-il, les yeux écarquillés à l'intérieur de son masque d'argile. Tu être très mauvaise négociatrice. Prends un avocat, la prochaine fois.» Il y a une pointe d'amusement dans sa voix.

Je lui souris. «Mais j'ai gardé les fleurs.

– Encore heureux», dit-il.

Il se passe un truc bizarre, tellement bizarre que je n'arrive pas à y croire moi-même. Je me sens bien. Ici, avec lui.

Hélas, c'est la réflexion que je me fais quand j'aperçois soudain un chat – une chatte *noire*. Guillermo se penche et prend le petit tas de poils porte-malheur dans ses bras. Il frotte son nez dans son cou, lui chuchote des mots en espagnol. La plupart des tueurs en série adorent les animaux. Je l'ai lu quelque part.

«Voici Frida Kahlo.» Il se tourne vers moi. «Toi connaître Kahlo?

– Bien sûr.» Ma mère a écrit un livre, *Compter les façons*, sur le couple qu'elle formait avec Diego Rivera et elle. Je l'ai dévoré.

«Merveilleuse artiste… si tourmentée.» Il soulève la chatte face à son visage. «Comme toi», ajoute-t-il avant de la reposer par terre. Elle vient aussitôt se frotter contre sa jambe, indifférente aux années de malheur qu'elle inflige à nos existences.

– Saviez-vous que la toxoplasmose et la campylobactériose se transmettaient aux humains par les excréments de chat? dis-je à Guillermo.

Il tricote des sourcils. «Non, je savais pas. Et je veux pas savoir. (Il mime le geste de retourner une poterie.) C'est déjà effacé de mon esprit. Et voilà. Pouf. Tu devrais en faire autant. Des briques volantes, et maintenant ça. Jamais entendu parler.

– Vous pourriez perdre la vue, ou pire encore. Ça arrive. Les gens sont inconscients des dangers que représentent les animaux domestiques.

– C'est ça que tu crois ? Que c'est dangereux d'avoir un joli petit chat chez soi ?

– Absolument. Surtout les chats noirs, mais c'est une autre histoire.

– OK, dit-il. C'est ça que tu crois. Tu sais ce que je crois, moi ? Que tu es toquée. » Il rejette la tête en arrière et éclate de rire. Le monde entier en est réchauffé. « Complètement *loca*. » Il se retourne et commence à déblatérer en espagnol, à raconter Clark Gable sait quoi tout en ôtant son tablier pour le suspendre à une patère. En dessous, il porte un jean et un tee-shirt noirs, comme un individu normal. Il sort un carnet de l'une des poches de sa blouse et le glisse dans sa poche arrière de jean. Je me demande si c'est un carnet à idées. À l'IAC, on nous conseille d'en avoir un sur nous en permanence. Le mien est vide. Guillermo ouvre les deux robinets à fond, passe un bras en dessous, puis l'autre, les frottant vigoureusement avec un pain de savon industriel. De l'eau brune coule au fond de l'évier en torrents de boue successifs. Il glisse ensuite sa tête sous le jet d'eau. Ça risque de durer un moment.

Je me penche pour lier amitié avec Frida la poisse, toujours collée aux basques de son maître. Gardez vos ennemis à portée de main, comme on dit. Le plus étrange, c'est que malgré Frida, la toxoplasmose, et cet homme qui devrait me terrifier à plus d'un titre, je me sens davantage chez moi ici que n'importe où ailleurs. Je gratte le sol du bout des doigts pour tenter d'attirer l'attention du chat. « Frida », dis-je tout bas.

Le titre du livre de maman sur Kahlo et Rivera, *Compter les façons*, s'inspirait d'un vers de son poème préféré d'Elizabeth Barrett Browning. « Tu le connais par cœur ? » lui avais-je demandé, un jour, alors qu'on se promenait en forêt, rien qu'elle et moi – détail suffisamment rare pour le préciser.

« Bien sûr que oui. » Elle avait fait un petit bond joyeux avant de m'attirer contre elle, si bien que sa joie bondissante s'était propagée en moi. « *Comment t'aimé-je ?* », avait-elle récité, ses grands yeux noirs et brillants posés sur moi, nos cheveux entortillés par le vent. Je savais que c'était un poème d'amour mais, ce jour-là, je l'ai pris pour nous deux, comme un secret entre mère et fille. « *Laisse-moi t'en compter les façons* », chantonnait-elle… Minute, je l'entends encore ! « *Je t'aime du tréfonds, de l'ampleur et de la cime de mon âme…* »

C'est elle, ici même, avec moi – elle me récite le poème de sa belle voix grave !

« *Je t'aime du souffle, sourires, larmes de toute ma vie ! Et si Dieu en décide, je t'aimerai mieux encore dans la mort.*

– Maman ? je chuchote. Je t'entends. »

Chaque soir, avant de me coucher, je lui lis ce poème à voix haute en espérant exactement ce moment.

« Tout va bien ? » Je lève les yeux vers le visage démasqué de Guillermo Garcia, qui semble à présent sorti de l'océan, ses cheveux noirs dégoulinants et plaqués en arrière, une serviette sur les épaules.

« Ça va, oui », dis-je, mais c'est loin de la vérité. Le fantôme de ma mère m'a parlé. Elle m'a récité son poème. Elle m'a dit qu'elle m'aimait. Encore.

Je me redresse. Je dois avoir l'air d'une folle, accroupie sur le sol, sans aucun chat dans les parages, totalement ailleurs, en train de chuchoter à ma défunte mère.

Le visage du sculpteur ressemble désormais aux photos que j'ai vues sur Internet. N'importe lequel de ses traits serait déjà spectaculaire en soi, mais réunis tous ensemble, c'est une guerre de territoire, nez contre bouche contre yeux étincelants. Je ne saurais définir s'il est grotesque ou magnifique.

Il m'examine, lui aussi.

« Tes os… – il se touche la joue – … très délicats. Comme ceux d'un moineau. » Son regard descend, passe rapidement ma poitrine et s'arrête, visiblement perplexe, quelque part au milieu de ma personne. Je baisse les yeux, m'attendant à voir mon oignon ou je ne sais quel autre porte-bonheur emporté ce matin dépasser de ma poche, mais ce n'est pas ça. Mon tee-shirt est remonté sous mon sweat-shirt, exposant mon ventre, mon tatouage. Il s'avance d'un pas et, sans me demander mon avis, soulève le reste de mon tee-shirt pour le voir en entier. Oh là. Oh là là là là. Sa main soulève le tissu. Je sens la chaleur de ses doigts sur ma peau. Mon cœur s'accélère. C'est carrément choquant, non ? Je veux dire, il est vieux. Il a l'âge de mon père. Sauf qu'il ne ressemble pas du tout à un père.

Je lis alors sur son visage que mon ventre l'intéresse autant qu'une toile. C'est mon tatouage qui le fascine, pas moi. Je ne sais pas si je dois me sentir soulagée ou insultée.

Il croise mon regard et a un hochement de tête approbateur. «Raphael sur le ventre. Très joli.» Je ne peux pas m'empêcher de sourire. Lui aussi. Une semaine avant la mort de maman, j'ai claqué toutes mes économies. Zephyr connaissait un type qui acceptait de tatouer les mineurs. J'ai choisi les chérubins de Raphael parce qu'ils me rappelaient NoahetJude – eux aussi semblent indissociables. En plus, ils peuvent voler. Avec le recul, je me dis que j'ai surtout sauté le pas pour faire enrager ma mère, mais je n'ai jamais eu l'occasion de le lui montrer… Comment les gens peuvent-ils mourir quand vous êtes fâché contre eux? Quand vous ne les avez jamais autant détestés? Quand vous n'avez résolu aucun des conflits qui vous opposaient à eux?

Pour se réconcilier avec un membre de sa famille, tenir un bol sous la pluie jusqu'à ce qu'il soit rempli, puis boire l'eau de pluie dès que le soleil revient.

(Quelques mois avant sa mort, on a fait une sortie en ville entre mère et fille pour essayer d'améliorer la communication entre nous. Pendant le déjeuner, elle m'a confié qu'elle se sentait toujours comme une petite fille privée de la mère qui l'avait abandonnée. Je me suis retenue de lui répondre: «Sans blague? Moi aussi.»)

Guillermo me fait signe de le suivre et s'arrête à l'entrée de son immense atelier qui, contrairement au reste de la maison, est une pièce ensoleillée et plutôt bien rangée. D'un geste, il me présente ses géants.

– Mes rochers. Mais je suppose que tu connais eux, déjà.

On peut dire que oui, en effet, mais pas sous cet angle, dressés au-dessus de nous comme des Titans.

– Je me sens toute petite, dis-je.

– Moi aussi. Comme une fourmi.

– Mais vous êtes leur créateur.

– Peut-être, dit-il. Je ne suis pas sûr. Va savoir…

Il marmonne des mots inintelligibles dans sa barbe tout en conduisant une symphonie avec ses mains et m'emmène vers un plan de travail sur lequel sont posées une plaque électrique et une bouilloire.

« Hé, vous avez peut-être le syndrome d'Alice au pays des merveilles ! » lui dis-je, soudain frappée par cette idée. Il se retourne. « C'est une maladie neurologique très cool qui déforme le sens des proportions. Les gens qui en souffrent voient généralement tout en petit – des gens miniatures au volant de voitures comme des boîtes d'allumettes, ce genre de choses –, mais l'inverse est vrai aussi. » Je désigne l'intérieur du studio comme preuve de ma brillante analyse.

Il n'a pas l'air de considérer qu'il est atteint du syndrome d'Alice au pays des merveilles. Je le sais, parce qu'il vient à nouveau de se lancer dans une tirade espagnole autour du mot « *loca* » tout en ouvrant et refermant bruyamment ses portes de placard. Tandis qu'il nous prépare le café en râlant, mais avec bienveillance, cette fois, me semble-t-il – il n'est pas impossible que je l'amuse –, je me promène autour du couple d'amants géants le plus proche de moi, laissant courir mes doigts sur leur rugueuse chair de granite, puis je m'intercale entre eux et lève les mains en l'air comme pour escalader leurs corps immenses en pleine transe amoureuse.

Il souffre peut-être d'un tout autre genre de syndrome : le mal d'amour, ça s'appelle. En tout cas, à en croire le thème qui semble se dégager de ses œuvres.

Je me garde bien de lui faire part de ce diagnostic en le rejoignant près du comptoir. Il verse l'eau de la bouilloire dans deux mugs équipés de petits filtres et s'est mis à fredonner en espagnol. Je mets enfin un nom sur ce sentiment curieux qui m'envahit depuis tout à l'heure : le bien-être. Peut-être ressent-il la même chose, s'il fredonne ainsi.

Si je m'installais chez lui ? Je n'aurais que ma machine à coudre à apporter. Il faudrait juste que j'évite l'Anglais… qui, si ça se trouve, est son fils… un enfant de l'amour dont il ignorait l'existence jusqu'à récemment, et qui aurait grandi en Angleterre. Oui, c'est ça !

Heu… y a-t-il des citrons, dans cette cuisine ?

« Comme promis, le nectar des dieux », déclare-t-il en posant les deux mugs fumants sur la table. Je m'assois sur un canapé rouge. « Bon, et maintenant, on parle, hein ? » Il me rejoint sur le canapé, avec son odeur d'homme-singe. Mais ça m'est égal. Je me fiche même de savoir que le soleil finira par mourir, anéantissant toute vie sur la Terre… enfin, dans cinq milliards d'années, quand même, mais n'empêche, vous savez quoi ? Ça m'est égal. Le bien-être est une chose merveilleuse.

Il ouvre un sucrier sur la table, en verse une tonne dans sa tasse et en renverse autant à côté.

– Ça porte bonheur.

– Quoi ?

– De renverser du sucre. Le sel, ça porte malheur, mais le sucre…

– J'ai déjà entendu ça.

Il sourit, puis pousse le sucrier d'un revers de la main si bien qu'il tombe par terre. « Voilà. »

Son geste m'enchante. « Je ne sais pas si ça compte quand on l'a fait exprès.

– Bien sûr que oui », dit-il en sortant une cigarette d'un paquet tout fripé abandonné sur la table, juste à côté d'un autre de ses fameux petits carnets. Il se laisse aller en arrière, allume sa cigarette et tire une longue bouffée. La fumée s'élève en volutes entre nous. Il m'observe de nouveau. « Tu sais, j'ai entendu qu'est-ce que tu as dit dehors. À propos de ça. (Il plaque sa main contre sa poitrine.) Tu es honnête avec moi, alors je suis honnête avec toi. » Il plonge son regard dans le mien. C'est hypnotisant. « Quand tu es venue l'autre jour, j'étais très mal. Il y a des jours… ça ne va pas. J'ai dit à toi de partir. Et je ne sais plus quoi d'autre. Je me rappelle pas trop… de cette semaine. (Il agite sa cigarette en l'air.) Mais laisse-moi dire à toi une chose : si moi, je n'enseigne plus, c'est pour une raison. Je n'ai pas cette chose que tu veux. Non, je ne l'ai pas. » Il inhale une bouffée, souffle un long jet de fumée grise et me montre ses géants. « Moi, je suis comme eux. Chaque jour, me dire : ça y

228

est, c'est arrivé, je deviens comme la pierre que je sculpte.

– Moi aussi, dis-je précipitamment. Je suis en pierre. C'est exactement la réflexion que je me suis faite l'autre jour. Le reste de ma famille l'est aussi. Il y a une maladie appelée FOP…

– Non, non, non, tu n'es pas de la pierre, m'interrompt-il. Tu ne souffres pas de maladie appelée FOP. Ni d'aucune autre – il me touche tendrement la joue de ses doigts calleux –, crois-moi. Si quelqu'un sait ces choses-là, c'est moi. »

Ses yeux se sont adoucis. Je m'immerge dedans.

Tout est silencieux en moi, brusquement.

Je hoche la tête. Il me sourit et retire sa main. Je pose la mienne à la place, sans vraiment comprendre ce qui se passe. Ni pourquoi j'aimerais qu'il remette sa main sur ma joue. Qu'il me touche la joue comme il vient de le faire en me disant que tout va bien chez moi, encore et encore, jusqu'à ce que ce soit vrai.

Il écrase sa cigarette.

– Moi, par contre, c'est une autre histoire. Je n'enseigne plus depuis des années. Et je ne veux pas recommencer. Sans doute plus jamais. Donc…

Oh. J'enroule mes bras autour de mes épaules. La désillusion est rude. Je croyais qu'il m'avait invitée à boire un café pour me dire qu'il acceptait. Je croyais qu'il allait m'aider. J'ai l'impression que mes poumons se referment.

« Je veux me consacrer à mon art. » Il s'est rembruni. « C'est tout ce qui me reste. C'est tout ce que je peux faire pour… » Sa phrase reste en suspens. Il tourne son regard vers ses géants.

«Seulement eux comptent pour moi maintenant, tu comprends? Voilà tout.» Sa voix est lourde, solennelle.

Je regarde fixement mes mains. La déception me submerge, noire, épaisse, étouffante.

«Alors bref, poursuit-il, j'ai bien réfléchi… tu dois être étudiante à l'IAC puisque tu parles de Sandy, oui? (Je confirme d'un hochement de tête.) Ils ont quelqu'un là-bas, Ivan Machinchose, dans le même département, lui peut sûrement t'aider, non?

– Il est en Italie», dis-je d'une voix tremblante. Oh, non. Comment est-ce possible? Là, maintenant? Oh non, pitié, pas ici. Mais c'est trop tard. Pour la première fois depuis deux ans, des larmes ruissellent sur mes joues. Je m'empresse de les essuyer, encore, et encore. «Je comprends, dis-je en me levant. Vraiment. Pas de problème. C'était une idée stupide. Merci pour le café.» Il faut que je m'en aille. Il faut que j'arrête de pleurer. Je sens un sanglot monter de l'intérieur, si puissant et si énorme qu'il risquerait de briser mes os de moineau. C'est l'apocalypse selon Jude. Je serre mes côtes entre mes bras tout en traversant l'atelier ensoleillé et la salle du courrier avant de m'engouffrer dans le couloir obscur d'un pas vacillant, complètement aveuglée par le contraste de lumière, quand sa voix de baryton m'arrête net.

– Cette sculpture, c'est tellement vital pour que tu pleures comme ça?

Je fais volte-face. Il se tient adossé contre le mur, près du tableau du baiser, les bras croisés.

«Oui!» je lâche, comme essoufflée. Avant de répéter d'un ton plus posé: «Oui.» Serait-il en train de changer d'avis ? Le sanglot commence à refluer.

Il se caresse le menton. Son expression s'adoucit.

– Tu as tellement besoin de faire cette sculpture que tu être prête à risquer ta vie en partageant l'espace d'un chat plein de maladies ?

– Oui. Absolument. Je vous en prie.

– Tu être sûre de vouloir renoncer au souffle tiède et humide de l'argile pour l'éternité froide et implacable de la pierre ?

– J'en suis sûre. (Même si c'est un peu du charabia.)

– Reviens demain après-midi. Amène ton portfolio et ton carnet de croquis. Et dis à ton frère de te rendre le soleil, les arbres, les étoiles, en vitesse. Tu vas en avoir besoin.

– Vous acceptez ?

– Oui. Je ne sais pas pourquoi, mais j'accepte.

Je me retiens de bondir pour aller le serrer dans mes bras.

– Oh, non, dit-il en pointant son index dans ma direction. Ne sois pas trop heureuse. Je te préviens. Tous mes étudiants, ils me détestent.

Je referme la porte de chez Guillermo et m'appuie contre le battant. Je ne sais pas trop ce qui vient de m'arriver. Je me sens désorientée, comme si je venais de voir un film ou de me réveiller en plein rêve. Avant de partir, j'ai remercié mille fois le bel ange de pierre d'avoir exaucé mon vœu. Bien sûr, il y a le problème de mon portfolio, rempli de poteries et de blobs cassés. Et aussi celui du carnet de croquis, puisqu'il veut que j'en apporte un alors que je ne sais pas dessiner. J'ai eu un C à l'atelier de dessin d'après modèle vivant, l'an dernier. Le dessin, c'est le truc de Noah.

Tant pis. Il a dit oui.

Je promène mon regard autour de moi; Day Street est large, bordée d'arbres, de maisons victoriennes décrépites habitées par des étudiants, d'entrepôts, de quelques commerces… et il y a la fameuse église de l'autre jour. Je laisse les premiers rayons de soleil de cet hiver me réchauffer quand j'entends soudain le crissement de freins d'une moto. Le conducteur, visiblement un casse-cou accro à l'adrénaline qui se croit sur le circuit de Daytona, déboule au coin de la rue à un angle si extrême que tout le côté de sa moto frotte le bitume. Eh ben, *c'est pas pour critiquer, mais* quel abruti.

Le motard fou fait à nouveau crisser ses pneus, mais pour s'arrêter cette fois à quatre mètres de moi, et il ôte son casque.

Oh.

Bien sûr.

Et avec des lunettes noires, en plus. Vite, une ambulance.

— Tiens, tiens, dit-il. L'ange déchu est de retour.

Il ne parle pas, il psalmodie, ses mots s'envolent comme une nuée d'oiseaux. Pourquoi les Anglais ont-ils toujours l'air plus intelligents que nous, les Américains, dès qu'ils ouvrent la bouche? Comme s'ils méritaient le prix Nobel rien qu'en disant bonjour?

Je remonte la fermeture Éclair de mon sweat jusqu'au menton.

Mais impossible de remettre mes œillères anti-mecs, par contre.

C'est un abruti, je le maintiens, mais quand même, qu'est-ce qu'il est beau sur sa moto, sous ce beau soleil hivernal. Les garçons comme lui ne devraient pas être autorisés à faire de la moto. Ils devraient se déplacer uniquement sur des échasses, ou mieux encore, sur des ballons sauteurs. Et aucun beau mec ne devrait avoir le droit à la fois de parler avec un accent britannique *et* de faire de la moto.

Sans compter le blouson de cuir ou les lunettes de soleil. Les beaux mecs devraient être obligés de porter des pyjamas avec des pieds au bout.

Oui, c'est vrai : le boycott, le boycott.

Mais j'aimerais juste dire un truc, histoire qu'il ne me prenne pas pour une muette.

« Tiens, mais qui voilà », dis-je à mon tour en l'imitant, *avec accent et tout !* Oh, non. Je me sens devenir toute rouge. Laissant tomber l'accent, je m'empresse d'ajouter : « Pas mal, ton virage.

– Ah, ça… oui, dit-il en descendant de son engin. J'ai un peu de mal à contrôler mes impulsions. On me l'a souvent dit. »

Génial. Un mètre quatre-vingts de poisse et de pulsions incontrôlables. Je croise les bras, à la Guillermo.

– Tu dois avoir une malformation du lobe frontal. C'est la partie du cerveau qui gère le self-control.

Ça le fait rire. Son visage part dans tous les sens.

– Merci pour cet avis médical. Ça m'aide, tu peux pas savoir.

Je suis contente de l'avoir amusé. Il a un rire agréable, limpide et bienveillant, vraiment adorable – non pas que ça m'intéresse. Sérieusement, je pense moi aussi avoir un problème de contrôle de mes impulsions. Enfin, ça, c'était avant. Aujourd'hui, je contrôle à peu près tout.

– Alors, dis-moi, quel genre d'impulsions as-tu du mal à contrôler ?

– Quels genres au pluriel, je le crains. C'est tout mon problème.

En effet. Ce garçon n'est qu'un instrument de torture, purement et simplement. Je suis sûre qu'il a au moins dix-huit ans, qu'il reste tout seul pendant les soirées, adossé contre un mur, à boire des verres pendant que des filles en minirobe rouge avec des jambes de mannequin s'agglutinent autour de lui comme des abeilles. J'avoue, je vais peu aux soirées depuis quelque temps, mais j'ai vu pas mal de films, et c'est tout à fait le personnage : le cœur fou, sauvage et solitaire qui brise tout sur son passage, traversant les villes, les filles et sa propre existence tragique et incomprise tel un cyclone. Un vrai mauvais garçon, pas comme les faux rebelles de mon école d'art avec leurs tatouages, leurs piercings, leurs comptes en banque alimentés par leurs parents et leurs cigarettes françaises.

Je parie qu'il sort tout juste de prison.

Je décide de continuer à enquêter sur sa « maladie » en termes scientifiques, ce qui ne veut absolument pas dire qu'il me fascine ou que je le drague, ni rien de tout ça. « Ça veut dire que si tu étais seul dans une pièce face à un gros bouton rouge, genre LE bouton qui actionne la bombe nucléaire qui provoquera la fin du monde, rien que vous deux, en tête à tête, tu appuierais dessus, juste comme ça, par curiosité ? »

Il éclate de son rire délicieux. « *Boum* », dit-il en mimant une explosion avec ses mains.

Boum – tu m'étonnes.

Il accroche son casque à l'arrière de sa moto, puis récupère l'appareil photo qu'il a fixé à son guidon. Son appareil photo. En le voyant, j'ai comme un réflexe pavlovien et me revois assise dans l'église avec lui qui me regardait à travers le viseur. Je baisse les yeux par terre, maudissant mon teint pâle de rougir aussi facilement.

– Qu'est-ce que tu mijotes avec la rock star ? me demande-t-il. Laisse-moi deviner. Tu veux qu'il devienne ton tuteur, comme toutes les étudiantes en art.

Ça, c'est un coup bas. Qu'est-ce qu'il s'imagine, que je suis inscrite aux Beaux-Arts ? Ou en fac d'arts plastiques ?

« Et il a *accepté* », lui réponds-je d'un ton triomphal, un peu vexée par ses sous-entendus. Aucun autre étudiant en art, fille ou garçon, n'a besoin de son aide autant que moi pour se réconcilier avec sa défunte mère. Ma situation est unique.

« Sérieux ? (Il semble ravi de l'apprendre.) Félicitations. » Je me retrouve prise dans le faisceau de son regard et sens la tête me tourner, comme dans l'église. « Je n'arrive pas à y croire. Bien joué. Ça fait des siècles qu'il n'a pas pris d'étudiants. » Ces paroles me rendent un peu nerveuse. Et lui aussi. *Boum, bam, badaboum.* Il est temps d'y aller. Ce qui impliquerait de bouger mes jambes. *Bouge tes jambes, Jude.*

« J'ai eu de la chance », dis-je en tâchant de ne pas m'emberlificoter les pieds, les deux mains enfoncées dans les poches, l'une serrée autour de mon oignon et l'autre autour d'un sachet d'herbes protectrices. « Tu devrais échanger ce machin contre un ballon sauteur. Ce serait moins dangereux. » *Pour la gent féminine*, j'ajoute dans ma tête.

« C'est quoi, ça, un ballon sauteur ? » lance-t-il dans mon dos. Ne me demandez pas pourquoi, mais les mots « ballon sauteur » sont particulièrement irrésistibles dans sa bouche d'Anglais.

Sans me retourner, je lui réponds : « Un gros animal en caoutchouc sur lequel on s'assoit pour rebondir. On s'accroche à ses oreilles.

— Ah, un ballon rebondissant, tu veux dire ! s'exclame-t-il en riant. C'est comme ça qu'on les appelle en Angleterre. J'en avais un vert ! me lance-t-il à mesure que je m'éloigne. Un dinosaure. Je l'avais appelé Godzilla. J'avais des idées très originales, comme tu vois. » Le mien était un cheval violet que j'avais baptisé Poney. J'avais des idées très originales, moi aussi. « En tout cas, au plaisir de te revoir, mystérieuse inconnue ! Les photos que j'ai prises de toi sont fabuleuses. Je suis retourné plusieurs fois à l'église pour te chercher. Je me disais que t'aurais peut-être envie de les voir. »

Il m'a cherchée ?

Je ne me retourne pas ; j'ai les joues en feu. *Plusieurs fois ?* Du calme. Restons calme. Je respire un bon coup et, toujours dos tourné, j'agite le bras en l'air, exactement comme lui pour me dire au revoir dans l'église. Il rit à nouveau. Oh,

Clark Gable. Puis j'entends : « Hé, attends une seconde. »

J'envisage de l'ignorer, mais je ne peux pas résister à l'impulsion (qu'est-ce que je disais ?) de me retourner.

« Je viens de me rappeler que j'en avais une en double », déclare-t-il en sortant de la poche de son blouson en cuir une orange qu'il me jette.

C'est une blague, j'espère. Je rêve ? *Une orange !* Genre, le pire ennemi du citron :

> *Si un garçon offre une orange à une fille,*
> *son amour pour lui sera décuplé.*

Je la rattrape au creux de ma paume.

– Certainement pas, dis-je en lui renvoyant son cadeau aussi sec.

– Drôle de réponse. Vraiment curieux. Laisse-moi réessayer : tiens, tu veux une orange ? J'en ai une en trop.

– C'est plutôt moi qui aimerais t'en offrir une.

Il hausse un sourcil. « Eh bien, tu m'en vois ravi, mais c'est moi qui te la donne. » Il brandit le fruit en souriant. « Ceci est *mon* orange. »

Ai-je vraiment réussi à rencontrer les deux seuls habitants de Lost Cove que j'amuse plus que je ne les effraie ?

– Je te propose un marché, dis-je. Tu me l'offres, et je te la rends. Ça te va ?

Oui, je le drague un peu, mais c'est pour la bonne cause. Et wow, c'est vraiment comme le vélo.

« Tope là. » Il s'approche de moi, au point qu'il me suffirait de tendre la main pour effleurer ses cicatrices, si je voulais. On dirait deux coutures faites à la va-vite. Et je vois que son œil marron comporte des éclats de vert, et son œil vert des éclats de marron. Comme si Cézanne les avait peints. Des yeux impressionnistes. Ses cils sont noir charbon, exquis. Il se tient si près de moi que je pourrais plonger mes doigts dans ses cheveux bruns broussailleux, les laisser courir le long des sillons fins comme des pattes d'araignée qui se déploient depuis ses tempes, en travers des ombres inquiètes qui s'étendent sur son front. En travers de ses lèvres rouges satinées. Je ne crois pas que les autres garçons aient des lèvres aussi rouges. Et je sais que leurs visages ne sont pas habités par cette vivacité flamboyante, cette présence, cette bizarrerie magnifique, cette musique imprévisible et éclatante de lumière.

NON PAS QUE ÇA M'INTÉRESSE DU TOUT.

Non pas qu'il me scrute avec la même intensité que je le scrute, lui. Nous sommes deux tableaux nous dévisageant d'un bout à l'autre d'une pièce. Un tableau que j'ai déjà vu, j'en mettrais ma main au feu. Mais où, et quand ? Si je l'avais déjà rencontré, je m'en souviendrais. Il doit ressembler à un acteur que j'ai vu dans un film… Ou à un musicien, peut-être ? Il a une tignasse sexy de musicien, c'est sûr. Une tignasse de joueur de basse.

Pour info, je crois qu'on exagère un peu l'importance de la respiration. Le cerveau peut tout à fait survivre six minutes entières sans le moindre apport d'oxygène. Personnellement, j'en suis déjà à la troisième minute quand il me déclare : « Bien, bien. Revenons à nos moutons. » Il me montre son orange. «Veux-tu une orange, mystérieuse inconnue?

– Oui, merci, dis-je en réceptionnant le fruit. Maintenant, mystérieux inconnu, j'aimerais t'offrir cette orange.

– Non merci, dit-il en glissant ses mains dans ses poches. J'en ai déjà une autre.» Il me sourit, et son visage se détraque. En un éclair, il remonte l'allée, grimpe les marches et disparaît à l'intérieur de l'atelier.

Pas si vite, mon pote.

Je m'avance vers sa moto et dépose l'orange dans son casque.

Puis je mobilise toutes mes capacités de self-control pour ne surtout pas me mettre à chanter, parce que… il est retourné dans l'église pour me chercher! Plusieurs fois! Sans doute pour m'expliquer ce qu'il voulait dire par «c'est bien toi». Je rentre chez moi en me maudissant de m'être laissé troubler au point de ne pas lui demander ce qu'il faisait chez la rock star, lui aussi. Ni son nom. Ni son âge. Ni quel était son photographe préféré. Ni…

Stop.

Ça.

Suffit.

Je m'arrête. Prise de remords. Le boycott n'est pas un caprice. C'est une nécessité. Je ne dois pas l'oublier. Jamais. Surtout pas en ce jour anniversaire de l'accident.

Ni n'importe quel autre jour.

Si la malchance sait qui tu es, deviens quelqu'un d'autre.

Ce que je dois faire, c'est réaliser cette sculpture pour tenter de me réconcilier avec ma mère.

Ce que je dois faire, c'est me laver les mains.

Ce que je dois faire, c'est manger tous les citrons de Lost Cove pendant le reste de la matinée.

Le lendemain après-midi. Je m'engouffre seule dans le sinistre couloir fongique de l'atelier de Guillermo Garcia, étant donné que personne n'est venu m'ouvrir quand j'ai frappé à la porte. Je transpire, j'ai le trac et je repense à mes seize années d'existence. Coincé sous mon bras, mon portfolio de l'IAC avec mes blobs et mes bols cassés. La seule raison pour laquelle je possède un portfolio, c'est parce qu'on nous demande de photographier nos œuvres au fil de leur évolution. Mes photos à moi sont catastrophiques, et on ne peut pas dire qu'elles me fassent une très bonne publicité ; on dirait plutôt l'inventaire photographique d'un magasin de poteries après un tremblement de terre.

Juste avant d'entrer dans la salle du courrier, je reconnais une voix masculine à l'accent britannique et une section de percussions s'anime instantanément dans ma poitrine. Je m'adosse contre le mur pour tenter d'apaiser ce chaos. J'espérais ne pas le trouver là. Et l'y trouver quand même. Et arrêter d'espérer qu'il soit là. Heureusement, je m'étais préparée psychologiquement.

Toujours avoir sur soi un reste de chandelle éteinte pour étouffer la flamme de l'amour si elle venait à s'allumer.
(Poche avant gauche.)

240

Tremper un miroir dans le vinaigre pour dévier
toute forme d'attention non désirée.
(Poche arrière.)

Pour inverser les penchants de son cœur,
porter un nid de guêpes sur la tête.
(Je ne suis pas désespérée à ce point. Enfin,
pas encore.)

Hélas, je ne m'étais pas préparée à ça : des
bruits de sexe. Aucun doute, ce sont bien des
bruits sexuels. Ça gémit, ça grogne et ça marmonne des trucs obscènes. C'est pour ça qu'il
n'y avait personne pour m'ouvrir la porte ? J'entends distinctement ces mots, prononcés avec un
accent anglais à couper au couteau : « Oh, mon
Dieu, comme c'est bon. Trooooooop bon. Oh,
c'est encore meilleur que la drogue. N'importe
quelle drogue. Meilleur que tout. » Suivi par un
gémissement interminable.

Un autre gémissement lui fait bientôt écho,
plus grave celui-là. Sûrement la voix de Guillermo. Parce qu'ils sont amants ! Bien sûr. Quelle
idiote j'ai été. L'Anglais est le petit ami de Guillermo, et non son fils naturel. Il m'avait pourtant
l'air très hétéro pendant qu'il me photographiait
dans l'église, et aussi quand on s'est parlé hier
devant le studio. Si attentif. Ai-je mal interprété
son attitude ? À moins qu'il soit bi ? Mais du coup,
que penser des œuvres hyper-hétérosexuelles de
Guillermo ?

Et bon, *c'est pas pour critiquer, mais...* il ne les
prendrait pas un peu au berceau, quand même ?

Il doit y avoir un bon quart de siècle de différence entre eux.

Dois-je partir? Ils semblent avoir terminé et simplement papoter, à présent. Je tends l'oreille. L'Anglais essaie de convaincre Guillermo de l'accompagner dans une espèce de sauna plus tard dans l'après-midi. Aucun doute : ils sont gays. Bien. C'est une excellente nouvelle, en fait. J'aurai moins de mal à respecter mon boycott, avec ou sans oranges.

Je fais plein de bruit exprès, je tape des pieds par terre, je m'éclaircis la gorge plusieurs fois, je tape à nouveau des pieds, puis je tourne à l'angle du couloir.

Je découvre un Guillermo tout habillé, et un Anglais tout habillé lui aussi, plongés tous deux dans une partie d'échecs. Absolument rien n'indique qu'ils viennent de faire l'amour comme des bêtes. Ils tiennent chacun un donut entamé à la main.

« C'était bien joué, j'avoue, déclare l'Anglais en m'apercevant. Je ne t'aurais jamais crue capable d'une telle ruse, mystérieuse inconnue. » De son autre main, il fouille dans la sacoche posée à côté de lui et en sort l'*orange*. Dans un flash, elle fend l'air et atterrit pile au creux de ma main. Le visage de l'Anglais s'est fragmenté en cinq millions de morceaux de bonheur. « Bien réceptionné », commente-t-il.

Victorieux, il mord dans son donut, avant de pousser un gémissement de plaisir théâtral.

OK. Ils ne sont donc pas gays. Ni amants. Ils aiment juste un peu trop les donuts. Qu'est-ce que je vais faire, moi, en attendant? Parce que mon uniforme d'invisibilité ne semble pas fonctionner sur ce garçon. Pas plus que le miroir trempé dans le vinaigre ou le reste de bougie éteinte.

Je fourre l'orange dans la même poche que l'oignon et retire ma casquette.

Guillermo me regarde d'un air intrigué. «Tu as donc rencontré déjà le gourou de la maison? Oscar essaie de m'instruire, comme toujours.» Oscar. Il a un prénom, et ce prénom est Oscar, non pas que ça m'intéresse, même si j'aime assez la façon dont Guillermo le prononce : *Oscore*! «Chaque jour, une nouvelle leçon. Aujourd'hui, c'est yoga Bikram.» Ah. Ça explique le sauna. «Tu connais cette forme de yoga? me demande-t-il.

– Je sais surtout que les saunas sont des bouillons de culture», dis-je.

Guillermo renverse la tête en arrière et éclate de rire. «Elle est obsédée par les microbes, *Oscore*! Elle croit que Frida Kahlo va me tuer.»

Sa réaction me détend. Sa *personnalité* me détend. Qui aurait pu penser que Guillermo Garcia, la rock star du monde de la sculpture, aurait un effet apaisant sur moi? C'est peut-être lui, ma prairie!

Oscar l'examine d'un air surpris, puis se tourne vers moi. «Comment vous êtes-vous rencontrés, tous les deux?» demande-t-il.

Je pose mon portfolio et mon sac contre un fauteuil relax croulant sous une montagne de courrier.

– Il m'a surprise sur l'escalier de secours en train de l'espionner.

Oscar ouvre des yeux comme des soucoupes, mais son attention se reporte déjà sur le plateau

243

d'échecs. Il déplace un pion. «Et tu as encore toutes tes facultés sensorielles? Impressionnant.» Il enfourne son dernier morceau de donut et le savoure, paupières closes. Je vois qu'il baigne dans l'extase. Ben, dis donc. Ça doit vraiment être un donut exceptionnel. Je m'arrache à sa contemplation – pas facile.

«Elle a conquis moi, explique Guillermo tout en analysant le coup que vient de jouer Oscar. Comme tu as conquis moi, Oscore. Il y a long-temps. (Il se rembrunit.) *Ay, cabrón.*» Il marmonne en espagnol et déplace l'un de ses pions.

«G. m'a sauvé la vie, déclare Oscar avec affection. Échec et mat, mon vieux. (Triomphant, il bascule en arrière sur les pieds de sa chaise.) Il paraît qu'on donne des leçons d'échecs au centre de loisirs pour les seniors.»

Guillermo lâche un grognement, pour une fois sans rapport avec son donut, et retourne le pla-teau, faisant voler les pièces dans tous les sens. «Je vais te tuer dans ton sommeil», promet-il. Oscar éclate de rire, et Guillermo me tend un sachet de boulangerie en papier blanc.

Je décline la proposition, trop nerveuse pour avaler quoi que ce soit.

«*La route de l'excès mène au palais de la sagesse*, récite Oscar, toujours en se balançant d'avant en arrière. William Blake.

– Excellent, Oscore, lui rétorque Guillermo. Ça faire partie de tes douze étapes?» Je me tourne vers Oscar. Lui, inscrit aux Alcooliques ano-nymes? Je ne savais pas qu'on pouvait être alcoo-lique avant d'être vieux. À moins qu'il soit aux Narcotiques anonymes? Après tout, il a déclaré que son donut surpassait toutes les drogues. Est-il un ancien drogué ? Il m'a bien avoué avoir des problèmes pour contrôler ses impulsions.

– En effet, répond le jeune homme au sculpteur avec un sourire en coin. C'est l'étape que seuls les initiés connaissent.

– Comment lui avez-vous sauvé la vie ? je demande à Guillermo, dévorée par la curiosité.

Mais c'est Oscar qui me répond. « Il m'a retrouvé dans un parc à moitié mort, bourré d'alcool et de médocs, et il m'a comme qui dirait reconnu. Pour reprendre son expression : "Moi, porter Oscore sur mes épaules comme une biche (il se glisse comme par magie dans la peau du sculpteur, l'imitant à la perfection, jusqu'à sa gestuelle) à travers toute la ville comme Superman, et déposer lui dans mon studio." » Il redevient lui-même. « Tout ce que je sais, c'est que je me suis réveillé nez à nez avec son énorme tronche sans comprendre comment j'avais atterri là, poursuit-il dans un éclat de rire. C'était dingue. Tout de suite, il m'a aboyé des ordres. Il m'a dit que je pouvais rester chez lui à condition de me désintoxiquer. Il m'a ordonné d'aller à "deux réunions par jour, compris, Oscore ? Narcotiques anonymes le matin, Alcooliques anonymes le soir". Et puis, peut-être parce que je suis anglais, va savoir, il m'a sorti une citation de Winston Churchill : "Si tu traverses l'enfer, *continue d'avancer*. Compris, Oscore ?" Matin, midi et soir, c'était le même refrain : "Si tu traverses l'enfer, continue d'avancer." Alors c'est ce que j'ai fait. J'ai continué d'avancer, sans regarder en arrière, et c'est pour ça qu'aujourd'hui je vais à la fac alors que j'aurais dû finir mort au fond d'un fossé. Voilà comment il m'a sauvé la vie. Version résumée et largement expurgée. J'ai traversé l'enfer, oui. »

Je comprends maintenant pourquoi il porte plusieurs lignes de vie sur son visage.

Et il va bien à la fac.

Je regarde fixement mes baskets en méditant cette phrase de Churchill. Et si j'avais moi-même traversé l'enfer, à une époque, mais que je n'avais pas eu le courage de continuer d'avancer ? J'aurais tout arrêté. Appuyé sur le bouton PAUSE. N'en suis-je pas encore au même point aujourd'hui ?

— Et pour me dire merci de lui sauver la vie, conclut Guillermo, il me bat tous les jours aux échecs.

En les regardant, assis face à face, je réalise une chose : ils sont bien père et fils, sans les liens du sang. J'ignorais que les membres d'une famille pouvaient se trouver les uns les autres, se choisir comme ils l'ont fait. J'adore cette idée. J'aimerais tant échanger papa et Noah contre ces deux-là.

Guillermo secoue le sachet dans ma direction.

— Première leçon : mon atelier, c'est pas une démocratie. Prends.

Je m'avance et jette un coup d'œil à l'intérieur du sachet. Rien que l'odeur est à tomber par terre. Ils n'exagéraient pas. « Mmm », dis-je malgré moi. Ils sourient. Je prends un donut. Il n'est pas couvert de chocolat, il est noyé dedans. Et encore tiède.

« Dix dollars que tu ne pourras pas manger ce donut sans gémir, lance Oscar. Ou sans fermer les yeux. » Son regard provoque en moi une légère hémorragie cérébrale. « Allez, disons vingt. Je me souviens comment tu te sentais devant mon objectif.» Il savait comment je me sentais, ce jour-là, dans l'église ?

Il me propose une poignée de main pour officialiser notre pari.

J'accepte – et ressens une décharge proche de l'électrocution fatale. Me voilà mal barrée.

Mais pas le temps de m'appesantir sur mes états d'âme. Guillermo et Oscar accordent au spectacle – moi – toute leur attention. Comment en suis-je arrivée là ? Hésitante, je porte le donut à mes lèvres. J'en prends une petite bouchée et, malgré mon envie violente de fermer les yeux et de pousser un gémissement digne d'un film X, je lutte de toutes mes forces.

Oh… c'est bien plus dur que je ne pensais ! La deuxième bouchée, plus grosse, diffuse de la joie dans chaque cellule de mon corps. C'est le genre de plaisir auquel on devrait uniquement s'adonner en privé, et non sous le regard scrutateur d'un Guillermo et d'un Oscar assis juste sous votre nez, les bras croisés, à vous toiser d'un air de défi.

Je vais devoir augmenter la mise. N'ai-je pas tout un catalogue de maladies horribles à ma disposition ? Des trucs parfaits pour réprimer toute envie de gémir. Les pires, ce sont les maladies de peau.

– Il existe une maladie appelée tungiasis, dis-je entre deux bouchées, où des puces vous pondent sous la peau et, quand les œufs éclosent, vous voyez les larves bouger et se déplacer *dans tout votre corps.*

Je contemple leurs expressions consternées. Bim ! Trois bouchées à zéro.

– Remarquable, même sans puces, fait remarquer Guillermo à Oscar.

– Elle est fichue d'avance, lui rétorque-t-il.

Je sors l'artillerie lourde.

« Un pêcheur indonésien avait été surnommé l'homme-arbre parce qu'il souffrait d'un cas de papillomavirus cutané tellement grave qu'on a dû lui retirer près de vingt kilos de verrues dures comme de la corne. » Je les regarde droit dans les yeux, l'un après l'autre, et répète : « *Vingt kilos de verrues.* »

Je poursuis l'anecdote par une description détaillée des membres inertes de ce malheureux homme-arbre, comparables à des branches noueuses ; une fois cette belle image incrustée dans ma tête, je me sens gonflée à bloc et si sûre de moi que je prends une autre bouchée, encore plus grosse que les précédentes. Mais c'est une erreur. Le chocolat riche et tiède envahit ma bouche, efface le contenu de mon esprit et me plonge dans un état de transcendance totale. Homme-arbre ou pas, je me retrouve sans défense et c'est bien malgré moi que je ferme les yeux pour m'exclamer : « Oh, la vache, ils mettent quoi dans ce truc ? » Je mords une cinquième fois dans mon donut et laisse alors échapper un gémissement si obscène que je n'arrive pas à croire qu'il soit sorti de ma bouche.

Oscar s'esclaffe et Guillermo, ravi, déclare :

– Et voilà. Le gouvernement, il devrait utiliser les donuts de chez Dwyer pour contrôler nos esprits.

Je sors un billet de vingt dollars tout fripé de ma poche de jean, mais Oscar refuse d'un geste :

– La première perte est pour la maison.

Guillermo me tire une chaise – j'ai l'impression d'être admise dans un cercle de jeux ultra-fermé – et tend le sachet au milieu de nous trois. Nous prenons chacun un donut, et en route pour Clark Gable.

Puis Guillermo se tape les cuisses et déclare : « OK, CJ, on parle des choses sérieuses. Ce matin, j'ai laissé un message à Sandy sur son répondeur. Pour dire que j'accepte d'être ton tuteur pour ce semestre. » Il se lève.

« Merci. C'est merveilleux. » Je me lève à mon tour, comme étourdie. J'aimerais qu'on passe l'après-midi ensemble à s'empiffrer de donuts. « Mais comment… » Je viens de m'apercevoir que je ne lui ai même pas dit mon nom.

– Oh. Sandy a laissé un message sur mon répondeur, du charabia inaudible – j'ai trop tapé ce pauvre appareil – disant qu'une certaine CJ veut sculpter de la pierre. Je n'a rien compris d'autre. C'était un vieux message. Je l'a seulement entendu ce matin.

– CJ, répète Oscar comme si c'était une révélation.

Je suis à deux doigts de leur avouer mon vrai prénom, mais je me ravise. Pour une fois, je ne suis peut-être pas obligée d'être la pauvre petite fille orpheline de Dianna Sweetwine.

Frida Kahlo se glisse dans la pièce et s'avance à pas feutrés vers Oscar pour s'enrouler autour de ses jambes. Il la soulève et elle fourre son museau au creux de son cou, aussi ronronnante qu'une turbine.

– Je sais m'y prendre avec les femmes, me dit-il en caressant Frida sous le menton.

– Je ne saurais dire, dis-je. Je pratique le boycott.

Il relève ses yeux vairons à la Cézanne. Ses cils sont tellement noirs qu'ils paraissent humides.

– Comment ça ?

– Je boycotte les garçons.

– Vraiment ? dit-il en souriant. Je le prends comme un défi.

Au secours.

– Sois correct, Oscore, le sermonne Guillermo. Bien. Maintenant, on voit ce que tu as dans les tripes. Prête ?

Mes jambes deviennent molles comme du coton. Mes tripes sont celles d'une usurpatrice. Et Guillermo est sur le point de le découvrir.

Il pose sa main sur l'épaule d'Oscar.

– J'ai rendez-vous avec Sophia dans deux heures, dit ce dernier. Pour notre projet.

Sophia ? C'est qui, ça ?

Non pas que ça m'intéresse. Mais alors, pas du tout.

N'empêche, c'est qui celle-là ?

Et quel projet ?

Oscar commence à se déshabiller.

Je répète : Oscar commence à se déshabiller.

Ça se bouscule dans ma tête, j'ai les mains moites, la belle chemise violette rétro d'Oscar se retrouve pendue sur un dossier de chaise et son torse est sinueux et magnifique, ses muscles longs, nerveux, bien dessinés, sa peau lisse et hâlée. *Oui, j'avoue, je m'y intéresse !* Il a le symbole du Sagittaire tatoué sur son biceps gauche et ce qui ressemble à un cheval bleu de Franz Marc entre l'épaule droite et la nuque.

Voilà maintenant qu'il déboutonne son jean.

« Tu fais quoi, là ? » je lui demande, prise de panique. Visualisation de la prairie. Visualisation de cette foutue prairie antistress, vite !

« Je me prépare, répond-il d'un ton égal.

– Pour quoi faire ? » je demande à ses fesses *nues* tandis qu'il se déplace d'un pas nonchalant et estival à travers la pièce pour aller chercher un peignoir bleu suspendu au portemanteau voisin de la blouse de Guillermo. Il le jette sur son épaule et s'éloigne dans le couloir en direction de l'atelier.

Oh, ça y est. J'ai pigé.

Guillermo tente de dissimuler son sourire, mais il échoue. Il hausse les épaules. « Les modèles, toujours des exhibitionnistes », dit-il. Je hoche la tête, rougissante. « Il faut apprendre à les supporter. Oscore, lui très doué. Très gracieux. Beaucoup d'expressivité. On va dessiner lui ensemble, mais d'abord, je veux voir ton portfolio. »

Quand il m'a demandé d'apporter mon carnet de croquis, je croyais qu'il voulait me faire travailler sur mon projet de sculpture, et non dessiner *avec lui*. Et devant Oscar. Dessiner Oscore !

– Le dessin, c'est primordial, explique-t-il. Beaucoup de sculpteurs, ils ne s'en rendent pas compte.

Génial. Je lui emboîte le pas le long du couloir, mon portfolio à la main, l'estomac en compote.

J'aperçois le blouson en cuir d'Oscar pendu à un crochet – *yes*. Je glisse l'orange dans sa poche sans que Guillermo s'en aperçoive.

Le sculpteur ouvre une des portes du couloir et allume la lumière. Je découvre une pièce minuscule, genre cellule, meublée d'une table et de deux chaises. Dans un coin sont entreposés des sacs d'argile. Dans un autre, des blocs de pierre, de couleurs et de tailles diverses. Une étagère est encombrée d'outils dont je ne reconnais qu'une partie. Guillermo me prend mon portfolio des mains, ouvre la fermeture Éclair et l'étale sur la table.

L'idée même de son regard posé sur mes œuvres me fait recroqueviller les orteils.

Il va vite, au début. D'abord les photos de bols de toutes tailles à divers stades de leur développement, puis la photo finale de l'œuvre brisée et recollée. Son front se plisse davantage à chaque page. Puis il arrive aux blobs. Même chose. Chaque blob entier, puis cassé et recollé sur la photo finale.

– Pourquoi? m'interroge-t-il.

J'opte pour la vérité.

– C'est ma mère. Elle s'en prend à tout ce que je fais.

Il est horrifié. «Ta mère détruit tes œuvres?

– Oh, non, ce n'est pas ce que vous croyez. Elle n'est ni folle ni méchante. Elle est juste morte.»

Je vois un tremblement de terre passer sur son visage. Son inquiétude pour ma sécurité familiale se transforme en inquiétude pour ma santé mentale. Tant pis. Je n'ai pas d'autre explication à lui fournir.

– OK, dit-il en digérant l'information. Pourquoi ta mère morte ferait une pareille chose?

– Elle m'en veut.

– Elle t'en veut, répète-t-il. C'est ça que tu crois?

– Je ne le crois pas, je le sais.

– Dans ta famille, vous êtes très puissants. Tu partages le monde avec ton frère. Ta mère, elle revient d'entre les morts pour casser tes poteries.

Je hausse les épaules.

– Cette sculpture-là que tu veux faire, c'est pour ta mère? C'est elle la personne que tu me parlais hier? Tu crois que de faire cette sculpture, elle ne t'en voudra plus et ne cassera plus tes bols? C'est pour ça que tu pleures quand je refuser de t'aider?

– Oui.

Il caresse sa barbe absente, m'examine longuement, puis se tourne de nouveau vers *Moi, Blob cassé n° 6*. «OK. Mais ça n'être pas le problème. Ta mère n'être pas le problème. Le plus intéressant, le meilleur de ton travail, c'est les cassures. (Il pose son index sur la photo finale.) Le problème, ici, c'est que toi, tu n'y es pas. C'est peut-être l'œuvre d'une autre fille, qui sait.» Il examine une série d'autres blobs. «Alors?» me demande-t-il. Je lève les yeux vers lui. Je n'avais pas compris qu'il attendait une réponse de ma part.

Je ne sais pas quoi dire.

Je lutte contre l'envie de reculer pour esquiver ses grands gestes de la main. «Je ne pas retrouver la même fille qui grimpe un escalier de secours, qui croit que renverser du sucre peut changer sa vie, qui elle-même se croit en danger de mort à cause d'un chat et qui pleure parce que je refuse de l'aider. Je ne pas retrouver la même fille qui m'a dit qu'elle ressentait la même tristesse que moi, et que sa mère morte casse ses poteries parce qu'elle est en colère. Où trouver cette fille-là?»

Cette fille-là? Il plante ses yeux dans les miens. Suis-je censée lui répondre? «Ce n'est pas elle qui fait tout ça. Elle n'est pas présente dans ce travail. Alors pourquoi perdre ton temps et faire perdre leur temps aux autres?» Il ne mâche pas ses mots, c'est certain.

Je respire bien à fond. «Je ne sais pas.

— C'est évident, pourtant, dit-il en refermant mon portfolio. Toi, tu vas mettre *cette fille* dans la sculpture que tu veux faire avec moi, compris?

— Compris», dis-je. Sauf que je ne vois pas du tout comment procéder. Y suis-je déjà arrivée? Pas à l'IAC, en tout cas. Je repense à mes sculptures de sable. Au boulot que je leur consacrais pour qu'elles ressemblent exactement à l'image que j'avais dans la tête. Sans jamais y arriver. Sauf une fois, peut-être... Peut-être était-ce la raison pour laquelle j'avais tellement peur que maman les déteste.

Il me sourit.

— Tant mieux. On va bien s'amuser, je sens. Je suis colombien. J'adore les histoires de fantôme.

Il plaque sa main sur mon portfolio.

— Je ne sais pas si toi, tu es prête pour la pierre. L'argile, c'est gentil – il peut tout faire, même si tu ne le sais pas encore. La pierre, ça peut être mesquin, égoïste, comme un amant inaccessible.

— Ma mère aura plus de mal à la casser si elle est en pierre.

Il semble comprendre. «Elle ne peut pas briser cette sculpture, quelle que soit sa matière. Fais-moi confiance. D'abord, tu apprends sur des blocs pour t'exercer. Après, on décide ensemble du matériau le plus adapté à ta création, après que tu me montres tes études. C'est une statue de ta mère ?

– Oui. Mes œuvres ne sont pas réalistes, mais… » Avant que je comprenne ce qui m'arrive, voilà que je vide mon sac. « Sandy m'a demandé s'il y avait quelque chose dans le monde que seules mes deux mains pouvaient créer. (Je déglutis, le regarde droit dans les yeux.) Ma mère était très belle. Mon père disait qu'elle pouvait faire bourgeonner les arbres rien qu'en les regardant. » Guillermo sourit. Je poursuis : « Chaque matin, elle sortait sur le ponton pour regarder l'océan. Le vent soufflait dans ses cheveux, sa robe de chambre flottait derrière elle. Comme la proue d'un bateau, voyez ? Comme si elle nous aiguillait à travers le ciel. Tous les jours, c'était ça. J'avais cette image. Elle est encore présente, dans un coin de ma tête. Toujours. » Guillermo m'écoute d'un air très absorbé et je me dis qu'il doit être capable de faire tomber les murs à l'intérieur des gens, pas seulement dans les pièces qu'il traverse car, comme hier, j'ai envie de lui parler sans m'arrêter. « J'ai tout essayé pour communiquer avec elle, Guillermo. Absolument tout. J'ai chez moi ce bouquin ésotérique que je passe mon temps à compulser pour y trouver de nouvelles idées. J'ai tout fait. J'ai dormi avec ses bijoux sous mon oreiller. Je suis allée sur la plage à minuit pour brandir une photo de nous deux au clair de lune. Je lui ai écrit des lettres que j'ai glissées dans ses poches de manteaux, dans des boîtes aux lettres rouges. J'ai jeté des messages en pleine tempête. Je lui récite son poème favori tous les soirs avant de me coucher. Et tout ce qu'elle fait, c'est détruire mon travail. C'est dire si elle est en colère. (Je commence à transpirer.) Si elle détruit ma sculpture, j'en mourrai. » Mes lèvres tremblent. Je les cache derrière mes mains et j'ajoute : « Je n'ai que ça. »

Il pose une main sur mon épaule. J'ai tellement envie qu'il me prenne dans ses bras, c'est dingue.

– Elle rien détruire. C'est promis. Tu fais ta sculpture. C'est bon. Je t'aide. Et CJ, voilà la fille que tu dois faire entrer dans ton art.

Je hoche la tête.

Il se dirige vers l'étagère et prend une poignée de fusains. « Maintenant, on dessine. »

Incroyable mais vrai : j'avais totalement oublié la présence d'Oscar, *nu*, dans la pièce d'à côté.

On se dirige vers le coin de l'atelier où sont installées une estrade et une chaise. Je me sens un peu mal à l'aise ; je n'ai jamais dit à la conseillère pédagogique de l'IAC ce que je viens de confier à Guillermo. Moi qui ne voulais pas passer pour une pauvre petite fille privée de sa maman, c'est réussi.

Oscar, drapé dans le peignoir bleu, est assis, en train de lire, les pieds posés sur le rebord de l'estrade. Il semble tenir un manuel scolaire, mais il le referme si vite à notre arrivée que je n'ai pas le temps de bien voir ce que c'est.

Guillermo installe une autre chaise et me fait signe de m'asseoir.

– Oscore est mon modèle préféré, dit-il. Il a le visage si particulier. Je ne sais pas si tu as remarqué. Dieu, il était super-bourré quand il l'a créé. Un petit coup par-ci. Un petit coup par-là. Un œil marron. Un œil vert. Nez tordu, bouche tordue.

Sourire de psychopathe. Dent cassée. Cicatrice ici, cicatrice là. Un puzzle.

Oscar secoue la tête. « Je pensais que tu ne croyais pas en Dieu », fait-il remarquer.

Pour info, je suis en pleine crise de panique du pénis.

À l'IAC, les sexes des modèles masculins ne me dérangent absolument pas pendant les cours de dessin. Mais ici, c'est une autre histoire. Ouh là là.

– Tu es mal renseigné, rétorque Guillermo. Je crois en tout.

Oscar retire son peignoir.

« Moi aussi. Vous n'en reviendriez pas des choses incroyables auxquelles je crois ! » dis-je d'une voix un peu hystérique, histoire de me joindre à la conversation pour ne surtout pas voir *la chose*. Trop tard. Oh, nom d'un Clark Gable… c'était quoi, déjà, son histoire de dinosaure qu'il avait baptisé Godzilla ?

« On t'écoute », me dit Oscar. Ah ! Heureusement qu'il ne lit pas dans mes pensées ! « Dis-nous une chose incroyable à laquelle tu crois, CJ.

– D'accord. » J'essaie de retrouver un semblant de calme et de maturité. « Je crois que si un garçon offre une orange à une fille, son amour pour lui sera décuplé. » Je n'ai pas pu résister.

Il éclate de rire, ruinant la position dans laquelle Guillermo vient de l'installer.

– Oh, ça ne m'étonne pas que tu croies un truc pareil. J'ai même la preuve que tu y croies dur comme fer.

Le sculpteur tape du pied, impatient. Oscar me fait un clin d'œil, et mon estomac monte aussitôt trente-cinq étages en ascenseur. «À suivre», me dit-il.

À suivre…

Minute. Qui est cette Sophia? Sa petite sœur? Sa grand-tante? Le plombier?

«Des croquis rapides, CJ», m'enjoint Guillermo, et le trac me reprend de plus belle. Puis, à l'intention d'Oscar: «Change de position toutes les trois minutes.» Il prend place sur la chaise à côté de la mienne et commence à dessiner. Du coin de l'œil, je vois sa main virevolter en travers de la page. Elle fend l'air. J'inspire et je m'y mets, en me répétant intérieurement que tout va bien se passer. Cinq minutes environ s'écoulent. La nouvelle pose d'Oscar est stupéfiante. Il a le dos arqué, la tête retournée à l'envers.

– Tu es trop lente, me souffle Guillermo.

Je m'efforce d'accélérer.

Le sculpteur se lève et se place derrière moi pour observer mon travail qui, je le vois bien à travers ses yeux, doit être épouvantable.

J'entends:

– Plus vite.

Puis:

– Fais attention à la source de la lumière.

Puis, désignant un détail de mon croquis:

– Ça, ce n'être pas une ombre, c'est une grotte.

Puis:

– Tu tiens le fusain pas assez fort entre tes doigts.

Puis:

– Tu retires trop la pointe du fusain du papier.

Puis :

— Regarde moins ta feuille et davantage le modèle.

Puis :

— Oscore est dans tes yeux, dans tes mains, tes yeux, tes mains, il se déplace à travers toi, tu comprends ?

Puis :

— Non, ça ne va pas, rien ne va. Ils vous apprennent quoi dans cette école ? Rien, on dirait !

Il s'accroupit à côté de moi et son odeur me submerge, signe que je ne suis pas encore morte de mortification. « Écoute, ce n'être pas le fusain qui dessine. C'est toi. C'est ta main, qui est reliée à ton corps, et dans ton corps il bat ton cœur, OK ? Tu n'es pas prête pour ça. (Il me prend mon fusain des mains et le jette par terre.) Dessine sans rien. Utilise seulement ta main. Vois, sens, dessine. Ça marche ensemble. Ne détache pas ton regard de lui. Vois, sens, dessine. Un seul verbe. Vas-y. Ne pense pas. C'est le plus important : *arrête de trop penser*. Picasso a dit : "Si seulement on pouvait retirer son cerveau et n'utiliser que ses yeux." Retire ton cerveau, CJ, utilise juste tes yeux ! »

C'est embarrassant. J'aimerais appuyer sur un bouton pour m'éjecter de là. Par chance, au moins, Oscar a les yeux rivés à l'autre bout de la pièce. Il ne nous a pas regardés une seule fois.

Guillermo s'est rassis sur sa chaise. « Ne t'inquiète pas pour Oscore. Ne sois pas gênée à cause de lui. (Il est télépathe, ou quoi ?) Maintenant, dessine avec tes tripes. Comme si ta vie en

dépendait. Parce que c'est la vérité, pas vrai, CJ ?
Il n'y a que comme ça qu'on dessine. Tu enjambes
une clôture et tu grimpes sur mon escalier de
secours au milieu de la nuit. Ça veut dire que oui,
ta vie en dépend ! »

Il se remet à dessiner. J'observe sa manière
d'attaquer férocement la feuille, ses traits vifs et
assurés, la vitesse à laquelle il change de page,
toutes les dix secondes environ. À l'école, on a
droit à trente secondes. Mais lui, c'est la foudre.

– Vas-y, m'ordonne-t-il. Allez !

Je me visualise à plat ventre sur ma planche de
surf, en train de ramer, et je vois la vague enfler,
venir vers moi, consciente que dans un instant,
elle m'entraînera dans son mouvement énorme
et puissant. Dans ces moments-là, je compte
à rebours, et c'est ce que je fais en ce moment
même : trois, deux, un…

C'est parti. Sans fusain, je me lance.

– Plus vite, m'ordonne-t-il. Plus vite.

Je tourne la page, comme lui, toutes les dix
secondes, ma feuille reste blanche mais je m'en
fous, je sens Oscar prendre vie dans ma main.

– Mieux, dit-il.

Puis à nouveau :

– Mieux.

Vois sens dessine : un seul verbe.

– Bien. C'est ça. Bientôt, tu vois avec tes mains,
fais-moi confiance. Mais maintenant, je me
contredis moi-même. Picasso lui-même l'a fait.
Il a dit : retirez votre cerveau. Mais il a dit aussi :
« La peinture est une profession d'aveugles. » Et :
« Pour dessiner, il faut fermer les yeux et chanter. » Michel-Ange, lui, il dit qu'il sculpte avec

son cerveau, *pas* avec ses yeux. Oui. Tout ça est vrai en même temps. La vie est faite de contradictions. On accepte toutes les leçons. On tâtonne pour trouver ce qui marche. OK, maintenant, reprends ton fusain et dessine.

Au bout de quelques minutes, il ôte le foulard autour de son cou et me bande les yeux avec.

– Compris ?

Oui.

Plus tard, je suis dans la cellule en train de rassembler mon portfolio et d'attendre Guillermo, qui est sorti faire une course, quand Oscar, rhabillé de pied en cap, son appareil photo en bandoulière, passe sa tête par la porte.

Il s'appuie nonchalamment contre le chambranle. Certains mecs semblent nés pour ça. Et il en fait partie. James Dean était un autre bon exemple. « Bravo, me lance-t-il.

– Arrête », dis-je, mais en réalité, je me sens électrisée, vibrante de partout, éveillée. Comme jamais je ne m'étais sentie à l'IAC.

« Je ne plaisante pas. » Il tripote les boutons de son appareil et ses cheveux noirs lui tombent devant le visage. J'ai envie de les écarter.

Je referme le zip de mon portfolio, histoire d'occuper mes mains. « On ne s'est pas déjà rencontrés ailleurs, toi et moi ? finis-je par lui demander. Je suis sûre que oui. Ton visage m'est familier. »

Il relève les yeux vers moi.

– Dit-elle après m'avoir vu à poil.

– Oh, mon Dieu… Non, je ne sous-entendais pas que… Tu vois bien ce que je veux dire…

Je me sens chauffer de partout.

« Si tu le dis. » Il est amusé. « Mais non, ça m'étonnerait. Je n'oublie jamais un visage, surtout pas un comme le tien… » J'entends le *clic* avant même de comprendre que je me fais photographier. Il a une curieuse façon de manipuler son appareil, sans jamais regarder dans le viseur. « Tu es retournée dans l'église, après notre rencontre ?

– Non, pourquoi ?

– J'avais laissé quelque chose pour toi. Une photo. » N'est-ce pas un éclair de timidité qui vient de traverser son visage ? « Avec un message inscrit au dos. (Arrêt total de la respiration.) Elle n'y est plus. Je suis allé vérifier. Quelqu'un d'autre a dû la prendre. Bah, tant mieux, j'imagine. C'était trop d'informations, comme on dit dans ce pays.

– Quel genre d'informations ? » C'est fou, cette capacité qu'on a parfois de pouvoir parler tout en étant complètement assommé par le choc.

Pour toute réponse, il soulève son appareil photo. « Tu peux pencher la tête comme tu viens de le faire ? Oui, comme ça. » Il s'éloigne du mur, plie les genoux, choisit le bon angle pour sa prise de vue. « Voilà, parfait, oh, mon Dieu, la perfection totale. » Il m'arrive le même phénomène que dans l'église. Quand les glaciers craquent sous l'effet du réchauffement de la planète, on appelle ça le vêlage. Eh bien, je vêle. « Tes yeux sont si éthérés. Ton visage aussi. J'ai regardé mes photos de toi pendant des heures, l'autre nuit. J'en avais des frissons. »

Et moi, j'en ai le *réchauffement climatique* !

Mais il y a autre chose, au-delà des frissons, du vêlage et du réchauffement de la planète, quelque chose que j'ai ressenti tout de suite, ce fameux jour dans l'église. Ce garçon me donne la sensation d'être enfin là, présente, visible aux yeux des autres. Et pas seulement parce qu'il a un appareil photo. J'ignore à quoi cela est dû.

Sans compter qu'il est différent des autres garçons que je connais. Il est *explosif*. Si je devais faire une sculpture de lui, je voudrais qu'elle ressemble à une détonation. *Boum*.

J'inspire longuement. Je me souviens de ce qui s'est passé la dernière fois que je me suis attachée à un garçon.

Cela dit, QUEL GENRE D'INFORMATIONS CONTENAIT SON MESSAGE, ET QUELLE PHOTO?

— Tu veux bien que je te photographie, un de ces jours? me demande-t-il.

— Mais tu es déjà en train de le faire, *Oscore*! dis-je en imitant le ton exaspéré de Guillermo.

Il rit. « Pas ici. Pas comme ça. Dans une maison abandonnée que j'ai repérée près de la plage. Au coucher du soleil. J'ai déjà une idée. » Il me jette un coup d'œil sur le côté de son appareil. « Et nue. Chacun son tour. » Ses yeux brillent d'une lueur diabolique. « Dis-moi oui.

— Non! Tu plaisantes? C'est l'angoisse, ton truc. Règle numéro un pour éviter les assassins à la hache : ne jamais, au grand jamais, suivre un inconnu dans une maison abandonnée pour se déshabiller devant lui. N'importe quoi. C'est comme ça que tu dragues les filles?

— Oui, dit-il. Et ça marche à tous les coups. »

J'éclate de rire, c'est plus fort que moi. « Tu es un vrai danger public.

— Tu n'as pas idée à quel point.

– Oh, si. Je pense qu'on devrait t'arrêter et t'enfermer pour le bien de la société.

– Oui, certains ont essayé.» Alors là, j'hallucine. Il a donc vraiment fait de la prison ! Voyant que je suis choquée, il poursuit : «C'est vrai. Tu fréquentes un mauvais garçon.»

Sauf que je ressens tout le contraire. Comme Boucle d'Or. Tout me va, ici, alors que chez moi, tout va de travers.

– Pourquoi est-ce qu'on t'a arrêté ?

– Je te le dirai si tu acceptes ma proposition.

– Me faire tuer à coups de hache, tu veux dire ?

– Vivre un peu dangereusement.

Je manque m'étrangler à ces mots.

– Ha ! Tu as choisi la mauvaise candidate.

– Au contraire.

– Si tu savais.

Nos échanges sont si simples, si spontanés. Pourquoi ?

Granny répond en chantonnant dans ma tête : «Parce que ça sent l'amour, ma petite chauve-souris aveugle. Vite, mets immédiatement une mèche de cheveux dans sa poche. Exécution !»

Tant qu'un homme porte une mèche de vos che-veux sur lui, vous resterez dans son cœur.

(Merci, mais non merci. J'ai déjà essayé avec Zephyr.)

Je fais comme si elle était une personne décédée normale – et silencieuse.

Un claquement de talon résonne sur le sol en ciment. Oscar jette un coup d'œil par la porte. «Sophia ! Par ici.» Première certitude : elle n'est pas plombier. Ou alors, les plombiers portent des talons aiguilles. Oscar se tourne vers moi. Je vois bien qu'il a envie de me dire quelque chose avant qu'on soit interrompus. «Écoute, je suis peut-être un danger public, mais sûrement pas un parfait inconnu. Tu l'as dit toi-même. *Tu me parais tellement familier*», dit-il en imitant l'intonation des filles qui traînent sur la plage. Il remet en place le capuchon de son objectif. «Je suis certain de ne t'avoir jamais rencontrée avant l'autre jour, dans l'église, mais je suis tout aussi certain que c'est le destin qui nous a réunis. Ne me traite pas de fou, mais… c'était la prophétie.

– La prophétie?» C'était ça, sa fameuse information? Sûrement. «Quelle prophétie?

– Celle de ma mère. Sur son lit de mort. Ses derniers mots parlaient de toi.»

Les dernières paroles qu'on prononce avant de
mourir se réalisent toujours?…

Sophia, donc – qui n'est pas non plus sa petite sœur, ni sa grand-tante – et sa comète de cheveux roux débarquent dans la pièce. Elle porte une petite robe fuchsia années cinquante, dotée d'un décolleté plongeant jusqu'à l'Équateur. Deux traînées de fard à paupières pailleté vert et or rehaussent le bleu clair de ses yeux.

Elle scintille, comme tout droit surgie d'un tableau de Klimt.

«Salut, chéri», lance-t-elle à Oscar avec un accent digne du comte Dracula.

Elle l'embrasse sur la joue gauche, puis sur la droite, avant de plaquer sa bouche sur la sienne en un langoureux baiser pour le final. Et ça dure. Ma poitrine se creuse de l'intérieur.

Et ce n'est toujours pas fini…

De simples amis ne se diraient pas bonjour comme ça. En aucune circonstance.

«Salut, toi», répond Oscar, tout barbouillé de rouge à lèvres. Je dois enfoncer ma main dans ma poche pour résister à l'envie de l'essuyer.

Je retire toutes mes conneries sur Boucle d'Or.

«Sophia, je te présente CJ, la nouvelle stagiaire de Guillermo. Elle vient des Beaux-Arts.» Il croit donc que j'étudie là-bas. Il croit que j'ai le même âge qu'eux. Et il me croit suffisamment bonne pour y avoir été admise.

Je me garde bien de rectifier.

Sophia me tend la main. «Je viens pour boire ton sang», déclare-t-elle avec son accent transylvanien, mais peut-être ai-je mal compris et qu'elle a juste dit à la place : «Tu dois être une excellente sculptrice.»

Je marmotte des trucs sans intérêt. Je me sens comme un troll sinistre âgé de seize ans et rongé par la lèpre.

Elle, avec sa chevelure de feu et sa robe rose vif, ressemble à une orchidée exotique. Bien sûr qu'il est amoureux d'elle. Ils forment un couple d'orchidées exotiques. Le couple idéal. Ils sont parfaits. Son gilet a glissé de son épaule, révélant un superbe tatouage s'enroulant tout autour de son bras : un dragon rouge et orange crachant du feu. Oscar lui remet son gilet en place, comme s'il avait fait ce geste des centaines de fois. Je sens un affreux pincement de jalousie.

Et la prophétie, dans tout ça?

« Il faut qu'on y aille », dit-elle en lui prenant la main. La seconde d'après, ils ont filé.

Une fois certaine qu'ils sont dehors, je me rue dans le couloir – heureusement, Guillermo n'est pas encore rentré – jusqu'à la fenêtre de devant.

Ils ont déjà enfourché sa moto. Je la vois enrouler ses bras autour de sa taille et je devine exactement la sensation de ce contact, la sensation de *son* corps, grâce à la séance de croquis de tout à l'heure. Je m'imagine caressant ses longs muscles obliques, m'attardant sur les sillons de son abdomen, la chaleur de sa peau sous mes doigts.

Je presse ma main contre la vitre froide. Comme un réflexe.

Il démarre sa moto, fait vrombir le moteur et ils s'éloignent à toute vitesse le long de la rue, la chevelure rousse de Sophia voletant derrière eux comme des flammes. Lorsqu'il prend le virage en kamikaze, à sept cents kilomètres à l'heure et à un angle ridiculement dangereux, elle lève les bras en l'air et laisse échapper un hurlement de délice.

Parce qu'elle est intrépide. Elle vit dangereusement, elle. Et c'est bien ça le pire.

En retraversant la salle du courrier, le moral au fond des chaussettes, je remarque une porte entrebâillée qui, j'en suis sûre, était fermée quand je suis passée devant en courant il y a une minute. Est-ce le vent qui l'a ouverte ? Un fantôme ? Tout en hasardant un coup d'œil à travers l'ouverture, je me dis qu'aucun de mes fantômes ne voudrait m'inciter à entrer là-dedans, mais après tout, qu'est-ce que j'en sais ? Ouvrir des portes, c'est pas trop la spécialité de Granny.

« Maman ? » dis-je tout bas. Je récite quelques vers de son poème préféré, en espérant qu'elle me répondra comme l'autre jour. Mais non, pas cette fois.

Je pousse le battant et pénètre dans une pièce qui a dû jadis servir de bureau. Avant d'être dévastée par un cyclone. Vite, je referme la porte derrière moi. Il y a des bibliothèques renversées et des livres éparpillés partout. Des amas de feuilles, de carnets de croquis et de cahiers ont été balayés du bureau et de toutes les autres surfaces planes. Des cendriers remplis de mégots, une bouteille de tequila vide couchée sur le sol, une autre cassée dans un coin. Des traces de coups sur les murs, une vitre brisée. Et au milieu, un grand ange de pierre étendu face contre terre, le dos cassé.

Cette pièce a été ravagée sous l'emprise de la rage. Peut-être la crise de rage que j'ai entendue le jour où je me suis présentée ici pour la première fois, et où j'avais l'impression que quelqu'un jetait des meubles. J'examine les preuves matérielles de la démence de Guillermo, quelle que soit son origine, et me sens submergée par un mélange d'excitation et de peur. Je sais que je ne devrais pas fouiner mais, comme souvent, ma curiosité l'emporte sur ma conscience – manque de contrôle des impulsions fouineuses – et je me penche pour ramasser au hasard une liasse de papiers. Ce sont de vieilles lettres, pour la plupart. L'une provient d'un étudiant de Detroit souhaitant travailler avec le sculpteur. L'autre, manuscrite, d'une New-Yorkaise lui promettant tout ce qu'il veut (souligné trois fois) s'il accepte d'être son tuteur – ben, dis donc. Il y a des bordereaux d'expédition envoyés par des galeries d'art, et une proposition d'un musée pour être commissaire d'exposition. Des coupures de presse relatant d'anciennes expos. Je découvre un carnet de notes, comme celui qu'il garde dans sa poche, et le feuillette en me demandant si je vais trouver des indices, dans ses pages ou dans cette pièce, de ce qui lui est arrivé. Le petit carnet est rempli de dessins, de listes et aussi de notes, toutes griffonnées en espagnol. Des listes de matériel, peut-être ? Des notes pour ses projets de sculpture ? Des idées ? Me sentant un peu coupable, je rejette le carnet par terre, mais je ne peux m'empêcher d'en ramasser un autre pour le parcourir également. J'y trouve exactement la même chose que dans le précédent, jusqu'à ce texte rédigé en anglais :

Bien-Aimée,
Je deviens fou. Je refuse de manger ou de boire de peur d'effacer le goût de ta bouche, je refuse d'ouvrir les yeux si ce n'est pas pour te voir, je refuse de respirer si c'est de l'air que tu n'as pas respiré, qui n'a pas traversé ton corps, ton corps si sublime. Je dois

Je tourne la page, mais la lettre s'arrête là. Je dois… *quoi* ? Je parcours fébrilement le reste du carnet, mais les pages sont vierges. J'épluche les autres carnets que je retrouve au milieu du fouillis, mais ils ne contiennent rien d'écrit en anglais, plus aucune lettre adressée à Bien-Aimée. J'en ai la chair de poule. Bien-Aimée, c'est elle. C'est forcément elle. La femme du tableau. La femme d'argile jaillissant du torse de l'homme d'argile. La femme géante. Toutes les femmes géantes.

Je relis la lettre. Elle est si passionnée, si désespérée, si romantique.

Si un homme écrit des lettres à celle qu'il aime
sans les lui donner, son amour est sincère.

Je sais maintenant ce qui lui est arrivé : l'amour. Un amour tragique, impossible. Et Guillermo était le candidat parfait. Aucune femme ne peut résister à un homme qui a des tsunamis et des tremblements de terre dans les veines.

Oscar semble avoir ses propres catastrophes naturelles, lui aussi. Mais ça n'a rien à voir. Les héros des histoires d'amour sont brûlants de dévotion, ils courent après les trains, franchissent les continents, renoncent aux trônes et aux richesses, ils défient les conventions, affrontent les persécutions, saccagent des bureaux et brisent le dos des anges, ils dessinent l'élue de leur cœur sur les murs de leur atelier et leur érigent des sculptures géantes en hommage.

Ils ne flirtent pas de manière éhontée avec des filles comme moi alors qu'ils ont déjà une petite amie transylvanienne. Sale petit con !

J'arrache la page de la lettre d'amour et, à la seconde où je la mets à l'abri dans la poche de mon jean, j'entends l'affreux grincement de la porte d'entrée. Oh, non. Mon cœur s'emballe. À pas de loup, je vais me cacher derrière la porte au cas où Guillermo déciderait d'entrer dans la pièce. Je ne suis absolument pas censée être ici. C'est un chaos d'ordre privé, comme s'il y avait répandu le contenu de son âme. J'entends une chaise crisser sur le sol, puis je sens une odeur de cigarette. Génial. Il s'est installé pour fumer, juste devant la porte.

J'attends. Pour passer le temps, j'examine les livres d'art entassés un peu partout et j'en reconnais certains pour les avoir vus à l'IAC. J'aperçois soudain ma mère, ou plutôt la moitié de son visage, sur l'une des étagères. C'est la photo qui figure au dos de sa biographie de Michel-Ange, *Un ange dans le marbre*. J'avoue que ça me fait un drôle d'effet. Mais au fond, quoi de plus normal que de trouver son livre ici ? Guillermo doit posséder tous les bouquins d'art qui existent.

Je m'accroupis et tends le bras pour l'attraper en prenant soin de ne surtout pas faire de bruit. Je l'ouvre à la page de titre, curieuse de voir si elle lui a dédicacé l'ouvrage quand ils se sont rencontrés. Réponse : oui.

À Guillermo Garcia,

« J'ai vu l'ange de marbre et je l'ai sculpté pour le libérer. »
Merci pour cet entretien. Ce fut un immense honneur.

Avec admiration,
Dianna Sweetwine.

Maman. Vite, vite, je referme le livre en appuyant dessus pour ne surtout pas le rouvrir. J'appuie si fort que j'en ai les articulations blanches. Elle signait toujours avec cette citation de Michel-Ange. C'était sa préférée. Je serre le livre contre ma poitrine, de toutes mes forces, comme si je voulais entrer à l'intérieur.

Puis je le glisse dans la ceinture de mon jean et tire mon sweat-shirt par-dessus.

«CJ!» appelle Guillermo. Je l'entends s'éloigner. Une fois certaine qu'il est parti, je me glisse sans bruit hors de la pièce et referme la porte derrière moi. Je traverse rapidement la salle du courrier, toujours en silence, et pénètre dans la petite cellule, où je cache le livre de maman dans mon portfolio, consciente, oh oui, que je me comporte comme une dingue et qu'il ne doit plus me rester une seule case, aujourd'hui. Même s'il ne s'agit pas de mon premier larcin. J'ai déjà volé plus d'un exemplaire du bouquin de ma mère à la bibliothèque de l'école – ils les remplacent à chaque fois, il faut dire. Et à la bibliothèque municipale, aussi. Et dans plusieurs librairies. J'ignore pourquoi je fais ça. J'ignore pourquoi j'ai volé cette lettre d'amour. J'ignore pourquoi j'agis comme je le fais en général.

Je trouve Guillermo dans le studio, accroupi, en train de caresser le ventre d'une Frida Kahlo extatique. Sa lettre à Bien-Aimée brûle l'intérieur de ma poche. Je veux en savoir plus. Que leur est-il arrivé?

Il me salue du menton. «Prête?» Il se lève. «Prête à changer ta vie?

– Comment ça?» dis-je.

Le reste de l'après-midi consiste pour moi à choisir mon matériau d'apprentissage – je tombe amoureuse d'un bloc d'albâtre ambré qui semble abriter un feu à l'intérieur de lui – et à écouter

Guillermo, devenu Moïse, me réciter les commandements du sculpteur :

Tu seras intrépide et courageux.

Tu prendras des risques.

Tu porteras toujours ton matériel de protection.

(PARCE QU'IL Y A DE L'AMIANTE DANS LA POUSSIÈRE !)

Tu n'auras aucune idée préconçue sur le contenu de ton bloc de pierre d'apprentissage, et tu attendras qu'il te donne ses instructions lui-même.

Là, il pose sa main déployée sur mon plexus solaire et ajoute : « Ce qui sommeille dans le cœur sommeille dans la pierre, compris ? »

Puis il m'assène enfin le dernier commandement :

Tu referas le monde.

Voilà un truc qui me tente bien, même si je vois mal comment y parvenir en taillant un bloc de pierre.

Une fois rentrée chez moi, après des heures et des heures passées à m'entraîner à sculpter – pour un résultat archi-nul, d'ailleurs –, les muscles endoloris, les pouces contusionnés par mes centaines de coups de marteau à côté, les poumons irradiés par l'amiante malgré le port du masque, j'ouvre mon sac et découvre trois grosses oranges bien rondes. L'espace d'un instant, je me sens toute gaga d'amour envers Oscar. Puis ça me revient : Sophia.

Quel hypocrite ! Sérieusement, ce type est un crevard de première, comme disait Noah du temps où il était Noah.

Je parie qu'il a aussi fait le coup de la prophétie à Sophia. Je parie que sa mère n'est même pas morte.

273

J'emporte les oranges dans la cuisine pour en faire du jus.

Quand je regagne ma chambre, après le grand massacre des oranges, dans l'espoir de faire un peu de couture, je trouve Noah accroupi au-dessus du sac que j'avais laissé par terre, en train de feuilleter un carnet de croquis que j'avais pris la peine d'enfouir tout au fond, quelques minutes auparavant. Vengeance karmique immédiate pour avoir fouillé dans les papiers de Guillermo, je suppose ?

– Noah ? Je peux savoir ce que tu fais, là ?

Il sursaute, s'exclame : «Oh! Heu, rien!», il met ses mains sur ses hanches, puis dans ses poches, puis à nouveau sur ses hanches. «J'étais juste en train de… rien. Désolé.» Il rit trop fort et tape dans ses mains.

«Pourquoi est-ce que tu fouilles dans mes affaires ?

– Je n'étais pas en train de…» Il rit encore, cette fois plutôt en mode hennissement de cheval. «Enfin, si, j'avoue, peut-être.» Il regarde la fenêtre comme s'il avait envie de se jeter à travers.

«Mais pourquoi ?» dis-je, moi-même un peu hilare – ça faisait longtemps que je n'avais pas vu mon frère aussi bizarre.

Il me sourit comme s'il venait de m'entendre penser. Ça me fait comme des papillons dans la poitrine. «J'avais juste envie de voir sur quoi tu bossais.

– Ah bon ?

– Ben… oui, dit-il en se dandinant sur place.

– OK.» Je sens de la sincérité dans sa voix.

274

Il désigne le carnet. «J'ai vu tes dessins de maman. Tu comptes en faire une sculpture ?

– Oui.» Sa curiosité me fait tellement plaisir que je me fiche pas mal qu'il ait feuilleté mon carnet sans mon autorisation. Après tout, combien de fois ai-je fait pareil avec lui ? «Mais ce ne sont que des ébauches. Je les ai commencées hier soir.

– Argile ?» me demande-t-il.

Je sens monter en moi une mise en garde puissante, genre t'es-dingue-de-lui-parler-de-ton-travail, mais ça fait si longtemps qu'on ne se parlait plus, lui et moi, que j'ai envie de continuer. «Non, pas en argile… en pierre. Marbre, granite, j'en sais trop rien pour l'instant. Je travaille avec un sculpteur génial. Il est *incroyable*, Noah.» Je vais ramasser mon carnet par terre et lui montre le croquis le plus abouti, une vue de face. «J'avais envie de faire une œuvre réaliste. Loin de mes grumeaux et de mes blobs habituels. Je veux que ce soit élégant, à la fois gracieux et sauvage… comme elle, quoi. Je veux que les gens voient le vent dans ses cheveux, dans ses vêtements – oh, elle portera une Robe Flottante, c'est sûr, mais il n'y aura que nous qui le saurons. J'espère, enfin, tu te souviens comment elle sortait sur le ponton tous les…» Je m'interromps, parce qu'il vient de sortir son téléphone de sa poche. Il a dû vibrer. «Hé, mec», dit-il avant de se mettre à parler de trail, de kilométrage et autres termes de jargon de coureur de fond. Il m'adresse un petit air désolé, comme si ça risquait de durer un moment, et sort de la pièce.

Je m'avance jusqu'à la porte sur la pointe des

pieds pour épier sa conversation. Il m'arrive de rester devant sa porte, quand Heather est là, et de les écouter papoter, échanger des potins, ricaner et faire les idiots. Parfois, le week-end, je m'assois exprès pour lire devant la porte d'entrée en me disant qu'ils vont m'inviter à les accompagner au zoo ou à dévorer des pancakes avec eux (comme ça leur arrive souvent après un entraînement de course), mais ils ne le font jamais.

Au bout de quelques mètres dans le couloir, Noah s'arrête de parler et range son téléphone dans sa poche. OK. Il a donc fait semblant de recevoir un appel juste pour avoir une excuse pour me planter et ne plus avoir à subir mon baratin ? Ma gorge se serre.

Ça ne va pas s'arranger, nous deux. On ne sera plus jamais comment avant.

Je vais à ma fenêtre et relève le store pour contempler l'océan.

Je le fixe longuement.

Des fois, en surf, on prend une vague sans s'apercevoir que la crête s'est détachée de la base, si bien qu'on se retrouve tout à coup en chute libre.

C'est exactement ce que je ressens.

Quand j'arrive à l'atelier de Guillermo le lendemain après-midi – il n'a pas l'air d'être au courant que je suis en vacances, mais je n'ai envie d'aller nulle part ailleurs –, je trouve un bout de papier collé à la porte indiquant : « Bientôt de retour – GG. »

J'ai passé la matinée à suçoter des citrons anti-Oscar en tendant l'oreille, depuis l'autre bout de la ville, pour écouter ma pierre d'exercice me dire ce qu'elle avait dans le ventre. Jusqu'à présent, rien, pas le moindre message. Ni rien non plus entre Noah et moi depuis hier. Ce matin, il est parti avant même que je me réveille. En puisant dans l'argent de secours que nous laisse toujours papa à la maison pour les cas d'urgence. Ça promet.

Mais revenons-en au danger présent : Oscar. Je suis prête. En plus des citrons, pour me préparer à une éventuelle confrontation, j'ai potassé quelques infos concernant les pires maladies vénériennes. Avant de consulter ma bible :

Les gens aux yeux vairons sont des mufles et des traîtres.

(Oui, c'est de moi.)

Le dossier Oscar est clos.

Je longe le couloir d'un pas vif, ravie de tomber sur Granny et personne d'autre dans la salle du courrier. Elle porte une tenue magnifique. Jupe rayée droite. Pull à fleurs vintage. Ceinture en cuir rouge. Foulard à motif cachemire artistement noué autour du cou. Le tout surmonté d'un béret en feutre noir et de lunettes à la John Lennon. Exactement ce que je mettrais pour venir à l'atelier si je ne m'étais pas enfermée moi-même dans ce look sac à patates.

– Parfait, lui dis-je. L'incarnation du chic déglingué.

– Chic tout court aurait suffi. « Déglingué » heurte ma sensibilité. J'ai opté exprès pour ce style hippie bohème, typiquement 1969. Toute cette créativité artistique, cette confusion, ce désordre, ces hommes mystérieux venus de l'étranger, libèrent l'esprit libre qui est en moi, et je me sens pleine d'audace, prête à prendre tous les risques, très…

Je m'esclaffe. «C'est bon, j'ai compris.

— Non, je ne crois pas. J'allais dire "très Jude Sweetwine". Tu te souviens de cette fille intrépide?» Elle désigne ma poche. J'en sors le reste de bougie éteinte. Elle fait claquer sa langue avec désapprobation. «Ne mêle pas ma bible à tes projets mortifères.

— Il a déjà une copine.

— Tu n'en sais rien. Il est européen. Ils ont des mœurs différentes, là-bas.

— T'as jamais lu Jane Austen? Les Anglais sont encore plus coincés que nous, je te signale.

— Ce garçon m'a l'air tout sauf coincé.» Elle m'adresse un clin d'œil, plissant son visage entier. Les clins d'œil discrets, ça n'a jamais été son truc.

«Il a la trichomonase, dis-je en marmonnant.

— Personne n'a ça. Personne ne connaît l'existence de ce truc, à part toi.

— Il est trop vieux.

— La seule personne trop vieille, ici, c'est moi.

— En tout cas, il est trop sexy. *Beaucoup* trop sexy. Et il le sait. Tu as vu sa manière de s'adosser?

— Sa manière de quoi?

— De s'adosser au mur comme James Dean, de s'appuyer, quoi.» Je lui fais une rapide démonstration contre un pilier. «Et il conduit une moto. Il a un accent et les yeux vairons…

— David Bowie aussi a les yeux vairons!» Elle lève les bras, exaspérée. Granny a une passion pour

278

David Bowie. «C'est bon signe quand la mère d'un garçon parle de toi dans une prophétie.» Ses traits s'adoucissent. «Et il a dit que tu lui donnais des frissons, mon chou.

— Quelque chose me dit que sa copine aussi.

— Comment juger quelqu'un avant d'avoir pique-niqué avec lui?» Elle écarte les bras, comme pour désigner le monde entier. «Prends un panier, choisis un coin, et vas-y. C'est simple comme bonjour.

— C'est nul, oui», dis-je, repérant soudain l'un des carnets de notes de Guillermo sur une pile de courrier. Je me jette dessus, espérant y trouver une autre lettre adressée à Bien-Aimée. Rien.

«Faut-il vraiment manquer de cœur pour ne pas aimer les pique-niques! s'exclame-t-elle. On doit voir les miracles pour qu'ils existent, Jude.» Elle répétait cette phrase sans arrêt. C'est même la première chose qu'elle a consignée dans sa bible. Je ne suis pas du genre à voir les miracles. La dernière phrase qu'elle a écrite était: «Un cœur brisé est un cœur ouvert.» Je sais, d'une certaine manière, qu'elle l'a écrite pour moi, histoire de m'aider à surmonter sa mort. Mais ça n'a pas marché.

Jetez une poignée de riz en l'air, et comptez les grains qui retomberont dans votre main: c'est le nombre de personnes que vous aimerez dans la vie.

(Granny retournait le panneau «fermé» à la porte de sa boutique pendant nos séances de couture. Je m'asseyais sur ses genoux, à sa table dans l'arrière-salle, et je respirais son parfum floral tout en apprenant à couper, à draper et à piquer. «Tout le monde a un être préféré au monde, son seul et unique, et tu es le mien », me disait-elle. « Pourquoi moi ? » lui demandais-je chaque fois, et elle m'enfonçait son coude dans les côtes en me répondant une bêtise du style : « Parce que tu as de longs orteils, bien sûr. »

J'ai la gorge nouée. Je m'avance près de l'ange et, après lui avoir chuchoté mon vœu numéro deux à l'oreille – n'a-t-on pas droit à trois vœux, d'habitude ? –, je rejoins Granny devant le tableau. Pas Granny. Son fantôme. C'est différent. Il ne sait que ce que je sais de sa vie. Mes questions concernant Papy Sweetwine – il a abandonné Granny alors qu'elle était enceinte de papa – restent sans réponses, comme de son vivant. Comme beaucoup d'autres de mes interrogations. Maman disait que regarder une œuvre d'art, c'était moitié voir, moitié rêver. Même chose avec les fantômes, peut-être.

– En attendant, voilà un sacré baiser, dit-elle.

– Tu m'étonnes.

Nous soupirons de conserve, absorbées par nos pensées respectives – les miennes, à mon grand dam, mériteraient sans doute d'être classées X (ou classées O pour Oscar). Je n'ai vraiment pas envie de penser à lui, mais…

« Ça fait comment d'être embrassée comme ça ? » je lui demande. J'ai déjà embrassé un paquet de garçons, mais ça ne m'a jamais fait l'effet que décrit ce tableau.

Avant même qu'elle me réponde, j'entends : « Je me ferai un plaisir de te le montrer. Si tu renonces à ton boycott, bien sûr. En tout cas, je ne suis pas contre un essai. Même si tu es folle à lier. » Je détache ma main de ma bouche – à quel moment l'ai-je posée sur mes lèvres pour imiter les siennes ? – et, tournant à peine la tête, je découvre qu'Oscar a jailli hors de mon esprit pour apparaître, en chair et en os, sur la mezzanine. Il se tient appuyé (cette fois dans un axe avant/arrière nonchalant et irrésistible) contre la rambarde, son appareil photo braqué sur moi.

– Je voulais absolument être là avant que ça devienne vraiment chaud entre ta main et toi.

Non.

Je me sens vaciller, comme si j'étouffais à l'intérieur de moi-même.

– Je ne savais pas qu'il y avait quelqu'un !

– Ça, c'est sûr, réplique-t-il en se retenant de rire.

Oh, non. Je devais avoir l'air complètement tarée, à parler dans le vide ! Mon visage s'enflamme. Quelle proportion de la conversation a-t-il entendue ? Enfin, conversation… si on peut dire. Oh, oh. Et depuis combien de temps étais-je en train de rouler des pelles à ma *main* sans m'en rendre compte ? Sait-il que je pensais à lui ? Que je m'imaginais en train de l'embrasser ? Il poursuit : « J'ai de la chance d'avoir un objectif puissant. Rien ne lui échappe. Wouah, les oranges, quand même… Si j'avais su, j'aurais fait des économies monstrueuses en parfum, en dîners aux chandelles, etc. »

Il sait.

– Tu pars du principe que je pensais à toi, dis-je.

– En effet.

Je roule des yeux.

Il met ses deux mains sur la rambarde.

– À qui tu parlais, CJ ?

– Oh, ça…

Comment répondre ? J'ignore pourquoi mais, comme avec Guillermo hier, je décide d'opter pour la franchise. « Avec ma grand-mère. Elle était de passage. »

Il émet un son étrange, un genre petit rire étouffé.

Je ne sais pas ce qui se passe sur son visage parce que je n'ose pas regarder dans sa direction. « Vingt-deux pour cent de la population mondiale voit des fantômes, dis-je en m'adressant au mur. Ça n'a rien d'inhabituel. Une personne sur quatre. Et je ne passe pas mon temps à taper la discute avec les fantômes. Juste avec ma mère et ma grand-mère, sauf que ma mère n'apparaît jamais devant moi, elle se contente de casser des trucs. Excepté l'autre jour, quand elle m'a récité tout un poème. » J'expire. J'ai les joues en feu. J'y suis peut-être allée un peu fort, pour le coup.

« Quel poème ? » demande-t-il. Pas la réaction à laquelle je m'attendais.

« Juste un poème », dis-je. Lui dire lequel me semble trop personnel, même après lui avoir avoué que je communiquais avec les morts.

S'ensuit un silence durant lequel mon oreille guette le bruit éventuel de la tonalité indiquant qu'il vient d'appeler police secours. « Je suis désolé qu'elles soient décédées toutes les deux, CJ », dit-il d'un ton sincère et grave. Je lève les yeux vers lui, m'attendant à voir briller dans son regard une lueur de pitié envers la pauvre petite fille privée de sa maman, mais ce n'est pas du tout ce que j'y lis.

Je crois bien que sa mère est morte, tout compte fait. Je détourne le regard.

282

La bonne nouvelle, c'est qu'il semble avoir oublié que je me léchais la main. La mauvaise, c'est que je suis en train de me repasser mentalement le fil de la conversation qu'il vient d'entendre. J'aurais encore mieux fait de lui écrire une lettre d'amour. Je ne sais pas quoi faire, si ce n'est me cacher derrière mes mains. En cas d'urgence, recourir à la bonne vieille méthode de l'autruche. « Qu'as-tu entendu exactement, Oscar ?

— Eh, ne t'inquiète pas pour ça, dit-il. J'ai pas entendu grand-chose. Je dormais quand ta voix est venue me chatouiller dans mes rêves. »

Dit-il la vérité ? Ou est-ce juste par gentillesse ? Il est vrai que je ne parle pas très fort. Je m'évente avec la main. Le temps qu'il descende nonchalamment l'escalier. Pourquoi se déplace-t-il toujours aussi lentement ? Sérieusement. Il est impossible de ne pas le regarder, de ne pas s'attarder sur le moindre de ses mouvements, de ne pas guetter son arrivée…

Il se glisse juste derrière moi, comme une ombre.

Pas sûr que le dossier Oscar soit tout à fait refermé. Je n'avais pas envisagé une telle proximité. Ne vient-il pas d'affirmer qu'il serait ravi de m'embrasser comme sur le tableau ? Je me souviens avec précision des termes qu'il a employés : « En tout cas, je ne suis pas contre un essai. »

« Alors, quel était ton vœu ? me demande-t-il. Je t'ai vue communiquer avec l'ange, en plus de ta grand-mère. » Il parle d'une voix grave, soyeuse et intime. Si j'ouvre la bouche pour lui répondre, je suis fichue.

Il me regarde d'une manière qui devrait être

interdite ou brevetée, et qui affecte gravement ma mémoire puisque j'en oublie soudain mon nom, mon espèce, et toutes les raisons susceptibles d'inciter une fille comme moi à boycotter les garçons. Pourquoi suis-je aussi insouciante du malheur qui risque de m'arriver? Tout ce que je veux, c'est plonger mes doigts dans sa tignasse brune, caresser le cheval bleu dans son cou, presser mes lèvres contre les siennes comme Sophia.

Sophia.

Je l'avais complètement oubliée, celle-là. Et on dirait que lui aussi, à en juger par la manière dont il continue à me regarder. Quel mufle. Quel affreux menteur. Quel sale petit hypocrite de séducteur à deux balles de mystificateur de merde!

– J'ai fait du jus avec les oranges que tu as mises dans mon sac, lui dis-je, retrouvant enfin mes esprits. Je les ai broyées jusqu'à la dernière goutte.

– Aïe.

– Ça t'amuse de faire ça?

– Quoi donc?

– Tout ça, ce petit jeu, ce personnage. Cette voix. Ce regard posé sur moi comme si j'étais un… un… donut. Cette intimité. C'est vrai, on se connaît à peine. Sans parler de ta copine, tu te souviens?

Je parle trop fort. J'aboie. Qu'est-ce qui m'arrive?

«Mais je ne fais rien. (Il lève les mains, comme s'il se rendait.) Je ne joue aucun personnage. C'est bien ma voix. Je sors du lit. Et je ne te confonds d'aucune manière avec un donut, fais-moi confiance. Je ne te baratine pas. Je respecte ton boycott.

– Tant mieux, car je ne suis pas intéressée.

– Tant mieux, car mes intentions sont honorables. » Il marque une pause, puis reprend : « Tu n'as jamais lu Jane Austen ? Les Anglais sont encore plus coincés que les Américains, pas vrai ? »

Je ravale mon souffle. « Je croyais que tu n'avais rien entendu !

– J'ai dit ça par pure politesse. Nous, les Anglais, on est coincés *et* polis. » Il me sourit de toutes ses dents. « Je n'en ai pas perdu une miette, du premier mot jusqu'au dernier.

– Il ne s'agissait pas de toi….

– Ah, non ? De l'autre type qui conduit une moto, qui a les yeux vairons, qui se tient comme James Dean ? Merci, au fait. C'est la première fois qu'on commente ma façon de me tenir adossé contre un mur. »

Je n'ai aucune idée de la manière dont je vais me sortir de là, excepté prendre la fuite. Je pivote sur mes talons et me dirige vers la cellule.

« Qui plus est, poursuit-il en riant, tu me trouves sexy. *Trop* sexy, d'ailleurs. "Beaucoup trop sexy", pour reprendre ton expression. » Je referme la porte derrière moi, mais je l'entends quand même. « Et je n'ai pas de copine, CJ. »

Il se paie ma tête ou quoi ?

– Sophia est au courant ? je lui crie.

– Bien sûr que oui ! me répond-il sur le même ton. On a cassé !

– Quand ça ?

On se hurle dessus, chacun d'un côté de la porte.

– Oh. Il y a plus de deux ans !

Deux ans ? Mais… ce baiser. N'était-il pas si long et langoureux, alors ? Le stress peut altérer notre sens des perceptions – je le sais. « On s'est rencontrés à une soirée et je crois que notre histoire a duré cinq jours.

– C'était un record pour toi ?

– Mon record est de neuf jours, si tu veux tout savoir. Et je ne savais pas que tu faisais partie de la police de la moralité ! »

Je m'allonge sur le ciment froid et me laisse envahir par tous les grains de poussière contaminés, les microbes et les spores de moisissures. Dans ma tête, ça carbure à toute vitesse. Sauf erreur de ma part, on vient de se disputer, lui et moi. Je ne m'étais disputée avec personne, depuis maman. Ce n'est pas désagréable.

Son record est de neuf jours. Oh, nom de Dieu de nom de Dieu. Il est *ce genre de mec*.

J'essaie de me ressaisir, je me demande quand Guillermo va rentrer, je m'efforce de me concentrer sur les raisons de ma présence ici, sur mon projet de sculpture, de m'interroger sur ce que contient mon bloc d'entraînement et non sur la révélation qu'Oscar et Sophia *ne sortent pas ensemble* ! – quand, soudain, la porte s'ouvre et Oscar fait son entrée en brandissant un torchon maculé de terre glaise.

Il lève un sourcil en me découvrant allongée par terre comme un cadavre, mais il ne dit rien. « J'agite le drapeau blanc, déclare-t-il en me montrant son torchon, lequel est tout sauf blanc. Je viens en paix. (Je me redresse sur mes coudes.) Écoute, tu avais raison. Enfin, en partie. C'est du bluff. Je ne suis qu'un personnage. Toujours en train de jouer un rôle. Disons, à quatre-vingt-dix-huit pour cent. Mes intentions sont rarement honorables. Ce n'est pas si mal de me faire démasquer, pour une fois. (Il marche vers le mur.) Prête ? Attention, mesdames et messieurs : je m'adosse ! » Il appuie une épaule contre le mur, bras croisés, tête penchée, yeux plissés, encore plus James Dean que ne l'était James Dean lui-même. Je ne peux pas m'empêcher de rire, ce qui était le but. Il sourit. « Bien. Poursuivons. »

Il abandonne sa pose et se met à arpenter la pièce minuscule, genre avocat en pleine plaidoirie. « Il faut que je te parle des oranges *et* du ruban rouge à ton poignet *et* de cet oignon improbable que tu transportes depuis des jours… » Il me jette un regard entendu, puis sort de la poche avant de son jean un coquillage dentelé en forme de conque. « Je tiens à t'informer que je ne me déplace jamais sans le coquillage magique de ma mère car, sinon, j'en mourrai, probablement en l'espace de quelques minutes. » J'éclate de rire à nouveau. Son charme a un pouvoir alarmant. Il me jette le coquillage. « En outre, j'ai de grandes conversations avec elle dans mes rêves, encore trois ans après sa mort. Des fois, je fais la sieste en plein après-midi, comme aujourd'hui, juste pour voir si on va se parler. Tu es la seule personne à qui je l'avoue, mais je te devais bien ça, étant donné le nombre de fois où je t'ai espionnée. » Il s'avance et me reprend son coquillage des mains avec un sourire gamin, adorable. « Je *savais* que tu essaierais de me le voler. Pas question. C'est ce que je possède de plus précieux au monde. » Il le remet dans sa poche, me domine de toute sa hauteur, les yeux brillants, avec un sourire immense, anarchique, totalement irrésistible.

Dieu. Ayez. Pitié. De. Mon. Âme. Boycotteuse.

L'instant d'après, on se retrouve nez à nez et il s'allonge sur le ciment sale à côté de moi. Oui. Ma gorge produit un son seulement comparable à un couinement de joie. Il a croisé ses bras sur sa poitrine et fermé les yeux, imitant ma posture quand il est entré il y a un instant. « Pas mal, dit-il. On se croirait à la plage. »

Je reprends la pose à mon tour. « Ou dans nos cercueils.

— Ce que j'aime chez toi, c'est que tu vois toujours les choses du bon côté. »

Nouvel éclat de rire. « Très flattée que tu sois venu t'allonger à côté de moi », dis-je. Je vois les choses du bon côté, je me sens du bon côté, je ne connais personne d'autre qui aurait fait ce qu'il vient de faire. Ou qui transporte un coquillage dans sa poche pour ne pas mourir. Ou qui va se coucher exprès pour pouvoir parler à sa mère morte.

Un silence complice nous enveloppe. Vraiment complice, comme si on avait passé des siècles à s'allonger par terre côte à côte comme des cadavres.

« Le poème était d'Elizabeth Barrett Browning.

— *Comment t'aimé-je ?* susurre-t-il. *Laisse-moi t'en compter les façons…*

— Oui, c'est le bon », dis-je en songeant surtout : *C'est toi le bon.* Et certaines pensées, une fois qu'elles se nichent dans votre esprit, sont très difficiles à désinstaller. « Tu as raison, on se

croirait sur la plage», dis-je, de plus en plus extatique. Je roule sur le flanc, pose ma main sous ma
joue et contemple secrètement le visage démen-
tiel d'Oscar. Jusqu'à ce qu'il entrouvre une paupière et surprenne mon regard adorateur – prise
la main dans le sac, semble dire son sourire. Il
referme l'œil. «À part ça, je ne t'intéresse pas...

– C'est vrai! je m'écrie en retombant sur la
plage de sable. Simple curiosité artistique. Ton
visage est si atypique.

– Et le tien est beau à couper le souffle.

– Quel play-boy, dis-je, effervescente.

– C'est ce qu'on dit.

– Et qu'est-ce qu'on dit d'autre?

– Hmm. Hélas, on a dit récemment qu'il vau-
drait mieux que je m'éloigne de toi sous peine de
castration.» Il s'assoit et se met à parler avec les
mains, comme Guillermo. «*Castration, Oscore!
Compris? Tu as déjà vu moi utiliser la scie circulaire, oui?*» Il se relâche, redevient lui-même.
«Ce qui explique d'ailleurs pourquoi je suis entré
en agitant le drapeau blanc. Je suis un champion
pour tout faire foirer, or je n'ai pas envie de foirer,
cette fois. Tu es la seule personne, excepté moi, à
faire rire G. depuis des années. Le fait qu'il décide
d'enseigner à nouveau est un miracle. Comme
de marcher sur l'eau, CJ. Tu n'as pas idée. (Un
miracle?) C'est à croire que tu l'as ensorcelé.
Que tu projettes de la magie autour de toi... C'est
dingue. Il va mieux. Il sort d'une longue période
de rage destructrice. (Est-il possible que je sois la
prairie de Guillermo, comme il est la mienne?)
Et puis, on sait maintenant que vous bavardez
tous les deux avec des gens invisibles, ajoute-t-il

avec un clin d'œil. Bref, pour exaucer ta requête et la sienne, voilà comment les choses vont se passer dorénavant : chaque fois que j'aurai envie de te demander de m'accompagner dans un bâtiment désaffecté, de t'embrasser, de plonger mon regard dans tes prunelles surnaturelles, d'imaginer à quoi tu peux bien ressembler sous les sacs à patates informes dont tu es toujours affublée ou de te plaquer sur un sol répugnant comme si ta vie en dépendait, je disparaîtrai aussitôt sur mon ballon sauteur. D'accord ? (Il me tend la main.) On sera amis. Juste amis. »

C'est ce qu'on appelle envoyer des signaux mixtes. Ce garçon est une montagne russe ambulante.

Pas d'accord, non, pas d'accord du tout ! « D'accord », dis-je en lui serrant la main uniquement pour pouvoir le toucher.

Les secondes passent, nos mains s'entre-croisent et je me sens électrisée. Alors, il m'attire lentement vers lui, me fixe droit dans les yeux malgré son serment d'il y a une minute à peine, et une boule de chaleur explose dans mon ventre. Je sens mon corps s'ouvrir comme une fleur. Est-ce qu'il va m'embrasser ? Oui, non ?

« Wow, dit-il en lâchant ma main. Je ferais mieux d'y aller.

— Non, attends. Reste. » Les mots jaillissent de ma bouche avant que je puisse les retenir.

« Et si je m'asseyais là, plutôt, à l'abri de toute tentation ? dit-il en reculant de quelques pas. Je t'ai expliqué que j'avais du mal à contrôler mes impulsions ? ajoute-t-il en souriant. Et là, j'ai une impulsion terrible, CJ.

– On n'a qu'à juste bavarder », dis-je. Je sens mon cœur cogner à tout rompre. « La scie circulaire, tu te souviens ? » Son rire pirouette à travers la pièce. « J'adore ta façon de rire, dis-je sans réfléchir. C'est… c'est vraiment…

– Tu ne me facilites pas les choses. Garde tes compliments pour toi, je t'en prie. Oh ! s'exclame-t-il soudain en se penchant vers moi. Je sais ! Une idée. » Il tire sur mon bonnet de manière à dissimuler tout mon visage et une partie de mon cou. « Voilà. Parfait. On peut discuter, maintenant. »

Sauf que je me marre derrière mon bonnet, et lui aussi, un fou rire incontrôlable qui nous transporte tous les deux très loin. Je ne crois pas m'être sentie aussi heureuse depuis des siècles.

Ça donne chaud de rire à gorge déployée sous un bonnet de laine, alors je finis par le relever et je vois Oscar, son teint grêlé de taches, ses yeux humides d'avoir trop ri, et je me sens submergée par un sentiment que je peux seulement décrire comme de la reconnaissance. Parce que j'ai l'impression de le reconnaître pas seulement de l'extérieur, mais aussi de l'intérieur.

Rencontrer son âme sœur, c'est comme entrer dans une maison où on serait déjà allé : on reconnaît les meubles, les images accrochées aux murs, les livres sur les étagères, les contenus des tiroirs. On pourrait y retrouver son chemin dans le noir, s'il le fallait.

– Donc, si tu joues un rôle quatre-vingt-dix-huit pour cent du temps, dis-je, retrouvant mon calme, qui es-tu pendant les deux pour cent qui restent ?

Cette question semble chasser la dernière trace de rire sur son visage, et je regrette déjà de l'avoir posée.

– Celui-là, personne ne le rencontre jamais, dit-il.

– Pourquoi ?

Il hausse les épaules.

– Il faut croire que tu n'es pas la seule à te planquer.

– Qu'est-ce qui te fait penser que je me planque ?

– Rien, je le sais, c'est tout. Peut-être à force de passer tout mon temps avec tes photos. Elles sont très révélatrices.

Il me dévisage, intrigué. « Et si *toi*, tu m'expliquais pourquoi tu te planques ? »

Je pèse le pour et le contre. « Maintenant qu'on est bons amis, *juste* bons amis… C'est toi, l'ami fidèle que je peux appeler si je me retrouve avec un cadavre et un couteau ensanglanté sur les bras ? »

Il me sourit. « Oui. Je ne te dénoncerai jamais. En aucune circonstance.

– Je te fais confiance. » Cette déclaration m'étonne moi-même et, à en juger par l'expression de son visage, j'en déduis qu'il ne s'y attendait pas non plus. Comment puis-je accorder ma confiance à quelqu'un qui avoue passer quatre-vingt-dix-huit pour cent de son temps à jouer un rôle ? Mystère. « Moi non plus, je ne te dénoncerais pas. En aucune circonstance.

– Tu pourrais, pourtant. J'ai fait des trucs vraiment moches.

– Moi aussi », dis-je. Et tout à coup, j'éprouve une envie irrésistible de me confier à lui.

Écris tes péchés sur des pommes encore accro-
chées aux branches; quand elles tomberont, ta
culpabilité et tes remords s'effaceront.

(Nous n'avons pas de pommiers à Lost Cove.
J'ai essayé avec un prunier, un abricotier et un
avocatier. Mes remords sont toujours là.)

– Eh bien, dit-il en fixant ses mains, si ça peut
te rassurer, je suis sûr que mes trucs moches à
moi sont bien pires que les tiens.

Je m'apprête à répondre quelque chose, à le
contredire, mais le malaise que je lis dans ses
yeux me réduit au silence. «Quand ma mère était
malade, reprend-il lentement, on ne pouvait se
payer qu'une infirmière de jour. Ma mère ne pouvait plus aller à l'hôpital et la sécurité sociale ne
couvrait plus ses frais médicaux. Donc, la nuit,
c'est moi qui m'occupais d'elle. Sauf que je me
suis mis à gober ses médocs par poignées. J'étais
défoncé en permanence – je n'exagère pas : en
permanence. (Sa voix devient bizarre, tendue,
blanche.) On était seuls, elle et moi, sans aucune
autre famille. (Il marque une pause, inspire profondément.) Une nuit, elle s'est levée de son lit,
sans doute un besoin pressant à soulager, mais
elle est tombée et elle n'a pas pu se relever. Elle
était trop faible, trop malade. (Il déglutit. La
sueur luit à son front.) Elle a passé quinze heures
par terre, grelottant, mourant de faim et souffrant
le martyre, à m'appeler *au secours* alors que j'étais
défoncé dans la pièce d'à côté. – Il expire. – Et ce
n'est qu'une simple anecdote. Je pourrais écrire
un bouquin entier. »

Cette simple anecdote a bien failli l'étrangler. Et moi aussi. Nous respirons tous les deux trop vite, et je sens son désespoir m'envahir comme si c'était le mien.

– Je suis désolée, Oscar.

Cette prison de culpabilité dont me parlait la conseillère pédagogique, il est enfermé dedans, lui aussi.

«Nom de Dieu.» Il presse ses paumes contre son front. «Je n'arrive pas à croire que je viens de te raconter un truc pareil. Je n'en parle jamais. Avec personne, même pas G., même pas aux réunions.» Une émotion différente anime ses traits. «Tu vois? Mieux vaut que je joue mon personnage, pas vrai?

– Non. Je veux tout connaître de toi. À cent pour cent.»

Ces mots le déstabilisent encore plus. Il ne veut pas se dévoiler entièrement devant moi, si j'en juge par l'expression de son visage. Pourquoi ai-je dit cela? Je baisse les yeux, embarrassée. Quand je les relève, je vois qu'il s'est mis debout. Il évite mon regard.

«J'ai du boulot à finir là-haut avant mon service à *La Lune*», dit-il, déjà à la porte. Il a visiblement hâte de me fuir.

«Tu bosses dans ce café?» je lui demande, alors que j'ai plutôt envie de lui dire: «Je te comprends. Je sais ce qu'est la honte. Les sables mouvants de la honte.»

Il hoche la tête. Incapable de me retenir, je lui lance: «Tu m'as dit que c'était moi, le premier jour, à l'église. Qu'est-ce que ça voulait dire? Et comment ta mère a-t-elle pu prophétiser notre rencontre?»

Mais il secoue la tête et sort de la pièce.

Je me souviens alors que j'ai encore la lettre de Guillermo à Bien-Aimée dans ma poche. Je l'ai arrachée du carnet et enroulée avec un ruban rouge. Je n'avais pas compris pourquoi – jusqu'à maintenant.

Pour ravir son cœur, glisse la plus belle lettre d'amour jamais écrite au monde dans la poche de sa veste.

(Oui, je rajoute mes propres conseils en direct. Ai-je le droit ? Est-ce une bonne idée ?)

« Hé, Oscar, une seconde ! » Je le rattrape dans le couloir et lui époussette le dos de son blouson. « Le sol était vraiment sale », dis-je en glissant les mots brûlants de passion dans sa poche. Avec l'impression d'appuyer sur le bouton PLAY de ma vie.

Je fais ensuite les cent pas en attendant le retour de Guillermo pour pouvoir enfin sculpter, et en attendant qu'Oscar trouve la lettre et qu'il me tombe dans les bras ou prenne la fuite. Une vanne s'est ouverte au fond de moi et quelque chose s'en échappe ; je me sens si différente de la fille au boycott qui est entrée dans ce studio avec un morceau de bougie éteinte dans sa poche pour éteindre ses sentiments amoureux. Je repense à cette conseillère qui m'avait dit que je vivais dans ma maison au fond des bois sans porte ni fenêtres. Aucun moyen d'y entrer ou d'en sortir, avait-elle ajouté. Mais elle se trompait : les murs peuvent s'effondrer.

Et là, soudain, à l'autre bout du studio, c'est

comme si ma pierre d'entraînement s'était emparée d'un mégaphone pour m'informer de ce qu'elle recélait à l'intérieur.

Ce qui sommeille dans le cœur sommeille
dans la pierre.

C'est une autre sculpture que je dois réaliser d'abord. Et il ne s'agit pas de ma mère.

Je suis entourée de géants.

Au centre de la petite cour trône l'un des couples encore inachevés de Guillermo et, tout au fond, se trouve un autre mastodonte intitulé *Trois Frères*. Je me fais violence pour ne pas les regarder dans les yeux tandis que Guillermo me montre diverses techniques sur ma pierre d'entraînement. Disons juste que ces trois frères-là n'ont rien de très joyeux. Je me suis affublée de tous les équipements de protection que j'ai pu trouver : combinaison en plastique, lunettes et masque chirurgical. J'ai mené ma petite enquête sur les risques de la sculpture sur pierre, hier soir, et je suis étonnée que la moyenne de vie des sculpteurs dépasse l'âge de trente ans. Pendant que Guillermo m'explique comment ne pas abîmer la surface de la roche, comment utiliser la râpe, comment appliquer la technique dite du quadrillage, comment choisir le burin le plus approprié à chaque tâche et les angles les mieux adaptés aux différents styles de sculpture, j'essaie en vain de ne pas penser à Oscar et à la lettre d'amour volée que je lui ai donnée. Sans doute pas mon idée la plus brillante – je parle à la fois du vol de la lettre et du don que j'en ai fait. Problème de contrôle des impulsions, clairement.

Tout en m'efforçant de la jouer subtile, je réussis à glisser quelques questions à propos d'Oscar entre deux autres sur la position du burin ou l'élaboration de la maquette. J'en tire les infos suivantes : il a dix-neuf ans. Il a quitté le lycée en Angleterre, a passé une équivalence ici et est désormais en première année à l'université de Lost Cove où il étudie principalement la littérature, l'histoire de l'art et la photo. Il a une chambre à la cité U, mais il lui arrive encore de venir dormir à l'atelier.

Hélas, je n'ai pas été aussi subtile que je le croyais avec mes questions, car Guillermo me prend par le menton, me regarde fixement et déclare : «Oscore? Il est comme mon...» Il presse son poing contre son cœur pour finir sa phrase. Comme son cœur? Son fils? «Il a tombé dans mon nid quand il est très jeune, une vie très difficile. Il n'avait personne. (Son visage est plein de tendresse.) C'est très bizarre, avec Oscore. Quand je n'ai plus envie de voir personne, j'ai encore envie de voir lui. Je ne m'explique pas ça. Et lui très bon joueur d'échecs. (Il se tient la tête comme s'il souffrait d'une migraine.) Je veux dire, vraiment très *très* bon. Ça me rend fou. (Il me regarde.) Mais écoute bien. Si j'avais une fille, je ne voudrais même pas qu'elle habite dans la même ville que lui. Compris? Hmm?» Message reçu cinq sur cinq. «Quand Oscore inspire, les filles accourent vers lui de partout, et quand il expire... – il mime un geste d'expulsion, comme pour imiter un souffle puissant repoussant les filles, chassées, balayées… expulsées –, il est trop jeune, trop bête, trop insouciant. J'étais pareil, autrefois. J'ai compris les femmes, l'amour, seulement beaucoup plus tard. Compris ?

– Compris. » J'essaie de masquer la déception qui m'envahit. « Je prendrai des bains de vinaigre, j'avalerai des œufs crus et je me mettrai à la recherche d'un nid de guêpes pour le porter sur ma tête.

– Je ne comprends pas, dit-il.

– Pour inverser l'inclination de mon cœur. Vieille tradition familiale. »

Il rit. « Ah. Très bon. Dans ma famille, on souffre, et c'est tout. »

Il dépose un sac de glaise sur ma table et m'ordonne de façonner mon modèle, avant toute chose, maintenant que je sais ce qui se cache dans ma pierre.

La sculpture que je visualise est formée de deux corps ronds, épaule contre épaule, tout en rondeurs et en courbes pleines, torses rebondis habités du même souffle, têtes en l'air, regards tournés vers le ciel. Le tout sur trente-cinq centimètres de hauteur et de largeur. Dès que Guillermo s'en va, je m'attelle au modelage et, très vite, j'en oublie Oscar-le-garçon-qui-expulse-les-filles, l'histoire terrible qu'il m'a racontée, les sentiments qui m'ont traversée dans cette cellule de prison avec lui et la lettre que j'ai glissée dans sa poche : il n'y a plus que moi et NoahetJude.

C'est la sculpture que je dois réaliser en premier.

Une fois mon modèle terminé, des heures plus tard, Guillermo l'inspecte puis, à l'aide d'un crayon, marque des points sur ma pierre pour me désigner l'endroit où il me faudra tailler les épaules et les têtes. Ensemble, on décide que l'épaule extérieure du garçon sera le premier point d'entrée. Après quoi, il me laisse me débrouiller seule.

Et les premiers effets ne se font pas attendre.

À la seconde où mon marteau frappe le burin pour trouver NoahetJude, je repense au jour où mon frère a failli se noyer.

C'était juste après la mort de maman. J'étais occupée sur la machine à coudre avec Granny Sweetwine, l'une de ses premières visites. Je peaufinais l'ourlet d'une robe quand j'ai eu l'impression que la pièce autour de moi me secouait – je ne trouve pas d'autre expression pour décrire ce phénomène. Granny m'a soufflé : *Vas-y*, mais sa voix m'a fait l'effet d'une tornade. J'ai bondi de ma chaise, sauté par la fenêtre et couru jusqu'à la plage ; mes pieds ont foulé le sable à l'instant où Noah heurtait la surface de l'eau. Et il n'est pas ressorti. Je l'avais pressenti. Je n'avais jamais eu aussi peur de toute ma vie, pas même à la mort de maman. J'avais du liquide bouillant dans les veines.

Je frappe le burin avec mon marteau. Je vois un éclat de pierre se détacher, je me revois courir dans les vagues en ce jour d'hiver. J'ai nagé à toute vitesse, bien que gênée par mes vêtements, avant de plonger à l'endroit où il avait coulé, repoussant l'eau à chaque brasse et m'efforçant de me concentrer sur les courants, les contre-courants, les tourbillons et tout ce que m'avait appris mon père. Je me suis laissée dériver, je suis redescendue, remontée puis redescendue, jusqu'à ce que je tombe enfin sur Noah, flottant sur le dos, vivant, mais inconscient. Je l'ai ramené sur la côte en nageant d'un seul bras, entraînée chaque fois un peu plus vers le fond par sa masse inerte, nos deux cœurs battant à l'intérieur de moi ; puis, une fois sur la plage, j'ai pressé son sternum de mes mains tremblantes, j'ai soufflé dans sa bouche humide et glacée et, quand il est revenu à lui, à la seconde où j'ai su qu'il allait s'en tirer, je l'ai giflé de toutes mes forces.

Car comment avait-il osé faire une chose pareille ?

Comment avait-il pu décider de m'abandonner, seule, ici ?

Il m'a soutenu qu'il n'avait pas l'intention de se tuer, mais je ne l'ai pas cru. Ce premier saut était différent de tous ceux qu'il a effectués par la suite. Cette fois-là, il voulait en finir. Je le sais. Sa décision était prise. Il avait choisi de quitter cette vie. De me quitter, moi aussi. Et ça aurait marché si je ne l'avais pas traîné sur le sable.

Je crois que la vanne qui s'est ouverte pendant ma discussion avec Oscar vient de lâcher pour de bon. Je cogne sur mon burin avec une force telle que mon corps vibre de la tête aux pieds, à l'unisson du monde.

Noah avait cessé de respirer. J'ai donc passé quelques secondes à vivre sans lui.

Pour la première fois. Même dans le ventre de notre mère, jamais nous n'avions été séparés. Terreur n'est pas un terme assez fort pour décrire ce que je ressentais. Fureur non plus. Chagrin – non. Aucun mot ne s'en approche.

Il n'était pas là. Il n'était plus avec moi.

Je transpire dans ma combinaison en plastique à chaque coup de marteau sur le burin, j'y mets toute ma puissance, j'en oublie les histoires d'angles et tout ce que Guillermo vient de m'apprendre, je ne pense plus qu'à la rage que m'inspirait Noah. Elle me collait à la peau, impossible de m'en débarrasser, et elle ne faisait que croître au moindre de ses actes. Au désespoir, je m'étais tournée vers la bible de Granny, mais j'avais beau mettre des cynorhodons dans mon thé, cacher des lapis-lazuli sous mon oreiller, je ne décolérais pas.

Et je la sens me submerger de nouveau, à mesure que je tape, que je tire Noah hors de l'océan, que je fais voler la pierre en éclats, pour nous faire sortir de là, de ces eaux traîtresses, de cette roche suffocante, pour nous libérer, quand j'entends : « Et c'est pour ça que tu as fait ce que tu as fait ? » Maman et Granny, de conserve. Depuis quand forment-elles un binôme ? Un chœur ? Elles répètent leur question, leurs voix mêlées en un duo accusateur dans ma tête. « Hein, c'est pour ça ? Parce que c'est arrivé juste après. Nous t'avons vue faire. Tu te croyais sans témoin. Mais nous étions là. » Je positionne le burin de l'autre côté du bloc et tente de les faire taire à coups de marteau, mais je n'y arrive pas. « Fichez-moi la paix, je lâche dans un souffle tout en ôtant ma combinaison plastifiée, mes lunettes et mon masque. Vous n'êtes pas réelles. »

J'entre dans l'atelier en titubant, comme à la dérive, en espérant que leurs voix ne vont pas me suivre, plus trop sûre de savoir si c'est vraiment moi qui les invente… et même plus trop sûre de rien, à vrai dire.

À l'intérieur, Guillermo est absorbé par la conception d'une autre œuvre en argile – pour l'instant, un homme, recroquevillé sur lui-même. Mais un détail cloche.

Guillermo se tient recourbé par-dessus l'homme recourbé. Ses mains travaillent le visage par-derrière et il parle en espagnol, d'un ton de plus en plus hostile. Incrédule, je le vois lever le poing et l'abaisser dans le dos de sa statue, creusant un trou que je ressens jusque dans mon échine. Les coups continuent à pleuvoir. « Ce type est complètement enragé », m'a dit Oscar. Je repense aux murs défoncés du bureau traversé par le cyclone, aux vitres brisées, à l'ange cassé. Il fait un pas de côté pour examiner les dégâts qu'il vient d'infliger à son œuvre et m'aperçoit du coin de l'œil. La violence qui anime ses poings brille dans ses yeux. Il me fait signe de partir.

Je me retire dans la salle du courrier, le cœur battant la chamade.

Non, cet endroit n'a rien à voir avec l'IAC.

Si c'est ce qu'il voulait dire par s'investir dans son art, si c'est aussi violent que ça, alors je ne suis pas sûre d'être à la hauteur.

Il est hors de question que je remette les pieds dans l'atelier pendant que Guillermo l'enragé tabasse un homme de glaise innocent, ou que je retourne dehors dans le patio pour subir les foudres de ma mère et de ma grand-mère, alors je monte à l'étage. Je sais qu'Oscar est parti, car j'ai entendu sa moto s'éloigner il y a une heure environ.

Le loft est plus petit que je l'avais imaginé. Ce n'est guère plus qu'une chambre à coucher, en réalité. Il y a des trous de punaise et des morceaux de pâte à coller sur les murs aux endroits précédemment occupés par des affiches ou des photos. Les étagères de livres ont subi un pillage en règle. Seules quelques chemises sont pendues dans l'armoire. Je repère une table avec un ordinateur et une espèce d'imprimante, sans doute un modèle spécialement conçu pour les tirages photo. Un bureau. Je marche jusqu'au lit, celui dans lequel il espérait rêver de sa mère tout à l'heure.

Les draps marron sont tout fripés, la couverture mexicaine roulée en boule, l'oreiller tout aplati dans sa taie délavée. Un lit de garçon triste. C'est plus fort que moi ; malgré les avertissements, les fantômes, les boycotts foireux et les expulseurs de filles, je m'allonge, pose ma tête sur l'oreiller d'Oscar et hume la trace infime de son odeur : poivrée, ensoleillée, merveilleuse.

Oscar ne sent pas la mort.

Je m'enfouis jusqu'aux épaules sous sa couverture et ferme les yeux. Je revois son visage, son air désespéré lorsqu'il m'a raconté ce qui s'était passé avec sa mère. Il était si seul dans cette histoire. Je le respire à pleins poumons, lovée dans l'espace où il rêve, submergée par une vague de tendresse. Et je comprends pourquoi il se renferme sur lui-même. Évidemment.

En rouvrant les yeux, je vois, sur sa table de nuit, la photo sous verre d'une femme aux longs cheveux gris coiffée d'un chapeau blanc à rebords mous. Elle est assise sur une chaise de jardin, une boisson à la main. Son verre est ruisselant de gouttes. Son visage, hâlé par le soleil, ressemble comme deux gouttes d'eau à celui d'Oscar. Elle rit aux éclats, et je devine qu'elle devait avoir le même rire aérien que lui.

— Pardonnez-lui, dis-je à sa mère en effleurant ses traits. Il en a vraiment besoin.

Elle ne répond pas. Contrairement à mes défuntes parentes. Et à ce propos, que m'est-il arrivé, dehors ? C'était comme si j'avais donné un coup de burin dans ma propre psyché. La conseillère pédagogique m'avait dit que les fantômes — elle avait prononcé le mot en dessinant des guillemets dans l'air avec ses doigts — sont souvent des manifestations de notre sentiment de culpabilité. Bien vu. Ou parfois, d'un profond manque intérieur. Bien vu aussi. Elle avait ajouté que le cœur surpassait l'esprit. Que l'espoir ou la peur surpassaient la raison.

Après la mort d'un être cher, il est vital de recouvrir tous les miroirs de la maison pour que l'âme du défunt puisse s'élever — sans quoi il restera éternellement coincé parmi les vivants.

(Je ne l'ai jamais dit à personne mais, quand maman est morte, non seulement je n'ai pas recouvert les miroirs, mais je suis allée acheter des dizaines de miroirs de poche. J'en ai mis partout dans la maison pour que son âme reste coincée parmi nous. Je le voulais de toutes mes forces.)

Je ne sais pas si j'invente moi-même mes fantômes, mais je sais que je n'ai plus envie de penser à ce qu'ils m'ont dit tout à l'heure. Je me mets donc à parcourir la pile de bouquins au pied du lit d'Oscar. Beaucoup d'ouvrages sur l'histoire de l'art, un peu de religion, quelques romans. Un manuscrit dépasse du tas. Il s'agit d'une dissertation, intitulée «L'impulsion extatique chez l'artiste». Dans le coin supérieur gauche de la page, on peut lire:

Oscar Ralph
Professeur Hendricks
HA 105
Université de Lost Cove

Je serre les feuilles contre ma poitrine. HA 105 – ma mère enseignait ce cours. C'est le module d'introduction à l'histoire de l'art pour les étudiants de première année. Si elle n'était pas morte, elle aurait rencontré Oscar, lu et noté sa dissertation, et l'aurait reçu dans son bureau pendant ses heures de permanence. Elle aurait adoré ce sujet: «L'impulsion extatique chez l'artiste». Ça me rappelle Noah. L'impulsion extatique, c'était tout lui. Il pouvait se prendre de passion pour une couleur, un écureuil ou le geste du brossage de dents. Je vais directement à la dernière page de la dissertation, où est inscrit un énorme A entouré d'un cercle rouge et assorti de ce commentaire: «Votre démonstration est captivante, monsieur Ralph!» C'est alors que je remarque le nom de famille d'Oscar. Oscar *Ralph*. Nom, prénom, qu'importe? Oscar est Ralph! *J'ai retrouvé Ralph*. J'éclate de rire. C'est un signe. C'est le destin. C'est un miracle, Granny! Clark Gable nous fait une sacrée blague.

Je me relève, légère comme une plume – j'ai retrouvé Ralph! – et je jette un coup d'œil par-dessus la rambarde de la mezzanine pour m'assurer que Guillermo n'est pas dans la salle du courrier, en train de m'écouter glousser toute seule. Puis je m'avance vers le bureau car, suspendu au dossier de la chaise, se trouve le blouson en cuir d'Oscar. J'enfonce ma main dans la poche et… pas de lettre. Ce qui signifie qu'il l'a lue. Ce qui signifie que mon estomac fait du rock acrobatique.

J'enfile sa veste; j'ai l'impression de me retrouver entre ses bras et je m'abandonne avec délice à la lourde étreinte du cuir, à son odeur… quand, baissant les yeux, je me retrouve soudain nez à nez avec *moi-même*. Étalée sur toute la surface du bureau. Il y a plusieurs photos bien alignées, certaines avec un Post-it jaune collé dessus. L'air se met à vibrer autour de moi.

Au milieu de tout ça, sur un autre Post-it, est inscrit: «La Prophétie».

La première photo montre un banc vide dans l'église où on s'est rencontrés. Le Post-it indique: «Elle m'a dit qu'on se croiserait dans une église. Certes, elle a peut-être dit ça pour m'obliger à mettre les pieds dans une église. Je revenais toujours dans celle-là pour photographier les rangées de bancs vides.»

Sur la deuxième photo, j'apparais, assise sur ce même banc. La légende précise: «Puis, un jour, ils n'ont plus été vides.» Sauf que je ne me reconnais pas moi-même. J'ai l'air, comment dire… pleine d'espoir. Et je ne me souviens pas de lui avoir souri comme ça. Je ne me souviens pas d'avoir jamais souri comme ça à qui que ce soit de toute ma vie.

La photo suivante a aussi été prise ce jour-là. Annotations sur le Post-it : « Elle m'a dit que je te reconnaîtrais tout de suite car tu serais lumineuse comme un ange. Oui, elle planait sous l'effet des médocs, et moi aussi – comme je te l'ai expliqué –, mais tu es lumineuse, c'est vrai. » J'examine cet autre moi qu'il a vu à travers l'objectif de son appareil, mais j'ai de nouveau beaucoup de mal à me reconnaître. Je vois une fille en pâmoison. Je ne comprends pas. Je venais tout juste de faire sa connaissance.

La quatrième photo est également de moi, prise le même jour, mais avant que je l'autorise à me photographier. Il avait dû le faire en douce. C'est le moment où je pose mon doigt sur mes lèvres pour lui intimer le silence, et mon sourire est aussi délictueux que le sien. La légende précise : « Elle m'a averti que je la trouverais un peu étrange. (Il a dessiné un smiley.) Ne m'en veux pas de te le dire, mais… tu es une fille étrange. »

Ha ! Il me fait le coup du « C'est pas pour critiquer » à sa façon, lui aussi.

C'est comme si son appareil photo avait trouvé cette autre fille, celle que j'aimerais être.

Sur la photo suivante, on me voit, aujourd'hui, dans la salle du courrier en train de parler à Granny, c'est-à-dire à personne. Il est indéniable sur cette image que la pièce est déserte, que je suis seule et complètement cinglée. Hum hum.

Mais sur le Post-it, il a écrit : « Elle m'a dit que je me sentirais comme ta famille. »

Il est donc venu ici imprimer ces photos et écrire ces petits mots juste après m'avoir dit au revoir tout à l'heure ? Il devait déjà brûler de me dire toutes ces choses alors même qu'il partait en coup de vent, comme un voleur.

Si tu rêves que tu prends un bain, tu tomberas amoureuse.

Si tu trébuches en montant un escalier, tu tomberas amoureuse.

Si tu entres dans la chambre de quelqu'un pour y découvrir des dizaines de photos de toi avec des messages adorables écrits dessus, tu tomberas amoureuse.

Je m'assois, un peu sous le choc. J'ose à peine croire qu'il éprouve des sentiments pour moi, lui aussi.

Je ramasse la dernière photo de la série. Nous deux, en train de nous embrasser. Oui, embrasser. Il a flouté le fond et ajouté des tourbillons de couleurs tout autour de nous pour nous faire ressembler... exactement au couple sur le tableau ! Comment a-t-il fait ça ? Il a dû utiliser une photo de moi en train d'embrasser ma main et s'incruster lui-même dedans.

Sur celle-ci, on peut lire : « Tu te demandais quel effet ça ferait. Eh bien, ça ~~ferait~~ fera cet effet-là. Je ne veux pas qu'on soit de simples amis. »

Moi non plus.

Oui, rencontrer son âme sœur est comme entrer dans une maison qu'on connaît déjà. Je reconnais absolument tout. Je pourrais sans problème retrouver mon chemin dans le noir. Ma bible est vraiment la plus forte.

J'emporte la photo du baiser. Je vais l'emmener avec moi à *La Lune* et lui dire que, moi non plus, je ne veux pas en rester là et…

J'entends des bruits de pas dans l'escalier, lourds, précipités, mêlés à des éclats de rire. J'entends Oscar dire : «J'adore quand ils n'ont pas besoin de moi. Mon deuxième casque est juste là. Tu n'auras qu'à mettre mon blouson en cuir, il va faire froid sur la moto.

– Trop contente qu'on ait enfin un moment tous les deux.» C'est une voix féminine. Et ce n'est pas celle de Sophia de Transylvanie. Oh, pitié, non. Je sens un truc dégringoler au fond de ma poitrine. Et je n'ai plus qu'une seconde pour prendre une décision. J'opte pour la solution qu'on voit dans les mauvais films : je me cache dans le placard juste avant que les boots d'Oscar n'atteignent le sommet des marches. Je n'aime pas du tout la manière dont cette fille a prononcé les mots «tous les deux». Mais alors pas du tout. Il s'en dégageait un sous-entendu très clair. Un sous-entendu à base d'embrasser ses lèvres, ses yeux, ses cicatrices, son beau cheval bleu tatoué.

Oscar : C'est marrant, j'étais persuadé que j'avais laissé mon blouson ici.

La fille : C'est qui ? Elle est jolie.

Des bruits de rangement, de trucs qu'on déplace. Est-il en train de virer toutes mes photos ?

La fille (avec une petite voix) : C'est ta meuf ?

Oscar : Oh, non. C'est personne. Simple projet photographique pour la fac.

Le coup de poignard en pleine poitrine.

La fille : T'es sûr ? Ça fait beaucoup de photos pour une seule fille.

Oscar : Je t'assure, c'est personne. Hé, viens par là. Sur mes genoux.

Viens par là, sur mes genoux ?

J'ai dit coup de poignard ? C'est plutôt un pic à glace.

Cette fois, je suis certaine qu'aucun donut n'est responsable des bruits suspects que j'entends. Et cette fois, je suis également certaine de ne pas confondre amitié et histoire d'amour, comme je l'ai fait avec Sophia. Je ne comprends pas. Non, vraiment pas. Comment le garçon qui a pris ces photos de moi et rédigé ces petits mots pour moi peut-il sortir avec une autre fille de l'autre côté de cette porte ? Je l'entends répéter le prénom Brooke entre deux soupirs. C'est l'horreur. Sans doute une rétribution karmique pour la dernière fois où je me suis retrouvée dans un placard dans lequel je n'aurais jamais dû entrer.

Je dois sortir de là.

Personne, mais alors absolument personne, n'ouvre brutalement la porte du placard. La fille bondit des genoux d'Oscar comme un chat affolé. Elle a de longs cheveux châtains et des yeux en amande qui lui sortent de la tête en me voyant. Elle reboutonne fébrilement son chemisier.

« CJ ? » s'exclame Oscar. Sa bouche est barbouillée de rouge à lèvres. Encore. « Qu'est-ce que tu fais ici ? Là-dedans ? » Excellente question. Hélas, j'ai perdu toute faculté de m'exprimer. Et, je crois, de bouger aussi. Je me sens pétrifiée d'effroi, épinglée comme un insecte mort. Oscar baisse les yeux vers ma poitrine. Sans m'en rendre compte, je serrais la photo du baiser contre moi. « Tu as vu, dit-il.

« – À part ça, c'est personne, hein ? lâche la dénommée Brooke en ramassant son sac pour le passer à son épaule, en vue d'un départ furieux et imminent.

– Attends !» lui lance Oscar. Mais son regard revient aussitôt vers moi. «La lettre de G., dit-il, tandis qu'un éclair de compréhension traverse son visage, c'est toi qui l'as mise dans ma poche ?»

Je n'avais pas pensé au fait qu'il reconnaîtrait l'écriture de Guillermo. Bien sûr.

«Quelle lettre ? dis-je d'une voix étranglée. Désolée, j'ajoute à l'intention de la fille. J'étais juste… oh, je ne sais pas trop ce que je faisais là, mais il n'y a rien entre nous. Rien du tout.» Il s'avère que mes jambes sont encore suffisamment fonctionnelles pour me permettre de descendre l'escalier.

J'ai traversé la moitié de la salle du courrier quand j'entends la voix d'Oscar résonner d'en haut : «Regarde dans l'autre poche !» Je ne me retourne même pas. Je m'engouffre dans le couloir, je sors en trombe de la maison, je longe l'allée et me retrouve sur le trottoir, pantelante et écœurée. J'ai les jambes comme du coton, c'est un miracle si j'arrive encore à marcher. Arrivée au bout de la rue, je craque, abandonnant toute dignité, et me mets à fouiller les poches du blouson : une boîte de pellicule pour appareil photo, des papiers de bonbon, un stylo. À moins que… Je palpe la doublure intérieure et sens une fermeture Éclair. Je l'ouvre, plonge ma main dedans et sors une feuille de papier pliée avec soin. Visiblement, elle était là depuis un moment. Je la déplie. C'est une photocopie couleur d'une de mes photos dans l'église. Celle où je souris comme une folle. Ça alors… il me garde avec lui ?

Mais une seconde. Quelle importance ? Aucune. Ça ne compte pas s'il choisit quelqu'un d'autre, s'il choisit d'être avec cette fille juste après m'avoir écrit ces choses incroyables, juste après ce qui s'est passé entre nous par terre dans la petite cellule – non pas que je sache comment qualifier ce moment, mais il s'est bien passé quelque chose, quelque chose de réel, de nos éclats de rire jusqu'aux échanges plus intenses qui m'ont donné le sentiment qu'il y avait peut-être, là, quelque part, une clé susceptible de nous ouvrir à tous les deux la porte de la liberté. Oui, j'ai vraiment eu ce sentiment.

Et puis : « C'est personne. » Et : « Viens là, t'asseoir sur mes genoux. »

Je l'imagine en train d'expulser Brooke, d'expulser des filles les unes après les autres, pour reprendre l'expression de Guillermo, comme il l'a fait avec moi, si bien qu'il peut maintenant m'expulser et me souffler aux quatre vents.

Je suis vraiment trop bête.

Les histoires d'amour existent bel et bien pour les filles au cœur noir. Et elles se déroulent exactement comme ça.

Je me tiens immobile sur le trottoir – la photo roulée en boule dans ma main – quand j'entends quelqu'un s'approcher derrière moi. Je me retourne, certaine qu'il s'agit d'Oscar et honteuse de la lueur d'espoir qui m'anime soudain, pour me retrouver face à mon frère : les yeux exorbités, tous ses cadenas envolés, l'air fou et transi, comme s'il avait quelque chose à me dire.

Le Musée invisible

Noah
13 ans 1/2 - 14 ans

Le lendemain du départ de Brian pour l'internat, je me glisse dans la chambre de Jude pendant qu'elle prend sa douche et découvre une discussion en cours sur l'écran de son ordi.

Spaceboy : Je pense trop à toi

Raiponce : Moi aussi

Spaceboy : Viens me voir tout de suite

Raiponce : J'ai pas encore appris à me téléporter

Spaceboy : Va falloir y remédier

Je viens de déclencher une explosion nucléaire continentale. Sauf que personne ne s'en aperçoit.

Ils s'aiment. Comme deux vautours. Ou deux termites. Et non, les tourterelles et les colombes ne sont pas les seuls animaux monogames. Même les affreux termites gerbifiants et les vautours sordides sont fidèles en amour.

Comment a-t-elle pu me faire ça ? Et lui ?

Je me sens comme un paquet de bombes à bord d'un 747. Comme si tout allait exploser d'une seconde à l'autre. Je n'en reviens pas d'avoir été aussi stupide.

Je croyais… je ne sais pas ce que j'ai cru, mais je me suis bien gouré.

En beauté.

Je fais tout ce que je peux. Je transforme le moindre gribouillis signé de ma sœur en scène de carnage. J'imagine les pires scénarios possibles pour son jeu idiot où il faut choisir sa mort. Une fille jetée par la fenêtre, poignardée, noyée, enterrée vivante, étranglée de ses propres mains. Aucune atrocité ne lui sera épargnée.

Je mets aussi des limaces dans ses chaussettes.

Plonge sa brosse à dents dans la cuvette des W.-C. Tous les matins.

Verse du vinaigre blanc dans le verre d'eau sur sa table de nuit.

Mais le pire, c'est que pendant les quelques minutes de chaque heure où je retrouve à peu près mon calme, je sais que, pour être avec Brian, *je sacrifierais mes dix doigts. Je sacrifierais absolument tout.*

(AUTOPORTRAIT : *Le garçon qui vit furieusement dans le passé*)

Une semaine passe. Puis deux. La maison devient si gigantesque qu'il me faut des heures pour rallier la cuisine depuis ma chambre, si énorme que, même avec des jumelles, je ne vois plus ma sœur de l'autre côté de la table ou à l'autre bout d'une pièce. Je ne crois pas que nos chemins pourront jamais se recroiser un jour. Quand elle essaie de me parler, à travers les années-lumière de trahison qui nous séparent, j'insère mes écouteurs dans mes oreilles comme pour écouter de la musique, alors qu'en réalité je tiens l'autre extrémité du fil au fond de ma poche.

Je ne veux plus jamais lui adresser la parole et je le lui fais bien comprendre. Sa voix n'est qu'un bruit de fond. Sa présence aussi.

Je me dis que maman va finir par s'apercevoir que c'est la guerre entre nous et qu'elle interviendra telle l'ONU, comme elle l'a déjà fait par le passé, mais elle ne s'aperçoit de rien.

(PORTRAIT : *La mère qui disparaît*)

Puis, un matin, j'entends des voix dans le couloir : papa s'adresse à une fille qui n'est pas Jude mais, je le réalise avec horreur, *Heather*. À peine si je lui ai accordé le quart du tiers de la moitié de l'ombre d'une pensée depuis ce qui s'est passé entre nous dans le placard. Cet affreux baiser menteur. *Je suis désolé, Heather*, lui dis-je dans ma tête tout en me dirigeant à pas de loup vers ma fenêtre, *désolé, vraiment désolé,* tout en l'ouvrant le plus silencieusement possible. Je grimpe, je saute et retombe sans problème de l'autre côté à l'instant où papa m'appelle en frappant à la porte. Je ne voyais pas quoi faire d'autre.

Tandis que je descends la côte, une voiture me dépasse et je suis presque tenté de lever mon pouce. Parce que je devrais me rendre en stop au Mexique ou à Rio, comme le font les vrais artistes. Ou dans le Connecticut. Oui, voilà : débarquer à l'improviste dans la cité U de Brian – *dans la salle de bains commune où il se douche au milieu de beaux garçons entièrement nus*. Cette vision surgit de nulle part et toutes les bombes embarquées dans l'avion explosent en même temps. C'est pire que de penser à Jude et lui dans le placard. En mieux. Mais pire quand même.

Quand j'émerge du champignon nucléaire de

ces réflexions, irradié au dernier degré, je suis devant l'IAC. Mes pieds ont retrouvé le chemin du campus tout seuls. Les stages d'été sont finis depuis plus de deux semaines, et beaucoup d'élèves inscrits à l'internat sont déjà en train de revenir pour préparer la rentrée. Ils ressemblent à d'efficaces graffitis ambulants. Je les regarde décharger leurs valises, leurs portfolios et leurs cartons du coffre de leurs voitures et embrasser leurs parents qui se regardent l'air de dire «ce n'était peut-être pas une si bonne idée que ça». Je les dévore du regard. Des filles aux cheveux bleus, verts, rouges ou violets fêtent leurs retrouvailles en poussant des cris de joie. Deux grands types efflanqués se grillent une cigarette contre un mur en riant, l'essence même du cool. Un petit groupe de rebelles coiffés de dreadlocks semble sortir tout droit d'un sèche-linge. Un type passe devant moi, affublé d'une moustache d'un côté et d'une barbe de l'autre. J'adore. Ils ne font pas seulement de l'art, ils *sont* l'art.

Je me souviens alors de la conversation que j'ai eue avec l'Anglais tout nu à la soirée, et je décide d'emmener mes pauvres restes irradiés en mission de reconnaissance dans les quartiers intérieurs de Lost Cove, où se trouvait d'après lui l'atelier de ce sculpteur fou.

En un clin d'œil, disons en une poignée de secondes – car mes efforts pour ne pas penser à Brian me transforment en marcheur super-sonique –, je me retrouve devant le n° 225, Day Street. Il s'agit d'un grand entrepôt et la porte est entrebâillée, mais je n'ai sûrement pas le droit d'entrer comme ça, non ? Non. Je n'ai même pas mon carnet de croquis sur moi. Mais c'est tentant quand même, et il faut absolument que je fasse quelque chose, là, tout de suite. *Embrasser Brian, par exemple*. Cette idée s'empare de moi et, alors, impossible de m'en débarrasser. J'aurais dû essayer, c'est clair. Mais s'il m'avait frappé ? S'il m'avait défoncé le crâne à coups de météorite ? Parce que je le surprenais en train de m'observer à la dérobée, parfois, quand il pensait que j'avais la tête ailleurs. Avec lui, je n'avais jamais la tête ailleurs.

J'ai laissé passer ma chance. Carrément. J'aurais dû l'embrasser. Un seul baiser, et j'aurais pu mourir heureux. Hein ? Non. Minute : si je dois mourir, je veux faire plus que l'embrasser. Beaucoup, beaucoup plus. Ça y est, je transpire. Et pas qu'un peu. Je m'assois sur le trottoir et m'oblige à respirer lentement.

Je ramasse un caillou et le jette dans la rue en essayant d'imiter son mouvement bionique du poignet. Au bout de trois essais pathétiques, je me remets à tricoter du cerveau. Il y avait une barrière électrique entre nous. C'est lui qui l'avait construite. Et il l'avait laissée là exprès. Il voulait Courtney. Et il voulait aussi Jude, depuis la seconde où il l'avait vue. J'ai juste refusé de voir la vérité en face. Il n'est qu'un sale petit con d'athlète populaire qui aime les filles. Il est la géante rouge. Moi, la naine jaune. Fin.

(AUTOPORTRAIT : *Tout le monde est heureux jusqu'à la fin des temps, excepté la naine jaune*)

Je chasse ces pensées de ma tête. Tout ce qui compte, ce sont les mondes imaginaires que je peux créer, pas ce monde réel dans lequel je suis obligé de vivre. Dans les univers que j'invente, tout peut arriver. *Tout*. Et si j'entre un jour – ou plutôt, quand j'entrerai – à l'IAC, j'apprendrai à faire en sorte qu'ils rejaillissent à peu près aussi bien sur le papier qu'ils apparaissent dans ma tête.

Je me lève, car je viens de réaliser que je pourrais tout à fait passer par l'escalier de secours sur le côté de l'entrepôt. Il mène jusqu'à un palier situé sous une rangée de fenêtres qui doit forcément donner sur quelque chose. Je n'aurais qu'à enjamber la clôture sans que personne me voie. Hé, pourquoi pas ? Avec Jude, c'était notre hobby de sauter par-dessus les clôtures pour aller rendre visite aux chevaux, aux vaches, aux chèvres ou à un certain arbousier qu'on avait tous les deux épousé quand on avait cinq ans (avec Jude dans le rôle du prêtre).

Je balaie la petite rue tranquille du regard. Au loin, j'aperçois de dos une vieille dame vêtue d'une robe aux couleurs vives… qui pourrait bien flotter au-dessus du sol. Je cligne des yeux. Elle flotte encore et semble pieds nus, pour une raison que j'ignore. Elle entre dans une petite église. Hmm, comme c'est passionnant. Dès qu'elle disparaît à l'intérieur, hop, je traverse la rue et passe sans problème de l'autre côté de la clôture. Je file dans l'allée, grimpe une à une les marches de l'escalier de secours en essayant de ne pas faire grincer le vieux métal – heureusement, il doit y avoir un chantier pas loin et je suis protégé par le bruit des travaux. Je traverse le palier comme une flèche, ni vu ni connu, jette un coup d'œil de l'autre côté de l'immeuble et découvre que le vacarme qui me déchire les tympans ne provient pas du tout d'un quelconque chantier mais de la courette en contrebas où l'apocalypse semble avoir frappé parce que... wouah : c'est la scène juste après l'attaque chimique des extraterrestres contre la Terre. Ça grouille de sauveteurs en combinaisons protectrices, camouflés derrière des masques et des lunettes, maniant des scies circulaires et des perceuses dans un tourbillon de poussière blanche pour détruire des blocs de pierre. Ça, un studio d'artiste ? Ça, des sculpteurs ? Michel-Ange doit se retourner dans sa tombe. Je continue à observer ce petit monde et, quand le nuage de poussière retombe enfin, je vois trois énormes paires d'yeux braqués sur moi.

Je ravale mon souffle. À l'autre bout de la cour, un trio de géants de pierre me fixe du regard.

Et ils *respirent*. Je le jure.

Mon ex-sœur Jude serait épouvantée. Maman aussi.

Je suis en train de me dire que je devrais m'approcher quand un grand type aux cheveux noirs surgit de l'intérieur du hangar par une immense porte coulissante qui doit être celle d'un garage. Il parle au téléphone avec un drôle d'accent. Je le vois rejeter la tête en arrière d'un air extatique, comme s'il venait d'apprendre qu'il avait le droit de choisir lui-même les couleurs de tous les prochains couchers de soleil ou que Brian l'attendait nu dans son lit. Il en est presque à danser de joie avec son téléphone, et part d'un éclat de rire si gai que c'est comme un lâcher de ballons dans le ciel. Ce doit être lui l'artiste fou, et les monstres en granite flippants en face de moi doivent être ses œuvres.

«Vite, dit-il d'une voix aussi énorme que lui. Fais vite, mon amour.» Il embrasse le bout de ses doigts et les presse contre son portable avant de le glisser dans sa poche. À la base, le geste le plus niais du monde, non? Mais avec lui, pas du tout. Il se tient désormais dos à la cour, face à un pilier contre lequel il appuie son front. Il sourit au béton, on dirait un parfait psychopathe, mais je suis le seul à le savoir grâce au point de vue imprenable que m'offre mon perchoir. Lui aussi, il ressemble à quelqu'un qui serait prêt à sacrifier ses dix doigts. Au bout d'un moment, il pivote sur ses talons, s'arrachant à son délire, et je découvre enfin son visage de face. Son nez est un bateau qui chavire, sa bouche fait la taille d'un arbre, sa mâchoire et ses pommettes ressemblent à une cuirasse et ses yeux sont iridescents. Son visage est comme une pièce encombrée de gros meubles. J'ai aussitôt envie de le dessiner. Il examine la scène apocalyptique devant lui, puis lève les bras à la manière d'un chef d'orchestre et, l'instant d'après, tous les engins font silence.

De même que les oiseaux et les voitures qui passent. À vrai dire, je n'entends même plus le vent souffler dans les feuilles, ni la moindre mouche, ni un mot de conversation. Je n'entends plus rien. Comme si quelqu'un venait de couper le son du monde sous prétexte que cet homme s'apprêtait à prendre la parole.

Est-ce Dieu?

– Je parle tout le temps de bravoure, déclare-t-il. Je vous ai dit que la sculpture n'est pas pour les faibles. Les faibles préfèrent l'argile, pas vrai?

Tous les sauveteurs s'esclaffent.

Il marque une pause, gratte une allumette contre le pilier. Une flamme jaillit.

– Moi, je vous dis : il faut prendre des risques dans mon studio. (Il trouve une cigarette coincée derrière son oreille et la prend.) Je vous dis de ne pas être timides. Je vous dis de faire des choix, des bêtises, des erreurs terribles, folles, énormes, de tout foutre en l'air. Je vous dis que c'est le seul moyen.

Murmure d'approbation.

– Je dis ça, oui, mais je vois que beaucoup d'entre vous ont encore peur de se lancer. (Il commence à faire les cent pas, lentement, tel un loup – assurément son animal totem.) Je vois ce que vous faites. Quand vous être partis, hier, j'ai examiné vos travaux un par un. Vous vous sentez comme Rambo avec vos perceuses et vos scies. Vous faites du bruit, de la poussière, mais très peu d'entre vous ont trouvé ne serait-ce que ça – il rapproche son pouce et son index – de leur sculpture pour l'instant. Aujourd'hui, ça va changer.

Il s'avance vers une petite blonde. « Je peux, Melinda ?

– Je vous en prie », répond-elle. Je la vois rougir d'ici. Elle est raide amoureuse de lui. J'observe les visages des autres étudiants qui se sont rassemblés tout autour et m'aperçois qu'ils le sont tous, garçons et filles compris.

(PORTRAIT, PAYSAGE : *Un homme à l'échelle géographique*)

Il tire une longue bouffée de sa cigarette, puis la jette par terre, à peine fumée, et l'écrase. Il sourit à Melinda.

– On va trouver ton personnage, oui ?

Il observe le modèle en argile posé à côté du gros bloc de pierre, ferme les yeux et peigne la surface avec ses doigts. Il fait la même chose au bloc de pierre, l'examine avec ses mains, paupières closes. «OK», dit-il en prenant une perceuse sur la table. Je sens l'excitation parcourir les étudiants lorsqu'il l'enfonce, sans hésiter, dans la pierre. Rapidement, un nuage de poussière se forme et je n'y vois plus rien. Il faut que je m'avance plus près. Très près. Limite, il faudrait que je vive sur l'épaule de cet homme comme un perroquet.

Quand le bruit s'arrête et que la poussière se dissipe, les étudiants se mettent à applaudir. La pierre révèle le dos courbé d'une femme identique à celle du modèle en argile. C'est incroyable.

– Allons, dit-il. Remettez-vous au travail. (Il tend la perceuse à Melinda.) Maintenant, à toi de trouver le reste de son corps.

Il va d'étudiant en étudiant, parfois sans prononcer un mot, parfois explosif dans ses encouragements.

– Oui! crie-t-il à l'un d'eux. Bravo. Regarde-moi ce sein. C'est le plus beau que j'ai jamais vu!

Le petit groupe éclate de rire, et l'artiste tapote la tête de l'étudiant comme un père débordant de fierté. La vision de ce geste me fait un pincement au cœur.

À un autre, il déclare:

– Très bien. Maintenant, c'est le moment d'oublier tout ce que je dis. Vas-y lentement. Très, très lentement. Tu caresses la pierre. Tu lui fais l'amour, mais… délicat, délicat, délicat… compris? Utilise les burins, rien d'autre. Un mauvais geste et tout est gâché. Pas de pression.

Lui aussi a droit à sa petite tape sur la tête.

Lorsqu'il semble considérer que plus personne n'a besoin de lui, il retourne à l'intérieur. Je le suis en me déplaçant à l'autre bout du palier, vers les fenêtres, plaqué contre le mur pour voir derrière les vitres sans me faire repérer. J'aperçois d'autres géants de pierre à l'intérieur. Et à l'autre extrémité du studio, trois modèles, leurs corps recouverts de fins voilages rouges, sont en train de poser, immobiles, sur une estrade au milieu d'un groupe d'étudiants.

Aucun signe de l'Anglais tout nu.

Je regarde l'artiste passer d'un étudiant à l'autre, examinant leur travail d'un regard dur et froid. Je me crispe, comme s'il jugeait mes propres croquis. Il n'est pas content. Sans crier gare, il tape dans ses mains et tout le monde s'arrête. À travers la vitre, j'entends résonner des mots étouffés à mesure qu'il s'énerve et que ses mains s'agitent autour de lui comme deux petites grenouilles volantes de Malaisie. J'aimerais entendre ce qu'il leur raconte. J'ai *besoin* de savoir.

Finalement, ils se remettent à dessiner. Lui s'empare d'un crayon sur une table et se joint à eux en leur prodiguant cet ultime conseil d'une voix si forte et puissante que je l'entends distinctement derrière la fenêtre :

– Dessinez comme si votre vie en dépendait. Il n'y a pas de temps à perdre. Il n'y a *rien* à perdre. Nous refaisons le monde, rien de moins. Compris ?

Je croirais entendre ma mère. Et oui, je comprends. Mon cœur s'accélère. Je comprends *absolument*.

(AUTOPORTRAIT : *Garçon refaisant le monde avant que le monde ne le refasse*)

Il s'assoit et commence à dessiner avec le groupe. Sa main court en travers de la page, son regard semble absorber chaque parcelle du corps des modèles… je n'avais jamais rien vu de pareil. J'ai la gorge nouée en essayant de comprendre comment il fait, en observant la manière dont il tient son crayon, dont il *est* son crayon. Je n'ai même pas besoin de voir ce qu'il dessine pour deviner que c'est magnifique.

Jusqu'à cet instant, je n'avais jamais pris conscience de ma médiocrité. De ce qui me restait encore à apprendre. Je n'étais peut-être vraiment pas assez bon pour entrer à l'IAC. Le Ouija avait raison.

Je redescends précipitamment l'escalier, pris de vertiges, presque chancelant. En un éclair, j'ai entrevu tout ce que je pourrais être, tout ce que je voudrais être. Et tout ce que je ne suis pas.

Le trottoir s'est soulevé et je dévale la pente. *Tu n'as même pas quatorze ans*, me dis-je dans ma tête. *Et des années devant toi pour t'améliorer.* Mais je parie que Picasso était déjà un génie, à mon âge. Qu'est-ce que je me suis imaginé ? Je suis nul. Au dernier degré. Jamais on ne m'acceptera à l'IAC. Je suis tellement accaparé par ce monologue gerbifiant avec moi-même que je ne fais d'abord pas attention à la voiture rouge garée devant moi et qui ressemble comme deux gouttes d'eau à celle de ma mère. C'est impossible. Que viendrait-elle faire ici, dans ce quartier ? Je vérifie la plaque d'immatriculation – c'est bien elle, pourtant. Je fais un tour complet sur moi-même.

Non seulement c'est sa voiture, mais maman est là, assise au volant, complètement penchée sur le siège passager. Qu'est-ce qu'elle fabrique?

Je tape au carreau.

Elle se redresse d'un bond, mais semble nettement moins surprise de me voir que je le suis. Elle ne semble pas étonnée du tout, à vrai dire.

Elle abaisse sa vitre.

– Tu m'as fait peur, mon chéri.

– Pourquoi t'étais penchée comme ça? je lui demande, au lieu de lui poser la question qui s'imposait: «Qu'est-ce que tu fais ici?»

– J'ai fait tomber quelque chose.

Elle a l'air bizarre. Ses yeux sont trop brillants. Elle transpire au-dessus de la bouche. Et elle est habillée comme une diseuse de bonne aventure, avec son foulard violet pailleté autour du cou et sa longue robe jaune complétée d'une large ceinture rouge nouée autour de sa taille. Des bracelets multicolores ornent ses poignets. Sauf quand elle porte l'une des Robes Flottantes de Granny, elle ressemble plutôt d'habitude à une actrice de film en noir et blanc, pas à un cirque ambulant.

– Quoi?

– Quoi, quoi? me demande-t-elle, interloquée.

– T'as fait tomber quoi?

– Oh, ma boucle d'oreille.

Il ne manque aucune boucle à ses oreilles. Elle voit que je le vois.

– Une autre boucle d'oreille. Je voulais changer de paire.

Je hoche la tête, certain qu'elle me ment, qu'elle m'a aperçu dans la rue et qu'elle essayait de se cacher, ce qui expliquerait pourquoi elle n'avait pas l'air surprise de me voir. Mais pourquoi cherchait-elle à se cacher ?

— Pourquoi ?

— Pourquoi, quoi ?

— Pourquoi voulais-tu changer de boucles d'oreilles ?

Il nous faudrait un interprète. C'est bien la première fois que ça m'arrive avec elle.

Elle soupire. « Bah, juste comme ça. Allez, grimpe. » Comme s'il était prévu dès le départ qu'elle viendrait me chercher ici. C'est vraiment bizarre.

Pendant tout le trajet jusqu'à la maison, l'ambiance est tendue dans la voiture sans que je comprenne vraiment pourquoi. Je mets deux pâtés de maisons avant de trouver le courage de lui demander ce qu'elle venait faire dans ce quartier. Elle me répond qu'il y a un très bon pressing sur Day Street. Il y en a cinq autres plus près de chez nous, pensé-je très fort sans le dire à voix haute. Mais elle m'entend quand même, car elle ajoute : « C'était pour l'une des robes que Granny m'avait confectionnées. Ma préférée. Je tenais à ce qu'elle se retrouve entre de bonnes mains, les meilleures, même, et ce pressing est le plus réputé en ville. » Je cherche du regard le petit coupon rose qu'elle coince d'habitude sur le tableau de bord. Rien. Peut-être l'a-t-elle mis dans son sac ? C'est possible, en effet.

Il lui faut quant à elle deux pâtés de maisons supplémentaires pour me faire la remarque qu'elle aurait dû me faire tout de suite :

— Tu te promenais bien loin de la maison.

Je lui explique que je suis parti faire un tour

et que j'ai atterri ici, sans lui avouer bien sûr que j'ai enjambé une clôture, grimpé un escalier de secours et espionné un artiste génial qui vient de me prouver qu'elle se fait de grosses illusions sur moi et mon prétendu talent.

Elle s'apprête à me poser une autre question, je le vois bien, quand son téléphone se met à vibrer sur ses genoux. Elle vérifie le numéro sur l'écran et appuie sur un bouton pour ignorer l'appel. « C'est le boulot », dit-elle en me jetant un regard de biais. Je ne l'avais jamais vue transpirer comme ça. Elle a même des auréoles de sueur au niveau des aisselles, comme un ouvrier de chantier.

Elle me presse le genou d'une main quand on passe devant les ateliers de l'IAC, qui me sont maintenant si familiers. « Bientôt », dit-elle.

Soudain, tout s'éclaire. Elle m'a suivi. Elle s'inquiète de me voir me transformer en crabe ermite. Je ne vois aucune autre explication possible. Elle s'est planquée et a inventé cette histoire de pressing de peur que je fasse un scandale en découvrant qu'elle m'a espionné. Je commence à me détendre, satisfait de cette brillante analyse.

Jusqu'à ce qu'elle tourne à gauche une rue trop tôt en montant la colline. Arrivée presque en haut de la côte, elle se gare dans l'allée d'une maison inconnue. Éberlué, je la regarde sortir de voiture et se retourner vers moi en me disant : « Alors, tu viens ? » Elle a quasiment atteint la porte, son trousseau de clés à la main, quand elle s'aperçoit qu'elle s'est trompée d'adresse, qu'une autre famille habite ici.

(PORTRAIT : *Maman somnambule d'une autre vie*)

– Où ai-je la tête ? dit-elle en regagnant la voiture.

Ça aurait pu être drôle, ça aurait dû l'être, mais ça ne l'est pas. Il y a un truc qui cloche. Je le sens dans mes tripes. Elle ne démarre pas tout de suite. On reste garés devant la maison de ces gens, sans un mot, à fixer l'océan, au-dessus duquel le soleil a entamé son étincelante descente vers l'horizon. On croirait presque voir des étoiles dans l'eau et j'ai envie de marcher dessus. Dommage que seul Jésus ait le droit de faire un truc pareil. C'est ce que je suis sur le point de dire à maman quand je suis frappé par le sentiment de tristesse lourd et poisseux qui flotte dans la voiture. Et pour une fois, ce n'est pas la mienne. J'ignorais qu'elle pouvait être aussi triste. Ça explique peut-être pourquoi elle a délaissé Jude et que ma sœur a demandé le divorce.

– Maman ? dis-je, la gorge soudain si sèche que ma voix est rauque.

– Tout va s'arranger, murmure-t-elle d'un ton précipité avant de remettre le contact. Ne t'inquiète pas, mon chéri.

Je repense à toutes les choses horribles qui se sont passées la dernière fois que quelqu'un m'a dit de ne pas m'en faire, mais j'acquiesce quand même.

La fin du monde commence avec la pluie.

C'est le déluge en septembre, puis en octobre. Quand arrive le mois de novembre, même papa n'est plus de taille à lutter, ce qui signifie qu'il pleut presque autant à l'intérieur qu'à l'extérieur de la maison. Le sol est jonché de casseroles, de saladiers et de seaux.

– Comment pouvais-je deviner qu'il nous faudrait un nouveau toit ? marmonne papa en boucle comme un mantra.

(PORTRAIT : *Papa tenant la maison en équilibre sur sa tête*)

Le tout après avoir passé sa vie à toujours changer les piles des lampes-torches et les ampoules avant qu'elles claquent :

– On n'est jamais assez prudent, fiston.

Toutefois, après une observation attentive, je suis parvenu à la conclusion qu'il ne pleuvait pas sur maman. Je la trouve sur le ponton en train de fumer (elle qui ne fume jamais d'habitude) comme si elle était protégée par un parapluie invisible, le téléphone scotché à l'oreille, sans vraiment dire quoi que ce soit, sourire béat aux lèvres, se balançant d'avant en arrière comme si quelqu'un lui jouait de la musique à l'autre bout du fil. Je la trouve en train de chantonner (elle qui ne chantonne jamais d'habitude) et de faire cliqueter ses bracelets (elle qui n'en porte pas d'habitude) dans toute la maison, dans la rue, sur la plage, vêtue de ses nouvelles fringues de cirque, sous son rayon de soleil personnel tandis que nous autres sommes condamnés à nous raccrocher aux murs et aux meubles pour ne pas nous noyer.

Je la trouve assise devant son ordinateur, soi-disant en train d'écrire un livre, les yeux rivés au plafond comme si elle contemplait un ciel étoilé.

Je la trouve ici et là, à faire ci ou ça, mais ce n'est jamais vraiment *elle* que je trouve.

Je dois l'appeler trois fois avant qu'elle m'entende. Je dois frapper au mur avec mon poing quand j'entre dans son bureau ou donner un coup de pied dans une chaise de cuisine avant qu'elle daigne remarquer la présence d'une autre personne dans la pièce.

Je commence à me dire, avec une inquiétude croissante, qu'un être venu d'ailleurs peut très bien partir pour y retourner.

Le seul moyen que j'ai trouvé pour l'arracher à sa transe est de lui parler de mon portfolio pour l'IAC, mais étant donné qu'on a déjà choisi ensemble les cinq dessins que je vais reproduire à l'huile avec Mr. Grady, il n'y a plus grand-chose à en dire avant que je lui montre le résultat final – et je ne suis pas encore prêt. Je ne veux pas qu'elle voie mes tableaux avant qu'ils soient terminés. J'y suis presque. J'ai travaillé d'arrache-pied tout l'automne, chaque jour à l'heure du déjeuner et après les cours. Il n'y a pas d'entretien individuel à passer pour intégrer l'IAC : votre unique ticket d'entrée, c'est votre travail artistique. Mais depuis que j'ai vu le sculpteur dessiner, c'est comme si j'avais de nouveaux yeux – encore. Maintenant, je jure que je vois les sons, le mugissement vert foncé du vent, le martèlement écarlate de la pluie… et toutes ces couleurs-sons tournoient dans ma chambre quand je pense à Brian sur mon lit. Son prénom, quand je le prononce à voix haute : Azur.

À part ça, j'ai poussé de quatre centimètres et demi cet été. Si quelqu'un s'amuse à me chercher des embrouilles, je peux lui régler son compte sans problème. Et ma voix est devenue si grave qu'elle est désormais inaudible pour la plupart des oreilles humaines. Je m'en sers rarement, sauf de temps en temps avec Heather. Elle et moi, ça va un peu mieux depuis qu'elle s'intéresse à un autre mec. Une ou deux fois, je suis même allé courir avec elle et ses copains joggeurs. C'était sympa. Quand vous courez, au moins, personne ne vous demande d'avoir des trucs à raconter.

Je me suis transformé en un King Kong silencieux.

Et aujourd'hui, un King Kong silencieux et angoissé. Je grimpe la colline sous des trombes d'eau en sortant du collège avec une seule pensée en tête : qu'est-ce que je vais faire quand Brian reviendra pour les vacances de Noël et qu'il se mettra avec Jude ?

(AUTOPORTRAIT : *Je bois les ténèbres entre mes mains*)

Arrivé à la maison, je ne trouve personne, comme d'habitude. Jude est rarement là, ces jours-ci (son nouveau truc est d'aller surfer sous la pluie avec les pires attardés du surf) et, quand elle est là, elle reste scotchée sur son ordi à chatter avec Spaceboy, alias Brian. J'ai surpris quelques autres conversations entre eux. Dans l'une d'elles, il parlait du film – celui qu'on était allés voir au ciné ensemble et où il m'avait pris la main sous l'accoudoir ! J'ai bien failli vomir sur place.

Parfois, la nuit, j'ai envie de m'arracher les oreilles de l'autre côté du mur qui sépare nos deux chambres pour ne pas entendre le *ding* signalant qu'elle vient de recevoir un nouveau message instantané par-dessus le vrombissement de sa saleté de machine à coudre.

(PORTRAIT : *Sœur sur la guillotine*)

Je dégouline à travers la maison, tel un nuage chargé de pluie, prenant soin de shooter au passage dans un seau d'eau de pluie saumâtre près de l'entrée de sa chambre, histoire que sa belle moquette blanche se retrouve inondée et moisie. Puis j'entre dans ma propre chambre, où j'ai la stupéfaction de découvrir mon père, assis sur mon lit.

Je ne sursaute pas, ni rien. Allez savoir pourquoi, sa présence me pèse moins depuis quelque temps. Comme si l'un de nous avait bu une potion magique. À moins que ce ne soit parce que j'ai grandi. Ou parce qu'on est autant déboussolés l'un que l'autre. Je crois qu'il a du mal à trouver maman, lui aussi.

– Surpris par l'orage ? me demande-t-il. Je n'avais jamais vu une pluie pareille. Il serait temps que tu construises ton arche, hein ?

C'est une blague très populaire au collège, à cause de la proximité Noah/Noé. Ça m'est égal. J'aime beaucoup le Noé de la Bible. Il avait près de neuf cent cinquante ans quand il est mort. Il a survécu avec un tas d'animaux. Il a refait le monde à zéro : toile vierge et tubes de peinture à gogo. Total respect.

– Je me suis pris la saucée, dis-je en attrapant une serviette posée sur ma chaise de bureau.

J'entreprends de me sécher la tête, guettant l'inévitable commentaire désobligeant sur la longueur de mes cheveux, mais non.

À la place, voilà ce que j'entends :

– Tu vas finir par me dépasser.

– Tu crois ?

Cette idée me met aussitôt de bonne humeur. Je vais prendre plus de place que lui dans une pièce.

(PORTRAIT, AUTOPORTRAIT : *Garçon sautant d'un continent à l'autre avec son père sur ses épaules*)

Il hoche la tête en haussant les sourcils. «Vu comment tu grandis en ce moment, c'est bien parti pour.» Il examine l'intérieur de ma chambre comme s'il en dressait l'inventaire, un poster de musée après l'autre – mes murs en sont tapissés, même le plafond – puis revient vers moi et se frappe les cuisses. «J'ai pensé qu'on pourrait se faire un resto ensemble. Entre père et fils.»

Il doit voir l'horreur sur mon visage. «Pas de *sermons* au programme, dit-il en mimant des guillemets en l'air avec ses doigts. Promis. Rien qu'un dîner tranquille. J'ai juste envie d'une bonne bouffe entre hommes.

– Avec moi ?

– Mais oui, qui d'autre ? (Il me sourit, et son expression paraît absolument sincère.) Tu es mon fils.»

Il se lève et se dirige vers la porte. Je suis bouleversé par la manière dont il vient de prononcer cette phrase : «Tu es mon fils.» Je me sens comme son fils.

– Je vais mettre une veste, dit-il, sous-entendant par là (j'imagine) une veste de costume. Et toi ?

– Si ça te fait plaisir, dis-je, éberlué.

Je n'aurais jamais cru que mon premier rencard au restaurant serait avec mon père.

Sauf qu'en enfilant mon unique veste digne de ce nom, celle que j'ai portée pour la dernière fois à l'enterrement de Granny Sweetwine, je m'aperçois que les manches m'arrivent plus près des coudes que des poignets. Je suis vraiment devenu King Kong ! Je rejoins papa dans sa chambre, histoire d'exhiber la preuve de mon gigantisme.

«Ah», constate-t-il en souriant. Il ouvre son placard et sort un blazer bleu marine. «Ça devrait t'aller, moi, elle me serre un peu», dit-il en tapotant son absence de ventre.

J'enlève ma veste et enfile la sienne. Elle me va parfaitement. Je souris de toutes mes dents.

– Je te l'avais dit. Je ne me risquerais plus à un combat de lutte contre toi, grand costaud.

Grand costaud.

Sur le chemin de la porte, je lui demande :

– Où est maman ?

– Si je le savais.

On se rend au restaurant en bord de mer et on prend une table près de la baie vitrée. La pluie dessine de petits ruisseaux qui déforment la vue à travers le carreau. Ça me démange de les dessiner. On commande des steaks. Il boit un scotch, puis un autre, et me laisse en siroter quelques gorgées. On prend tous les deux un dessert. Il ne me parle ni de sport, ni de mauvais films, ni de ma façon de remplir le lave-vaisselle ou de son jazz zarbi. Il me parle de moi. Pendant tout le repas. Il m'explique que maman lui a montré certains de mes carnets de croquis, qu'il espère que ça ne me dérange pas, et que mes dessins l'ont estomaqué. Il me dit qu'il est très content que je souhaite m'inscrire à l'IAC et qu'ils seraient vraiment idiots de ne pas me prendre. Il me dit qu'il n'aurait jamais cru avoir un fils aussi doué et qu'il a hâte de voir le reste de mon portfolio. Il me dit qu'il est très fier de moi.

Je ne mens pas.

– Ta mère pense que vous serez tous les deux acceptés, les doigts dans le nez.

Je hoche la tête, tout en me demandant si j'ai bien entendu. Aux dernières nouvelles, Jude ne souhaite pas s'inscrire. J'ai dû mal entendre. Elle n'a rien à présenter, de toute manière.

– Tu as de la chance, dit-il. Ta mère a une telle passion pour l'art… Il faut croire que c'est contagieux, hein ? (Il me sourit, mais je vois bien que l'intérieur de son visage n'est pas souriant du tout.) Prêt pour l'échange ?

Bien à contrecœur, je soulève mon assiette de décadence au chocolat pour l'échanger contre son tiramisu.

– Attends, laisse tomber. On va s'en recommander deux autres. Ce n'est pas tous les jours qu'on a l'occasion !

Pendant qu'on déguste notre second dessert, je m'apprête à lui dire que les parasites et les bactéries qu'il observe sont aussi cool que les œuvres d'art qu'étudie maman, mais je me dis que ça aura l'air tarte et artificiel, et je me contente de manger en silence. J'imagine ce que pensent les gens autour de nous, genre : « Regardez ce père et son fils qui dînent ensemble au restaurant, comme c'est mignon ! » et je me sens rempli de fierté. Papa et moi. Enfin complices. Enfin *potes*. Oh, je me sens si fantastiquement bien pour une fois – ça faisait un siècle – que je me mets à déblatérer comme jamais depuis le départ de Brian. Je parle à papa de ces lézards hallucinants dont je viens de découvrir l'existence, ceux qui peuvent se déplacer aussi vite sur terre que sur l'eau et parcourir vingt mètres sans couler. Jésus n'a donc plus le monopole, tout compte fait.

Il me parle du faucon pèlerin dont la vitesse en piqué peut atteindre des pointes à trois cents kilomètres à l'heure. Je prends un air étonné pour être poli, mais bonjour le scoop – tout le monde sait ça, non ?

Je lui raconte que les girafes mangent trente-cinq kilos de nourriture et dorment à peine une demi-heure par jour, et qu'elles sont non seulement les plus grands animaux de la terre, mais qu'elles ont la queue la plus longue de tous les mammifères terrestres et que leur langue mesure trente centimètres.

Il embraie sur ces petits oursons d'eau microscopiques qu'on envisage d'envoyer dans l'espace parce qu'ils sont capables de survivre à des températures allant de moins deux cents à cent cinquante degrés Celsius, qu'ils peuvent résister à des doses de radiations mille fois supérieures à celles qu'il faudrait pour tuer un humain, et rester asséchés pendant dix ans avant qu'on les ranime.

L'espace d'un instant, j'ai envie de renverser la table avec rage parce que je ne pourrai jamais parler à Brian des oursons d'eau envoyés dans l'espace, mais je me ressaisis aussitôt en demandant à papa quel est à son avis le pire prédateur pour l'homme et je le sèche sur place après qu'il m'a récité la liste des candidats les plus évidents : hippopotames, lions, crocos… En réalité, c'est le moustique porteur du virus de la malaria.

Cette conversation à bâtons rompus sur

les animaux se poursuit jusqu'à ce qu'on nous apporte l'addition. On n'avait jamais passé un aussi bon moment ensemble.

Pendant qu'il paie, je m'exclame : « Je ne savais pas que tu aimais les documentaires animaliers !

– Ah bon ? Qu'est-ce qui te faisait croire que je n'aimais pas ça ? C'était notre passe-temps préféré quand tu étais petit. Tu ne t'en souviens pas ? »

Pas. Du. Tout.

Je me souviens plutôt de : « Dans ce monde, on nage ou on coule, Noah. » Je me souviens plutôt de : « Comporte-toi comme un dur, et tu le deviendras. » Je me souviens de chacun de ses regards déçus, embarrassés ou médusés qui me brisaient un peu plus le cœur. Je me souviens de : « Si ta sœur jumelle n'était pas mon portrait craché, je jurerais que tu es né par parthénogenèse. » Je me souviens de l'équipe des 49ers de San Francisco, des Miami Heat, des Giants, de la World Cup de foot américain. Je ne me souviens pas de *Planète animale*.

Quand il rentre la voiture dans le garage, je constate que celle de maman n'est pas là. Il soupire. Moi aussi. Comme si j'étais de son côté, à présent.

« J'ai fait un rêve cette nuit », me dit-il en coupant le moteur. Il ne semble pas pressé de sortir de la voiture. Je me cale confortablement sur mon siège. On est vraiment potes, lui et moi ! « Ta mère marchait dans la maison et, au fur et à mesure, tout tombait des murs et des étagères : livres, cadres, babioles, tout. Je la suivais désespérément de pièce en pièce en essayant de tout ranger.

– Et alors ? » je lui demande. Il me regarde,

perplexe. Je précise ma question : « Et alors, tu arrivais à tout ranger ?

— Aucune idée, dit-il en haussant les épaules. Je me suis réveillé. » Il fait courir son doigt sur le volant.

— Parfois, on croit savoir des choses, on croit les connaître en profondeur, pour découvrir qu'on ignore tout.

— Je vois totalement ce que tu veux dire, p'pa, dis-je en repensant à mon expérience avec Brian.

— Vraiment ?

Je fais oui de la tête.

— On a vraiment plein de choses à rattraper.

Je sens comme un ressort se détendre dans ma poitrine. Se pourrait-il que mon père et moi devenions proches ? Comme on aurait pu l'être si j'avais sauté de son épaule cette fameuse fois, avec Jude ? Si j'avais nagé au lieu de couler ?

« Où diable est passé Ralph ? Où diable est passé Ralph ? » coasse le perroquet d'à côté, et ça nous fait rire. Papa me surprend alors en disant : « Tu crois qu'on saura un jour où est passé Ralph, fiston ?

— J'espère.

— Moi aussi. » Un silence tranquille s'installe entre nous, et je m'émerveille d'avoir un père aussi cool quand il me sort tout à coup : « Au fait, tu vois toujours cette Heather ? » Il me donne un coup de coude. « Joli brin de fille. » Il me presse l'épaule pour signifier son approbation.

Dommage.

« Si on veut, dis-je, avant d'ajouter avec un peu plus de conviction, vu que je n'ai pas le choix : Ouais, on est toujours ensemble. »

Il me regarde d'un air totalement imbécile, genre ouh-le-petit-cachottier. «Alors il va falloir qu'on ait une discussion, tous les deux, hein, mon fils? Quatorze ans.» Il me tapote la tête, exactement comme le sculpteur avec ses étudiants. Et ce geste, plus le mot «fils» qu'il vient de répéter encore une fois… et sa manière de le dire… Ouais : j'avais vraiment plus le choix à propos de Heather.

Une fois à l'intérieur, je vais dans ma chambre et découvre au passage que Jude m'a elle aussi renversé un seau d'eau par terre en guise de représailles. OK, si ça l'amuse. Je jette une serviette sur la flaque et, ce faisant, j'aperçois mon horloge au mur. Celle qui indique aussi la date.

Oh.

Plus tard, je retrouve papa affalé sur le canapé devant un match de championnat universitaire de foot américain. Après avoir feuilleté tous mes carnets de croquis sans tomber sur un seul dessin de lui où il avait encore sa tête, j'ai pris mes meilleurs pastels pour faire un dessin de nous deux à cheval sur un gnou bleu. Tout en bas, j'ai écrit : «Joyeux anniversaire.»

Il me regarde droit dans les yeux. «Merci.» Ce mot sort tout chiffonné de sa bouche, comme s'il avait eu du mal à s'extraire. Personne ne s'en est souvenu. Même pas maman. Elle abuse, quand même! Comment a-t-elle pu oublier l'anniversaire de papa? Elle n'est peut-être pas la bonne fée que je croyais, finalement.

– Elle avait aussi oublié la dinde pour le repas de Thanksgiving, dis-je pour essayer de le consoler, avant de réaliser que je viens de le comparer à une dinde.

Mais ça le fait rire, ce qui n'est pas peu dire.

– C'est un gnou bleu? me demande-t-il en désignant mon croquis.

Une fois terminée la conversation la plus longue au monde jamais inspirée par les gnous bleus, il tapote le coussin à côté de lui et je le rejoins sur le canapé. Il pose sa main sur mon épaule, la laisse là comme si elle avait enfin trouvé sa vraie place, et on regarde la fin du match ensemble. C'est ennuyeux à mourir, mais les joueurs… je ne vous fais pas un dessin.

Mon mensonge à propos de Heather pèse comme une pierre au fond de mon estomac.

Je l'ignore.

Une semaine après l'anniversaire oublié de papa, alors que la pluie continue à s'acharner sur notre pauvre maison, nos parents nous font asseoir dans la partie glaciale du salon où personne ne s'assoit jamais pour nous informer que papa va s'installer provisoirement au *Lost Cove Hotel*. Ils nous expliquent, enfin maman nous explique, qu'il y louera un petit studio à la semaine jusqu'à ce qu'ils aient résolu certains problèmes qui se posent entre eux en ce moment.

Bien qu'on ne se soit pas adressé la parole depuis des siècles, je sens le cœur de Jude se serrer dans ma poitrine avec le mien.

«Quels problèmes?» demande-t-elle, après quoi la pluie se met à tomber si fort que je n'entends plus quiconque parler. Je suis sûr que la tempête va souffler nos murs. Alors ça arrive vraiment, et je me souviens du rêve de papa parce qu'il est en train de se réaliser. Je vois le vent emporter tout le contenu des étagères : babioles, bouquins, un vase rempli de fleurs violettes. Personne ne remarque quoi que ce soit. J'agrippe les accoudoirs de mon fauteuil.

(PORTRAIT de famille : *Assis en boule avant le crash*)

J'entends à nouveau la voix de maman. Elle est calme, trop calme, un pépiement de petit oiseau jaune incomparable avec cet ouragan.

– On s'aime toujours très fort, précise-t-elle. On a juste besoin d'un peu d'espace en ce moment. (Elle se tourne vers papa.) Benjamin ?

À la mention du prénom de papa, tous les tableaux, les miroirs et les photos de famille se décrochent et s'écrasent par terre. Là encore, je suis le seul à m'en apercevoir. Je jette un coup d'œil en direction de ma sœur. De grosses larmes sont accrochées à ses cils. Papa semble sur le point de dire quelque chose mais, lorsqu'il ouvre la bouche, aucun son n'en sort. Il se prend la tête entre les mains, ses mains si minuscules, comme des pattes de raton laveur – depuis quand ? Elles sont trop petites pour cacher ce qui se passe sur son visage, la crispation de ses traits. J'ai l'estomac noué. J'entends des plats et des casseroles dégringoler des placards de la cuisine. Je ferme les yeux une seconde, vois le toit de la maison s'envoler et s'éloigner en tournoyant dans le ciel.

Jude explose : « Je pars avec papa !

– Moi aussi ! » dis-je à ma stupéfaction totale.

Papa relève la tête. La douleur lui sort par tous les pores de la peau. « Vous allez rester ici avec votre mère, les enfants. C'est provisoire. » Il n'a plus qu'un filet de voix et je remarque pour la première fois que ses cheveux commencent à se clairsemer. Il se lève et sort du salon.

Jude se lève à son tour et vient se planter devant maman, la toisant tel un minuscule scarabée. «Comment t'as osé faire ça?» lui crache-t-elle, la mâchoire serrée, avant de sortir elle aussi, suivie par les ondulations rageuses de sa chevelure sur le sol. Je l'entends appeler papa.

«Tu t'en vas?» je dis/pense en me remettant debout. Parce que c'est peut-être papa qui déménage, mais elle nous a déjà quittés depuis un moment. Ça fait des mois qu'elle est aux abonnés absents. Je le sais, et je n'ai pas le courage de la regarder.

«Jamais», me dit-elle en me prenant par les épaules. La force de sa poigne me surprend. «Tu m'entends, Noah? Je ne vous quitterai jamais, toi et ta sœur. C'est strictement entre ton père et moi. Ça n'a rien à voir avec vous deux.»

Je fonds entre ses bras, comme le traître que je suis.

Elle m'ébouriffe les cheveux. C'est trop bon. «Mon garçon. Mon adorable petit garçon. Mon rêve de petit garçon. Tout va bien se passer.» Elle me répète ces mots en boucle, encore et encore et encore, comme une incantation, mais je vois bien qu'elle n'y croit pas elle-même. Ni moi non plus.

Plus tard dans la soirée, Jude et moi nous tenons épaule contre épaule derrière la fenêtre. Papa se dirige vers sa voiture, une valise à la main. Il se fait marteler par la pluie, le dos encore plus voûté à chaque pas.

– Je parie qu'il n'y a rien dedans, dis-je en le

voyant jeter sa valise dans le coffre comme si elle ne contenait que des plumes.

– Si, rétorque Jude. Un seul truc. J'ai vérifié. Un dessin de toi et lui à cheval sur un animal bizarre. Rien d'autre. Même pas une brosse à dents.

Ce sont les premiers mots qu'on échange depuis des mois.

Je n'en reviens pas. La seule chose que papa a emmenée avec lui, c'est moi.

Plus tard encore, dans mon lit, incapable de dormir, j'en suis à me demander qui de la pénombre ou moi est en train de fixer l'autre, quand Jude ouvre la porte, traverse ma chambre et vient se coucher à côté de moi. Je retourne mon oreiller pour qu'elle ne sente pas qu'il est humide. On est allongés sur le dos.

« J'ai prié pour que ça arrive, je lui chuchote, avouant enfin ce qui me pèse sur la conscience depuis des heures. Trois fois. À trois anniversaires différents. J'ai formulé des vœux pour qu'il s'en aille. »

Elle se tourne sur le côté, me touche le bras et murmure : « Une fois, j'ai souhaité la mort de maman.

– Reprends ton vœu, dis-je en me tournant face à elle. (Je sens son souffle sur mon visage.) Je n'ai pas repris le mien à temps.

– Comment faire ?

– J'en sais rien.

– Granny saurait, elle.

– Ça m'aide vachement », dis-je. Et tout à coup, sans crier gare, exactement au même instant, on éclate de rire tous les deux sans plus pouvoir s'arrêter, genre fou rire incontrôlable, au point d'enfouir nos têtes sous l'oreiller pour ne pas que maman nous entende et en conclue que le départ de papa est le truc le plus hilarant qui soit arrivé à notre famille.

Quand on retrouve enfin nos esprits, tout semble différent, un peu comme si j'allais nous retrouver transformés en ours en allumant la lumière.

La seconde d'après, je sens du mouvement dans le lit et Jude s'assoit à califourchon sur moi. Je suis tellement pris de court que je ne réagis même pas. Elle inspire profondément. «OK, maintenant que j'ai ton attention pour moi toute seule... prêt?» Elle s'amuse à me rebondir dessus.

«Arrête! je proteste, mais elle reprend aussitôt la parole.

– Il ne s'est rien passé. Tu m'entends? J'ai essayé de te le dire des dizaines de fois, mais tu ne m'écoutais pas. – Elle m'épelle le mot à voix haute. – R.I.E.N. Brian est *ton* ami, j'ai bien compris. Dans le placard, il m'a parlé d'un machin qui s'appelle l'amas globulaire ou un truc comme ça. Il n'arrêtait pas de s'extasier sur tes dessins, bon sang! J'avoue, je t'en voulais à mort à cause de maman et aussi parce que tu m'avais piqué toutes *mes* amies et que tu avais balancé mon message à la poubelle... oui, je sais que tu l'as fait et c'était vraiment dégueulasse de ta part, Noah, car c'était la première fois que je trouvais l'une de mes sculptures de sable assez bonne pour la montrer à maman. Alors oui, il se peut que j'aie caché dans ma main pendant toute la soirée un bout de papier avec le prénom de Brian écrit dessus, mais IL NE

344

S'EST RIEN PASSÉ, OK? Je ne t'ai pas piqué ton…
– elle s'interrompt – ton meilleur pote. Pigé?

– Pigé. Maintenant, dégage de là.» Ces mots
sonnent un peu plus bourrus que je ne l'aurais
souhaité, à cause de ma nouvelle voix flambant
neuve. Elle ne fait pas mine de bouger. Je ne veux
surtout pas montrer le choc que sa révélation provoque en moi. Je me repasse mentalement le film
de tout ce qui s'est passé, aussi bien pendant cette
soirée qu'au cours des derniers mois, et je modifie
toutes les scènes. Toutes les fois où elle a essayé
de me parler et où je lui ai tourné le dos, claqué
la porte, monté le son de la télé, incapable de la
regarder, et encore moins de l'écouter, au point
même de déchirer sans la lire une carte qu'elle
m'avait écrite, jusqu'à ce qu'elle lâche l'affaire.
Il ne s'est rien passé. Ils ne sont pas amoureux.
Brian ne va pas revenir dans deux semaines et se
barricader avec elle dans sa chambre à coucher,
comme je me l'imaginais. Je ne les surprendrai pas
en train de mater un film sur le canapé ou partis
à la chasse aux météorites dans la forêt. Il ne s'est
rien passé. Rien du tout!

(AUTOPORTRAIT: *Le Garçon pris en stop par une
comète*)

Mais… minute.

– Qui est Spaceboy, alors? (J'étais persuadé que
c'était Brian. C'est vrai quoi: Spaceboy, l'espace,
tout ça…?)

– Quoi?

– Spaceboy, sur ton ordi.

– Je rêve, tu m'as espionnée? (Elle soupire.)
C'est Michael. Tu sais… Zephyr. *Spaceboy* est le
titre d'une chanson qu'il aime bien.

Oh.

OH !

Et j'imagine que d'autres personnes – des millions, sans doute – en dehors de Brian et moi ont vu ce film de science-fiction. Ou font des blagues sur la téléportation. Ou utilisent le pseudo Spaceboy !

Je me souviens maintenant de notre séance avec le Ouija.

– Le fameux M., c'est Zephyr ? T'es amoureuse de Zephyr ?

– Peut-être, dit-elle timidement. J'en sais encore trop rien.

C'est un sacré scoop, mais quand même pas de quoi rivaliser avec *Il ne s'est rien passé*. J'en oublie sa présence dans ma chambre, bien qu'elle soit encore assise à califourchon sur moi. Jusqu'à ce qu'elle me dise :

– Alors, Brian et toi, vous êtes, genre... ensemble ?

– Hein ? Non ! (Les mots m'échappent.) Bon sang, Jude, j'ai le droit d'avoir un pote, quand même ! Je suis avec Heather, au cas où t'aurais pas remarqué.

Je ne sais même pas pourquoi je lui dis tout ça. Je la repousse. Je sens la pierre dans mon estomac s'alourdir de plus en plus.

– OK, t'énerve pas, c'est juste que...

– Quoi ? (Zephyr lui aurait-il raconté ce qui s'est passé ce jour-là dans la forêt ?)

– Rien.

Elle se recouche et on se recolle épaule contre épaule pour faire le *smush*. Je l'entends dire tout bas :

— Donc, tu peux arrêter de me détester, maintenant.

— Je ne t'ai jamais détestée, dis-je (gros mensonge). Je suis vraiment…

— Moi aussi. Vraiment désolée.

Elle me prend la main.

On se met à respirer en rythme dans le noir.

— Jude, j'ai…

— Ça, tu peux le dire, finit-elle à ma place.

Je ris. J'avais oublié ce petit jeu entre nous.

— Je sais, moi aussi, dit-elle en pouffant de rire.

La phrase que je vais dire maintenant, en revanche, elle ne pourra pas la lire à l'avance dans mon esprit.

« Je crois que j'ai vu toutes tes sculptures de sable. » J'éprouve un sentiment de culpabilité affreux. Je regrette d'avoir détruit les photos. J'aurais pu les lui montrer. Elle aurait pu entrer à l'IAC, avec un dossier pareil. Elle aurait pu les conserver pour toujours. « Elles déchirent.

— Noah ? (Elle ne s'attendait pas à ça.) C'est vrai ?

Je sais qu'elle sourit, parce que moi aussi. Je voudrais lui dire à quel point j'ai peur qu'elle soit meilleure que moi. Mais je me contente de : « Je ne supporte pas l'idée que l'océan les ait emportées.

— C'est ce qu'il y a de plus beau, justement. »

J'écoute les vagues s'écraser sur le rivage, au-dehors. Je repense à toutes ces incroyables femmes de sable effacées avant que quiconque ait eu le temps de les voir, et je me demande ce qu'il peut y avoir de beau là-dedans. Cette question me tourne en boucle dans la tête, jusqu'à ce qu'elle me dise tout bas : « Merci. »

Je sens alors en moi que tout se calme, s'apaise et se remet en ordre.

On respire, on se laisse dériver. Je nous imagine, elle et moi, nageant à travers le ciel nocturne pour atteindre la lune, et j'espère me souvenir de cette image demain matin pour pouvoir la dessiner et la lui offrir. Avant de m'endormir complètement, je l'entends chuchoter : « C'est toujours toi que j'aime le plus au monde », et je lui réponds « Moi aussi », mais le lendemain, au réveil, je ne sais plus trop si on a vraiment prononcé ces mots ou si je les ai juste pensés trop fort et rêvés.

Non pas que cela ait la moindre importance.

C'est le début des vacances de Noël, dont le thème s'intitule cette année Le Retour de Brian, et l'odeur délicieuse qui flotte dans la cuisine a directement ordonné à mon cerveau de me lever de ma chaise pour aller dans le couloir.

– C'est toi ? me crie Jude depuis sa chambre. Viens voir, s'te plaît !

Je la rejoins. Elle est dans son lit, en train de lire la bible de Granny, dans l'espoir d'y trouver je ne sais quelles balivernes susceptibles de faire revenir papa à la maison.

Elle me tend un foulard. « Tiens, dit-elle. Attache-moi à mon lit.

– Hein ?

– C'est la seule solution. Sinon, je sais que je vais être faible et foncer à la cuisine. Je ne veux pas donner à maman la satisfaction de manger ses trucs. Depuis quand elle s'est transformée en fée de la gastronomie ? Toi aussi, tu devrais refuser de toucher à un seul de ses plats. Je sais que tu t'es empiffré de tourte au poulet quand on est rentrés de chez papa hier soir. Je t'ai vu. (Elle me lance un regard sévère.) Promis, pas une bouchée ? » Je fais oui de la tête, mais il est bien évident que j'ai l'intention de goûter à ce qui emplit la maison de cette odeur fabuleusement exquise. « Je suis sérieuse, Noah.

– OK.

– Un seul poignet, histoire que je puisse continuer à tourner les pages. » Pendant que je m'exécute, elle poursuit. « Ça sent la tarte, aux pommes ou aux poires… ou bien les beignets… ou le crumble. Mmm, j'adore le crumble. C'est vraiment pas juste. Où a-t-elle appris à faire la cuisine, d'abord ? » Elle tourne une page de la bible de Granny. « Sois fort », me dit-elle en me voyant m'éloigner.

Je lui adresse un salut militaire. « À vos ordres, mon capitaine. »

Je suis devenu un agent double. Voilà comment ça se passe depuis la séparation de nos parents : après avoir mangé un truc de chez le traiteur avec Jude dans le studio super-glauque de papa, j'attends le moment, une fois rentré à la maison, où elle ira s'enfermer dans sa chambre pour chatter avec Spaceboy – qui est en réalité Zephyr ! et pas Brian ! – pour me ruer dans la cuisine, où maman et un bon festin m'attendent. Mais quand je suis avec papa sur le canapé en train de regarder *Planète animale*, à respirer de l'air grisâtre en faisant semblant de ne pas remarquer qu'il est tout recroquevillé sur lui-même comme une chaise pliante, ou bien avec Mr. Grady en salle de dessin à peaufiner les peintures de mon portfolio pour l'IAC, ou bien à apprendre la salsa avec maman dans la cuisine pendant que le soufflé gonfle au four, ou bien en train de jouer à Choisis ta mort avec Jude pendant qu'elle fait de la couture, je ne fais en réalité qu'une seule chose. Je suis un sablier humain : j'attends, j'attends, j'attends le retour de Brian Connelly.

C'est maintenant une question de jours, de minutes, de secondes.

Jude a raison. Sur le plan de travail de la cuisine, ce matin, sont posées une tarte aux pommes recouverte d'une croûte croustillante *et* une assiette de donuts.

Maman est assise à côté, occupée à pétrir de la pâte, le visage saupoudré de farine.

– Ah, enfin ! dit-elle. Gratte-moi le nez, veux-tu ? Ça me rend dingue depuis tout à l'heure.

Je m'avance vers elle.

– Plus fort. Voilà. Merci.

– C'est quand même bizarre de gratter le nez de quelqu'un d'autre, dis-je.

– Attends d'avoir des enfants, tu verras.

– C'est plus spongieux que ça en a l'air.

Son sourire diffuse une brise estivale douce et tiède à travers la pièce.

«T'as bonne mine», dis-je tout haut sans le vouloir. Avec ma nouvelle voix de stentor, ces mots sonnent comme une accusation, ce qui est un peu le cas d'une certaine manière. Non seulement elle est plus heureuse depuis le départ de papa, mais elle est vraiment présente dans une pièce quand elle y est. Elle est redescendue de son trip dans la Voie lactée. Elle s'est même fait tremper pour de vrai par la pluie avec Jude et moi, l'autre jour.

Elle arrête de malaxer sa pâte.

– Pourquoi tu ne cuisinais jamais comme ça quand papa vivait avec nous ? je lui demande, au lieu de lui poser la question qui me travaille : « Pourquoi est-ce qu'il ne te manque pas ? Pourquoi a-t-il fallu qu'il s'en aille pour que tu redeviennes normale ? »

Elle soupire. « Je ne sais pas. » Elle enfonce son index dans le tas de farine et commence à y écrire son propre prénom. Son visage se referme.

– Ça sent drôlement bon, dis-je, histoire de lui faire retrouver sa bonne humeur, dont j'ai autant besoin que je la hais.

Elle esquisse un faible sourire. « Prends de la tarte *et* un donut. Je ne dirai rien à ta sœur. »

J'acquiesce, attrape un couteau et me coupe une énorme part, presque un quart de la tarte, que je dépose sur une assiette. Puis je prends un donut. Depuis que je suis devenu King Kong, je suis un estomac sur pattes. Je me dirige vers la table avec mon assiette, totalement magnétisé par l'odeur des gâteaux, quand la mauvaise humeur de Jude fait irruption dans la cuisine.

Son roulement d'yeux fait dix et demi sur l'échelle de Richter. C'est le *big one*, le tremblement de terre qu'on redoute ici depuis cinquante ans. La Californie vient d'être engloutie par l'océan Pacifique. Jude pose ses mains sur ses hanches, exaspérée.

– Tu te fous de moi, Noah ?

– Et toi, comment t'as fait pour te libérer ? je lui demande, la bouche pleine de donut.

– Libérer ? répète maman.

– Je l'ai ligotée pour ne pas qu'elle cède à la tentation de venir manger.

Maman s'esclaffe. «Jude, je sais que tu es furieuse contre moi. Ça ne veut pas dire que tu dois te priver de donut pour le petit déjeuner.

– Jamais!» Elle traverse la cuisine, sort une boîte de Cheerios du placard et s'en verse un malheureux bol.

– Je crois que j'ai utilisé tout le lait, annonce maman.

– Comme c'est étonnant! s'écrie Jude, brayant comme un âne.

Elle vient s'asseoir à côté de moi pour mâchonner son bol de céréales sans lait avec un air de martyre tout en zieutant du côté de mon assiette. Dès que maman a le dos tourné, je la pousse vers elle avec ma fourchette et elle se goinfre en vitesse jusqu'à en avoir la bouche pleine avant de me rendre mon assiette.

C'est à ce moment que Brian Connelly franchit la porte.

«J'ai frappé», déclare-t-il, un peu nerveux. Il est plus âgé, plus grand, tête nue et il s'est coupé les cheveux – adieu, feu de joie blond.

Je bondis de ma chaise involontairement, puis me rassois, puis bondis de nouveau, parce que c'est ce que font les gens normaux quand quelqu'un entre dans une pièce, n'est-ce pas? Jude m'assène un coup de pied sous la table, m'adresse un regard signifiant clairement: «Arrête de te comporter comme un débile», puis tente de sourire à Brian, mais elle a la bouche tellement pleine que le résultat ressemble plus à la grimace étrange d'un tamia défiguré.

Quant à moi, je ne dis rien, trop occupé à bondir sur ma chaise.

Heureusement, maman est là.

«Ça alors, quelle bonne surprise!» Elle s'essuie les mains sur son tablier et s'avance pour lui serrer la main. «Contente de te revoir.

– Merci, dit-il. Content d'être de retour. (Il inspire profondément.) On sent vos bonnes odeurs de gâteau jusqu'à la maison. On en salivait devant nos corn-flakes.

– Mais sers-toi, je t'en prie, lui dit maman. Je suis dans une période cuisine, en ce moment. Et surtout, prends-en pour ta maman.»

Brian regarde le plan de travail avec envie. «Tout à l'heure, oui.» Ses yeux se posent alors sur moi. Il lèche sa lèvre inférieure et ce geste si familier me donne instantanément un coup au cœur.

Quelque part entre bondir et me rasseoir, je me suis figé net : le dos voûté, les bras ballants comme ceux d'un singe. Je comprends que je dois avoir l'air d'un fou à l'expression qui se lit sur son visage. Je choisis de rester debout. *Pfiou*. C'était la bonne décision! Eh oui, je tiens debout. Je suis un être humain doté de jambes, membres conçus à cet effet. Et lui se tient à un mètre cinquante de moi, plus qu'un mètre vingt, maintenant à moins d'un mètre, soixante centimètres...

Il est devant moi.

Brian Connelly se tient juste devant moi.

Ce qui reste de ses cheveux est d'un beau jaune crémeux. Ses yeux, ses yeux – ses merveilleux yeux plissés ! – vont me faire tomber dans les pommes. Il n'y a désormais plus rien pour les cacher. Je m'étonne que tous les passagers ne l'aient pas suivi à leur descente d'avion et ne l'attendent pas devant la porte. J'ai envie de le dessiner. *Maintenant*. J'ai envie de tout. *Maintenant*.

(PORTRAIT, AUTOPORTRAIT : *Les Deux Garçons courant vers la lumière*)

Pour me calmer, je compte ses taches de rousseur pour voir s'il en a de nouvelles.

« On t'a jamais dit que c'était impoli de fixer les gens du regard ? » me dit-il tout bas pour que je sois le seul à l'entendre. Quasi mot pour mot la première chose qu'il m'a dite, il y a des mois de cela. Ses lèvres dessinent son fameux petit sourire en coin. J'aperçois sa langue, nichée dans l'interstice entre ses dents de devant.

– Tu as changé, dis-je d'un ton un peu trop rêveur à mon goût.

– Moi ? Regarde-toi, t'es gigantesque. Je crois même que tu m'as dépassé. Comment est-ce possible ?

Je baisse les yeux. « Ouais, je me sens un peu loin de mes pieds, c'est vrai. » Je me suis souvent fait cette remarque, ces temps-ci. Mes pieds semblent appartenir à un autre fuseau horaire.

Il s'esclaffe, moi aussi, et le son de nos deux rires mêlés me fait l'effet d'une machine à remonter le temps qui me ramène instantanément à l'été dernier, nos journées en forêt, nos nuits sur son toit. Ça fait cinq mois qu'on ne s'est pas parlé et on est très différents de ce qu'on était, mais c'est pareil, pareil, pareil. Je note que maman nous observe avec curiosité, intensément, sans comprendre tout à fait ce qu'elle voit, comme si on jouait dans un film étranger sans sous-titres.

Brian se tourne vers Jude, qui a enfin réussi à avaler sa bouchée de pâtisserie. «Salut», dit-il.

Elle lui adresse un signe de la main avant de se replonger dans ses Cheerios sans lait. C'est bien vrai. Il n'y a strictement rien entre eux. Leur séjour dans le placard leur a probablement fait l'effet d'un trajet en ascenseur avec un parfait inconnu. Rétrospectivement, je culpabilise à mort en repensant à ce que j'y ai fait, moi.

«Où diable est passé Ralph? Où diable est passé Ralph?

— Oh, mon Dieu, s'exclame Brian, je l'avais oublié, celui-là! Dire que j'ai passé des mois sans me demander un seul instant où était Ralph!

— Ce perroquet nous a tous plongés dans un grave dilemme existentiel», commente maman en souriant.

Brian lui rend son sourire et se tourne à nouveau vers moi. «Prêt?» me demande-t-il, comme si on avait un truc prévu ensemble.

Je note qu'il n'a pas sa sacoche à météorites sur lui, et un simple coup d'œil par la fenêtre suffit à m'informer qu'il va sans doute tomber des cordes d'ici deux minutes, mais il faut qu'on sorte d'ici. Immédiatement. «On part chercher des météorites», dis-je, comme s'il s'agissait de l'activité la plus normale au monde pour une matinée d'hiver. Je ne leur ai pas révélé grand-chose de mes occupations de cet été, ce qui explique l'air totalement ahuri avec lequel elles me dévisagent toutes les deux. Mais on s'en fout, pas vrai?

Exactement.

En un clin d'œil, on est dehors, on traverse la rue et on se précipite dans la forêt, courant et riant sans raison, totalement à bout de souffle et euphoriques, quand Brian m'attrape par ma chemise, me retourne face à lui et, une main plaquée sur mon torse, me repousse contre un tronc d'arbre et m'embrasse avec une telle fougue que j'en perds la vision.

Ma cécité ne dure qu'une seconde, après quoi les couleurs me bombardent – non par les yeux mais par la peau, remplaçant mon sang et mes os, mes muscles et mes ligaments, jusqu'à ce que tout devienne rougeorangebleuvertvioletjaune-rougeorangebleuvertvioletjaune.

Brian recule et m'observe. « Wow, lâche-t-il. J'en crevais d'envie depuis longtemps. » Je sens son souffle sur mon visage. « Si longtemps. Tu es tellement… » Il ne finit pas sa phrase, caresse ma joue du revers de sa main. Son geste est stupéfiant, renversant, si inattendu et d'une tendresse folle. Tout comme son regard. Ma joie est douloureuse, aussi violente que des chevaux au galop dégringolant dans une rivière.

– Mon Dieu, je chuchote. Ça y est, c'est pour de vrai.

– Oui.

Je crois que le cœur de toutes les créatures vivantes sur terre bat dans ma poitrine avec le mien.

J'enfonce mes doigts dans ses cheveux, enfin, enfin, puis je rapproche sa tête de la mienne et je l'embrasse si fort que nos dents s'entrechoquent, les planètes entrent en collision dans l'univers, et je l'embrasse maintenant pour toutes les fois où nous ne l'avons pas fait cet été. Sans compter que je sais absolument comment l'embrasser, comment le faire frissonner de la tête aux pieds rien qu'en lui mordillant la lèvre, comment le faire gémir à l'intérieur de ma bouche en chuchotant son prénom, comment lui renverser la tête en arrière, lui arquer le dos, comment le faire grogner entre ses dents. À croire que j'ai pris des cours intensifs pour me former. Et tout en l'embrassant encore et encore, je rêve de pouvoir l'embrasser et je le désire encore plus, toujours plus, comme si je ne pouvais pas me rassasier de lui, comme si je ne pouvais jamais en avoir assez.

« On est comme eux, je dis/pense, m'arrêtant de l'embrasser une seconde, le temps de reprendre mon souffle, nos bouches séparées par quelques centimètres à peine, nos fronts pressés l'un contre l'autre.

– Qui ça ? » Sa voix râpeuse me met le sang en ébullition, si bien que je n'ai même pas le temps de lui parler du couple de garçons que j'avais surpris dans le couloir lors de cette fameuse soirée. À la place, je glisse mes mains sous sa chemise, parce que je peux le faire, maintenant, je peux faire tout ce à quoi je pense depuis des semaines et des mois. Je touche la rivière de son ventre, son torse, ses épaules. Il murmure « oui » dans un souffle et j'en tremble, ce qui le fait trembler à son tour, et ses mains s'aventurent sous ma chemise avec une ardeur qui me brûle la peau et me consume.

Amour, je pense en boucle et encore et encore et encore sans oser le dire tout haut. Ne surtout pas le dire tout haut.

Ne lui dis pas. Ne lui dis pas que tu l'aimes.

Mais c'est la vérité. Je l'aime plus que tout.

Je ferme les yeux et aspire les couleurs, les ouvre et me laisse absorber par la lumière, des milliards et des milliards de seaux de lumière qui se déversent d'en haut sur nos têtes.

Ça y est enfin. Tout est là. C'est le peintre qui se peint lui-même.

C'est ce que je suis en train de me dire lorsqu'un astéroïde vient s'écraser sur nous.

— Personne ne doit savoir, déclare-t-il. Jamais.

Je fais un pas en arrière, je le dévisage. En une seconde, il s'est transformé en sirène. La forêt fait soudainement silence. Elle refuse d'entendre ce qu'il vient de dire.

Il poursuit, plus calmement :

— Ce serait la fin. De tout. Ma bourse sportive à Forrester. Je suis le capitaine assistant de l'équipe en tant qu'élève de deuxième année et…

Je veux qu'il se taise. Je veux qu'il revienne avec moi. Je veux que son visage arbore la même expression qu'il y a une minute à peine quand je touchais son ventre, son torse, ou quand il m'a caressé la joue. Je soulève sa chemise, la passe par-dessus sa tête, puis je retire la mienne et me blottis contre lui pour qu'on soit parfaitement alignés tous les deux, cuisses contre cuisses, entrejambe contre entrejambe, torse nu contre torse nu. Son souffle est haché. On est parfaits l'un pour l'autre. Je l'embrasse lentement, en profondeur, et le seul mot qui sort de sa bouche est mon prénom.

Il le répète.

Encore.

Nous sommes deux bougies en train de fondre l'une dans l'autre.

– Personne ne saura jamais. Ne t'inquiète pas, je lui chuchote, sans pourtant me soucier que le monde entier l'apprenne, sans plus me soucier de quoi que ce soit excepté lui et moi sous le ciel béant tandis que le tonnerre éclate et la pluie avec.

Je suis bien calé sur mon lit en train de dessiner Brian, qui se tient à quelques mètres de moi, assis devant mon ordi, pour regarder une pluie de météores sur un site d'astronomie auquel il est accro. Sur mon dessin, les étoiles et les planètes jaillissent de l'écran pour envahir ma chambre. C'est la première fois qu'on se revoit depuis la forêt, sauf que je l'ai déjà revu trente mille milliards de fois dans ma tête ces derniers jours, dont à Noël. Ce qui s'est passé entre nous a colonisé jusqu'à la dernière cellule de mon cerveau. J'arrive à peine à nouer mes lacets. J'avais oublié comment on mâchait, ce matin.

J'ai eu peur qu'il m'évite pendant le restant de nos jours mais, quelques minutes plus tard, alors que je venais d'entendre la voiture de sa mère rentrer dans leur garage, de retour de je ne sais quel centre bouddhiste au nord de la ville, il était derrière ma fenêtre. Je l'ai écouté déblatérer interminablement sur l'état de l'union intergalactique et maintenant, on en est à se disputer pour savoir lequel de nous deux a passé le Noël le plus pourri. Il se comporte comme s'il ne s'était rien passé entre nous, alors je fais pareil. Enfin, j'essaie. Mon cœur est encore plus gros que celui d'une baleine bleue, qui a déjà besoin de sa propre place de parking. Sans parler de ma Naze Tower, qui m'oblige à squatter la douche pendant des heures. Je suis d'une propreté irréprochable. Si on se retrouve en pénurie d'eau chaude, j'assume : ce sera entièrement de ma faute.

En fait, je suis justement en train de rêver d'une douche avec lui, nos corps nus ruisselants d'eau bouillante, je m'imagine en train de le coller contre le mur, de glisser mes mains absolument partout sur son corps ; j'imagine les sons qu'il ferait, sa tête rejetée en arrière pendant qu'il dirait « oui » comme dans la forêt l'autre jour, je m'imagine la scène comme si j'y étais tout en lui racontant d'une voix calme et parfaitement maîtrisée comment Jude et moi avons passé Noël dans la chambre d'hôtel de papa à manger des trucs de chez le traiteur chinois et à respirer de l'air gris. C'est fou comme ce qui se passe au fond de ma tête reste au fond de ma tête.

(AUTOPORTRAIT : *Ne pas déranger*)

– Laisse tomber, dit-il. Tu ne peux pas me battre. J'ai dû rester assis en tailleur pendant toute la journée avec ma mère, puis dormir sur un matelas posé par terre et manger un bol de bouillie infâme le soir de Noël. En guise de cadeau, j'ai eu droit à une prière de la part des moines. Une prière pour la paix ! Je répète : assis toute la journée, *moi* ! Je ne pouvais rien dire. Ni rien faire. Pendant huit heures. Et après ça, de la bouillie et une prière ! (Il pouffe de rire, et moi aussi.) J'ai dû porter une robe. Une saleté de robe. (Il se retourne, s'illumine comme une lanterne.) Et le pire, c'est que pendant tout ce temps-là, je n'arrêtais pas de penser à…

Je le vois trembler. Oh, mon Dieu.

« C'était une souffrance totale, mec. Heureusement, on avait des espèces de coussins posés sur nos genoux, donc personne n'a rien vu. C'était horrible. (Et il regarde fixement ma bouche.) Et pas si horrible que ça, en même temps. » Il se tourne de nouveau vers ses étoiles.

Je le vois qui tremble encore.

Ma main devient si molle que j'en lâche mon crayon. Lui aussi, il n'arrête pas de penser à moi.

Il pivote sur la chaise.

— Alors, c'était qui, « eux », ces gens dont tu parlais ?

Je mets une seconde avant de comprendre.

— Un couple de mecs que j'ai vu s'embrasser à cette soirée.

Il fronce les sourcils.

— La soirée où t'es sorti avec Heather ?

Pendant des mois, j'étais tellement furax contre Jude et lui à cause d'un truc qui n'est jamais arrivé que je n'ai pas pensé une seconde qu'il puisse m'en vouloir à cause d'un truc qui s'était vraiment produit. M'en veut-il toujours ? Est-ce pour ça qu'il ne m'a jamais appelé ni envoyé d'e-mail ? Je voudrais lui dire ce qui s'est vraiment passé. Je voudrais m'excuser. Parce que je suis sincèrement désolé. Mais je lui dis juste : « Ouais, cette soirée-là. Je les ai trouvés…

— Quoi ?

— Difficile à dire. Fascinants, peut-être…

— Pourquoi ? » Sa voix se mêle à son souffle. Je n'ai pas de réponse à lui donner. Je les trouvais fascinants parce que c'étaient deux garçons en train de s'embrasser, voilà tout.

– Je m'étais dit que j'étais prêt à sacrifier mes dix doigts si...

– Si quoi ? insiste-t-il.

Je m'aperçois que je n'arrive pas à le dire à voix haute, mais c'est inutile, car il le dit lui-même : « Si on pouvait être comme eux, c'est ça ? Moi aussi, je les ai vus, tu sais. »

Ma température interne vient de s'élever à un millier de degrés.

– Ça doit pas être facile de dessiner sans doigts, me fait-il remarquer.

– C'est sûr.

Je ferme les yeux, incapable de contenir l'émotion qui me submerge. Quand je les rouvre, une seconde plus tard, c'est comme s'il était suspendu à un crochet, avec moi dans le rôle du crochet. Je suis son regard, en direction de mon ventre nu – mon sweat-shirt s'est relevé –, puis un peu plus bas, où rien de ce que je ressens n'est laissé à l'imagination. J'ai l'impression qu'il vient de me taser ou de m'envoyer une fléchette empoisonnée, parce que je ne peux plus bouger.

Il déglutit, se retourne face à l'ordinateur et pose sa main sur la souris sans cliquer tout de suite pour faire disparaître l'écran de veille. Son autre main descend vers le bas.

Sans quitter l'écran des yeux, il me demande : « T'as envie ? » et je me sens comme un tsunami dans un gobelet en carton.

« Carrément », dis-je, car je comprends instantanément ce que signifie sa question, et on défait tous les deux notre ceinture en même temps. De là où je suis, je vois surtout son dos et pas grand-chose d'autre mais, quand il tourne la tête, j'aperçois son visage, ses yeux fougueux qui plongent dans les miens, et c'est comme si on s'embrassait à nouveau, mais chacun à un bout de la chambre, un baiser encore plus intense que celui de la forêt, où on avait gardé nos pantalons. Je ne savais pas qu'on pouvait embrasser quelqu'un avec les yeux. Je ne savais rien. Les couleurs font dégringoler les murs de ma chambre, mes propres murs aussi…

Et puis, l'impensable.

Ma mère, genre *ma mère*, fait irruption dans la pièce en agitant un magazine. Je croyais avoir verrouillé la porte. Je l'aurais même juré !

«C'est le meilleur essai que j'ai jamais lu sur Picasso, tu vas…» Son regard incrédule oscille entre moi et Brian. Puis entre nos mains qui tâtonnent, fouillent et déboutonnent.

«Oh, lâche-t-elle. Oh. Oh.»

La porte se referme et elle disparaît aussi vite qu'elle est apparue, comme si elle n'avait jamais été là, comme si elle n'avait rien vu du tout.

Elle ne fait pas comme s'il ne s'était rien passé.

Une heure après le saut affolé de Brian par la fenêtre de ma chambre, j'entends frapper à ma porte. Je ne dis rien, je me contente d'allumer ma lampe de bureau pour qu'elle ne me trouve pas assis dans le noir, comme je le suis resté depuis son départ. Je prends un crayon et me mets à dessiner, mais je tremble comme une feuille, si bien que je n'arrive pas à tracer un seul trait digne de ce nom.

– Noah, je vais entrer.

Tout le sang contenu dans mon corps remonte

d'un seul coup en direction de mon visage. Lentement, la porte s'ouvre. Je veux mourir.

– J'aimerais te parler, mon chéri, dit-elle sur le même ton que lorsqu'elle s'adressait à Charlie le Dingo, notre idiot du village, ici à Lost Cove.

Fais ce que tu veux. Fais ce que tu veux. Fais ce que tu veux. Je me chante ces mots en boucle dans ma tête tout en écrasant la mine de mon crayon sur la page. Je me tiens voûté au-dessus de mon carnet de croquis, tout juste si je ne le serre pas dans mes bras, pour ne surtout pas croiser son regard. Des incendies ravagent des forêts entières à l'intérieur de moi. Elle n'a pas compris qu'elle était censée me laisser tranquille pendant cinquante ans après ce qui vient de se passer ?

Elle me touche l'épaule en passant derrière moi. Je me crispe.

Depuis le lit où elle vient de s'asseoir, elle déclare :

– C'est compliqué, l'amour… pas vrai, Noah ?

Je me raidis de la tête aux pieds. Pourquoi me sortir une chose pareille ? Pourquoi utilise-t-elle le mot « amour » ?

Je jette mon crayon sur mon bureau.

– Tu as tout à fait le droit d'éprouver des sentiments. C'est *naturel*.

Un NON géant explose dans ma tête. Que sait-elle des sentiments que j'éprouve ? Que sait-elle à propos de quoi que ce soit ? Elle ne sait rien. Elle ne peut pas savoir. Tout ce qu'elle sait faire, c'est s'incruster dans mon jardin secret et m'en faire faire le tour comme si elle était chez elle. « Dégage, ai-je envie de lui crier. Hors de ma chambre. Hors de ma vie. Hors de mes tableaux.

Hors de tout! Retourne dans ton monde et laisse-moi tranquille! De quel droit oses-tu me déposséder de cette expérience avant même que j'aie eu le temps d'en profiter?» Je voudrais lui dire toutes ces choses, mais aucun mot ne sort de ma bouche. C'est à peine si je peux respirer.

Brian a eu la même réaction. Il a failli faire un malaise juste après son départ. La tête entre les mains, le corps plié en deux, il répétait «Oh, mon Dieu! Oh, mon Dieu! Oh, mon Dieu!». J'aurais préféré qu'il dise autre chose, mais quand il s'est mis à parler, j'ai changé d'avis.

Je n'avais jamais vu quelqu'un paniquer comme ça. Il transpirait et faisait les cent pas, les mains dans les cheveux comme s'il allait se les arracher. J'ai cru qu'il allait frapper les murs ou s'en prendre à moi. J'ai cru qu'il allait me tuer.

«Dans mon ancien bahut, a-t-il déclaré, il y avait un mec dans l'équipe de base-ball. Les autres croyaient que… *pff*, j'en sais rien. Ils ont vu qu'il avait consulté je ne sais quel site Internet. (Son visage intérieur était devenu son visage extérieur, totalement crispé.) À cause d'eux, il ne pouvait même plus jouer. Chaque jour, ils inventaient un nouveau truc pour lui pourrir la vie. Un vendredi, après les cours, ils l'ont enfermé dans le placard du vestiaire. (Il a grimacé, comme assailli par un souvenir, et c'est là que j'ai compris. En un éclair.) Pendant toute une nuit et la journée du lendemain. Dans un espace minuscule, sombre et répugnant. Ses parents le croyaient en déplacement avec l'équipe pour un match, et quelqu'un avait dit à l'entraîneur qu'il était malade, si bien que personne ne s'est inquiété de savoir où il était. Personne ne savait qu'il était enfermé là-dedans.» Sa poitrine se soulevait, il haletait, et je me suis souvenu qu'il m'avait expliqué être un jour devenu claustrophobe alors qu'il ne l'était pas avant. «Il était bon, en plus, sans doute le meilleur joueur de l'équipe. En tout cas, il avait le potentiel pour. Et il n'avait *rien* fait. Il allait juste sur certains sites, et il s'est fait choper. Tu comprends? Tu réalises ce que ça impliquerait, pour moi? Le capitaine assistant? Je veux être capitaine l'année prochaine pour tenter de décrocher mon diplôme plus tôt. Sinon, je peux faire une croix sur ma bourse. Je n'aurai plus rien. Ces types ne sont pas… évolués. Ils n'habitent pas en Californie du Nord. Ils ne passent pas leurs journées à méditer en tailleur ou à dessiner. (Je me suis pris un coup de lame en plein cœur.) C'est horrible, d'être enfermé dans un placard.

– Personne ne découvrira ton secret, lui ai-je assuré.

– T'en sais rien. Tu te souviens du cousin débile de Fry que j'ai failli décapiter l'été dernier, celui qui ressemble à un orang-outan? Son petit frère va dans le même internat que moi. J'ai cru halluciner en le voyant. C'est son portrait craché. (Il a humecté sa lèvre inférieure.) N'importe qui aurait pu nous voir l'autre jour, Noah. N'importe qui. Fry, par exemple, et alors là… Je n'y ai même pas réfléchi sur le moment tellement j'étais… (Il a secoué la tête.) Je ne veux pas qu'on m'oblige à quitter l'équipe. Je ne peux pas me permettre de perdre ma bourse sportive. On est trop fauchés. Et dans ce lycée… le prof de sciences physiques est un astrophysicien. Je ne veux pas m'en aller.

Il faut que je conserve ma bourse pour entrer à la fac. C'est très grave.»

Il s'est avancé vers moi. Il avait l'air hystérique, les yeux bien trop brillants, il me faisait l'effet d'un géant planté là juste devant moi et j'aurais été incapable de dire s'il comptait m'embrasser ou me frapper. Il m'a agrippé par mon tee-shirt, sauf que cette fois il avait le poing serré et qu'il m'a déclaré: «Tout est fini entre nous. On n'a pas le choix. Tu comprends?»

J'ai fait oui de la tête, et j'ai senti en moi quelque chose d'énorme et d'aveuglant se pulvériser en l'espace d'une seconde. Je suis à peu près certain que c'était mon âme.

— Et tout ça, c'est de ta faute! dis-je à ma mère.

— Quoi donc, mon chéri? me demande-t-elle, alarmée.

— Tout! Tu ne vois pas? Tu as écrasé papa. Tu l'as chassé comme un vulgaire lépreux. Il t'aime! Tu crois que ça l'amuse de se retrouver tout seul dans cette chambre qui pue la mort, à respirer de l'air gris, à bouffer de la pizza froide et à mater des documentaires sur les oryctéropes pendant que tu cuisines tes bons petits plats, que tu fredonnes sans arrêt et que tu te balades sous la pluie avec ton soleil personnel au-dessus de la tête?

— Qu'est-ce que tu entends par là? Je ne comprends pas...

— Peut-être qu'à force de le piétiner, tu l'as totalement vidé, comme une carapace sans tortue à l'intérieur.

Elle marque une pause. «Pourquoi me dis-tu des choses pareilles? Est-ce comme ça que tu te sens?

– Je ne parle pas de moi. Et tu sais quoi d'autre ? Tu n'as rien de spécial. Tu es comme tout le monde. Tu ne flottes pas au-dessus du sol, tu ne traverses pas les murs, et ça n'arrivera jamais !

– Noah ?

– Je t'ai toujours vue comme un être venu d'ailleurs, d'un endroit magique et extraordinaire, mais tu es très banale, en fait. Et tu ne répands plus le bonheur autour de toi comme avant. Tu rends les gens malheureux.

– Noah, tu as terminé ?

– Maman. » Je prononce ce mot comme s'il grouillait d'asticots. « Oui. J'ai terminé.

– Écoute-moi. (La soudaine gravité de sa voix me prend au dépourvu.) Je ne suis pas venue ici pour te parler de moi ou de ma relation avec ton père. Nous en rediscuterons, c'est promis, mais pas aujourd'hui. »

Si je ne la regarde pas, elle va lâcher l'affaire et disparaître, et ce qu'elle a surpris entre Brian et moi disparaîtra aussi avec elle. « Tu n'as rien vu du tout ! je hurle, complètement déchaîné. C'était juste un truc entre mecs. C'est la vérité. Ils font ça dans les vestiaires de base-ball. Les branlettes en réunion, ça s'appelle, tu connais ? » Je prends ma tête entre mes mains. Elles sont inondées de larmes.

Elle se lève, s'avance vers moi, me soulève le menton et m'oblige à la regarder en face. « Écoute-moi. Il faut beaucoup de courage pour être honnête envers soi-même et envers son cœur. Ce courage, tu l'as toujours eu et j'espère que tu le garderas encore longtemps. C'est ta responsabilité, Noah. Ne l'oublie jamais. »

Le lendemain matin, je me réveille à l'aube, la panique au ventre. Parce qu'il ne faut surtout pas qu'elle en parle à papa. Elle doit m'en faire la promesse. Au bout de quatorze ans, j'ai enfin un père et j'aime ça. Non, *j'adore* ça. Il me considère enfin comme un parapluie en état de marche.

Je me déplace dans l'obscurité de la maison comme un voleur. La cuisine est vide. À pas de loup, je me rends jusqu'à la chambre de maman, m'assois l'oreille collée contre la porte et guette le moment où elle va se réveiller. Il est possible qu'elle ait déjà parlé à papa, même s'il était déjà tard quand on s'est quittés hier soir. Peut-elle encore me gâcher la vie encore plus qu'elle ne l'a déjà fait ? Ça ne lui a pas suffi de tout briser entre Brian et moi ? Maintenant, il faut qu'elle fasse pareil avec papa ?

Je sens que je me rendors tout doucement, les lèvres de Brian sur les miennes, ses mains sur mon torse et partout ailleurs, quand le son de la voix de maman me fait sursauter. Je me dégage de mon étreinte fantôme. Elle doit être au téléphone. Je mets mes mains autour de mes oreilles et me colle contre la porte – c'est vraiment efficace, ce truc ? Mais oui : ça marche. J'entends nettement mieux. Sa voix est tendue, comme lorsqu'elle parle avec papa ces temps-ci. « Il faut que je te voie, dit-elle. Je ne peux plus attendre. Je suis restée debout toute la nuit à réfléchir. Il s'est passé quelque chose avec Noah, hier. » J'avais raison : elle va *tout* cafter ! Papa doit être en train de parler à l'autre bout du fil, car elle reste silencieuse un moment avant de déclarer : « OK, pas à ton studio, disons à l'Oiseau de bois. Dans une heure, c'est parfait.» Je ne crois pas qu'elle ait jamais mis les pieds dans son studio. Elle le laisse moisir dans son hôtel.

Je frappe et attends qu'elle me dise d'entrer. Elle porte sa robe de chambre pêche, son téléphone pressé contre sa poitrine. Son mascara a coulé comme si elle avait pleuré toute la nuit. À cause de moi? Mon estomac se serre. Parce qu'elle ne veut pas d'un fils gay? Parce que personne n'en veut, en réalité, même pas avec un esprit aussi ouvert et tolérant que le sien. Elle a pris un coup de vieux, comme si elle avait vécu plusieurs siècles en une nuit. Regardez ce que je lui ai fait. Sa peau déçue pendouille sur ses os déçus. Ce qu'elle m'a dit hier soir, c'était donc juste du cinéma pour me faire plaisir?

«Bonjour, mon chéri», me dit-elle d'un ton faux. Elle jette son téléphone sur son lit et va jusqu'à la fenêtre pour ouvrir les rideaux. Le ciel est à peine réveillé, dehors. La matinée est triste et grise. J'envisage de me briser moi-même les doigts, une idée absurde qui me vient comme ça. Un par un. Devant elle.

«Tu vas où?

— J'ai rendez-vous chez le médecin.» Quelle menteuse! Et elle le fait avec une telle facilité, en plus. M'a-t-elle menti toute ma vie? «Comment savais-tu que j'allais sortir?»

Vite, trouve un truc, Noah. «Autrement, tu serais sans doute déjà à tes fourneaux.»

Ça marche. Elle sourit, se dirige vers sa coiffeuse et s'assoit face au miroir. La bio de Kandinsky qu'elle est en train de lire est posée, couverture vers le bas, à côté de sa brosse à cheveux en argent. Elle commence à se mettre de la crème autour des yeux, puis efface tout le noir à l'aide d'un coton.

(PORTRAIT : *Maman remplaçant son visage par un autre*)

Quand elle a fini de se maquiller, elle rassemble ses cheveux en chignon, puis change d'avis et prend sa brosse. « Je comptais faire un gâteau à la vanille, tout à l'heure… » Je ne l'écoute plus. Il faut que ça sorte. Moi aussi, j'ai le chic pour balancer des bombes sans prévenir, d'habitude. Pourquoi les mots ne veulent-ils pas sortir ?

– Tu n'as pas l'air dans ton assiette, Noah.

Elle me regarde dans le reflet de son miroir.

(PORTRAIT, AUTOPORTRAIT : *Enfermé dans un miroir avec ma mère*)

Je vais le dire à ma mère du miroir. Ce sera plus facile. « Je ne veux pas que tu parles à papa de ce que t'as vu. Même si tu n'as rien vu. Vu qu'il n'y avait rien à voir. Et que ça n'a pas d'importance de toute manière… » Alerte rouge, alerte rouge.

Elle repose sa brosse. « D'accord.

– D'accord ?

– Absolument. C'est ta vie privée. Si tu veux dire à ton père ce que je n'ai pas vu, vas-y. Si ce que je n'ai pas vu signifie quelque chose d'important pour toi, alors je t'y encourage. Ton père est différent de l'image qu'il peut donner, parfois. Tu le sous-estimes.

– Je le sous-estime, moi ? Tu plaisantes ? C'est lui qui me sous-estime.

– Pas du tout. (Elle soutient mon regard dans le miroir.) Il a juste un peu peur de toi. Depuis toujours.

371

– Peur de moi ? Ben voyons. Papa a peur de moi. » Qu'est-ce qu'elle raconte ?

« Il pense que tu ne l'apprécies pas.

– C'est *lui* qui ne m'apprécie pas ! » Enfin, autrefois. Maintenant, tout a changé, allez savoir pourquoi. Et je tiens à ce que ça reste comme ça.

Elle secoue la tête. « Tout va s'arranger entre vous. J'en suis sûre. » Peut-être, mais pas si elle lui en parle. « Vous vous ressemblez tellement. Vous ressentez les choses très en profondeur, parfois trop. (Hein ?) Jude et moi avons le cuir un peu plus épais, poursuit-elle. Notre armure est difficile à transpercer. Ton père et toi, vous êtes plus vulnérables. » Première nouvelle. Je n'aurais jamais pensé avoir le moindre point commun avec papa. Ce qu'elle m'explique, en gros, c'est qu'on est deux grosses chochottes, lui et moi. C'est aussi ce que pense Brian. Je suis juste un mec « qui dessine ». Et j'ai mal de l'entendre dire que Jude tient d'elle et pas moi. Pourquoi tout ce que je croyais à propos de notre famille est-il en train de voler en éclats ? Pourquoi les équipes changent-elles sans arrêt ? Est-ce comme ça dans toutes les familles ? Et surtout, comment savoir si elle me dit la vérité en me promettant de ne rien dire à papa ? Elle vient bien de me mentir à propos de son rendez-vous médical. Pourquoi doit-elle le retrouver, alors ? Et allô, elle a bien dit mot pour mot : « Il s'est passé quelque chose avec Noah hier soir. »

Elle va lui dire, c'est sûr. C'est pour ça qu'ils doivent se retrouver à l'Oiseau de bois. Je ne la crois plus.

Elle se dirige vers sa penderie. « Nous en

reparlerons plus tard. Il faut vraiment que je me prépare. Mon rendez-vous chez le médecin est dans moins d'une heure. » Ouh, la menteuse ! Ton nez s'allonge, Pinocchio !

Comme je m'apprête à partir, elle me lance :

– Tout va s'arranger, Noah. Ne t'inquiète pas.

– Tu sais quoi ? lui dis-je en serrant les poings, j'aimerais vraiment que t'arrêtes de répéter ça tout le temps, m'man.

Bien sûr que je vais la suivre. Quand j'entends sa voiture s'éloigner, je sors de la maison au pas de course. En coupant par les sentiers, je peux arriver à pied à l'Oiseau de bois aussi vite qu'elle.

Nul ne sait qui a fabriqué l'Oiseau de bois. Un artiste anonyme l'a sculpté dans la souche géante d'un séquoia, plume de bois après plume de bois. Ça a dû lui prendre des années, dix ou vingt ans même. C'est une œuvre gigantesque, et chaque plume est unique. Maintenant, un sentier y mène depuis la route principale et un banc a même été installé juste à côté, face à l'océan, mais quand l'artiste a sculpté l'oiseau, il n'y avait rien de tout ça. Il était comme Jude : il l'a fait parce qu'il en avait envie, sans se soucier de savoir si quelqu'un verrait un jour le résultat. Ou peut-être avait-il le sens de la mise en scène, au contraire, et aimait-il l'idée que les promeneurs tombent dessus par hasard.

Je suis tapi dans les buissons, à quelques mètres de maman. Assise sur le banc, elle contemple l'océan. Le soleil a percé un trou dans le brouillard et la lumière s'enroule autour des arbres. Le thermomètre va grimper, encore l'une de ces chaudes journées d'hiver incongrues. Papa n'est pas encore arrivé. Je ferme les yeux et vois Brian ; il est partout en moi, désormais, comme s'il flottait à l'intérieur de mon corps. Comment a-t-il pu prendre une décision aussi brutale ? Changera-t-il d'avis ? J'enfonce ma main dans ma poche pour palper le caillou quand j'entends quelqu'un approcher.

Je rouvre les yeux, m'attendant à découvrir papa, mais c'est un parfait inconnu qui approche sur le sentier. Il s'arrête à la lisière des arbres et regarde fixement ma mère, qui ne semble pas avoir remarqué sa présence. Je ramasse un bâton. Est-ce un psychopathe ? L'homme tourne légèrement la tête et je le reconnais – ce visage, cette démesure géographique… C'est l'artiste de Day Street. Ici ! Je lâche mon épée, soulagé. Il doit sans doute faire une sculpture de maman dans sa tête, comme moi avec mes tableaux. Est-il en train de se promener ? C'est la question que je me pose quand, tout à coup, le ciel se pulvérise en des milliers de bris de verre parce que maman se lève d'un bond, accourt vers lui et lui tombe dans les bras. J'ai l'impression que je vais prendre feu.

Je secoue la tête. Oh, mais non, ce n'est pas ma mère, bien sûr. Voilà l'explication. Le sculpteur fou a une femme qui lui ressemble comme deux gouttes d'eau.

Mais ce sont pourtant ses bras. Je sais reconnaître ma propre mère.

C'est quoi cette histoire ?

Les éléments commencent à se mettre en place. À toute allure. Sa voiture garée devant le studio de l'artiste, l'autre jour, papa viré de la maison, ses

conversations téléphoniques (et celle du sculpteur : « Fais vite, mon amour »!), sa joie de vivre,
sa mauvaise humeur, ses moments d'absence, son
engouement soudain pour la cuisine et la pâtisserie, son incapacité à redémarrer au feu vert, la
salsa, les bracelets multicolores et les fringues de
cirque! Toutes les pièces du puzzle s'assemblent
frénétiquement. Eux deux, ici, *ensemble*.

Le hurlement dans ma tête est si fort que je me
dis qu'ils doivent forcément l'entendre.

Elle a un amant. Elle trompe papa. Quelle sale
menteuse gerbifiante. Ma propre mère! Comment ai-je pu ne pas y penser plus tôt? Réponse :
justement, parce que c'est ma mère. Ma maman
à moi n'aurait jamais fait une chose pareille. Elle
offre des donuts – les meilleurs que j'ai jamais
mangés – aux éboueurs. Elle n'a pas de liaison
secrète.

Est-ce que papa est au courant ?

– « Amant. » Je le chuchote tout haut pour les
arbres, mais ils ont tous pris la fuite. Je sais que
c'est papa qu'elle trompe, mais je me sens trahi,
moi aussi. Elle a trahi Jude. Elle a trahi chaque
jour de notre vie.

(PORTRAIT de famille : *Quand tout vole en éclats*)

Ils s'embrassent, à présent. Je ne peux pas
m'empêcher de les regarder. Je ne l'ai jamais vue
embrasser papa comme ça. Les parents n'ont
pas le droit de s'embrasser comme ça! Maman
lui prend la main et l'emmène vers le bord de la
falaise. Elle a l'air si heureuse, ça me fait l'effet
d'un coup de poignard en plein cœur. Je ne reconnais pas cette femme qui virevolte entre les bras
de cet inconnu comme dans un film romantique

débile où les amoureux perdent l'équilibre et tombent par terre à force de tournoyer bêtement.

(PORTRAIT : *Mère dans une couleur aveuglante*)

Que disait-elle, ce matin ? Que son armure était difficile à percer. Cet homme a réussi, lui.

Je ramasse mon bâton. Je dois défendre mon père. Me battre contre cet artiste crevard. Il mérite que je lui balance une météorite à la tête. Que je le pousse du haut de la falaise. Parce que mon pauvre artichaut de père n'a pas la moindre chance contre ce gars-là. Et il le sait. Je comprends maintenant pourquoi il rétrécit, pourquoi l'air devient grisâtre autour de lui : c'est le poids de la défaite.

Il est comme un parapluie cassé. L'a-t-il toujours été ? On est tous les deux pareils. Tel père, tel fils.

Parce que je suis lucide. Moi non plus, je n'ai pas la moindre chance. « Tout est fini entre nous. On n'a pas le choix. OK ? »

Non, ce n'est pas OK. Rien n'est OK ! Voilà qu'ils s'embrassent à nouveau. Je crois bien que mes yeux vont jaillir de mes orbites, mes mains se détacher de mes bras, mes pieds voler loin de mes jambes. Je ne sais pas quoi faire. Je ne sais pas quoi faire. Il faut que je fasse quelque chose.

Alors, je cours.

Je cours, je cours, je cours, je cours, je cours… Arrivé à la hauteur de l'un des derniers bancs avant que le sentier débouche sur notre rue, je vois Brian en train de marcher avec Courtney.

Sa sacoche à météorites est suspendue à son épaule et leurs bras sont entrecroisés derrière eux, sa main à lui dans sa poche arrière de jean à elle et réciproquement. Comme s'ils sortaient ensemble. J'aperçois une traînée de couleur vive sur ses lèvres, et je mets quelques instants avant de comprendre que c'est du rouge à lèvres. Parce qu'il l'a embrassée.

Il l'a embrassée.

Ça commence par un grondement sourd, tout au fond de moi, puis mon corps tremble et c'est l'éruption volcanique, après ce qui vient de se passer près de l'Oiseau de bois, ce qui s'est passé dans ma chambre hier soir et avec ce qui se passe en ce moment même, la rage et l'incompréhension, le chagrin et le désespoir, la trahison, je me sens comme un volcan en éruption et ma bouche s'ouvre pour crier :

– Il est gay, Courtney ! Brian Connelly est gay !

Ces mots rebondissent dans l'air. Je voudrais aussitôt les récupérer.

Le visage de Brian s'ouvre comme le couvercle d'une boîte, et je ne vois que du mépris à l'intérieur. La mâchoire de Courtney s'affaisse. Elle me croit, c'est clair. Elle s'éloigne de lui. « Sérieux, Brian ? Je croyais que… » Elle ne termine pas sa phrase. Elle vient de voir sa tête.

C'est exactement l'expression qu'il devait avoir, seul dans le noir, enfermé dans ce placard à mesure que les heures passaient. C'est à ça que doit ressembler votre visage quand on vous arrache tous vos rêves d'un coup.

Et cette fois, c'est moi le bourreau. Moi.

Je détale de l'autre côté de la rue, hanté par la vision du regard haineux de Brian. Je ferais n'importe quoi pour retirer ce que je viens de dire, pour enfermer ces mots à double tour dans le coffre-fort de silence dont ils n'auraient jamais dû sortir. N'importe quoi. Mon estomac me brûle comme si j'avais avalé des clous. Comment ai-je pu lui faire une chose pareille après ce qu'il m'a raconté?

Je ferais n'importe quoi pour ne pas avoir vu ce que mes yeux ont vu près de l'Oiseau de bois, aussi.

Une fois à la maison, je fonce directement dans ma chambre, j'ouvre un carnet de croquis et je me mets à dessiner. Commençons par le commencement. Je dois d'abord convaincre maman de mettre un terme à sa liaison, et je n'ai qu'un seul moyen de le faire. La tâche est délicate et laborieuse, mais je finis par y arriver.

Mon dessin terminé, je le dépose sur son lit et pars à la recherche de ma sœur. J'ai besoin d'elle.

Fry me dit qu'elle est partie quelque part avec Zephyr, mais je ne les trouve nulle part.

Brian est introuvable, lui aussi.

Il n'y a que Prophète, qui radote à propos de Ralph, comme d'habitude.

J'emplis mes poumons d'air avant de hurler:

— Il n'y a pas de Ralph, saleté de piaf imbécile. Ralph n'existe pas!

Quand je rentre à la maison, maman m'attend dans ma chambre, mon dessin posé sur ses genoux. On l'y voit en train d'embrasser le sculpteur près de l'Oiseau de bois et papa, Jude et moi dans une sorte de nuage flou à l'arrière-plan.

Son mascara lui fait des larmes noires.

– Tu m'as suivie, dit-elle. Tu n'aurais pas dû, Noah. Je suis désolée. Tu n'aurais pas dû voir ça.

– Et toi, tu n'aurais pas dû *faire* ça !

Elle baisse les yeux. « Je sais, et c'est pourquoi…

– Je croyais que t'allais tout balancer à papa, dis-je. C'est pour ça que je t'ai suivie.

– Je t'avais promis de ne pas le faire.

– Je t'ai entendue dire au téléphone : "Il s'est passé quelque chose avec Noah hier soir." Je croyais que tu parlais à papa, pas à ton *amant*. »

À ce mot, ses traits se crispent. « J'ai dit ça parce qu'en m'entendant t'expliquer hier soir qu'il était de ton devoir d'être honnête envers toi-même et envers ton cœur, j'ai réalisé que j'étais une hypocrite et que je ferais mieux de suivre mon propre conseil. J'ai compris que je devais me montrer aussi courageuse que mon fils. » Minute, elle se sert de moi pour justifier sa duperie ? Elle se lève, me tend le dessin. « Noah, j'ai l'intention de demander le divorce. Je compte l'annoncer à ton père aujourd'hui. Et je tiens à ce que ta sœur l'apprenne de ma bouche aussi. »

Un divorce. Aujourd'hui. Maintenant. « Non ! » Tout est de ma faute. Si je ne l'avais pas suivie. Si je n'avais rien vu. Si je n'avais pas fait ce dessin. « Tu ne nous aimes plus ? » Ma vraie question était plutôt : « Tu n'aimes plus papa ? » mais c'est sorti comme ça.

– Je vous aime plus que tout au monde, ta sœur et toi. Tout. Et votre père est un homme merveilleux…

Mais je n'arrive plus à me concentrer sur ce qu'elle dit parce qu'une pensée vient de me submerger. « Il va venir habiter ici ? » je demande, l'interrompant en plein milieu de sa phrase. « Cet homme, là ? Il va vivre avec nous ? Il va dormir dans le lit du côté de papa ? Boire son café dans *sa* tasse ? Se raser devant *son* miroir ? Tu vas te marier avec lui ? C'est pour ça que tu veux divorcer ?

– Chéri… » Elle me touche l'épaule en un geste de réconfort, mais j'ai un mouvement de recul. Pour la première fois de ma vie, je la hais. Une haine réelle, vivante, cinglante.

« C'est vrai, dis-je, incrédule, tu vas te marier avec lui, hein ? C'est ce que tu veux. »

Elle ne dit pas non. Ses yeux disent oui. Je n'en reviens pas.

« Tu vas donc effacer papa d'un coup de baguette magique ? Faire comme s'il n'avait jamais existé ? » Exactement comme ce que fait Brian avec moi. « Il n'y survivra pas, m'man. Tu ne l'as pas vu dans son hôtel minable. Il est devenu l'ombre de lui-même. Il est brisé. » Et moi aussi. Et si, en retour, j'avais brisé Brian ? Comment l'amour peut-il avoir un tel pouvoir de destruction ?

« Nous avons essayé, ton père et moi. On s'est accrochés, pendant très longtemps. Je voulais pour mes enfants la stabilité que je n'ai jamais connue moi-même en grandissant. Je ne voulais pas en arriver là. (Elle se rassoit.) Mais je suis tombée amoureuse d'un autre homme. » Son visage s'ouvre – personne n'arrive à garder son visage intact, aujourd'hui – et celui d'en dessous n'est que désespoir. « C'est comme ça. J'aimerais que les choses soient différentes, mais je n'y peux rien. Ce n'est pas bon de vivre dans le mensonge. Tu m'entends, Noah ? Jamais. (Son ton est suppliant.) On aime qui on aime, un point c'est tout, n'est-ce pas ? »

Ces mots font soudain taire le vacarme à l'intérieur de moi. Bien malgré moi, c'est sûr. Et j'ai soudain envie de tout lui raconter. Lui dire que moi aussi, je suis amoureux, que moi non plus, je n'y peux rien, et que je viens de faire à celui que j'aime la chose la plus horrible du monde, que je ne sais pas ce qui m'a pris et que je ferais n'importe quoi pour revenir en arrière.

Mais au lieu de lui dire tout ça, je m'en vais.

L'Histoire de la chance

Jude
16 ans

Couchée dans mon lit, incapable de trouver le sommeil, j'imagine Oscar en train d'embrasser Brooke aux cheveux châtains pendant que je subissais ma punition karmique à mariner dans le placard. Je repense aux fantômes de Granny et de maman, unis contre moi. Mais je pense surtout à Noah. Que faisait-il devant l'atelier de Guillermo, aujourd'hui ? Et pourquoi avait-il l'air si effrayé, si inquiet ? Il m'a dit qu'il était parti courir, qu'il allait tout à fait bien et que c'était un hasard total qu'on se soit croisés sur Day Street. Mais je ne l'ai pas cru, comme je ne l'ai pas cru non plus lorsqu'il m'a affirmé ne pas savoir comment tous les liens sur Guillermo Garcia que j'avais enregistrés dans mes marque-pages avaient été effacés. Il a dû me suivre. Mais pourquoi ? J'avais l'impression qu'il voulait me dire quelque chose. Mais qu'il avait trop peur.

Me cacherait-il un secret ?

Et pourquoi fouillait-il dans mes affaires, l'autre jour ? Je ne suis pas convaincue par l'argument de la simple curiosité. Sans parler de la cagnotte d'urgence : pourquoi l'a-t-il utilisée ? J'ai regardé partout dans sa chambre quand il est sorti tout à l'heure, mais je n'ai rien trouvé de nouveau.

Je me redresse dans mon lit, alertée par un bruit suspect. Des meurtriers armés de haches. Ils essaient toujours d'entrer la nuit, quand papa s'est absenté pour une conférence. Je repousse ma couverture, me lève et m'empare de la batte de base-ball que je garde toujours sous mon lit pour ce genre d'occasion, puis je pars faire une rapide tournée d'inspection dans la maison, histoire de m'assurer que Noah et moi serons encore vivants demain matin. Ma patrouille s'arrête devant la porte de la chambre des parents, et la même pensée me traverse, comme à chaque fois : la chambre attend encore le retour de maman.

La table de la coiffeuse est encore encombrée de ses pulvérisateurs à l'ancienne, de ses flacons de parfum français, de ses récipients en forme de coquillages remplis de fards à paupières, de rouges à lèvres et de crayons pour les yeux. Ses cheveux noirs sont encore visibles entre les poils de sa brosse en argent. La biographie de Vassily Kandinsky est toujours là, posée à l'envers, comme si elle allait la soulever d'un instant à l'autre et reprendre sa lecture là où elle l'avait arrêtée.

Mais c'est la photo qui retient mon attention, ce soir. Papa la garde sur sa table de nuit, exprès, j'imagine, pour que ce soit la première chose qu'il voie en ouvrant les yeux le matin. Ni mon frère ni moi n'avions jamais vu cette photo avant la mort de maman. Maintenant, je ne me lasse pas de cette image de mes deux parents ensemble.

Elle porte une robe, style hippie, orange *tie-dye*, ses beaux cheveux noirs dans la figure à cause du vent. Ses yeux sont lourdement maquillés de khôl, façon Cléopâtre. Elle éclate de rire, comme si elle se moquait gentiment de papa, à côté d'elle, sur un monocycle, les bras en croix pour garder l'équilibre. Il arbore un sourire joyeux, porte un haut-de-forme noir comme le Chapelier Fou, et ses longs cheveux blondis par le soleil lui descendent jusqu'au milieu du dos. (L'échange sans paroles entre Noah et papa quand mon frère l'a découvert sur la photo avec cette chevelure : oh, mon Clark Gable.) Une sacoche lui pend en travers du torse, remplie de disques vinyles. Leurs alliances jumelles brillent à leurs doigts hâlés. Maman est telle qu'elle a toujours été, mais papa ressemble à quelqu'un d'autre – quelqu'un qui aurait pu être élevé par Granny Sweetwine. Apparemment, cet hurluberlu adepte du monocycle a demandé maman en mariage alors qu'ils se connaissaient depuis trois jours. Ils préparaient tous les deux leur doctorat à la fac. Il avait onze ans de plus qu'elle. Il ne pouvait pas courir le risque de la perdre, disait-il. Aucune autre femme ne l'avait jamais rendu aussi heureux d'exister.

Et elle disait de lui qu'aucun homme ne l'avait jamais autant fait se sentir en sécurité. Cet hurluberlu la faisait se sentir en sécurité !

Je repose la photo en me demandant ce qui se serait passé si maman n'était pas morte et si papa était revenu vivre avec nous, comme elle l'avait décidé. La mère que je connaissais n'avait jamais attaché une grande importance à la notion de sécurité. La mère que je connaissais gardait dans sa boîte à gants toute une collection de contraventions pour excès de vitesse. Elle fascinait des salles entières d'étudiants avec son charisme, sa passion et ses théories sur l'art qualifiées d'audacieuses et de révolutionnaires. Elle portait des capes! Elle a sauté en parachute le jour de ses quarante ans! Et ça: elle s'amusait à réserver, dans le plus grand secret, un billet d'avion pour une personne à destination d'une ville au hasard dans le monde (je l'avais entendue au téléphone) sans jamais confirmer la réservation le lendemain – pourquoi? Et d'aussi loin que je me souvienne, lorsqu'elle se croyait seule, elle jouait à placer sa main au-dessus des flammes de la cuisinière pour tester sa résistance.

Noah m'a dit un jour qu'il entendait des chevaux galoper à l'intérieur d'elle. Ça ne m'étonne pas.

Mais j'ignore quasiment tout de sa vie avant notre naissance. Tout ce que je sais, c'est qu'elle se qualifiait elle-même de *trublion* dans son enfance, tristement ballottée d'une famille d'accueil à une autre. Elle nous a dit que les livres d'art de la bibliothèque municipale lui avaient sauvé la vie, appris à rêver et donné envie d'aller à la fac. C'est tout. Elle m'a toujours promis de tout me raconter quand je serais plus grande.

Maintenant que j'ai grandi, j'aurais aimé qu'elle tienne sa promesse.

Je m'assois à sa coiffeuse, devant le grand miroir ovale dans son cadre en bois. Papa et moi avons rangé tous ses vêtements dans des cartons, mais aucun de nous n'a eu le courage de

toucher à sa coiffeuse. Ça nous semblait sacri-
lège. C'était son autel.

Quand tu parles à quelqu'un dans un miroir,
ton âme change de corps.

Je tapote quelques gouttes de son parfum au
creux de mon cou et de mes poignets, et je me
souviens de la fois où, l'année de mes treize ans,
assise sur ce même tabouret juste avant de partir
au bahut, je m'étais méthodiquement tartiné la
figure de tous les produits de maquillage qu'elle
m'avait toujours interdit de porter pour sortir : son
rouge à lèvres le plus foncé, celui qu'elle avait baptisé Baiser secret, du khôl noir autour des yeux, du
fard à paupières vert et bleu, de la poudre pailletée.
Maman et moi étions des ennemies déclarées, à
l'époque. Je venais d'arrêter les visites de musée du
week-end. Elle est arrivée derrière moi et, au lieu de
piquer une colère, elle a pris sa brosse en argent et
me l'a passée dans les cheveux comme quand j'étais
petite. Nos deux reflets s'encadraient dans le miroir.
Nos cheveux s'emmêlaient entre les piquants de sa
brosse, clairs et foncés, foncés et clairs. Nous nous
observions l'une l'autre dans le miroir.
— Ce serait tellement plus simple entre nous
si je n'avais pas autant à m'inquiéter, m'a-t-elle
dit d'une voix douce, et si tu ne me rappelais pas
autant moi-même à ton âge, Jude.
Je soulève aujourd'hui la même brosse qu'elle a
utilisée, il y a trois ans, et la passe dans mes cheveux jusqu'à ce qu'ils soient parfaitement lisses et
qu'il en reste autant dans la brosse que les siens.

Si tes cheveux s'entremêlent à ceux de quelqu'un d'autre dans une brosse, vos vies seront à jamais mêlées, elles aussi.
Personne ne vous dit jamais à quel point l'absence est cruelle, ni combien de temps elle dure.

De retour dans ma chambre, je dois me retenir de tout casser à coups de batte de base-ball tellement j'ai mal. Si seulement je pouvais trouver dans la bible de Granny un vrai bon conseil susceptible de nous aider. Si seulement je pouvais trouver le moyen de faire retourner sa voiture en arrière (cinq tonneaux, d'après les témoins), de recoller son pare-brise, de remettre le garde-fou en place, d'empêcher ses roues de tourner et de déraper. Un truc pour ressouder les vingt-deux os brisés dans son corps dont sept rien que dans le cou, regonfler ses poumons, faire redémarrer son cœur et endiguer l'hémorragie de son brillant cerveau.

Mais c'est impossible.

Ces trucs-là n'existent pas.

J'ai envie de jeter cette saleté de bible merdique à la tronche de cette saleté de Clark Gable merdique.

Au lieu de ça, je colle mon oreille contre le mur de séparation entre nos deux chambres pour voir si j'entends mon frère. Pendant des mois, après la mort de maman, quand je l'entendais pleurer dans son sommeil, je fonçais dans sa chambre pour m'asseoir sur son lit jusqu'à ce qu'il s'arrête. Il ne s'est jamais réveillé, et ne m'a donc jamais surprise assise dans le noir à côté de lui.

J'appuie mes deux mains contre le mur, comme pour le faire tomber…

Soudain, j'ai une idée. Une idée tellement évidente que j'aurais dû y penser beaucoup plus tôt. Quelques instants plus tard, je suis à mon bureau en train d'allumer mon ordinateur portable.

Je me rends directement sur *AvisdeRecherche. com*.

Et je tombe sur le message de Noah à l'attention de Brian, sa requête désespérée, toujours la même :

Je donnerais mes dix doigts et mes deux bras. Je sacrifierais tout ce que j'ai. Je suis désolé. Je m'en veux à mort. Viens me retrouver jeudi à 17 h. Tu sais où. J'y serai chaque semaine à t'attendre pour le restant de mes jours.

Il n'y a aucune réponse.

Mais s'il y en avait une, un jour ? Mon pouls s'accélère. Pourquoi m'a-t-il fallu tout ce temps avant d'y penser ? Je demande à l'oracle : *Et si je contactais Brian Connelly ?*

À ma stupéfaction, ma question l'inspire car j'obtiens en réponse une série de liens concernant directement Brian :

Plusieurs sélectionneurs se disputent La Hache, le lanceur gay de Forrester Academy.

Connelly tourne le dos aux sélectionneurs et s'inscrit en solo à Stanford, où il jouera pour l'équipe des Cardinals.

Ou encore celui-ci, sur lequel je clique : *L'homme le plus courageux du base-ball a dix-sept ans.*

Les autres liens renvoyaient vers des articles plus récents extraits du *Forrester Daily*, le journal de son internat, ou encore du *Westwood Weekly*, la gazette de sa ville d'origine, mais celui que je viens d'ouvrir a été repris un peu partout.

Je le relis trois fois de suite. Il raconte comment Brian a fait son *coming out* devant tout son lycée, dans le gymnase, lors d'un grand rassemblement d'avant match. Son équipe enchaînait les victoires ; il lui avait notamment permis, exploit rare pour un lanceur, de remporter deux matchs parfaits, et la vitesse de sa balle frôlait régulièrement les cent cinquante kilomètres à l'heure. Pendant les matchs, tout allait pour le mieux, mais hors du terrain, certaines rumeurs couraient sur son orientation sexuelle et les vestiaires étaient devenus une zone de guerre. D'après l'article, Brian s'est alors retrouvé face à un dilemme terrible : il avait le choix entre quitter l'équipe, comme il l'avait déjà fait quelques années auparavant, ou trouver rapidement une autre solution. Profitant d'une célébration officielle dans le gymnase, devant tous les élèves de Forrester au grand complet, il s'est donc levé et a prononcé un vibrant discours pour évoquer tous les sportifs ayant été contraints de quitter leur équipe à cause de l'intolérance et des préjugés. À la fin, tout le monde s'est levé pour l'applaudir. Ses principaux coéquipiers ont fait cercle autour de lui, et au bout d'un moment, le harcèlement dont il était victime a cessé. Au printemps, les Tigres ont remporté le championnat junior. On lui a proposé le poste de capitaine de l'équipe et, à la fin de l'année, il s'est même vu offrir un contrat dans une division mineure, qu'il a refusé car il venait d'être admis à Stanford. L'article conclut en disant que voir la

Ligue majeure de base-ball recruter des joueurs ouvertement homosexuels est le signe que l'histoire est en marche.

Nom d'un Clark Gable ! Même si, au fond, rien de tout ça ne m'étonne et ne fait que confirmer ce que je savais : Brian est vraiment un mec bien, et mon frère et lui étaient amoureux.

Mais l'information la plus prodigieuse de cet article, hormis le fait que Brian soit en passe de révolutionner l'histoire du sport et tout le bazar, c'est qu'il est étudiant à Stanford. En ce moment même. À moins de deux heures de route d'ici ! Ça voudrait dire qu'il a zappé son année de terminale, mais ça n'a rien d'impossible quand on repense à ses grands exposés scientifiques incompréhensibles. Je cherche le journal de Stanford en ligne et tape son nom, en vain. Je fais une autre recherche avec La Hache. Rien non plus. Je retourne à l'article. Peut-être ai-je mal lu : si ça se trouve, il n'a pas zappé son année de terminale et n'entrera à la fac que l'année prochaine. Non, je n'ai pas commis d'erreur. Puis je me souviens que le base-ball est un sport de printemps ! Sa saison sportive n'a pas encore débuté. Voilà pourquoi son nom n'apparaît pas dans le journal universitaire. Je me rends sur le site officiel de Stanford, trouve la liste des étudiants de première année et, eurêka, je tombe sur son e-mail. Dois-je lui écrire – ou pas ? Ai-je tort de m'en mêler ?

Non. Je dois le faire pour Noah.

Avant de changer d'avis, je copie l'URL du message de Noah sur *AvisdeRecherche.com* et l'envoie à Brian Connelly par le biais d'un compte e-mail anonyme que je me crée exprès.

La balle est dans son camp. S'il veut répondre à Noah, libre à lui. Au moins, il lira son message – au cas où il ne l'aurait pas déjà fait. Je sais que ça s'est mal terminé entre eux. Je n'y étais pour rien. Brian pouvait à peine regarder Noah dans les yeux à l'enterrement de maman. Il n'est même pas venu à la maison, après. Pas une fois. Et pourtant, c'est mon frère qui s'excuse depuis des années sur ce site Internet. L'article dit que Brian a révélé son homosexualité lors d'un grand rassemblement de son lycée au printemps, pendant son année de seconde, c'est-à-dire quelques mois après les vacances de Noël qu'il a passées ici. Sa mère a ensuite déménagé quelque part au nord et il n'est jamais revenu à Lost Cove. Mais l'enchaînement des événements m'intrigue. Les rumeurs sur mon frère et lui ont-elles éclaté à ce moment-là ? Ont-elles provoqué leur rupture ? Serait-ce Noah lui-même qui les a lancées ? Ça expliquerait pourquoi il tient tant à s'excuser... Mais oui, qui sait ?

Je retourne me coucher en pensant à la joie de Noah lorsqu'il recevra enfin une réponse à son message. Pour la première fois depuis bien longtemps, je me sens le cœur léger. Je m'endors aussitôt.

Et je rêve d'oiseaux.

Si tu rêves d'oiseaux, c'est qu'un grand change-
ment aura bientôt lieu dans ta vie.

À mon réveil, le lendemain matin, je vérifie d'abord si Brian a répondu à mon frère (négatif), puis si mon frère est déjà parti de la maison comme hier (affirmatif). Malgré la déception qui me ronge à propos d'Oscar l'expulseur de filles et l'angoisse qui m'étreint rien qu'en repensant à Guillermo le terrible et à mes deux fantômes folles furieuses, je me mets en route.

Je dois libérer NoahetJude de ce bloc de pierre.

Arrivée chez Guillermo, je viens à peine de m'engager dans le couloir quand j'entends des éclats de voix provenant de la salle du courrier. Guillermo et Oscar sont en train de méchamment se disputer. J'entends Oscar s'écrier : «Mais tu ne peux pas comprendre!», ce à quoi Guillermo répond, avec une dureté inhabituelle dans la voix : «Je comprends très bien, au contraire. Tu aimes jouer au cascadeur sur ta moto, mais c'est tout. Tu es un lâche en blouson de cuir, Oscore. Tu ne laisses personne entrer dans ta vie. Pas depuis la mort de ta mère. Tu fais du mal aux autres avant qu'ils t'en fassent. Tu as peur de l'ombre.» Je pivote aussi sec sur mes talons pour repartir dans l'autre sens et sortir de là quand Oscar réplique : «Je *t'ai* bien laissé entrer, G. Tu es… comme mon père. Le seul que j'aie jamais eu.»

Quelque chose dans sa voix me fait m'arrêter net et me transperce le cœur.

J'appuie mon front contre le mur froid. Leurs cris sont plus distants, inintelligibles. J'ai du mal à comprendre comment malgré ce qui s'est passé hier avec Brooke, j'ai juste envie d'aller prendre dans mes bras ce garçon orphelin de mère qui a peur de l'ombre.

Non, je ne comprends pas.

Je décide d'aller à l'église. Quand je reviens à l'atelier, environ une heure plus tard, le calme est revenu. J'ai passé tout mon temps auprès de Clark Gable à m'efforcer de ne pas ressentir de compassion. De ne pas penser à un certain garçon endeuillé vêtu d'un blouson en cuir de rebelle. Ça n'a pas été très difficile. Je me suis assise sur un banc, le même que lors de ma rencontre avec Oscar, et je me suis répété ces mots : « Viens là, sur mes genoux. » En boucle.

Guillermo m'accueille dans la salle du courrier, ses lunettes de chantier relevées sur le front. Rien dans son expression n'indique qu'il vient d'assassiner Oscar avec une scie circulaire. Mais il a quand même l'air différent de d'habitude. Ses cheveux noirs sont saupoudrés de poussière, comme Benjamin Franklin. Et un grand foulard à motif cachemire, également couvert de poudre blanche, fait plusieurs fois le tour de son cou. Était-il en train de sculpter ? Je lève les yeux en direction du loft – aucun signe d'Oscar. Il a dû partir. Ça n'a rien d'étonnant. On peut dire que Guillermo ne l'a pas ménagé pendant leur dispute. Je ne me souviens même pas de la dernière fois où mon père nous aurait hurlé dessus comme ça. Ni de la dernière fois où il a été un père tout court.

« J'avais peur qu'on te fasse fuir », déclare Guillermo en m'examinant. Son regard scrutateur et son emploi du « on » me font me demander ce qu'Oscar a bien pu lui raconter. Et si leur engueulade de tout à l'heure avait un lien quelconque avec moi. « Oscore m'a dit que tu es partie, très bouleversée. »

Je hausse les épaules. Je sens mes joues s'enflammer. «Ce n'est pas comme si on ne m'avait pas prévenue.»

Il hoche la tête. «Si seulement le cœur écoutait la voix de la raison, pas vrai? (Il passe un bras autour de moi.) Tu sais, ce qui est mauvais pour le cœur, est bon pour l'art. Ça, c'est le paradoxe terrible de nos vies d'artistes.» *Nos* vies d'artistes. Je lui souris, et il me serre l'épaule comme je l'ai déjà vu faire avec Oscar. Aussitôt, mon humeur s'allège. Quel hasard fabuleux a placé cet homme sur mon chemin? Comment ai-je pu avoir autant de *chance*?

En passant devant l'ange de pierre, je tends la main pour le caresser.

«L'appel de la pierre, déclare-t-il en s'époussetant. Aujourd'hui, je travaille dehors avec toi.» Je note à quel point sa blouse est miteuse et grisâtre, comme toutes les autres suspendues aux patères de l'atelier. Je décide en mon for intérieur de lui en fabriquer une plus jolie, avec de belles couleurs, qui lui correspondrait davantage. Une blouse flottante.

En traversant l'atelier, je découvre que l'homme en argile a survécu aux mauvais traitements d'hier. Plus que survécu, même. Il n'est plus recroquevillé sur lui-même, dans la position du vaincu, mais se déploie au contraire comme une fougère. Il est terminé, il sèche, et il est magnifique.

— J'ai regardé ton bloc d'entraînement et ton modèle hier soir, déclare Guillermo. Je crois qu'il te faut un peu d'électricité. Tu as beaucoup de matière à enlever avant de trouver le frère et la sœur en dessous, compris? Aujourd'hui, je te montre comment utiliser les outils électriques. Avec eux, il faut faire très, très attention. Le burin permet de se rattraper, comme le couteau. Avec les scies et les perceuses, souvent, pas de seconde chance possible.

Je m'arrête net. « Vous y croyez, vous ? Aux secondes chances ? Dans la vie, je veux dire. » Je sais que c'est une question idiote, digne d'une animatrice de *talk-show*, mais je veux savoir. Parce que moi, ma vie me donne l'impression de m'être trompée de train et de foncer à toute vitesse dans la mauvaise direction sans que je puisse y changer quoi que ce soit.

« Bien sûr, pourquoi pas ? Même Dieu, il a fait le monde en deux fois. (Ses mains s'élèvent.) Il a fait le monde une première fois, décrété que c'était horrible, alors il l'a détruit avec le Déluge. Puis il a recommencé avec…

— Avec Noé, dis-je en achevant sa phrase.

— Voilà, oui. Alors si Dieu, il a droit à deux essais, pourquoi pas nous ? Un, trois, trois cents essais. (Il rit.) Tu verras, il n'y a qu'avec la scie circulaire à lame diamant qu'on a droit à une seule chance. (Il se caresse le menton.) Mais parfois, on fait une erreur catastrophique et on se dit qu'on va se suicider parce que le travail est gâché, mais le résultat est encore meilleur au final. C'est pour ça que j'aime la pierre. Quand je sculpte de l'argile, je me sens comme un traître. C'est trop facile. C'est un matériau sans volonté. La pierre est fantastique. Elle vous tient tête. C'est un combat à armes égales. Parfois, on gagne. Parfois, c'est elle. Et parfois, quand elle gagne, on est gagnant aussi. »

Dehors, le soleil se rassemble de tous les coins de la terre. La journée s'annonce magnifique.

Je regarde Guillermo grimper sur son escabeau pour atteindre la tête de la femme géante. Il s'arrête un moment, pose son front de chair contre l'énorme front de pierre, avant de se dresser au-dessus d'elle. Il place ses lunettes protectrices sur ses yeux, relève son foulard pour couvrir sa bouche – ah, je vois, monsieur est trop sophistiqué pour porter un masque chirurgical –, soulève la scie circulaire posée au sommet de l'escabeau et enroule le câble autour de son épaule. Un bruit puissant de perceuse électrique envahit l'espace, aussitôt suivi par les crissements stridents du granite à l'instant où, d'un geste assuré, Guillermo joue son va-tout et plonge le disque tranchant dans le crâne de Bien-Aimée avant de disparaître dans un nuage de poussière.

Il y a du monde dans la cour, aujourd'hui. En plus de Guillermo et de son couple inachevé, des *Trois* (très flippants) *Frères* et de moi, s'y trouve aussi, allez savoir pourquoi, la moto d'Oscar. Sans oublier maman et Granny, dont je sens la double présence, prêtes à démarrer au quart de tour. Bizarrement, je me sens observée depuis l'escalier de secours mais, quand je lève les yeux, je ne vois que Frida Kahlo en train de se chauffer au soleil.

J'oublie tout le reste et me concentre sur la libération de NoahetJude.

Lentement, je taille, sculpte et cisèle la pierre mais, comme hier, chaque coup de burin semble aussi réveiller un souvenir du passé et je me retrouve à penser à des choses que d'habitude je préfère oublier. Comme le fait que je n'étais pas à la maison quand maman a pris sa voiture en ce funeste après-midi pour aller se réconcilier avec papa. Je n'étais pas là pour l'entendre nous annoncer que notre famille allait enfin être réunie.

Je n'étais pas là parce que j'étais partie avec Zephyr.

Je repense au fait qu'elle est morte en croyant que je la haïssais parce que c'est ce que je lui répétais en boucle depuis qu'elle avait viré papa de la maison. Et même avant.

Je plante l'extrémité du burin dans une rainure et lui assène un bon gros coup de marteau. Un fragment du bloc se détache. Puis un autre. Si j'avais été chez moi ce jour-là, et non avec Zephyr en train de m'attirer sept ans de malheur, je sais que tout aurait été différent.

J'ôte un autre morceau de pierre, un coin entier, et la force du coup projette une volée d'éclats sur mes lunettes et mes joues. Je fais la même chose de l'autre côté, le bout de mes doigts ensanglanté par les coups de marteau ratés, je me défoule sur la pierre, sur mes doigts, et je me souviens du moment où papa m'a annoncé l'accident et où j'ai bouché les oreilles de Noah pour l'empêcher d'entendre. Mon premier réflexe. Même pas mes oreilles, non, celles de mon frère. J'avais totalement refoulé ce geste au fond de ma mémoire. Comment ai-je pu l'oublier ?

Qu'est devenu mon instinct protecteur envers lui ? Où s'est-il envolé ?

Je soulève mon marteau et l'écrase sur le burin.

Il faut que je le libère de là.

Il faut que je nous sorte de ce foutu bloc de pierre.

Je tape sur mon burin sans relâche. Je me souviens de la douleur de Noah envahissant la maison, jusqu'au moindre recoin, à la moindre fissure. Au point qu'il n'y avait plus de place pour la mienne, ni celle de papa. Ça explique peut-être pourquoi il s'est mis à faire de longues promenades, afin de trouver des endroits vierges encore non atteints par la douleur de Noah. Je voyais mon frère recroquevillé dans sa chambre et, quand j'allais le consoler, il me disait que je ne pouvais pas comprendre. Que je ne connaissais pas maman aussi bien que lui. Que je ne pourrais jamais comprendre ce qu'il ressentait. Comme si je ne venais pas de perdre ma mère, moi aussi! Comment osait-il me dire ces choses-là? Je martèle la pierre, je la fais voler en éclats. Je n'en revenais pas qu'il s'approprie notre mère dans la mort, comme il l'avait fait de son vivant. Qu'il ose me dire que je n'avais pas le droit de porter son deuil, de pleurer son absence, de l'aimer, comme lui. Et le pire, c'est que je le croyais. Peut-être est-ce la raison pour laquelle je n'ai pas versé une larme. Je ne m'en sentais pas le droit.

Puis, ce jour-là, il s'est jeté du haut du pic du Diable et il a failli se noyer, failli *mourir*, et ma colère contre lui s'est déchaînée, décuplée, elle est devenue monstrueuse et dangereuse.

OK, vous avez raison, et alors? je hurle intérieurement à maman et Granny. *C'est peut-être pour ça que j'ai fait ce que j'ai fait.*

Je brutalise la pierre à coups de marteau, je la martyrise, je l'explose.

J'explose.

Le dossier d'inscription de Noah à l'IAC était posé sur le plan de travail de la cuisine, irradiant de génie, depuis une semaine avant la mort de maman. Ils avaient scellé l'enveloppe ensemble pour lui porter chance. Ils ne savaient pas que je les observais depuis le seuil.

Trois semaines après l'accident, une semaine après le plongeon de Noah du haut de la falaise, dans la nuit qui précédait l'ouverture des inscriptions à l'IAC, j'ai rédigé ma lettre de motivation et mon texte de présentation, je les ai agrafés à deux ou trois patrons et j'ai ajouté deux modèles de robe. Qu'avais-je d'autre à proposer ? Mes femmes de sable s'étaient dissoutes dans l'océan.

Papa nous a emmenés en voiture à la poste pour envoyer nos dossiers. Impossible de trouver une place de parking, alors ils m'ont attendue tous les deux dans la voiture pendant que j'entrais seule dans le bureau. C'est là que ça s'est passé. Tout simplement.

Je n'ai posté que mon dossier.

J'ai privé mon frère de ce qu'il souhaitait le plus au monde. Quel genre de monstre peut bien faire une chose pareille ?

Non pas que ça m'exonère de quoi que ce soit, mais j'y suis quand même retournée le lendemain, en courant. Hélas, la poubelle avait déjà été vidée. Tous ses rêves, partis sur un tas d'ordures. Pendant que les miens atterrissaient dans la boîte aux lettres de l'IAC.

Je n'arrêtais pas de me dire que j'allais tout avouer à papa et Noah. Après le petit déjeuner. En rentrant du bahut. Pendant le dîner. Demain. Mercredi. Je leur dirais en temps et en heure pour que Noah ait le temps de reconstituer un dossier. Sauf que je ne l'ai jamais fait. J'avais tellement honte de moi – le genre de honte si forte qu'elle vous suffoque – que plus j'attendais, plus ma honte grandissait, et plus il me devenait impossible d'avouer. Ma culpabilité enflait, elle aussi, comme une maladie. Comme toutes les maladies. La bibliothèque de papa ne comportait pas assez de livres pour toutes les nommer. Les jours ont passé, puis les semaines, et alors il était trop tard. J'avais trop peur de les perdre en leur confessant mon crime. J'étais trop lâche pour assumer ma responsabilité et réparer mon erreur.

Voilà pourquoi ma mère détruit tout ce que je crée. Voilà pourquoi elle m'en veut autant.

Quand la liste des candidats acceptés en première année a été publiée sur le site de l'IAC, son nom n'y figurait pas. Le mien, si. Quand ma lettre d'admission est arrivée à la maison, j'ai pensé qu'il s'étonnerait de ne pas recevoir un courrier de refus officiel. Mais non. Il avait déjà détruit toutes ses œuvres. Et peu avant ça, il avait dû envoyer les photos de mes sculptures de sable qui m'ont valu d'être prise.

Le monde s'est assombri. Debout devant moi, Guillermo me cache le soleil. Il me prend mon marteau et mon burin des mains, qui se sont arrêtées depuis un bon moment. Il dénoue son foulard, le secoue et essuie les strates de poussière entre ma casquette et mes lunettes.

– J'ai l'impression que ça ne va pas, me dit-il. Parfois, on travaille la pierre, mais parfois, c'est elle qui vous travaille. Aujourd'hui, je crois, elle est en train de gagner.

J'abaisse mon masque chirurgical et lui réponds :
– C'est donc ce que vous entendez par «ce qui

sommeille ici – je touche ma poitrine – sommeille là-dedans », dis-je en touchant la pierre.

– Oui, c'est ça. On boit un café, non, bonne idée ?

– Non. Enfin, merci beaucoup, mais je dois m'y remettre.

Et c'est ce que je fais. Je travaille d'arrache-pied pendant des heures, avec obsession et frénésie, incapable de m'arrêter, avec maman et Granny qui me scandent à chaque coup de burin : « Tu as brisé ses rêves. Tu as brisé ses rêves. Tu as brisé ses rêves. » Jusqu'au moment où, pour la première fois depuis sa mort, maman se matérialise devant moi, ses cheveux comme des flammes noires, ses yeux irradiant de colère.

« Et tu as brisé les miens ! » je lui hurle dans ma tête avant qu'elle se volatilise de nouveau.

Car n'est-ce pas aussi la vérité ? Constamment, jour après jour, je n'attendais qu'une chose : qu'elle me voie, enfin. Qu'elle me voie vraiment. Qu'elle ne m'oublie pas au musée, comme si je n'existais pas, et rentre à la maison sans moi. Qu'elle n'annule pas un concours, certaine par avance de mon échec, avant même d'avoir jeté un coup d'œil à mes dessins. Qu'elle ne passe pas son temps à vouloir éteindre ma lumière tout en encourageant Noah à faire briller la sienne. Toujours comme si je n'étais rien d'autre qu'une idiote, une allumeuse, *cette fille-là*. Invisible à ses yeux pour tout le reste !

Mais si je n'avais pas besoin de son accord, de sa permission, de sa bénédiction pour être qui je veux être et faire ce que j'aime ? Si j'étais maître de mon propre interrupteur ?

Je repose mes outils, ôte mes lunettes de protection, mon masque et ma combinaison plastifiée. J'en ai assez d'être invisible. Le soleil projette ses rayons fous sur mes cheveux. J'enlève mon sweat, et voilà que j'ai à nouveau des bras. Le vent les accueille, caresse la surface de ma peau, soulève mes poils les uns après les autres, chatouille et réveille chaque centimètre de moi. Et si mes raisons pour avoir jeté le dossier de Noah à la poubelle étaient davantage liées à ma relation avec *elle* qu'à mes rapports avec lui ?

Pour réveiller ton esprit, jette un caillou dans ton reflet à la surface d'une eau calme.

(Je n'ai jamais pensé que mon frère et moi partagions la même âme, ni que la mienne était constituée de la moitié d'un arbre avec son feuillage en feu, comme il l'affirmait. Je n'ai jamais eu le sentiment que mon âme était une entité visible. Je la ressentais plutôt comme un mouvement, un décollage. Comme de nager vers l'horizon, de sauter d'une falaise ou de sculpter des femmes volantes dans le sable.)

Je ferme les yeux un moment, et c'est comme si je venais de me réveiller d'un sommeil profond ou qu'on venait de m'extraire, *moi*, d'un bloc de granite. Parce que je viens de comprendre une chose : tant pis si Noah me déteste et qu'il ne me pardonne jamais. Tant pis si je les perds, papa et lui, pour toujours. Ça n'a aucune importance. Je dois reconstruire ses rêves. Voilà ce qui compte.

Je retourne à l'intérieur et grimpe le petit escalier jusqu'à la chambre d'Oscar, où se trouve un ordinateur. Je l'allume, me connecte à ma messagerie et rédige un e-mail à l'intention de Sandy à l'IAC pour lui demander un rendez-vous mercredi matin, juste avant la reprise des cours. Je lui précise que c'est urgent, que mon frère viendra également pour lui montrer son portfolio de peintures à l'huile et qu'il n'en croira pas ses yeux.

Je vais lui laisser ma place. C'est ce que j'aurais dû faire, chaque jour, depuis deux ans.

J'appuie sur ENVOYER et le sentiment qui me submerge est immense : je suis libre.

Je suis *moi-même*.

J'envoie un texto à mon frère : Il faut qu'on parle. C'est important ! Parce qu'il serait bien inspiré de se remettre à ses pinceaux. Il a quatre jours pour se préparer un portfolio. Je me laisse aller contre le dossier de la chaise. J'ai l'impression d'avoir émergé de la plus obscure des grottes à la lumière radieuse et aveuglante du soleil. C'est alors seulement que je promène mon regard autour de moi. Je vois le lit d'Oscar, ses bouquins, ses tee-shirts. La déception s'empare de moi – mais je ne peux rien y faire. Le lâche au blouson de cuir a été on ne peut plus clair quant à ses sentiments envers la lâche en uniforme d'invisibilité.

En me levant pour repartir, j'aperçois la lettre de Guillermo, celle que j'avais glissée dans sa poche, posée sur la table de nuit, à côté du portrait de sa mère. Je l'emmène au rez-de-chaussée, la replace à l'intérieur du carnet de Guillermo dans la pièce au cyclone, puis je retourne dans la cour et lui demande de m'apprendre à utiliser la scie circulaire à lame diamant. Ce qu'il fait.

C'est le moment de m'accorder une seconde chance. Le moment de refaire le monde.

Consciente que je n'ai pas droit à l'erreur, j'enroule le câble autour de mon avant-bras, positionne le disque dentelé entre mon épaule de pierre et celle de Noah, et j'appuie sur le bouton. L'engin s'allume avec un vrombissement d'enfer. Mon corps tout entier vibre d'électricité tandis que je découpe le granite.

Pour que NoahetJude deviennent enfin Noah et Jude.

— Tu les tues ? s'étonne Guillermo, incrédule.

— Non, je les sauve.

Enfin.

Je rentre chez moi à pied, au clair de la lune, animée par un sentiment indescriptible, comme si je me tenais debout au milieu d'une clairière ou d'une rivière avec une paire de pompes fabuleuses aux pieds, des talons aiguilles, même. Je sais que je dois encore avouer mon crime à Noah et à mon père, mais ça ne me fait plus peur désormais, car au moins, quoi qu'il arrive, mon frère reprendra les pinceaux. Je le sais. Noah redeviendra Noah. Et je pourrai enfin me regarder dans une glace, dans un atelier d'artiste, vêtue d'une Robe Flottante, en bonne santé, amoureuse, présente dans le monde. Ce qui est bizarre, en revanche, c'est que Noah n'a pas répondu à mes SMS. Je lui en ai envoyé plusieurs, de plus en plus pressants et avec de plus en plus de points d'exclamation. D'habitude, il me répond tout de suite. Si je ne le trouve pas à la maison en rentrant, je n'aurai plus qu'à l'attendre.

Je lève les bras vers la lune scintillante en songeant que je n'ai pas été atteinte d'une maladie incurable depuis des heures et qu'aucun fantôme n'est venu me casser les pieds depuis un bon moment – et quel soulagement, d'ailleurs, quand je reçois le SMS de Heather :

En direct du spot : Noah complètement bourré & incontrôlable, veut sauter de la corniche de la Mort ! Je dois partir dans 5 min. Viens vite ! Il pète les plombs, j'ai la trouille !

Je me tiens à la lisière du monde, à la recherche de mon frère.

Fouettée par le vent, mes joues brûlantes écorchées par les embruns salés, avec le grondement de l'océan aussi fort à l'intérieur qu'à l'extérieur de ma tête. En nage d'avoir remonté la côte en courant, à la lumière de la lune si éblouissante qu'on se croirait en plein jour, je lève les yeux vers le pic du Diable et la corniche de la Mort, mais je n'y vois personne. Je remercie Clark Gable avec effusion, reprends mon souffle et, bien qu'elle m'ait dit être sur le départ, j'envoie quand même un SMS à Heather, puis un autre à mon frère, en m'efforçant de me convaincre qu'il a fini par écouter la voix de la sagesse. Mais je n'y arrive pas.

J'ai un mauvais pressentiment.

J'ai réagi trop tard.

Je pivote sur mes talons et me plonge dans la mêlée. De toutes parts, de bruyantes congrégations de fêtards issus des lycées publics ou privés ou encore de la fac de Lost Cove sont rassemblées autour de tonneaux de bière, de feux de joie, de tables de pique-nique, de cercles de djembés ou de capots de voitures. Tous les styles de musique existant beuglent de toutes sortes de véhicules à quatre roues.

Bienvenue au spot, un samedi soir de teuf endiablée au clair de lune.

Je ne reconnais personne jusqu'au moment où, regagnant l'extrémité gauche du parking, j'aperçois Franklyn Fry, l'ordure en chef de la plage, en compagnie d'une poignée de surfeurs de Hideaway Hill plus âgés dont tous ont fini le lycée depuis au moins un an. La bande à Zephyr. Ils sont assis sur la plate-forme arrière de la camionnette de Franklyn, sinistrement éclairés de la lueur des phares, comme des citrouilles de Halloween.

Au moins, la longue tignasse blonde de Zephyr n'est nulle part en vue.

J'aimerais sortir mon sweat-shirt et ma casquette d'invisibilité de mon sac pour les enfiler. Mais non. J'aimerais croire que le ruban rouge à mon poignet me protégera toujours. Mais c'est faux. J'aimerais jouer à Choisis ta mort au lieu de toujours me demander comment survivre. Mais c'est impossible. J'en ai assez de jouer les lâches. J'en ai assez d'être sur pause, de m'enterrer moi-même, de me cacher, de me pétrifier (au propre comme au figuré).

Je ne veux plus imaginer des prairies. Je veux courir dedans.

Je m'approche de l'ennemi. Entre Franklyn Fry et moi, c'est une vieille histoire.

Ma stratégie consiste à rester la plus froide possible et à lui demander, calmement et poliment, s'il a vu mon frère.

Sa stratégie consiste à chanter le premier couplet de *Hey Jude* – pourquoi mes parents n'y ont-ils pas pensé en choisissant ce prénom? – puis à me zieuter lentement, d'un air torve, des pieds à la tête, en veillant à ne pas rater un centimètre de mon corps, avant de s'arrêter comme par hasard sur mes seins. Croyez-moi, il y a certains avantages à porter un uniforme d'invisibilité. «Alors, on se balade?» demande-t-il à ma poitrine, avant d'avaler une gorgée de bière et de s'essuyer mollement la bouche d'un revers de main. Noah avait raison: il ressemble tout à fait à un hippopotame.

– T'es venue t'excuser? T'en as mis du temps.

M'excuser? Il plaisante, j'espère.

– Tu n'as pas vu mon frère? je répète, plus fort cette fois, en articulant chaque syllabe comme s'il ne parlait pas notre langue.

– Il s'est barré, fait une voix dans mon dos.

Aussitôt, la musique, les conversations, le vent et le bruit des vagues s'arrêtent. Cette même voix éraillée, comme passée au papier de verre, qui me faisait autrefois fondre sur ma planche de surf. Michael Raven, alias Zephyr, se tient juste derrière moi.

Au moins, Noah a renoncé à son idée de sauter, me dis-je avant de faire volte-face.

Ça faisait un bail. Les phares de la camionnette de Franklyn l'aveuglent un peu, et il a mis sa main en visière pour se protéger. Tant mieux. Je n'avais aucune envie de revoir ses yeux verts d'aigle. Je les vois assez comme ça dans ma tête.

Voilà ce qui s'est passé juste après le moment où j'ai perdu ma virginité avec lui, il y a deux ans: je me suis rassise, j'ai serré mes genoux contre ma poitrine et inspiré l'air salé, mon souffle comme un râle, le plus discrètement possible. J'ai pensé à ma mère. Sa déception grandissait en moi comme une fleur noire. Des larmes me brûlaient les yeux. Je leur ai interdit de couler, et elles m'ont obéi. J'étais couverte de sable. Zephyr m'a rendu ma culotte de maillot de bain. J'avais juste envie de la lui enfoncer dans la gorge. J'ai aperçu un préservatif usagé avec des traces de sang dessus, jeté sur un rocher. Exactement comme moi, ai-je songé : un truc répugnant. Je n'avais même pas remarqué qu'il en avait mis un. Pas une seconde je n'ai pensé à me protéger ! J'ai senti mon estomac se soulever, mais je lui ai interdit de bouger, à lui aussi. J'ai remis mon bikini en m'efforçant de ne pas montrer que je tremblais. Zephyr me souriait comme si tout allait bien. Comme s'il était content, même ! Je lui ai rendu son sourire. Je me souviens de m'être demandé s'il connaissait mon âge. Et je me souviens de m'être dit qu'il avait dû oublier.

Franklyn nous a vus revenir tous les deux sur la plage. Une pluie fine s'était mise à tomber. Je regrettais de ne pas avoir pris ma combi de surf. Le bras de Zephyr était comme un poids mort sur mes épaules, il m'enfonçait dans le sable. La veille, à la fête où il m'avait emmenée, il avait raconté à tout le monde que j'étais une surfeuse géniale et que je ne me contentais pas de sauter du haut du pic du Diable, mais de plonger. Il n'arrêtait pas de dire que j'étais une dure à cuire, et c'est comme ça que je me sentais.

Tout ça à peine vingt-quatre heures plus tôt.

Dieu sait comment, Franklyn a compris ce

qu'on venait de faire. Quand on l'a rejoint, il m'a pris le bras et murmuré à l'oreille, veillant à ce que Zephyr ne l'entende pas : « Maintenant, c'est mon tour. Puis Buzzy, puis Mike, puis Ryder, OK ? C'est comme ça que ça marche, je te signale. Tu t'imagines quand même pas que Zeph veut sortir avec toi, hein ? » C'était exactement ce que je me disais. J'ai d'abord dû m'essuyer les oreilles pour me laver de ses mots pleins de postillons, puis j'ai libéré mon bras en m'écriant : « Non ! » et retrouvé enfin l'usage de ce mot, trop tard hélas, avant de lui asséner un bon coup de genou là où je pense, devant tout le monde, comme mon père m'avait appris à le faire en cas d'urgence.

Puis j'avais couru comme une folle jusqu'à la maison, les joues dévorées par mes larmes, dans un état de dégoût total, pour aller retrouver maman. Je venais de commettre la pire erreur de ma vie.

J'avais besoin de ma mère.

J'avais besoin de ma mère.

« *Il y a eu un accident* », m'a annoncé papa quand j'ai déboulé dans la maison.

Il y a eu un accident.

C'est là que j'ai plaqué mes mains sur les oreilles de Noah.

Papa les a soulevées et prises dans les siennes.

Alors même que l'agent de police nous expliquait un tas de choses impensables et inimaginables, j'étais encore mortifiée par ce que je venais de faire. J'avais encore du sable sur chaque centimètre de ma peau. Je sentais encore l'odeur immonde de l'acte jusque dans mes cheveux, incrustée dans ma peau et mes narines, si bien que chaque inspiration la diffusait un peu plus à l'intérieur de moi. Pendant des semaines, j'ai eu beau me doucher dix fois par jour, me frotter jusqu'au sang, utiliser tous les savons de la terre (à la lavande, au pamplemousse, au chèvrefeuille, à la rose), impossible de m'en débarrasser, impossible de chasser Zephyr. Une fois, je suis allée dans un grand magasin et je me suis aspergée avec tous les testeurs de parfum disponibles, mais l'odeur était encore là. Elle est toujours là. Elle est *encore* là. L'odeur de cet après-midi avec Zephyr, l'odeur de la mort de ma mère, c'est la même.

Zephyr sort du faisceau aveuglant des phares de Franklyn. Voilà comment je le vois : comme un corbeau – en anglais *raven* –, l'oiseau de malheur dont il porte le nom, présage de mort et de dévastation. C'est un sorcier humain, une grande colonne blonde de ténèbres. Zephyr Raven est une éclipse.

– Noah est donc rentré ? je lui demande. Quand ça ?

Il secoue la tête. « Non, pas rentré chez lui. Il s'est barré là-haut, Jude. » Il me montre du doigt la falaise dominant la plage. Elle ne porte même pas de nom, car qui oserait s'y risquer ? Les amateurs de deltaplane l'utilisent parfois, mais c'est tout. Elle est bien trop haute pour sauter, elle doit faire deux fois la hauteur de la corniche de la Mort, et surplombe une saillie rocheuse qu'il faut à tout prix dépasser en prenant bien son élan, sans quoi on se fracasse le crâne dessus avant même d'atteindre l'eau. À ma connaissance, un seul ado a tenté l'exploit. Il n'y a pas survécu.

Mes organes internes me lâchent et se décrochent, un à un.

– J'ai reçu un SMS, poursuit Zephyr. Ils font une espèce de jeu à boire. Le perdant saute et, apparemment, ton frère fait exprès de paumer. Je comptais justement y aller pour essayer de l'empêcher.

La seconde d'après, je fends la foule en renversant des gobelets et en bousculant des gens sans même m'en rendre compte, car tout ce qui m'intéresse, c'est d'atteindre le petit sentier qui grimpe à flanc de falaise, le moyen le plus rapide d'accéder au sommet depuis la plage. J'entends Granny souffler comme le vent dans mon dos. Elle m'a emboîté le pas. Des branches craquent, son pas lourd martèle le sol à quelques centimètres derrière moi. Je me souviens alors que ses pas ne font pas de bruit. Je m'arrête net. Zephyr me rentre dedans et m'agrippe les épaules pour m'empêcher de tomber face contre terre.

– Eh! je m'exclame en faisant un bond pour me libérer de ses mains, de son odeur, à nouveau si proche.

– C'est bon… désolé.

– Arrête de me suivre, Zephyr. Va-t'en, s'il te plaît.

Le ton de ma voix est désespéré, comme moi. S'il y a une chose dont je n'ai surtout pas besoin, en ce moment, c'est lui.

– J'emprunte ce sentier tous les jours. Je le connais par…

– Moi aussi.

– Tu vas avoir besoin d'aide.

Certes. Mais pas de la sienne. N'importe qui

sauf lui. Mais trop tard, il me dépasse et poursuit son chemin sous les rayons de la lune.

Après la mort de maman, il est passé plusieurs fois à la maison pour tenter de me convaincre de remonter sur ma planche, mais l'océan s'était tari pour moi. Il a aussi essayé de ressortir avec moi tout en faisant semblant de me consoler. Genre. Et il n'y avait pas que lui. Fry, Ryder, Buzzy et tous les autres ont fait pareil, en faisant semblant de rien du tout, si ce n'est de me draguer et de me harceler. Sans arrêt. Ils s'étaient transformés en sales types du jour au lendemain, surtout Franklyn, qui m'en voulait à mort et postait des messages obscènes à mon propos sur le forum de Hideaway Hill, jusqu'à écrire «Sweetwine Salope» dans les toilettes publiques de la plage et à recommencer chaque fois que quelqu'un – Noah? – l'effaçait.

«As-tu vraiment envie de devenir *cette fille-là*?» m'avait répété maman en boucle pendant tout l'été, puis pendant tout l'automne, à mesure que mes jupes raccourcissaient, que mes talons grandissaient, que mon rouge à lèvres fonçait, que mon cœur s'emplissait de colère contre elle. «As-tu vraiment envie de devenir *cette fille-là*?» m'a-t-elle demandé le dernier soir avant sa mort – ce sont les derniers mots qu'elle m'a adressés –, en voyant comment je m'étais habillée pour me rendre à la soirée avec Zephyr (ignorant, bien sûr, que je me rendais à une soirée avec Zephyr).

Puis elle est morte, et je suis réellement devenue *cette fille-là*.

Zephyr marche d'un bon pas. J'ai le souffle court. Nous continuons à grimper sans prononcer un mot.

Jusqu'à ce qu'il dise : « Je serai toujours là pour veiller sur lui, comme je te l'avais promis. »

Un jour, bien avant ce qui s'est passé entre nous, j'ai demandé à Zephyr de protéger mon frère. Hideaway Hill peut parfois ressembler à *Sa Majesté des Mouches* et, dans mon esprit de collégienne, Zephyr faisait un peu office de shérif. Voilà pourquoi je lui avais demandé son aide.

– Et pour toi aussi, Jude.

Je décide d'abord d'ignorer cette phrase, mais c'est plus fort que moi. Les mots s'échappent de ma bouche comme un cri perçant et accusateur, aiguisé comme une lame : « J'étais beaucoup trop jeune ! »

Je crois l'entendre ravaler son souffle, mais j'aurais du mal à le jurer à cause du bruit des vagues qui viennent s'écraser avec fracas et sans relâche contre les rochers, grignotant chaque fois un peu plus le continent.

Comme moi, d'ailleurs, qui soulève des nuages de poussière, qui grignote la terre et martèle le sol à chaque pas. J'étais en quatrième, lui en première – il avait un an de plus que moi aujourd'hui. Non pas que ça l'autorise à traiter les filles, quel que soit leur âge, comme de vulgaires Kleenex. Soudain, en un éclair, comme si je venais d'être frappée par la foudre, je réalise que Zephyr Raven n'était le présage de rien du tout. Il ne m'a jamais porté malheur : ce n'est qu'un minable, un pauvre connard débile. Eh oui, pour une fois, *j'aime dire du mal*.

Ce qui s'est passé entre nous n'a en rien précipité le destin – ça m'a juste précipitée, moi, dans le *dégoût*, la *colère* et les *remords* éternels et…

Je lui crache dessus. Et ce n'est pas une méta-phore. Mes mollards s'écrasent sur son blouson en cuir, sur ses fesses, puis pile à l'arrière de sa tête de rat. Cette fois, il sent quelque chose mais se contente d'agiter la main au-dessus de lui, croyant qu'il s'agit d'un insecte. Je le vise de nou-veau. Il se retourne.

– Qu'est-ce que… Je rêve, tu me craches dessus? me demande-t-il, incrédule, en palpant ses cheveux.

– Ne recommence plus jamais ça, dis-je. Avec qui que ce soit.

– Jude, je croyais que tu…

– Je me fous de savoir ce que tu croyais à l'époque ou ce que tu crois aujourd'hui. Ne refais juste plus jamais ça.

Je le double et j'accélère, l'obligeant lui aussi à marcher deux fois plus vite. On dirait que la dure à cuire a repris du service.

Maman se trompait peut-être sur *cette fille-là*. Parce que *cette fille-là* crache sur les mecs qui lui manquent de respect. Peut-être est-ce *cette fille-là* qui manquait en moi. Peut-être est-ce *cette fille-là* qui émerge du bloc de granite chez Guillermo. Peut-être est-ce *cette fille-là* qui est capable de voir que je n'y suis pour rien si la voiture de ma mère a quitté la route, même si je venais de faire des trucs que je regrette avec ce sale con. Mes actes ne nous ont pas porté malheur, quoi que j'aie pu en penser. Le malheur est arrivé tout seul. Car il s'invite toujours de lui-même.

Et peut-être est-ce *cette fille-là* qui aura main-tenant le courage d'avouer la vérité à son frère.

S'il ne meurt pas avant.

À mesure qu'on se rapproche de la falaise, je perçois un son étrange. Au début, je me dis qu'il doit s'agir du mugissement du vent entre les arbres, avant de réaliser qu'il s'agit de voix humaines. On dirait un chant, une incantation. Quelques secondes plus tard, je reconnais mon nom de famille et mon cœur se catapulte hors de ma poitrine. Zephyr comprend en même temps que moi, car on a tous les deux démarré au quart de tour.

« Sweetwine, Sweetwine, Sweetwine ! »

Non, non, non, me dis-je tandis qu'on grimpe la dernière côte au pas de course avant d'atteindre l'étendue de sable, où un petit groupe se tient réuni en demi-cercle comme s'ils assistaient à un événement sportif. Zephyr et moi nous frayons un passage entre les spectateurs et nous retrouvons soudain aux premières loges du petit jeu suicidaire en train de se dérouler. À côté d'un feu de camp crépitant, un grand type maigre comme une nouille tangue sur ses jambes tel un roseau, une bouteille de tequila à la main. Il se tient à cinq ou six mètres du rebord. De l'autre côté du feu, à seulement trois mètres du vide, Noah est le candidat au suicide préféré de la foule. Une bouteille à moitié vide gît à ses pieds. Il a déployé ses bras comme des ailes et il tournoie sur lui-même, ses vêtements ondulant au vent, baigné par la lueur des flammes tel le phénix.

Je sens son désir de sauter à travers mon propre corps.

Debout sur un rocher, un type lance : « OK, cinquième round ! C'est parti ! » C'est le maître de cérémonie et, visiblement, il a autant picolé que les deux participants.

– Va chercher Noah, me lance Zephyr d'un ton déterminé. (Au moins, il me sert à quelque chose.) Je m'occupe de Jared. Ils sont tellement bourrés que ça devrait être facile.

– À trois, dis-je.

On fonce et on se retrouve au milieu du cercle. Du haut de son rocher, l'animateur lance d'une voix pâteuse : «Hé, on dirait qu'y a comme qui dirait des semeurs de trouble au match de la mort.»

Ma rage est météorique. «Désolée de gâcher la fête ! je m'exclame. Mais j'ai une super-idée ! La prochaine fois, pourquoi tu demanderais pas à *ton* frangin de sauter bourré du haut de cette falaise plutôt qu'au mien ?» Oh, wow. *Cette fille-là* n'a vraiment pas froid aux yeux. Je crois que je l'ai trop sous-employée, par le passé. Je ne referai plus cette erreur.

J'attrape Noah par le bras, m'attendant à une résistance de sa part, mais il s'affale sur moi en marmonnant : «Hé, pleure pas. J'aurais jamais sauté.» Suis-je en train de pleurer ?

«Je ne te crois pas», dis-je en fixant le visage grand ouvert de l'ancien Noah. Ma poitrine se remplit d'amour, si fort qu'elle pourrait bien exploser.

«T'as raison. (Il rit, hoquette.) J'aurais sauté. S'cuse-moi, Jude.»

Dans un mouvement vif et soudain qui paraît presque impossible compte tenu de la quantité d'alcool qu'il a ingurgitée, il tourbillonne hors de mes bras, me faisant tituber en arrière en une sorte de ralenti atroce. «Non !» Je tends la main vers lui tandis qu'il court vers le bord, les bras en l'air.

C'est la dernière image que j'ai de lui avant que ma tête heurte le sol et qu'un cri de stupeur collectif s'élève autour de moi.

Le bord de la falaise est maintenant désert. Mais personne ne descend le sentier en courant pour rejoindre la plage. Personne ne jette un coup d'œil au-dessus du vide pour voir si Noah est toujours vivant. Les spectateurs organisent un exode massif vers la rue.

Et il faut que j'arrête d'avoir des visions.

J'ai dû subir une sorte de traumatisme crânien, car j'ai beau cligner des yeux ou secouer la tête, ils sont toujours là.

Allongé sur mon frère, à moins d'un mètre de moi, se trouve Oscar.

Oscar, surgi d'absolument nulle part pour plaquer Noah avant qu'il puisse atteindre le rebord.

«Ça alors, toi!» s'étonne Noah tandis qu'Oscar se laisse rouler sur le sol. Il halète comme s'il venait d'escalader l'Everest en courant, et avec ses bottes de moto, en prime. Il est allongé sur le dos, les bras en croix, les cheveux humides de sueur. Grâce à la lune et au feu de camp, j'ai quasi-droit à une hallucination en HD. Noah se redresse en position assise et le contemple d'un air pensif.

«Picasso?» lui demande Oscar tout en essayant de reprendre son souffle. Ça faisait des siècles que je n'avais pas entendu quelqu'un appeler mon frère comme ça. «T'as bien grandi, on dirait. Et t'as une nouvelle coupe.»

Voilà qu'ils se font un *check*, à présent. Oui, Noah et Oscar. Les deux personnes au monde les moins susceptibles de se frapper les poings.

Je dois être en train de rêver. Oscar se redresse à son tour et pose sa main sur l'épaule de Noah. «Tu joues à quoi, mon pote? (Hein, il le réprimande?) Et pourquoi est-ce que tu picoles comme ça? Tu essaies de suivre mon exemple, ou quoi? Ça te ressemble pas, Picasso.»

Comment Oscar peut-il savoir ce qui ressemble ou non à mon frère?

– Plus rien me ressemble, bredouille Noah. Même pas moi-même.

– Je sais ce que c'est, répond Oscar.

Toujours assis, il me tend la main.

– Qu'est-ce que tu fais là…? je commence à lui demander.

Mais Noah m'interrompt avec un discours confus: «T'arrêtais pas de m'envoyer des textos, alors je me suis mis à picoler parce que je croyais que tu savais…

– Que je savais quoi? Tout ça, c'est à cause de mes textos?» J'essaie de me rappeler ce que je lui ai écrit – juste que j'avais un truc urgent à lui dire. Que s'est-il imaginé? Que croyait-il que je savais? Il me cache quelque chose, c'est certain. «Que je savais quoi?» j'insiste.

Il me sourit d'un air idiot, agite la main en l'air. «Que je savais quoi?» répète-t-il comme un perroquet imbécile. OK, il est complètement bourré. Je crois qu'il n'a jamais bu plus d'une bière ou deux de toute sa vie. «Ma sœur, explique-t-il à Oscar. Avant, elle avait des cheveux qui nous suivaient comme une rivière de lumière, tu te souviens?» Enfin, c'est ce que je crois comprendre. J'ai l'impression qu'il parle en swahili.

«Ta *sœur*!» s'écrie Oscar. Il retombe en arrière sur le dos. Noah se rallonge gaiement à côté de lui, souriant comme un illuminé. «C'est génial, poursuit Oscar. Qui est votre père? L'archange Gabriel? Des cheveux comme une rivière de lumière, hmm? (Il relève la tête pour me regarder.) Tu es sûre que ça va? Tu as l'air un peu sous le choc. Et tu es très jolie sans ta casquette et ton sweat trop grand avec des légumes plein les poches. Jolie, mais un peu frigorifiée, peut-être. Tu sais quoi? Je t'offrirais bien mon blouson en cuir, mais on me l'a chouré.» Il est de retour en mode combatif, à ce que je vois. Ça va mieux depuis ce matin. Sauf que je me sens comme une voyeuse qui aurait lu son journal intime.

N'empêche. «Arrête ton cinéma, dis-je. Je suis immunisée contre ton charme. On m'a un peu trop inoculé le microbe de la duperie.» Décidément, *cette fille-là* cartonne.

Je m'attends à une réponse un peu vacharde de sa part, mais il me regarde d'un air absolument déroutant et déclare: «Je suis vraiment désolé pour hier. Tu n'as pas idée à quel point.»

Je suis tellement surprise que je ne sais pas quoi répondre. À vrai dire, je ne sais même pas de quoi il est désolé. Que j'aie vu ce que j'ai vu, ou qu'il ait fait ce qu'il a fait?

«Merci d'avoir sauvé la vie de mon frère, dis-je, ignorant ses excuses pour l'instant, et je dois vraiment être pleine de gratitude parce que – mais qu'est-ce qui me prend? Je sais pas comment t'as fait pour apparaître comme ça, façon super-héros. Ni d'où vous vous connaissez tous les deux…»

Oscar se relève sur un coude.

– Je ne suis pas peu fier de dire que je me suis mis à poil devant chacun de vous.

C'est étrange. Quand Oscar aurait-il été modèle pour mon frère ? Celui-ci se redresse à son tour en appui sur son coude, car il semble avoir décidé de faire tout-comme-Oscar. Il est rouge tomate.

– Je me souviens de tes yeux, dit-il à Oscar. Mais pas de tes cicatrices. Elles sont nouvelles.

– Et encore, t'as pas vu la tronche de l'autre gars, comme on dit. Ou plutôt, de l'asphalte sur l'autoroute n° 5.

Ils papotent ensemble, à nouveau couchés sur le dos, se répondent du tac au tac, en anglais et en swahili, les yeux tournés vers le ciel nocturne illuminé. Ça me fait sourire ; c'est plus fort que moi. Comme la fois où Oscar et moi étions couchés par terre dans la petite cellule. Je me souviens de son Post-it : « Elle disait que je me sentirais de ta famille. » Pourquoi ça ? Et ses excuses, comment les interpréter ? Il semblait sincère, authentique. Pas du tout menteur.

Je sens une odeur de beuh, et je me retourne. Zephyr, le grand type maigre comme une nouille prénommé Jared et une poignée d'autres se sont allumé un joint pour partir. Ils s'éloignent vers la rue, sans doute pour regagner le spot. Tu parles d'une aide. Si Oscar n'avait pas surgi du ciel, Noah serait mort. Comme en guise de confirmation, une vague énorme vient s'écraser avec le fracas d'une bombe sur les rochers. *C'est un miracle*, me dis-je, *c'est forcément un miracle*. Granny avait peut-être raison : « Il faut voir les miracles pour qu'il y en ait. » Peut-être ai-je trop regardé le monde, et vécu dans ce monde, à la manière d'une lâche et d'une trouillarde pour y voir grand-chose.

– Tu réalises qu'Oscar t'a sauvé la vie ? je demande à Noah. Tu as idée de la hauteur de cette falaise ?

– Oscar, répète-t-il avant de se redresser tant bien que mal en position assise, il m'a pas sauvé la vie et la hauteur de cette falaise n'a aucune espèce d'importance. (Il semble de plus en plus ivre à chaque minute qui passe.) C'est maman qui me protège. Comme si j'avais un parachute dans le dos. Comme si je pouvais voler. (Il dessine dans l'air un lent mouvement descendant avec sa main.) Je plane délicatement jusqu'en bas. À chaque fois.

Ma mâchoire s'affaisse. C'est vrai. Il a raison. Je l'ai vu de mes yeux.

C'est pour ça qu'il continue à sauter, pour que maman le rattrape ? N'est-ce pas toujours l'impression que j'ai quand on me fait le coup du regard attendri à la pauvre petite orpheline ? Comme si on m'avait jetée d'un avion en plein vol sans parachute parce que *nos mères sont nos parachutes*. Je me souviens de la dernière fois où je l'ai regardé sauter depuis le pic du Diable. Il avait plané dans le ciel, comme en apesanteur. Il aurait presque eu le temps de se faire les ongles.

Oscar s'assoit. « C'est de la folie, dit-il à Noah d'une voix affolée. T'es dingue ? Sauter de cette falaise dans ton état, c'était la mort assurée. Je me fous de savoir qui tu as dans ta poche, de l'autre côté. (Il se passe la main dans ses cheveux.) Tu sais, Picasso, je parie que ta mère préférerait que tu vives ta vie au lieu de la risquer. » Je m'étonne de l'entendre prononcer ces mots et me demande si ce n'est pas Guillermo qui les lui a dits ce matin.

Noah baisse les yeux et dit tout bas : « Mais c'est le seul moment où elle me pardonne. »

Le pardonner *lui* ? « Pourquoi ? » je lui demande.

Il est devenu grave, d'un coup. « Tout n'est qu'un gros mensonge, dit-il.

— Quoi donc ? » Est-ce qu'il parle de son attirance pour les filles ? De son renoncement à l'art ? De son retardateur de flamme ? Ou d'autre chose encore ? Quelque chose qui pourrait lui donner envie de sauter ivre mort du haut d'une falaise parce qu'il croyait que j'avais découvert son secret ?

Il lève les yeux, stupéfait, conscient qu'il a parlé trop vite, sans réfléchir. J'aimerais lui avouer la vérité à propos de son dossier pour l'IAC, mais c'est impossible. Il doit être sobre pour qu'on puisse avoir cette conversation. « Ne t'en fais pas, dis-je. Je te le promets. Tout va s'arranger à partir de maintenant. »

Il secoue la tête. « Non. Tout va empirer. Tu ne connais pas encore la vérité. » Un frisson me parcourt. Que veut-il dire par là ? Je m'apprête à lui poser la question lorsqu'il se relève… et trébuche aussitôt.

« On va te raccompagner chez toi, dit Oscar en le soutenant d'un bras. C'est où ? Je l'aurais bien ramené à moto, mais je suis venu à pied. G. m'a confisqué ma bécane au cas où j'aurais fini la soirée dans le même état que toi. On s'est méchamment engueulés, ce matin. » Voilà qui explique pourquoi sa moto était garée dans la cour. Je me sens à deux doigts de lui avouer que j'ai entendu leur dispute, mais le moment semble mal choisi.

– G. ? demande Noah, avant d'avoir l'air d'oublier qu'il vient de dire quelque chose.

– C'est pas très loin, dis-je à Oscar. Merci. Vraiment, merci.

Il me sourit.

– Je suis l'homme de la situation, tu te souviens ? Un cadavre, un couteau plein de sang à cacher ?

– Elle a dit que tu me reconnaîtrais comme étant de ta famille, lui dis-je avant de regretter aussitôt ces paroles. J'ai l'air d'une cruche.

Mais là encore, il ne réagit pas comme je m'y attendais. Il m'adresse le sourire le plus sincère que j'aie jamais vu chez lui, un sourire qui part de ses yeux et semble ne s'achever nulle part sur son visage.

– Oui, elle l'a dit. Et elle avait raison.

Pendant qu'Oscar et Noah cheminent péniblement ensemble, comme s'ils avaient chacun une jambe attachée ensemble, j'essaie d'apaiser la tempête électrique qui fait rage dans ma tête. «Oui, elle l'a dit. Et elle avait raison.» Je me souviens à présent qu'il avait une photo de moi dans la poche de son blouson. Et Brooke dans ses bras, Jude ? Oui, bon – il vient quand même de sauver la vie de Noah. Sans oublier ce qu'il a dit : «Je suis désolé. Tu n'as pas idée à quel point.» Et sa dispute de ce matin avec Guillermo. Et puis, ce n'est pas comme si on sortait officiellement ensemble. Ah, là là. Savonner. Rincer. Recommencer.

Arrivé sur la route, Noah se libère de l'étreinte

d'Oscar et presse le pas, seul. Je garde un œil sur lui à mesure qu'il s'éloigne en trottant.

Oscar et moi marchons côte à côte. Nos mains se frôlent à plusieurs reprises. Je me demande s'il le fait exprès, et si moi aussi.

À mi-chemin de la maison, il déclare :

– Je vais te dire comment je suis arrivé ici. J'étais au spot. J'étais vraiment mal – G. m'avait dit des choses très dures à encaisser. Il a le chic pour vous brandir un miroir en pleine figure, et ce que j'ai vu dedans m'a horrifié. J'avais envie de boire, de me fracasser. J'envisageais sérieusement de me remettre à l'alcool, après deux cent trente-quatre jours et dix heures de sobriété totale. J'en étais à compter les minutes, les yeux rivés sur ma montre, quand une espèce de derviche tourneur qui te ressemblait comme deux gouttes d'eau a surgi de nulle part comme un ouragan et m'a bousculé, si bien que mon verre de gin est tombé par terre. C'était incroyable. Un signe, pas vrai ? Ma mère ? Un miracle ? Aucune idée. Sauf que je n'ai pas eu le temps de m'attarder sur la nature sublime, voire divine, de cet incident, car j'ai immédiatement été saisi par l'impression terrible mais fausse que tu étais poursuivie par une sorte de géant nordique. Bref, je te pose la question : qui a sauvé la vie de qui, ce soir ?

Je contemple la lune, brillante et ronde comme une pièce de monnaie, et je me dis que je vois peut-être les miracles, en réalité.

Oscar sort quelque chose de sa poche pour me le montrer. Il fait assez clair pour que je voie qu'il a monté le coquillage de sa mère et l'a accroché à un ruban rouge qui ressemble étrangement à celui que j'avais noué autour de la lettre de Guillermo à Bien-Aimée. La seconde d'après, chaque parcelle de son corps se rapproche de chaque parcelle du mien parce qu'il est en train de me l'attacher autour du cou.

– Mais tu mourras en quelques minutes si tu ne le gardes pas avec toi, dis-je dans un murmure.

– Je veux que tu l'aies.

Je suis trop bouleversée pour dire un mot de plus.

On continue à marcher. Cette fois, quand nos mains se frôlent, je prends la sienne et je la garde.

Je suis assise à mon bureau, en train de finir mes études pour ma sculpture de maman – je tiens vraiment à faire quelque chose de très ressemblant – que je compte montrer à Guillermo demain. Noah dort d'un profond sommeil alcoolisé. Oscar est reparti depuis longtemps. Je suis sûre que le coquillage magique – sa possession la plus précieuse ! – autour de mon cou irradie de joie. J'ai failli appeler Fish, à l'école, tellement j'avais envie de parler à quelqu'un – un être appartenant au monde des vivants, pour changer – de ce coquillage, des photos et des Post-it, de tout ce qui se passe dans ma vie, mais je me suis souvenue que les vacances de Noël n'étaient pas terminées et que le dortoir devait être fermé (je fais partie des rares élèves à ne pas être pensionnaire de l'internat de l'IAC), qu'on était au milieu de la nuit et que Fish et moi n'étions pas spécialement potes non plus. Mais peut-être qu'on devrait, au fond. Peut-être qu'un ami vivant me ferait le plus grand bien.

Désolée, Granny. Quelqu'un avec qui discuter pour de vrai, comme quand Oscar et moi étions assis sur les marches du perron, tout à l'heure, qu'on respirait et qu'on palpitait à quelques centimètres l'un de l'autre et que j'ai vraiment cru qu'il allait m'embrasser, mais qu'il ne l'a pas fait, sans que je sache pourquoi. Il n'est pas entré à l'intérieur, mais c'est tant mieux, j'imagine, car il aurait sans doute compris que je ne suis encore qu'une lycéenne. Il était surpris de voir que j'habite encore la maison de mes parents.

– Oh, je pensais que tu vivais en cité U. Tu es restée pour ton petit frère après la mort de ta mère, c'est ça ?

J'ai changé de sujet. Mais je sais que je dois lui avouer la vérité, et je le ferai. Et aussi à propos de sa dispute avec Guillermo, celle que j'ai entendue. Bientôt, je serai une fille dépourvue de tout secret.

Satisfaite de mes croquis, je referme mon carnet et m'installe devant ma machine à coudre. Jamais, je ne trouverai le sommeil après ce qui s'est passé aujourd'hui et surtout ce soir, avec Oscar, avec Noah, avec Zephyr, avec les fantômes… et, de toute manière, j'ai envie d'avancer sur mon projet de blouse pour Guillermo à partir de mes chutes de tissu des Robes Flottantes. Je fouille dans mon sac à la recherche de l'une de ses vieilles blouses que j'ai chipée à l'atelier, histoire d'avoir un modèle. Je commence à l'étaler sur la table et, ce faisant, je sens un objet dans la poche de devant. J'y plonge ma main et en ressors deux petits carnets. Je feuillette le premier. Rien de très intéressant : des notes et des listes en espagnol, des croquis, les trucs habituels. Rien en anglais, rien pour Bien-Aimée. Je parcours le second, qui contient grosso modo la même chose, à l'exception de trois brouillons de lettre rédigés en anglais, de toute évidence à l'intention de Bien-Aimée, chacun comportant de légères variations, comme s'il cherchait à trouver le ton juste. Peut-être comptait-il la lui envoyer par e-mail ? Ou sur une carte ? Ou dans une petite boîte en velours noir avec une bague à l'intérieur ?

Celle avec le moins de ratures :

Je ne peux plus continuer ainsi. J'ai besoin d'une réponse. Vivre sans toi m'est impossible. Je ne suis plus qu'une moitié d'homme, doté d'une moitié de corps, d'une moitié de cœur, d'une moitié d'esprit, d'une moitié d'âme. Il n'y a qu'une seule réponse, tu le sais bien. Tu le sais forcément, depuis le temps. Comment pourrais-tu l'ignorer ? Épouse-moi, mon amour. Dis oui.

Je m'affale sur ma chaise. Elle lui a dit non. À moins qu'il ne lui ait jamais demandé. Dans un cas comme dans l'autre, pauvre Guillermo. Que l'ai-je entendu dire, ce matin ? « Ce qui est mauvais pour le cœur est bon pour l'art. » Eh bien, je vais lui confectionner la plus belle blouse d'artiste qui soit. Je farfouille dans mon sac de chutes de tissu à la recherche de rouges, d'orangés, de violets et de couleurs du cœur.

Je commence à coudre les pièces ensemble.

J'ignore depuis combien de temps durait le bruit quand je réalise soudain qu'il ne provient pas de ma machine à coudre, mais de coups frappés contre ma vitre. Oscar ? A-t-il tenté sa chance à la seule fenêtre éclairée de toute la maison ? Ça ne peut être que lui. Une seconde plus tard, je suis devant mon miroir en train de secouer un peu la tête pour réveiller mes cheveux, puis de l'agiter carrément pour me faire une crinière sauvage. Je plonge la main dans le tiroir de ma commode pour attraper le bâton de rouge à lèvres le plus écarlate possible. Oui, c'est ce que je veux. J'ai aussi envie de décrocher l'une de mes plus belles robes du mur pour la mettre – la robe Gravité, peut-être ? – et donc, c'est exactement ce que je fais.

« Une seconde ! je hurle en direction de la fenêtre.

– No problemo », j'entends Oscar me répondre.

Il a dit « *no problemo* » !

Je me regarde dans le miroir en pied, vêtue de ma robe Gravité, ma réponse à la Robe Flottante. Elle est couleur corail, moulante puis évasée vers le bas, façon sirène, pour s'achever dans un bouillonnement de frous-frous. Personne ne m'a jamais vue dans aucune des robes que je confectionne depuis deux ans. Moi non plus. Je les ai toutes conçues à ma taille, mais je les imaginais portées par une autre fille, en me disant toujours que si quelqu'un ouvrait ma penderie, il penserait que deux personnes différentes vivaient dans cette chambre et qu'il préférerait être ami avec l'autre.

Te voilà, me dis-je, et je comprends tout à coup. C'est donc pour cette fille-là que j'inventais toutes ces robes, depuis si longtemps, sans même le savoir. Si je crée un jour ma ligne de vêtements, comme Granny, je la baptiserai : *Cette fille-là*.

Je traverse ma chambre, écarte les rideaux et ouvre la fenêtre.

Il fait un bond de trois mètres. «Oh, wow! s'exclame-t-il. Non mais je rêve. C'est ça, je rêve! Tu es magnifique. C'est comme ça que tu t'habilles quand tu es seule chez toi, en pleine nuit? Et avec un sac à patates quand tu sors en plein jour? (Il me fait son beau sourire de traviole.) Tu dois être la personne la plus excentrique que j'aie jamais rencontrée. Mais ce n'est pas pour ça que je viens te voir. (Il appuie ses mains sur le rebord de la fenêtre.) J'étais à mi-chemin vers chez moi quand je me suis souvenu d'un truc très important que j'ai oublié de te dire.»

Avec son index, il me fait signe de me rapprocher. Je me penche au-dehors, la tête dans la nuit. Je sens la brise nocturne caresser mes cheveux.

Son visage est hyper-sérieux.

«Alors, quoi? je lui demande.

– Ça.» Si vite que je ne vois rien venir, il me prend la tête à deux mains et m'embrasse.

J'ai une courte hésitation. Je me demande si je peux vraiment lui faire confiance, car ce serait de la folie de ma part. Mais… pourquoi pas? Pourquoi ne pas tenter ma chance? Après tout, s'il m'expulse jusqu'à la fin des temps, qu'il en soit ainsi…

Voilà ce qui se passe ensuite. Peut-être est-ce le clair de lune qui illumine ses traits depuis le ciel, peut-être est-ce la manière dont la lueur de ma chambre éclaire son visage, ou peut-être est-ce simplement parce que je suis enfin prête à voir ce qui m'échappe depuis notre toute première rencontre.

Il a posé pour Noah.

Oscar est l'inconnu du portrait.

C'est lui.

Et ce moment est exactement tel que je l'ai toujours imaginé.

Je me penche à nouveau dehors dans la nuit.

– J'ai renoncé au monde entier ou presque pour toi, dis-je, redécouvrant ma propre histoire d'amour. Le soleil, les étoiles, l'océan, les arbres, tout ! J'ai tout sacrifié pour toi.

Je lis d'abord la stupéfaction sur son visage puis, très vite, le ravissement. Puis, très vite, ce sont mes mains qui l'attrapent pour l'attirer vers moi, parce que *c'est lui*, et que toutes ces années passées à ne rien voir, ne rien faire, ne rien *vivre* rompent soudain le barrage du moment présent et je l'embrasse furieusement, je veux qu'il me touche, mes mains s'agrippent à lui et les siennes s'agrippent à moi, ses doigts s'enfoncent dans mes cheveux et, avant que je comprenne ce qui m'arrive, je me hisse tout entière par la fenêtre et nous fais tomber par terre.

« Un homme à la mer », murmure-t-il en m'enlaçant. On éclate de rire en même temps, puis nos rires s'estompent car aucun de nous n'aurait jamais cru qu'on puisse s'embrasser comme ça, qu'on puisse altérer son paysage intérieur, enjamber des océans, projeter des rivières au sommet des montagnes, inverser le sens de la pluie.

Il roule sur le côté si bien qu'il se retrouve couché sur moi, le poids de son corps, le poids de l'autre fois, et voilà que Zephyr commence à s'immiscer entre nous. Mes muscles se raidissent. J'ouvre les yeux, paniquée à l'idée de découvrir un visage inconnu et insensible au-dessus du mien, mais ce n'est pas un étranger. C'est Oscar, bien présent, tellement présent, le visage même de l'amour. Et c'est pour ça que je décide de lui faire confiance. L'amour, ça se voit. Ça ressemble à ça. Pour moi, il a toujours eu ce visage improbable et cabossé.

Oscar effleure ma joue avec son pouce. «Ne t'en fais pas.» Comme s'il savait ce qui s'était passé.

«Tu es sûr?»

Autour de nous, les arbres bruissent doucement.

«Cent pour cent sûr et certain.» Il palpe le coquillage à mon cou. «Promis.»

La nuit est tiède, si légère sur notre peau. Elle nous enveloppe, s'entrelace autour de nous. Il m'embrasse lentement, tendrement, et mon cœur s'ouvre peu à peu. Tout ce qui s'est passé sur la plage en ce jour de cauchemar disparaît et, soudain, la fin du boycott est déclarée.

J'ai beaucoup de mal à me concentrer sur la présence d'Oscar dans ma chambre, parce que: Oscar est dans ma chambre! Oscar, l'inconnu du portrait!

Il n'en revient pas que j'aie fabriqué moi-même les robes suspendues au mur et celle que je porte, et il s'intéresse maintenant à une photo de moi en train de surfer. Il m'excave petit à petit, sans burin ni marteau. «Ça, c'est de la pornographie pour un jeune Anglais, dit-il en me montrant la photo.

– Je ne surfe plus depuis des années.

– Dommage. (Il tapote mon exemplaire du

Manuel de référence du médecin.) Voilà typiquement ce que je m'attendais à trouver chez toi. (Il soulève une autre photo. Un plongeon depuis le pic du Diable. Il l'examine.) Tu étais casse-cou, avant ?

– Faut croire. Je ne me posais pas trop de questions. J'adorais faire ça, à l'époque. » Il lève les yeux vers moi, guettant visiblement une suite. « Quand ma mère est morte… je ne sais pas, j'ai pris peur. Peur d'à peu près tout. »

Il acquiesce, comme s'il comprenait. « C'est comme une main qui vous enserre la gorge en permanence, pas vrai ? Plus rien n'est acquis. Ni votre prochain battement de cœur, ni rien du tout. » Aucun doute, il a pigé – et plus encore. Il s'assoit devant ma machine à coudre, regarde à nouveau la photo. « Mais j'ai choisi le chemin inverse. Je me suis mis à utiliser cette peur comme un punching-ball. Chaque jour, je passais à ça de la mort. (Il repose la photo, l'air soucieux.) C'est, entre autres, ce qui a déclenché ma dispute avec G. Il trouve que je prends trop de risques à moto, comme j'ai pris trop de risques par le passé avec les drogues, mais… – il se tait en voyant ma tête – quoi ?

– Oscar, j'ai surpris une partie de votre dispute, l'autre matin. Quand j'ai compris ce qui se passait, je suis partie, mais… » Je ne vais pas plus loin dans mes aveux, car j'ai l'impression que ses organes internes ont pris feu.

Je ne comprends plus trop ce qui se passe ensuite, excepté qu'il se lève d'un bond et se précipite vers moi à une vitesse éclair, ce qui ne lui ressemble pas du tout.

432

– Alors, tu sais, dit-il. C'est obligé, CJ.

– Quoi donc ?

Il m'attrape les bras.

– Que tu me terrifies. Que je n'arrive pas à te maintenir à distance, comme je le fais avec tout le monde. Que j'ai une putain de trouille d'être ravagé par toi.

Notre respiration est lourde, rapide, synchronisée.

– Non, je ne savais pas, dis-je dans un murmure.

J'ai à peine le temps de prononcer ces mots que sa bouche s'écrase sur la mienne. Je sens une émotion folle passer à travers ses lèvres, exhumer et déclencher quelque chose en moi, comme une force brute, intrépide et sauvage.

Boum, puissance mille.

« Je suis mort, dit-il contre mes cheveux, mort de chez mort, ajoute-t-il dans mon cou avant de se reculer, les yeux brillants. Tu vas m'anéantir, pas vrai ? Je le sais. » Il part d'un rire encore plus fracassant que d'habitude et je décèle quelque chose d'inédit sur son visage, comme une franchise, une liberté nouvelle, peut-être. « C'est déjà fait. Regarde-moi. Qui est ce type ? Je t'assure que personne n'a jamais croisé un tel ouragan auparavant. Même pas moi. Et rien de ce que je t'ai raconté n'était vraiment lié à ma dispute avec G., bordel ! Il fallait juste que je te le dise. Tu dois savoir que je n'ai jamais… – il agite sa main en l'air – … ouvert le couvercle. Ni de près ni de loin. C'est pas mon genre. » Est-il en train de me dire qu'il n'est jamais tombé amoureux ? Je me souviens encore de Guillermo lui reprochant de toujours blesser les autres avant qu'ils ne lui fassent du mal, et de ne jamais ouvrir son cœur à qui que ce soit. Mais avec moi, il n'arrive pas à garder ses distances ?

– Oscar...

Il place ses paumes sur mes joues.

– Il ne s'est rien passé avec Brooke après ton départ. Rien. Quand je t'ai raconté cette histoire à propos de ma mère, j'ai complètement flippé et je me suis comporté comme un parfait connard. Un lâche – tu as dû entendre ce beau compliment dans la bouche de G. ce matin. Je crois que j'essayais inconsciemment de tout gâcher... (Je suis son regard en direction de la fenêtre et du monde nocturne qui s'étend au-delà.) Je me disais, maintenant que tu sais qui je suis en réalité, ce que j'ai vraiment au fond des tripes, que tu allais sûrement...

– Non, dis-je. C'est tout le contraire. Ça m'a rapprochée de toi. Mais je te comprends, et je pense comme toi. Je me dis que si les gens me connaissaient vraiment, ils ne pourraient jamais...

– Moi, si, dit-il.

Ces mots me coupent le souffle et m'illuminent de l'intérieur.

Exactement en même temps, on se jette dans les bras l'un de l'autre, réunis ensemble, enlacés ensemble, mais cette fois on ne s'embrasse pas, on ne bouge pas, on reste simplement serrés l'un contre l'autre. Les secondes passent, s'éternisent, nos deux corps enlacés, comme si c'était une question de survie, ou comme si on se raccrochait justement à la vie. Précieuse vie.

– Maintenant que tu as mon coquillage, je ne peux plus m'éloigner de toi pour des raisons de sécurité.

– Ah, c'est donc pour ça que tu me l'as offert !

– Tu as tout compris à mon plan diabolique.

Je ne pensais pas que c'était possible, mais il m'attire encore plus fort contre lui. « On est comme *Le Baiser* de Brancusi », je murmure. L'une des sculptures les plus romantiques que je connaisse : un homme et une femme enlacés au point de ne faire plus qu'un.

– Oui ! dit-il. C'est exactement ça. (Il recule et écarte une mèche de cheveux de mon visage.) On se complète parfaitement, comme des moitiés coupées.

– Des moitiés coupées ?

– Platon avait une théorie selon laquelle il existait autrefois des êtres dotés de quatre jambes, quatre bras et deux têtes. Ils étaient parfaitement indépendants, heureux et puissants. Trop puissants au goût de Zeus, qui les a coupés en deux et éparpillés aux quatre coins du monde, si bien que les humains sont maintenant condamnés à rechercher éternellement leur moitié, celle qui partageait jadis leur âme. Seuls les êtres humains les plus chanceux retrouvent leur moitié coupée, tu sais.

Je repense à la dernière lettre de Guillermo à Bien-Aimée. Celle dans laquelle il affirmait n'être plus qu'une moitié d'homme doté d'une moitié d'âme, d'une moitié d'esprit… « J'ai trouvé un autre message écrit par Guillermo. C'était dans l'un de ses petits carnets de notes. Une demande en mariage…

– Là, je crois que je vais devoir invoquer le cinquième amendement sur la liberté d'expression, comme vous dites aux États-Unis ! Il t'en parlera un jour, j'en suis sûr. Je lui ai promis de…

– Je comprends.

– Ces deux-là étaient des moitiés coupées, cela dit. Ça ne fait aucun doute. (Ses mains trouvent ma taille.) J'ai une idée géniale », dit-il. Les émotions tourbillonnent sur son visage. Il n'y a plus le moindre pourcentage de fausseté en lui. « Jetons-nous à l'eau. Ôtons nos couvercles, tous les deux en même temps. Je vais te dire la suite, tout ce qu'il y a à savoir : j'étais dans un sale état au spot parce que je croyais avoir tout foiré avec toi. Je me fiche pas mal de savoir que G. a ajouté la décapitation à la liste des sévices qu'il compte m'infliger si je m'approche trop près de toi. Je crois la prophétie de ma mère. Je cherchais partout. Je scrutais les foules. Je prenais des tonnes de photos. Mais je n'ai reconnu que toi. Seulement toi. Depuis toutes ces années. (Il me sourit.) Alors, t'en penses quoi ? On se déplacera sur des ballons sauteurs. On parlera aux fantômes. On croira avoir Ebola à la place d'un simple rhume. Et on trimballera des oignons dans nos poches jusqu'à ce qu'ils fleurissent. Et on pensera à nos mamans. Et on fabriquera plein de belles choses… »

Complètement subjuguée, je poursuis : « Et on se baladera à moto. Et on ira se déshabiller dans des bâtiments abandonnés. Et même, on initiera un Anglais au surf. Mais… qui vient de dire ça ?

– Moi, dit-il.

– Je me sens si heureuse. Il faut que je te

montre un truc. » Je me détache de lui pour aller chercher le sac en plastique sous mon lit.

– Alors comme ça, Noah t'a dessiné. Je me demande par quel hasard…

– Tu ne savais pas ? Il campait derrière une fenêtre de cette école d'art pas loin d'ici, et il dessinait les modèles.

Je couvre ma bouche avec ma main.

– Quoi ? fait Oscar. J'ai dit une bêtise ?

Je secoue la tête pour chasser de mon esprit l'image de Noah espionnant un cours de dessin derrière une fenêtre de l'IAC. C'était vraiment le rêve de sa vie. Mais je respire bien à fond en me disant que dans une semaine, il sera à l'IAC, et cette pensée me calme suffisamment pour continuer à chercher le sac en plastique. Quelques instants plus tard, je suis assise à côté d'Oscar, le sac sur mes genoux. « Alors voilà. Un beau jour, je suis tombée sur le portrait d'inspiration cubiste que mon frère avait fait de toi, et j'ai décidé qu'il me le fallait. Il me le fallait *absolument*. C'était le coup de foudre. (Il sourit.) Mon frère et moi avions ce petit jeu où on s'échangeait des parties du monde dans le but de dominer l'univers. Il était en train de gagner. On est… disons qu'on a l'esprit de compétition, lui et moi. Pour dire les choses gentiment. Mais bref, il refusait de me donner ton portrait. J'ai dû renoncer à presque tout. Mais ça valait le coup. Je t'ai gardé là. » Je lui montre l'endroit où le dessin était accroché, à côté de mon lit. « Je te regardais pendant des heures en priant pour que tu sois réel et en imaginant que tu apparaîtrais derrière ma fenêtre, comme tu l'as fait ce soir. »

Il éclate de rire. «C'est incroyable! On est vraiment des moitiés coupées.

— Je ne sais pas trop si j'aimerais avoir une moitié coupée, dis-je honnêtement. Je crois que je préférerais avoir mon âme à moi toute seule.

— Ça se tient. On pourrait être des moitiés coupées occasionnelles, si tu préfères. Dans ce genre d'occasion, par exemple.» Il laisse courir son doigt lentement le long de mon cou, traverse ma clavicule, puis continue plus bas, encore plus bas. Qu'est-ce qui m'a pris de porter un décolleté pareil? Je ne dirais pas non à un gros coussin pour m'évanouir dessus. Je ne dirais pas non à quoi que ce soit. «Mais pourquoi me déchirer en morceaux et me fourrer dans un sac en plastique? demande-t-il.

— Oh, c'est à cause de mon frangin. Il était furieux contre moi. J'ai essayé de te recoller des dizaines et des dizaines de fois.

— Merci», dit-il. Mais au même moment, un détail attire son attention à l'autre bout de la pièce. D'un bond, il se lève et marche droit vers ma commode. Là, il soulève une de mes photos de famille. Je l'observe dans le reflet du miroir. Il a blêmi, d'un seul coup. Que se passe-t-il? Il fait volte-face et me transperce du regard. «Tu n'es pas sa sœur aînée, dit-il. Vous êtes jumeaux.» J'entends tournoyer les rouages de son cerveau. Il doit connaître l'âge de Noah, et vient donc de découvrir le mien.

«J'allais te le dire. Je crois que j'avais un peu la trouille. J'avais peur que tu…

— Nom de Dieu.» Il file comme une flèche vers la fenêtre. «Guillermo n'est pas au courant.» Il a déjà passé une jambe de l'autre côté. Je ne comprends absolument pas ce qui se passe.

«Attends! Une seconde, Oscar. Bien sûr qu'il est au courant. Quelle importance? Où est le problème?» Je cours à ma fenêtre en criant: «Mon père avait onze ans de plus que ma mère! On s'en fout!»

Mais il a déjà disparu.

Je vais vers ma commode et prends la photo entre mes mains. C'est mon portrait de famille préféré. Noah et moi devons avoir huit ans et nous sommes tous les deux déguisés en marins, l'air totalement loufoque. Mais c'est surtout pour mes parents que j'adore ce cliché.

Ils se regardent amoureusement l'un l'autre, comme s'ils partageaient le plus beau secret du monde.

Le Musée invisible

Noah
14 ans

Un à un, je vide tous mes tubes de peinture dans l'évier de la buanderie.

Je veux de la couleur, riche, vive, une couleur qui dit merde, une couleur qui dit ta gueule, une couleur qui dit allez tous vous faire foutre, j'en veux par seaux entiers. Je veux l'éclat de la peinture neuve. Je veux plonger mes doigts, mes mains, dans le vert chartreuse, le rouge magenta, le bleu turquoise, le jaune cadmium. J'aimerais pouvoir manger la peinture. M'y noyer tout entier. *Voilà ce que je veux*, me dis-je tout en ajoutant les couleurs une à une, un peu de vert, un peu de violet, un peu de marron, chaque nouvelle teinte se fond en spirale dans le mélange tandis que mes mains et mes bras s'enfoncent dans ce magma froid et glissant, au point que ma vision elle-même tourbillonne.

Il y a une heure, derrière la vitre, j'ai vu maman monter en voiture.

À la seconde où elle a mis le contact, j'ai couru dehors pour la rattraper. Il s'était mis à bruiner.

C'est là que je lui ai hurlé ces mots :

– Je te déteste ! Je te hais !

Elle m'a regardé, sous le choc, les yeux immenses, les joues ruisselantes de larmes. Elle a articulé « Je t'aime », puis elle a mis sa main sur son cœur et m'a montré du doigt comme si elle s'adressait à un sourd-muet.

Une seconde plus tard, elle s'éloignait pour aller annoncer à papa qu'elle demandait le divorce et comptait épouser son amant.

« Je m'en fous ! » dis-je tout haut, dans le vide. Je n'en ai plus rien à foutre de papa et elle. De Brian et Courtney. Et même de l'IAC. Plus rien ne compte désormais excepté la couleur, encore la couleur, toujours plus vive. J'ajoute un tube de bleu barbeau à ma mixture déjà abondante…

C'est alors que le téléphone sonne.

Et sonne.

Et sonne. Elle a dû oublier de mettre le répondeur. Ça sonne toujours. Je retrouve tant bien que mal le téléphone dans le salon et m'essuie les mains sur mon tee-shirt, ce qui ne m'empêche pas de barbouiller le combiné de peinture.

Un homme à la voix bourrue demande :

– Je suis bien chez Dianna Sweetwine ?

– C'est ma mère.

– Est-ce que ton père est là, petit ?

– Non, il n'habite plus ici.

Je sens un frisson me parcourir – il y a un truc qui cloche. Je l'entends à la voix de ce type. « Qui est à l'appareil ? » je demande, bien que je comprenne avant même qu'il me le dise qu'il est de la police. J'ignore comment, mais je comprends tout en un éclair.

441

(Autoportrait : *Le garçon à l'intérieur du garçon cesse de respirer*)

Il ne me dit pas qu'il y a eu un accident. Qu'une voiture a dérapé sur l'autoroute n° 1. Il ne me dit rien de tout ça. Mais quelque part, je le sais déjà.

« Est-ce que ma mère va bien ? » je lui demande d'un ton pressant en courant à la fenêtre. J'entends un talkie-walkie de la police crépiter à l'autre bout du fil. Je vois plusieurs surfeurs en train de sortir de l'eau, mais Jude n'est pas parmi eux. Où est-elle ? Fry a dit qu'elle était partie avec Zephyr. Où sont-ils allés ? « Il s'est passé quelque chose ? » je demande à l'homme en regardant d'abord l'océan disparaître, puis l'horizon. « Parlez-moi, s'il vous plaît. » Maman était dans tous ses états quand elle est partie. À cause de moi. Parce que je venais de lui dire que je la haïssais. Parce que je l'avais suivie jusqu'à l'Oiseau de bois. Parce que j'avais fait ce dessin. Je sens l'amour immense que je lui porte jaillir en moi comme une fontaine, plus haut, plus haut, encore plus haut. « Elle va bien ? je répète. Dites-moi qu'elle va bien, je vous en supplie.

— Puis-je avoir le numéro de portable de ton père, petit ? » J'aimerais bien qu'il arrête de m'appeler *petit*. J'aimerais aussi que ma sœur rentre à la maison.

Je lui file le numéro de portable de papa.

— Tu as quel âge ? me demande-t-il. Il y a quelqu'un avec toi ?

— Je suis seul, dis-je, submergé par un sentiment de panique. J'ai quatorze ans. Est-ce que ma mère va bien ? Vous pouvez me dire ce qui se passe, hein.

Mais à peine ai-je prononcé cette phrase que je prends conscience d'une chose : je n'ai aucune envie qu'il me dise ce qui se passe. Je ne veux même pas le savoir, jamais. Je m'aperçois que j'ai fait dégouliner de la peinture par terre, comme des gouttes de sang multicolores. J'en ai mis absolument partout. Sur la vitre, à l'arrière du canapé, sur les rideaux, les abat-jour.

– Bien, je vais appeler ton père, dit l'homme calmement avant de raccrocher.

J'ai trop peur d'essayer le portable de maman. J'appelle papa. Je tombe directement sur sa messagerie. Je suis sûr qu'il est déjà en communication avec le flic, qui lui raconte tout ce qu'il n'a pas voulu me dire. Je prends mes jumelles et je grimpe sur le toit. Il crachine toujours. Et l'air est bien trop doux. Rien ne va. Je ne vois Jude ni sur la plage, ni dans la rue, ni nulle part sur la falaise. Où est-elle allée avec Zephyr ? Je la supplie par voie télépathique de rentrer à la maison.

Je regarde du côté de chez Brian. J'aimerais tant qu'il soit lui aussi sur son toit, qu'il sache à quel point je m'en veux pour tout, qu'il vienne me voir pour me parler des orbites planétaires et des éruptions solaires. Je cherche son caillou dans ma poche et le serre fort au creux de ma main. Alors, soudain, un crissement de pneus retentit dans l'allée. Je me précipite à l'autre bout du toit. C'est papa, qui ne freine *jamais* comme ça d'habitude. Derrière lui, une voiture de police. Mon cœur dégringole. Je dégringole.

(AUTOPORTRAIT : *Le garçon qui dégringole du monde*)

Je redescends l'échelle sur le côté de la maison

443

et passe par la porte vitrée coulissante du salon. Je suis comme une statue dans le couloir quand papa tourne sa clé dans la serrure.

Il n'a même pas besoin d'ouvrir la bouche. On tombe dans les bras l'un de l'autre, sur le sol, à genoux. Il presse ma tête contre son torse à deux mains.

– Oh, Noah. Je suis désolé. Oh, mon Dieu, Noah. Il faut qu'on retrouve ta sœur. C'est impossible. C'est impossible. Oh, Seigneur.

Je ne sais pas ce qui me prend. Sa panique me contamine, la mienne le contamine en retour, et les mots sortent tout seuls de ma bouche.

– Elle voulait te demander de rentrer à la maison pour qu'on redevienne une famille. Elle était en route pour te parler.

Il recule, contemple mon visage brûlant.

– Vraiment ?

J'opine.

– Juste avant de partir, elle a dit que tu étais l'amour de sa vie.

Il y a une chose que je dois faire absolument. La maison déborde encore d'invités, de chagrin et de nourriture, des tonnes de trucs à manger de partout. L'enterrement a eu lieu hier. Je marche au milieu de gens aux yeux rougis, les murs se voûtent, la peinture grisaille, les meubles s'écroulent, les vitres s'obscurcissent, l'air est plein de poussière. Je m'aperçois que je pleure en passant devant un miroir. Je ne sais plus comment m'arrêter. C'est devenu comme de respirer. Un truc permanent. Je dis à papa que je reviens tout de suite. Jude – qui s'est coupé les cheveux

hyper-court, si bien que j'ai du mal à la reconnaître – veut m'accompagner, mais je refuse. Elle
ne me lâche pas d'une semelle. Elle croit que je
vais mourir, moi aussi. Hier soir, j'ai retrouvé des
espèces de racines terreuses au fond de mon lit.
Et quand j'ai été pris d'une quinte de toux dans la
voiture en revenant du cimetière, elle a pété les
plombs et hurlé à papa qu'il fallait me conduire
aux urgences vu que j'avais peut-être la coque-
luche ou Dieu sait quoi. Papa, qui est un expert
en maladies, a réussi à la calmer.

J'arrive tant bien que mal jusqu'à l'atelier du
sculpteur. Là, je m'assois sur le trottoir et j'attends, tout en jetant des gravillons sur l'asphalte.
Il faudra bien qu'il sorte à un moment ou un
autre. Au moins, il a eu la décence de ne pas
venir à l'enterrement. J'ai guetté son apparition
pendant toute la cérémonie.

Brian était là. Il s'est assis au dernier rang avec
sa mère, Courtney et Heather. Il n'est pas venu
me voir après.

Quelle importance ? Toute la couleur a disparu.
Il ne reste plus que des ténèbres dans le ciel, par
seaux entiers, qui se répandent sur tout et tout
le monde.

Au bout d'un siècle, le sculpteur franchit la
porte en vacillant pour se traîner jusqu'à la boîte
aux lettres. Il ouvre la petite porte, sort un paquet
de lettres. Je vois les larmes qui ravagent sa figure.

Et c'est alors qu'il m'aperçoit.

Il me dévisage longuement et je comprends
combien il l'aime rien qu'à sa façon de me regarder. Un tsunami d'émotions jaillit hors de lui pour
venir m'éclabousser. Ça m'est égal.

– Tu lui ressembles tellement, murmure-t-il. Tes cheveux...

Je n'ai qu'une pensée en tête, une pensée qui me hante depuis des jours : *Sans lui, elle serait encore en vie.*

Je me lève, mais je suis resté assis trop longtemps et mes jambes me lâchent. «Eh», dit-il en me rattrapant de justesse pour m'aider à me rasseoir sur le trottoir, à côté de lui. Sa peau dégage de la chaleur et une odeur masculine entêtante, aussi. J'entends un gémissement, le genre de son qu'émettent généralement les chacals, et je réalise qu'il sort de ma gorge. L'instant d'après, il me prend dans ses bras et je le sens trembler, tout comme moi, comme si on gelait de froid. Il me serre encore plus fort contre lui, puis sur ses genoux, et me berce dans cette position si bien que ses larmes s'écrasent dans ma nuque et les miennes sur ses bras. Je voudrais ramper à l'intérieur de sa gorge. Me réfugier dans la poche de sa blouse. Je veux qu'il me berce comme ça pour toujours, comme un petit enfant, le plus petit enfant qui soit. Il sait exactement comment s'y prendre. Comme si maman était à l'intérieur de lui et lui disait quoi faire. Pourquoi est-il le seul à savoir me bercer ? Pourquoi est-il le seul à avoir maman à l'intérieur de lui ?

Non.

Des oiseaux lancent des trilles stridents dans l'arbre au-dessus de nous.

Ça ne va pas.

Je ne suis pas venu ici pour ça. Je suis venu pour le contraire de ça. Il n'a pas le droit de me prendre dans ses bras comme si on partageait la même peine, comme s'il comprenait. Il n'est pas mon père. Ni mon ami.

Sans lui, elle serait vivante.

Je me tortille et me dégage de son étreinte, je me redresse de toute ma hauteur et de toute ma personne, dopé par ce que je sais, par ma révulsion et ma haine. Je me tiens au-dessus de lui et lui dis ce que je suis venu lui dire. «C'est de votre faute si elle est morte.» Ses traits se compriment. Je continue. «Je vous en veux à vous.» Je suis une boule de destruction en pleine action. «Elle ne vous aimait pas. Elle me l'a dit.» Je l'écrase, je le réduis en bouillie, et je m'en fous. «Elle ne voulait pas se marier avec vous.» Je ralentis pour donner encore plus d'impact à chacun de mes mots. «Elle n'allait pas demander le divorce à mon père. Elle s'apprêtait à lui demander de revenir vivre avec nous.»

Vient alors le moment pour moi de me réfugier dans mon abri secret, à l'intérieur de moi, et d'en refermer la porte. Car je n'ai pas l'intention d'en ressortir. Plus jamais.

(AUTOPORTRAIT : *Sans titre*)

L'Histoire de la chance

Jude
16 ans

À mon réveil, Noah est déjà parti, comme d'habitude, si bien que je ne peux pas lui dire ce que j'ai besoin de lui dire, ni lui demander ce que j'aimerais lui demander. L'ironie de la situation ne m'a pas échappé : maintenant que je veux, plus que tout au monde, lui avouer pour l'IAC, je suis dans l'incapacité de le faire. Je vais sur *AvisdeRecherche.com*, où il n'y a toujours pas de réponse de Brian, puis j'attrape le blouson de cuir d'Oscar et mon carnet de croquis et je descends la colline.

Peu après mon arrivée, je me retrouve à taper nerveusement du pied par terre tandis que Guillermo pose mon carnet ouvert sur la grande table blanche trônant au milieu du studio. Je veux qu'il aime mes études pour la sculpture de maman et je veux qu'il valide mon projet de la réaliser en pierre, de préférence en marbre ou en granite. Il examine rapidement les premières études, des vues arrière. Je l'observe, bien incapable de deviner ce qu'il pense, lorsqu'il s'arrête soudain sur l'étude de face. Là, il inspire d'un coup sec en levant sa main vers sa bouche. C'est si nul que ça? Il laisse courir un doigt le long du visage de ma mère. Mais oui, bien sûr : j'avais oublié qu'ils s'étaient rencontrés. Ça veut dire que mon croquis est ressemblant, j'imagine. Il se tourne vers moi, et son expression me fait tressaillir.

– Dianna est ta mère.

Il *devient* ces mots plus qu'il ne les prononce.

– Oui.

Sa respiration est volcanique. Je ne comprends pas du tout ce qui se passe. Il regarde à nouveau mes croquis, les touche comme s'il voulait les détacher de la page.

– Bon, déclare-t-il.

La peau sous son œil gauche palpite.

– Bon? je répète, un peu paumée mais surtout inquiète.

Il referme le carnet. « Je crois que je ne peux pas t'aider, finalement. Désolé. Je suis trop occupé. J'ai eu tort. La présence d'une autre personne est une trop grande distraction. » Il évite mon regard.

« Guillermo ? » Mon cœur tremble dans ma poitrine.

« Non, s'il te plaît, va-t'en. Maintenant. Tu dois partir. J'ai des choses à faire. » Je suis trop sonnée pour répliquer. Je récupère mon carnet et je commence à me diriger vers la porte, quand j'entends soudain : « Ne reviens plus ici. »

Je fais volte-face, mais il me tourne le dos. J'ignore quel instinct me pousse à jeter un coup d'œil à la fenêtre donnant sur l'escalier de secours… peut-être cette impression qu'on m'observe, comme lorsque je travaillais dehors hier… Et j'ai raison : quelqu'un est là.

Posté là-haut, les yeux rivés sur nous, une main plaquée contre la vitre, se trouve Noah.

Guillermo se retourne pour suivre la direction de mon regard et, le temps que nous échangions un coup d'œil, Oscar franchit la porte du studio, l'air effrayé.

Quelques instants plus tard, Noah fait irruption à son tour comme un bâton de dynamite allumé, puis s'arrête net pour examiner la pièce. Guillermo est méconnaissable – *il a peur*, me dis-je. *Guillermo* a peur. *Tout le monde* a peur, comprends-je soudain. Nous sommes comme les quatre points d'un rectangle, et trois d'entre eux me fixent avec des yeux affolés. Personne ne dit rien. Il est clair que tout le monde sait quelque chose que j'ignore et si leur expression constitue un indice quelconque, je ne suis pas sûre de vouloir savoir de quoi il s'agit. Je les regarde rapidement l'un après l'autre, incrédule, car il semblerait que la chose – ou plutôt, la personne – qui les effraie n'est autre que moi.

– Quoi ? je lâche enfin. Qu'est-ce qui se passe ? Parlez-moi, enfin. Noah, il s'agit de maman ?

Et là, c'est le chaos total.

« Il l'a tuée. » Noah pointe son index en direction de Guillermo, la voix tremblante de colère. « Sans lui, elle serait encore parmi nous. » L'atelier commence à palpiter, à bouger sous mes pieds, à pencher d'un côté.

Oscar se tourne vers Noah.

– La tuer ? T'es malade ? Regarde autour de toi. Personne n'a jamais autant aimé une femme que lui.

– Oscore, tais-toi, intervient Guillermo tout bas.

La pièce tangue pour de bon, cette fois. Je m'appuie contre le premier objet que je trouve à côté de moi, la jambe d'un géant, mais je recule aussitôt car je jure l'avoir sentie trembler – *bouger* – et mes yeux confirment alors cette impression. Les géants s'éveillent en mugissant et en tapant des pieds, ils se jettent dans les bras l'un de l'autre, ils n'en peuvent plus de rester figés pour l'éternité, à un souffle de l'être aimé. Partout, les moitiés coupées se réunissent avec fracas. Chaque couple se met à virevolter à travers l'atelier, enlacés, tourbillonnant encore et encore, et l'onde de choc en moi s'amplifie à mesure que je comprends. Ce n'est pas mon âge qui a fait flipper Oscar la nuit dernière. C'est ma photo de famille. Et la raison pour laquelle Guillermo s'est transformé en Igor l'Ivrogne n'était autre que l'anniversaire du décès de ma mère.

Parce que c'est elle, Bien-Aimée.

Je me tourne vers Noah, j'essaie de lui parler. «Mais tu as dit que…» sont les seuls mots que j'arrive à faire sortir de ma bouche avant que ma voix s'étrangle. Je réessaie. «Tu nous as dit que…» Je n'arrive toujours pas à finir ma phrase. Je peux seulement lâcher: «Noah?»

Voilà donc le secret qu'il me cachait depuis si longtemps.

«Pardonne-moi, Jude!» s'écrie-t-il. Alors, soudain, c'est comme s'il jaillissait réellement de la pierre, comme si son esprit s'élevait à mesure que son dos se voûtait, les bras en suspens derrière lui, et il poursuit: «Elle était sur le point de demander le divorce à papa pour se remarier avec… – il se tourne vers Guillermo, le regarde droit dans les yeux – … vous. »

La mâchoire du sculpteur s'affaisse. Et cette fois, ce sont mes mots qui en sortent. « Mais Noah, tu disais que… » Son regard pourrait percer un trou dans le granite. « Tu m'as dit que… » Oh, Noah – qu'as-tu fait ? Je vois bien que Guillermo s'efforce de contenir l'émotion qui l'assaille, de nous masquer ce qui monte à l'intérieur de lui, mais elle irradie quand même tout autour de lui : c'est bien de la joie, tardive mais réelle.

Elle allait dire oui.

Il faut que je sorte de là, que je mette de la distance entre eux et moi. C'en est trop. Trop, beaucoup trop. Maman est Bien-Aimée. C'est elle, la femme qui sortait de la poitrine de l'homme d'argile. Elle, la femme de pierre qu'il reproduit dans toutes ses œuvres. Elle, la femme sans visage et aux couleurs délavées dans le tableau du baiser. Son corps se tourne, se plie, s'arque et se tord sur la moindre surface de mur disponible. Ils étaient amoureux. Deux moitiés coupées ! Elle n'aurait jamais demandé à papa de rentrer à la maison. Nous n'aurions jamais plus été une famille. Et Noah le savait. Mais notre père, non ! Maintenant, je comprends cet air sombre et préoccupé qui ne le quitte plus. Il ne comprend pas. Voilà des années qu'il essaie de résoudre dans sa tête une équation mathématique qui ne tient pas debout. Pas étonnant qu'il ratatine les semelles de ses chaussures !

Je vacille le long du trottoir, aveuglée par le soleil, titubant entre les voitures et les poteaux téléphoniques, comme pour échapper à la vérité et à la violence des sentiments qui me poursuivent. Comment a-t-elle pu faire ça à papa? Nous faire ça à nous? Elle, une *femme adultère*. C'est *elle*, cette fille-là! Et pas dans le bon sens du terme, pas comme une dure à cuire! Soudain, je pige un autre détail. Pourquoi, après sa mort, Noah n'arrêtait pas de me dire que je ne pouvais pas me mettre à sa place, que je ne la connaissais pas aussi bien que lui. Maintenant, je comprends. Il avait raison. Je ne savais pas qui elle était. Il ne me disait pas ça pour se montrer cruel. Ni pour se l'accaparer. C'était pour la protéger. Et nous protéger, papa et moi. Il protégeait notre famille.

J'entends un bruit de pas précipités derrière moi. Je pivote sur mes talons, devinant d'avance qu'il s'agit du sien. «Tu as fait ça pour nous protéger? C'est pour ça que tu as menti?»

Il tend les bras vers moi, sans me toucher. Ses mains sont comme deux oiseaux affolés. «Je ne sais pas pourquoi j'ai fait ça. Peut-être pour vous protéger, toi et papa, ou juste pour réécrire l'histoire comme je le voulais. Je n'aimais pas la vraie.» Il a les joues rouges, une tempête se déchaîne au fond de ses yeux noirs. «Je savais qu'elle ne voulait pas que je mente sur sa vie. Elle voulait que je dise la vérité, mais c'était au-dessus de mes forces. Je ne pouvais dire la vérité sur *quoi que ce soit*. (Il me regarde d'un air sincèrement désolé.) C'est pour ça que je te fuyais, Jude.» Comment Noah et moi avons-nous pu laisser autant de secrets et de mensonges s'immiscer entre nous? Il s'est tu, mais je sais qu'il est loin d'avoir tout dit et qu'il rassemble ses forces avant de continuer. J'ai de nouveau la même vision de lui qu'à l'atelier : un être jaillissant de la pierre pour se libérer. C'est une véritable évasion. «Je crois que j'ai menti parce que je ne voulais pas me sentir coupable, dit-il. Je les ai vus ensemble, ce jour-là. Je l'ai suivie, et je les ai vus. C'est pour ça qu'elle a pris sa voiture. C'est pour ça… (Il fond en larmes.) Garcia n'y est pour rien. Je voulais que tout soit de sa faute pour ne pas me sentir responsable, mais je *sais* que tout est de ma faute.» Il se tient la tête comme pour l'empêcher d'exploser. «Je lui ai dit que je la détestais quand elle est partie, Jude, juste avant qu'elle démarre sa voiture. Elle pleurait. Elle n'aurait jamais dû prendre le volant. J'étais tellement en colère contre elle…»

Je le prends par les épaules. «Noah – j'ai retrouvé ma voix –, ce n'était pas ta faute. Je t'assure.» Je répète ces mots jusqu'à être bien certaine qu'il les a entendus et qu'il les croit. «Ce n'était la faute de personne. C'était un accident. Une chose horrible lui est arrivée. Et à nous aussi.»

Alors, c'est mon tour. Je me sens soudain terrassée, écrasée par le poids de cette tragédie – maman arrachée à ma vie au moment où j'avais le plus besoin d'elle, privée à jamais de son amour inconditionnel, éternel, protecteur et rassurant. J'accepte enfin ce choc terrible, je m'y abandonne au lieu de le fuir, au lieu de me dire qu'il n'appartient qu'à Noah et pas à moi, au lieu de me planquer derrière mes peurs et mes superstitions, au lieu de me momifier sous des couches de vêtements pour me protéger, et je m'écroule sous la force de ces deux années de deuil refoulé, submergée de l'intérieur par le déferlement de dix mille océans de chagrin…

Je me laisse aller. Je laisse mon cœur se briser.

Et Noah est là, fort et robuste, pour me rattraper, me serrer contre lui et me consoler.

Nous rentrons à travers bois, en une longue marche sinueuse, moi déversant enfin toutes les larmes de mon corps tandis que la parole de Noah se libère. Granny avait raison : un cœur brisé est un cœur ouvert.

– Il se passait tellement de choses, à l'époque, explique-t-il. Plus encore que… (D'un geste, il désigne la direction du studio de Guillermo.) Des choses dans ma vie.

– Et Brian ?

Il me regarde. « Ouais. » C'est la première fois qu'il l'admet. « Maman nous a surpris… » Comment a-t-il pu nous arriver autant de choses, à l'un et à l'autre, exactement la même semaine, le même jour ?

« Mais elle a bien réagi, non ? dis-je.

– Justement. Elle a super-bien réagi. L'une des dernières choses qu'elle m'a dites, c'est qu'on a tort de vivre dans le mensonge. Que je me devais d'être honnête envers moi-même. Et moi, qu'est-ce que j'ai fait ? J'ai fait de sa vie un mensonge. (Il marque un temps d'arrêt.) Et de la mienne aussi. » Il ramasse une brindille par terre, la casse en deux. « Et j'ai gâché la vie de Brian, aussi. » Il casse la brindille en morceaux de plus en plus petits. Je lis le tourment sur ses traits, la honte.

– Tu te trompes.

– Comment ça ?

455

– T'as déjà entendu parler de ce truc baptisé Google ?

– Je suis allé dessus une fois. Deux, même.

– Quand ça ?

Deux fois. Pour l'amour de Clark Gable, Noah. Je parie qu'il n'est même jamais allé voir ce qu'était un réseau social.

Il hausse les épaules.

– Je n'ai rien trouvé.

– Tu devrais y retourner.

Il écarquille les yeux mais ne me pose aucune question, si bien que je ne lui dis rien, pensant qu'il préfère se renseigner lui-même. Je note qu'il presse le pas, quand même. OK, il ne marche pas, il court presque pour rejoindre l'oracle au plus vite.

Je m'arrête. « Noah, j'ai quelque chose à t'avouer, moi aussi. (Il se retourne et je vide mon sac – c'est le seul moyen.) Mon petit doigt me dit que tu ne voudras plus jamais m'adresser la parole quand j'aurai terminé, alors je tiens d'abord à te présenter mes plus plates excuses. J'aurais dû te le dire depuis longtemps, mais j'avais trop peur de te perdre. (Je baisse les yeux.) Je t'aime toujours plus que tout au monde. Et rien ne changera jamais ça.

– Qu'y a-t-il ? » me demande-t-il.

Je suis la gardienne de mon frère, me dis-je intérieurement avant de me jeter à l'eau. Pour de bon, cette fois.

« Tu ne t'es pas fait recaler à l'IAC. Ce que je veux dire, c'est que tu ne t'es jamais inscrit. Ce jour-là… » J'inspire à fond et laisse sortir ces mots du plus profond de moi-même : « Je n'ai pas envoyé ton dossier. »

Il cligne des yeux. Encore une fois. Et encore une fois. Son visage est impénétrable et j'ignore ce qui se passe à l'intérieur de sa tête. Tout à coup, il lève les bras et fait un grand bond, l'air absolument fou de joie – non, fou d'extase : c'est de l'extase.

« Tu m'as bien entendue ?

– Oui ! » s'exclame-t-il. Il est maintenant pris d'un fou rire et je me dis qu'il a sûrement perdu la boule, quand il se met enfin à parler : « Moi qui me croyais nul ! Moi qui croyais avoir tout foiré ! Pendant tout ce temps... Je me disais que maman n'avait pas un regard objectif. (Il lève la tête vers le ciel.) Et puis... j'ai réalisé que ça n'avait pas d'importance.

– Quoi donc ? » Je guette la moindre trace de colère ou de haine sur ses traits, mais je n'en décèle aucune. À croire que mon crime ne l'atteint pas. Il est comme sur un petit nuage.

– Suis-moi, dit-il.

Un quart d'heure plus tard, on se retrouve sur un chantier abandonné au pied d'un mur en ciment décrépit. Et sur ce mur, dans une explosion enragée de couleurs... il y a *tout*.

Il y a NoahetJude représentés de dos, à la bombe de peinture, épaule contre épaule, nos cheveux tressés ensemble en une rivière de lumière et d'obscurité qui se promène sur tout le mur. Il y a Brian dans le ciel, en train d'ouvrir une valise pleine d'étoiles. Il y a maman et Guillermo en train de s'embrasser au milieu d'un tourbillon de couleurs près de l'Oiseau de bois. Il y a papa au sortir des vagues, tel un dieu du Soleil, lentement transformé en un corps de cendres.

Il y a moi vêtue de mon uniforme d'invisibilité, en train de me fondre dans le mur. Il y a Noah, recroquevillé dans un tout petit coin de lui-même. Il y a la voiture de maman qui explose à travers le ciel. Il y a Heather et Noah sur le dos d'une girafe. Il y a Noah et Brian grimpant aux barreaux d'une échelle qui ne s'arrête jamais. Il y a des seaux et des seaux de lumière tombant sur deux garçons torse nu en train de s'embrasser. Il y a Noah et papa debout sous un immense para-pluie rouge vif, attendant la fin de l'orage. Il y a Noah et moi marchant sur le chemin scintillant dessiné par le soleil à la surface de l'océan, mais dans deux directions opposées. Il y a Noah retenu en suspens dans le vide par la main gigantesque de maman. Et il y a déjà moi, entourée par les géants de pierre de Guillermo, occupée à sculpter NoahetJude.

Il a refait le monde.

Je sors mon téléphone pour prendre des photos. « C'est magnifique, Noah. Absolument magni-fique! Avec ça, tu es sûr d'entrer à l'IAC en un clin d'œil. Je te laisse ma place, tu sais. J'ai déjà envoyé un message à Sandy pour lui en parler. On a rendez-vous tous les trois mercredi matin. Il va avoir le choc de sa vie. On ne dirait même pas de la bombe de peinture, je ne sais pas à quoi je pourrais comparer ça, mais c'est fabuleux, c'est complètement hallucinant…

– Arrête. » Il me prend mon téléphone pour m'empêcher de photographier. « Je ne veux pas de ta place. Je ne veux pas aller à l'IAC.

– Ah bon ? »

Il secoue la tête.

– Depuis quand ?

– Depuis une minute environ.

– Noah ?

Il shoote dans le sol. « Je crois que j'avais oublié à quel point c'était génial de peindre et de dessiner avant de me soucier de savoir si j'étais assez bon pour entrer dans cette foutue école d'art. C'est vrai, quoi, *on s'en tape, non* ? » Le soleil tombe sur son visage. Il semble apaisé, sûr de lui, plus vieux aussi, et une pensée me traverse : tout va s'arranger pour nous deux. « Ce n'est pas une question de dossier ou d'inscription. C'est une question de *magie*. Comment ai-je pu oublier ça ? » Son sourire est aussi délirant que lorsqu'il était ivre mort, hier soir. Je n'en reviens pas de le voir me sourire comme ça. Pourquoi n'est-il pas furieux contre moi ? « Quand j'ai compris que tu allais chez Garcia… – est-ce pour ça que je l'ai surpris à fouiller parmi mes croquis, l'autre jour ? – … j'ai su que la vérité allait bientôt éclater au grand jour, et mes mensonges avec. Alors, c'est *moi* qui ai explosé. Enfin. Je ne pouvais plus me contenter de peindre dans ma tête. (Ah ah !) Il fallait que je m'exprime tout haut, quelque part, par n'importe quel moyen. Il fallait que je dise à maman que j'avais retenu le conseil qu'elle m'avait donné ce jour-là. Il fallait que je m'excuse auprès d'elle, de Brian, de toi et papa, et même auprès de Garcia. J'ai pioché dans la tirelire d'urgence de papa, j'ai acheté des bombes de peinture et je me suis souvenu de ce mur devant lequel j'étais souvent passé pendant mes entraînements de course. J'ai dû regarder toutes les vidéos existantes sur l'art de peindre à la bombe. Mes premiers essais ont soigneusement été recouverts, et... tu sais quoi ? (Il me tire par la manche.) Je ne suis pas furieux contre toi, Jude. Ni maintenant, ni jamais. »

Je n'en crois pas mes oreilles.

— Pourquoi ? Tu devrais l'être, pourtant !

Il hausse les épaules.

— J'en sais rien. C'est comme ça.

Il prend mes deux mains dans l'une des siennes. On se regarde droit dans les yeux, lui et moi, et le monde commence à se dissoudre, le temps aussi, les années s'enroulent sur elles-mêmes comme des tapis jusqu'à ce que tout ce qui nous est arrivé se défasse et s'annule. L'espace d'un instant, on se retrouve exactement comme avant, lorsqu'on ne faisait presque plus qu'un à nous deux.

« Wow, murmure-t-il. Je me sens shooté à la Jude.

— Ouais ! » Son enchantement regonfle chacune de mes cellules. Je sens un sourire illuminer mon visage en me remémorant toutes les pluies de lumière, toutes les pluies d'obscurité, toutes les fois où on ramassait des cailloux et où on découvrait des planètes, ces jours où on avait des milliers de poches, où on cueillait l'instant présent comme on cueille une pomme, où on sautait par-dessus les barrières.

— J'avais oublié ça, dis-je, et ce souvenir me transporte, nous transporte tous les deux.

Au. Dessus. Du. Sol.

Je lève les yeux. L'air est vibrant de lumière. Le monde entier.

À moins que ce soit uniquement le fruit de mon imagination. Bien sûr que oui.

– Tu sens ça ? me demande Noah.

Nos mères sont nos parachutes.

Ce n'était pas le fruit de mon imagination.

Pour info, woohoo ! Il n'y a pas que l'art… la vie aussi, c'est de la *magie*.

«Allons-y», me dit Noah, et on s'élance en courant à travers bois comme autrefois, et je vois d'avance comment il dessinera ce moment : les séquoias penchés, les fleurs qui s'ouvrent comme des maisons pour nous inviter à entrer, la rivière qui nous poursuit de ses méandres, nos pieds à quelques centimètres au-dessus du sol.

Ou peut-être le dessinera-t-il plutôt ainsi : la forêt comme une tache floue et verte au-dessus de nous, allongés tous deux dans l'herbe, en train de jouer à chifoumi.

Il choisit la pierre. Je choisis les ciseaux.

Je choisis le papier. Il choisit les ciseaux.

Il choisit la pierre. Je choisis le papier.

On laisse tomber le jeu, trop contents. C'est une nouvelle ère qui commence.

Noah contemple le ciel. «Je ne t'en veux pas, pour la bonne raison que j'aurais pu te faire la même chose. Je te l'ai fait, d'une certaine manière. Mais à une échelle plus réduite. De façon répétée. Je savais ce que tu ressentais pendant toutes ces sorties au musée le week-end, avec maman et moi. Je savais que tu te sentais mise à l'écart. Et je sais aussi que je ne voulais pas que maman voie tes sculptures. J'ai tout fait pour que ça n'arrive pas. J'avais peur que tu sois meilleure que moi et qu'elle s'en rende compte. (Il soupire.) On s'est bien embrouillés. *Tous les deux*.

– N'empêche, l'IAC était ton… »

Il me coupe. « Des fois, j'avais l'impression qu'il y avait trop peu de maman pour qu'on la partage. »

Ses mots me laissent pensive. Nous restons tous deux silencieux pendant un bon moment. L'air sent l'eucalyptus et les feuilles frémissent autour de nous. Je repense au conseil que maman a donné à Noah sur la responsabilité d'être honnête envers soi-même. Aucun de nous ne l'a été. Pourquoi est-ce si compliqué ? Pourquoi est-ce si difficile de reconnaître sa propre vérité ?

– Heather sait que tu es gay ?

– Oui, mais personne d'autre.

Je roule sur le côté pour être face à lui. « Qui aurait cru que je deviendrais une fille bizarre, et toi un garçon normal ?

– C'est stupéfiant, dit-il. (Ça nous fait marrer tous les deux.) Sauf que la plupart du temps, j'ai l'impression de mener une double vie.

– Moi aussi. (Je ramasse un bâton et creuse la terre avec.) Mais peut-être que chacun de nous contient plusieurs personnes, en réalité. Comme des strates supplémentaires qu'on se rajoute en permanence. » Et qu'on intègre en soi chaque fois qu'on fait des choix, bons ou mauvais, qu'on rate quelque chose, qu'on progresse, qu'on perd la tête, qu'on retrouve ses esprits, qu'on se sépare, qu'on tombe amoureux, qu'on fait son deuil, qu'on grandit, qu'on se retire du monde, qu'on se jette dedans à corps perdu, qu'on fait des choses et qu'on en détruit.

Il sourit. « Et chacune de nos nouvelles personnalités grimpe sur les épaules de la précédente jusqu'à ce qu'on forme une longue tige humaine toute molle ?

– Exactement ! On est tous des tiges humaines toutes molles ! »

Le soleil se couche, le ciel se remplit de nuages roses et cotonneux. On devrait retourner à la maison. Papa rentre ce soir. C'est ce que je m'apprête à dire quand Noah reprend soudain la parole.

– Ce tableau dans le couloir de son atelier… Celui du baiser. Je ne l'ai entrevu qu'une seconde, mais je suis sûr que c'est maman qui l'a peint.

– Ah bon ? J'ignorais que maman peignait.

– Moi aussi.

Était-ce son secret ? Un autre secret ? « Comme toi », dis-je. Aussitôt, une autre pièce du puzzle se met en place. Noah était comme la muse de maman. C'est une certitude. Et je n'en éprouve aucune jalousie. Je le comprends, même.

Je me recouche sur le dos, enfonce mes doigts dans la terre riche et imagine maman en train de peindre ce tableau incroyable, rêvant avec ses mains, tellement amoureuse. Comment pourrais-je être en colère contre elle ? Comment pourrais-je lui en vouloir d'avoir trouvé sa moitié coupée et de vouloir rester auprès de lui ? Comme dit Guillermo, le cœur n'écoute pas la raison. Il ne se plie ni aux lois ni aux conventions, et encore moins aux attentes des autres. Au moins, son cœur était plein d'amour quand elle est morte. Au moins, elle vivait pleinement sa vie, hors de son carcan, lancée comme un cheval au galop, avant de nous quitter.

Sauf que… non.

Désolée.

Comment ne pas lui en vouloir d'avoir brisé le cœur de papa comme elle l'a fait ? Brisé toutes les promesses qu'elle lui avait faites ? Brisé notre famille ? Et en même temps, comment lui en vouloir d'avoir écouté son cœur ? Argh. C'était à la fois bien et mal. L'amour unit et désunit. Il provoque autant de joies que de larmes.

Son bonheur à elle faisait le malheur de papa, et c'est parfaitement injuste.

Mais il est encore en vie, et il a tout le temps devant lui pour redevenir heureux.

« Noah, il faut que tu le dises à papa. Tout de suite.

— Lui dire quoi ? » Et au même moment, sans le moindre bruit de pas annonçant sa venue, notre père surgit juste au-dessus de nos têtes.

— Voilà de quoi combler, réjouir et soigner de pauvres yeux fatigués. Je passais en taxi quand je vous ai vus tous les deux partir en courant dans les bois, main dans la main. J'ai eu l'impression de faire un bond en arrière dans le temps.

Il vient s'allonger par terre à côté de nous. Je presse la main de mon frère.

— Alors, fiston, qu'y a-t-il ? Qu'as-tu besoin de me dire ? lui demande papa, et je sens mon petit cœur déborder d'amour.

Plus tard dans la soirée, je suis assise dans la cuisine tandis que papa et Noah s'activent autour de moi pour préparer le dîner. Ils refusent que je les aide, malgré ma promesse de me débarrasser de la bible de Granny. Mon frangin et moi avons conclu un marché. Il ne sautera plus du haut des falaises si je cesse de vivre le nez dans ce bouquin et dans mes recherches médicales, à compter de maintenant-tout-de-suite. J'ai l'intention de fabriquer une femme volante géante en papier avec chacune des pages de la bible. Granny va adorer. C'est le tout premier projet inscrit dans le carnet à idées entièrement vierge que je trimballe dans mon sac depuis mon entrée à l'IAC. Cette pièce, je la baptiserai : *Histoire de la chance.*

Quand Noah a avoué la vérité à papa, tout à l'heure dans la forêt, à propos de maman et Guillermo, il a simplement déclaré : «Oui, ça paraît logique. Tout s'explique.» Il n'a pas jailli d'un bloc de granite comme Noah ni senti des océans briser des barrages à l'intérieur de lui, mais je vois que ses traits se sont apaisés. C'est un homme de science, or son problème insoluble est enfin résolu. Tout finit par s'expliquer. Et papa aime les explications logiques.

Enfin, c'est ce que je croyais.

«Les enfants, j'ai beaucoup réfléchi. (Il lève les yeux de la tomate qu'il est en train de découper.) Ça vous dirait de déménager? Non pas de quitter Lost Cove, mais juste de changer de maison. Enfin, quand je parle de maison… (Il sourit de toutes ses dents. Je me demande ce qu'il mijote.) Disons plutôt une maison… sur *l'eau.*» Je ne sais pas ce qui est le plus fabuleux : les mots qui sortent de sa bouche, ou l'expression de son visage. Il ressemble de nouveau à l'hurluberlu à chapeau haut de forme sur son monocycle. «Je crois qu'on a besoin d'un petit coup de folie. Tous les trois.

– Tu veux qu'on aille vivre sur un bateau? dis-je.

465

– Non, sur une *arche*, répond Noah d'un ton émerveillé.

– Oui ! dit papa en riant. C'est exactement ça. J'en ai toujours eu envie. » Ah bon ? Première nouvelle. Hum, qui est cette personne ? « J'ai fait ma petite enquête, et vous ne croirez jamais ce qui est en vente à la marina. » Il va vers sa mallette et en sort des photos qu'il a dû imprimer sur Internet.

« Wow », dis-je. Ça n'a rien d'une vulgaire barque à rames. C'est une véritable arche.

– La péniche appartenait à un architecte, explique papa. Il l'a entièrement rénovée, et a réalisé les boiseries et les vitraux lui-même. Fabuleux, non ? Deux étages, trois chambres à coucher, deux salles de bains, une superbe cuisine, lucarnes, un pont-promenade à chaque étage. C'est un vrai paradis flottant.

Noah a dû remarquer le nom de ce paradis flottant exactement au même moment que moi, parce qu'on déclare tous les deux, imitant maman :

– Un peu de mystère dans la vie ne fait pas de mal, professeur.

La péniche s'appelle *Le Mystère*.

– Je sais. J'espérais que vous verriez ce détail. Eh oui, si je n'étais pas moi, disons… si j'étais toi, Jude, je le prendrais comme un signe.

– Mais c'en est un. Je vote pour, et je vous épargnerai même un sermon sur les mille et un dangers potentiels de ce mode de vie qui viennent de me traverser l'esprit.

– Quel genre de Noé je serais ? plaisante Noah.

– Le moment est venu, déclare papa en nous regardant tous les deux.

Et là, chose incroyable, il met du jazz. L'excitation est palpable dans la pièce. Les deux cuisiniers continuent à trancher et à couper les légumes en petits morceaux. Noah est en train de peindre dans sa tête, je le vois bien, tandis que papa s'extasie sur nos futurs plongeons depuis le pont pour aller nous baigner et sur la chance que ce serait de vivre sur un bateau si quelqu'un dans cette famille avait une âme d'artiste.

D'un coup d'un seul, nous voilà redevenus nous-mêmes – avec quelques modestes ajouts à nos longues tiges humaines flageolantes, certes, mais c'est bien nous. Les imposteurs ont quitté les lieux.

En revenant de la forêt, j'ai trouvé papa dans son bureau et je lui ai parlé du dossier de candidature de Noah à l'IAC. Disons que je préfère encore passer le restant de mes jours dans une salle de torture médiévale à alterner entre l'écraseur de tête, le séparateur de genoux et le chevalet plutôt que revoir un jour mon père faisant cette tête. J'ai même cru qu'il ne me pardonnerait jamais. Mais une heure plus tard, après qu'il eut parlé avec Noah, il m'a proposé de venir piquer une tête avec lui – une première depuis cinq ans. À un moment donné, tandis qu'on nageait le crawl côte à côte dans le sillon scintillant imprimé par le soleil couchant, j'ai senti sa main presser mon épaule et, une fois bien certaine qu'il n'essayait pas de me noyer, j'ai compris qu'il voulait qu'on s'arrête.

Nageant sur place au milieu de l'océan, il a commencé à me dire : « Je n'ai pas été très présent pour…

– Non, p'pa…» Je ne veux surtout pas qu'il s'excuse de quoi que ce soit.

– Laisse-moi dire ce que j'ai sur le cœur, ma chérie. Je suis désolé de ne pas avoir été là. Je crois que je m'étais un peu paumé moi-même. Depuis une bonne dizaine d'années. (À ces mots, il rit et boit la tasse.) On peut malheureusement se perdre soi-même en route et avoir beaucoup de mal à retrouver son chemin. Mais mon chemin, c'est vous deux. (Il a un sourire plein de tristesse.) Je sais quelle épreuve terrible vous avez traversée. Quant à Noah et l'IAC… disons qu'une bonne personne fait parfois de mauvais choix.

C'était comme un moment de grâce.

C'était comme de retrouver son chemin.

Parce que, aussi idiot que ça puisse paraître : je *veux* être une longue tige humaine toute molle qui s'efforce d'apporter de la joie dans le monde, et non d'en ôter.

Flottant là comme deux bouées, on a continué à parler d'un tas de trucs, parfois durs, puis on s'est même remis à nager ensemble vers l'horizon.

– J'aimerais vous aider à préparer le repas, dis-je aux deux chefs cuistots. Je promets de n'ajouter aucun ingrédient biblique.

Papa échange un regard avec Noah.

– T'en penses quoi ?

Noah me jette un poivron.

Mais ma contribution culinaire est de courte durée, car Oscar vient d'entrer dans la cuisine, vêtu de son blouson en cuir, les cheveux encore plus en bataille que d'habitude, les traits inquiets.

« Pardon de vous déranger, dit-il. J'ai frappé, mais personne n'est venu. La porte était ouverte… » J'ai un net sentiment de déjà-vu avec la fois où Brian a surgi dans la cuisine pendant que maman faisait de la pâtisserie. Je jette un coup d'œil à Noah, et je sais qu'il pense exactement la même chose. Brian n'a toujours pas répondu. Mais Noah a passé tout l'après-midi avec l'oracle, cela dit. Il sait que Brian est à Stanford. Je sens toutes ces informations palpiter en lui. Tant de possibilités.

« T'inquiète. On n'entend jamais les gens frapper », dis-je en allant vers lui pour le prendre par le bras. Il se raidit à mon contact. Ou bien est-ce mon imagination ? « Papa, je te présente Oscar. »

La manière dont mon père le toise des pieds à la tête n'est ni subtile ni généreuse.

« Ravi de vous rencontrer, docteur Sweetwine, déclare Oscar avec son accent impeccable de majordome anglais. Oscar Ralph. » Papa accepte sa poignée de main et lui tape dans le dos.

« Bien le bonjour à toi, jeune homme, lui dit-il comme s'il se croyait dans les années cinquante. Et j'insiste particulièrement sur le mot *homme*. » Noah pouffe de rire dans sa main et fait semblant de tousser. Aïe aïe aïe. Papa est de retour. Dans toute sa splendeur.

« Au fait – Oscar me regarde –, je peux te parler une minute ? »

Non, mon imagination n'y était pour rien.

Arrivée sur le seuil, je me retourne, intriguée par des bruits bizarres et étranglés. Papa et Noah sont hilares derrière le plan de travail. « Quoi ? je leur demande.

– Tu as trouvé Ralph!» s'exclame Noah, juste avant d'être pris d'une nouvelle crise de rire. Papa rigole tellement qu'il en est tombé par terre.

Je préférerais mille fois rester avec mes compagnons de l'arche plutôt que d'entendre ce qui m'attend.

J'emboîte le pas à un Oscar étrangement taciturne. On se retrouve dehors, sous le porche.

Je voudrais le prendre dans mes bras, mais je n'ose pas. Il est venu me dire au revoir. C'est écrit sur son visage. Il s'assoit sur les marches et pose sa main à côté de lui pour me faire signe de le rejoindre. Je n'ai aucune envie de m'asseoir près de lui, ni d'écouter ce qu'il veut me dire. «Allons sur la plage», dis-je. Je ne voudrais pas non plus que papa et Noah nous entendent.

Il me suit derrière la maison. On s'assoit sur le sable, mais nos jambes ne se touchent pas.

La mer est calme, les vagues viennent s'écraser sur la rive sans grande conviction.

«Voilà, dit-il, avec aux lèvres un sourire hésitant qui ne lui ressemble pas du tout. Je sais que c'est un sujet délicat, alors surtout arrête-moi si tu ne veux pas en parler.» Je fais oui de la tête, un peu inquiète. «J'ai bien connu ta mère. Je trouvais que Guillermo et elle…» Il ne finit pas sa phrase, me regarde.

«C'est bon, Oscar, je veux savoir.

– Ta mère était là quand je me suis retrouvé au fond du trou. J'étais en crise de manque tout le temps, je tournais en rond dans l'atelier comme un lion en cage, j'avais peur de mettre le nez dehors car je savais que j'irais m'acheter de la came à la première occasion, et j'avais peur aussi de la détresse qui m'envahissait sans l'alcool et la drogue pour m'abrutir. L'atelier était différent, à l'époque. G. avait plein d'étudiants. Ta mère venait peindre et je posais pour elle, juste pour qu'elle me parle. » Noah avait raison. Maman était peintre, en secret.

– Faisait-elle partie des étudiants de Guillermo ?

Il soupire lentement.

– Non, elle n'a jamais été son étudiante.

– Ils se sont rencontrés quand elle l'a interviewé ? (Oscar opine du chef, puis garde le silence.)

– Continue.

– Sûre ?

– Oui, je t'en prie.

Il sourit de nouveau, cette fois un vrai sourire illuminé. « Je l'adorais. C'est surtout elle, plus que G., qui m'a poussé vers la photo. Figure-toi qu'on allait souvent bavarder dans l'église où on s'est connus, toi et moi. C'est pour ça que j'y retourne tout le temps, en souvenir d'elle. (J'en ai la chair de poule.) On s'asseyait sur un banc et elle me parlait de ses jumeaux pendant des heures. (Il rit.) J'exagère à peine. Elle était intarissable. Surtout à propos de toi.

– Ah bon ?

– Oh, oui. Je sais tant de choses sur toi, tu n'as pas idée. Je me suis efforcé de réunir ces deux filles dans ma tête. La Jude que me décrivait ta mère et la CJ dont j'étais en train de tomber amoureux. (Son emploi du passé me serre le cœur.) Elle plaisantait toujours en disant qu'il était hors de question que je te rencontre avant d'avoir été sobre pendant trois années de suite et que tu aies au moins atteint l'âge de vingt-cinq ans. Elle était convaincue que ce serait le coup de foudre entre nous et qu'on ne se quitterait plus. Elle nous voyait comme deux âmes sœurs. (Il me prend la main, l'embrasse et la repose sur mon genou.) Elle avait raison, je crois.

« Mais quoi ? Parce qu'il y a un *mais*, Oscar, je le sens bien. »

Il détourne le regard.

– Mais notre heure n'est pas arrivée. Pas encore.

– Faux. Notre heure est là, et bien là. Je le sais, et toi aussi. C'est Guillermo qui te pousse à faire ça.

– Non. C'est ta *mère*.

– Tu n'es pas tellement plus âgé que moi.

– J'ai trois ans de plus, ce qui fait encore une grosse différence pour l'instant, mais dans quelques années...» Ces trois années me paraissent bien moindres que l'écart entre Zephyr et moi quand j'avais quatorze ans. J'ai l'impression qu'Oscar et moi avons le même âge.

– Mais tu tomberas amoureux d'une autre, dis-je.

– C'est plutôt à toi que ça arrivera.

– Impossible. Tu es l'inconnu du portrait.

– Et toi, la fille de la prophétie.

– Ma mère aussi était prophétique, on dirait, dis-je en lui prenant le bras.

C'est quand même incroyable que je lui aie donné une lettre écrite par Guillermo à ma mère, comme si les mots avaient traversé le temps, passant d'une génération à l'autre. Comme une bénédiction.

« Tu es encore au lycée, objecte Oscar. Tu n'es même pas encore majeure, nom de Dieu – détail que je n'avais même pas remarqué avant que Guillermo me le fasse remarquer une bonne centaine de fois, hier soir. On pourrait vivre une super-amitié. Sauter sur des ballons sauteurs, jouer aux échecs ou je ne sais quoi. » Il y a de l'hésitation, de la frustration dans sa voix, mais il me sourit. « Je t'attendrai. J'habiterai dans une grotte. Ou bien je me ferai moine pendant quelques années, je porterai une toge, je me raserai le crâne, la totale. Écoute, j'ai vraiment besoin de faire les choses correctement. »

Je n'en reviens pas. S'il y a un moment pour appuyer sur le bouton PLAY, c'est maintenant. Les mots sortent tout seuls. « Et faire les choses correctement, ça veut dire tourner le dos à ce qui pourrait être la plus grande histoire d'amour de notre vie ? C'est nier le destin, nier les forces qui conspirent à nous pousser l'un vers l'autre, peut-être depuis des années ? Certainement pas. » Je sens s'élever en moi les esprits des deux femmes de la lignée Sweetwine qui m'ont précédée. J'entends le bruit des chevaux au galop. « Ma mère, qui s'apprêtait à chambouler sa vie par amour, et ma grand-mère, qui appelle Dieu Clark Gable, refusent qu'on tourne le dos. Elles veulent qu'on fonce. » Voilà que mes mains s'en mêlent aussi, grâce au tutorat de Guillermo. « J'ai mis fin à mon boycott pour toi. J'ai renoncé au monde pour toi. Pour info, sache qu'une fille de seize ans et un garçon de dix-neuf ans sont pile au même niveau de maturité. Et Oscar, *c'est pas pour critiquer, mais* tu es d'une immaturité à faire peur. »

À ces mots, il rit. Sans réfléchir, je le pousse en arrière et m'assois à califourchon sur lui, plaquant ses mains au sol avec les miennes. Il est entièrement à ma merci.

– Jude…

– Tu connais mon prénom, dis-je en souriant.

– Jude est mon saint préféré. Patron des causes désespérées. Celui qu'il faut prier lorsqu'il n'y a plus d'espoir. Celui qui s'occupe des miracles.

– Tu plaisantes, dis-je en lâchant ses mains.

– Pas du tout.

C'est tellement mieux que Judas le traître.

– C'est mon nouveau héros, dans ce cas.

Il soulève mon débardeur de quelques centimètres, et la lumière qui provient de la maison nous éclaire juste assez pour faire ressortir mes chérubins tatoués. Il effleure leurs contours tout en plongeant son regard dans le mien, guettant ma réaction à sa caresse, et voyant que je tombe comme en chute libre. Mon souffle s'accélère, ses prunelles vacillent de désir. «Je croyais que tu avais du mal à contrôler tes impulsions, dis-je dans un souffle.

– Je contrôle parfaitement la situation, rétorque-t-il.

– Ah, oui?» Je glisse mes mains sous son tee-shirt, les laisse s'aventurer, le sens trembler. Il ferme les paupières.

«Oh, merde, j'ai vraiment essayé.» Il passe sa main dans mon dos et, d'un mouvement vif, me plaque sur le dos et s'allonge sur moi, et alors il se met à m'embrasser et la joie que je ressens et le désir que je ressens et l'amour que je ressens et ressens…

474

– Je suis fou de toi.

– Moi aussi.

– Et ça risque de durer un bon moment.

– Moi aussi.

– Je vais te dire tout ce que j'ai toujours eu peur de dire à quelqu'un.

– Moi aussi.

Il se penche vers moi, sourit, me touche le nez.

– Je crois qu'Oscar est le mec le plus génial que j'ai rencontré, le plus sexy aussi, et, mesdames et messieurs, si vous saviez comment il s'adosse aux murs !

– Moi aussi.

– Où diable est passé Ralph ? coasse Prophète.

Il est là. Et bien là.

Je suis avec Noah devant l'atelier de Guillermo. Il tenait à m'accompagner, mais maintenant qu'on y est, il est pétrifié.

– J'ai l'impression de trahir papa.

– On lui a demandé son avis.

– Je sais. Mais je me dis quand même qu'on devrait provoquer Garcia en duel pour défendre son honneur.

– Ce serait drôle.

Mon frère sourit et me donne un coup d'épaule.

– Tu m'étonnes.

Mais je le comprends. Mes sentiments pour Guillermo oscillent entre la haine pour avoir détruit notre famille, pour avoir brisé le cœur de notre père et bouleversé à jamais notre futur – mais quel aurait été notre futur ? Serait-il venu habiter chez nous, serais-je partie vivre avec papa ? – et l'adoration totale l'instant d'après, comme la toute première fois où je l'ai vu dans la peau d'Igor l'Ivrogne et où il m'a avoué qu'il allait mal. Le plus bizarre, c'est de penser que j'aurais quand même connu Guillermo et Oscar si maman n'avait pas eu son accident. On courait sans le savoir les uns vers les autres. Certaines personnes sont peut-être faites pour habiter la même histoire, quoi qu'il arrive.

Guillermo ne vient pas nous ouvrir, alors on entre. Une fois dans le couloir, je note tout de suite que quelque chose a changé, mais c'est seulement dans la salle du courrier que je comprends ce que c'est. Les sols ont été nettoyés et, incroyable mais vrai, tout le courrier a été enlevé. La porte de la pièce ravagée par le cyclone est ouverte, et je constate que l'endroit est redevenu un bureau. Je vais y jeter un coup d'œil. Au centre, l'ange brisé se tient debout, avec une étonnante fissure en zigzag dans le dos, juste sous ses ailes. Je me souviens de Guillermo disant que les fissures et les cassures constituaient l'aspect le plus intéressant de mon travail dans mon portfolio. Peut-être est-ce pareil avec les fêlures et les failles des gens.

Je promène mon regard autour de la pièce rangée et nettoyée et me demande si Guillermo compte rouvrir son atelier aux étudiants. Noah s'est arrêté devant le tableau du baiser. « C'est là que je les ai vus, ce fameux jour », dit-il. Il effleure une tache sombre. « C'est l'Oiseau de bois, tu vois ? Ils y allaient peut-être souvent.

– En effet, répond Guillermo en descendant l'escalier avec un balai et une pelle.

– Ma mère a peint ce tableau », déclare Noah. Ce n'est pas une question, mais une affirmation.

– Oui.

– Elle était douée, poursuit mon frère sans quitter la toile des yeux.

Guillermo pose son balai et sa pelle. « Oui.

– Elle voulait devenir peintre ?

– Oui. Au fond d'elle-même, je crois.

– Pourquoi ne nous en a-t-elle pas parlé ? » Noah se retourne enfin, les yeux humides. « Pourquoi ne nous a-t-elle rien montré ?

– Elle comptait le faire, répond Guillermo. Elle n'était pas contente de ses premiers tableaux. Elle voulait vous montrer quelque chose… je ne sais pas… de parfait, j'imagine. (Il me regarde, croise les bras.) Peut-être pour les mêmes raisons qui ont poussé toi à lui cacher tes femmes de sable.

– Mes femmes de sable ?

– J'ai rapporté ça de chez moi pour te le montrer. » Il se dirige vers la table, où est posé un ordinateur portable. Il clique sur le panneau tactile et une série de photos apparaît à l'écran.

Je m'approche. Elles sont toutes là. Mes femmes volantes en sable, de retour sur le rivage après tant d'années passées en mer. Comment est-ce possible ? Je me tourne vers Guillermo et pige alors un truc incroyable.

– C'était vous… Vous avez envoyé ces photos à l'IAC ?

– Oui, de façon anonyme. Ta mère, elle m'aurait approuvé. Elle était très inquiète que tu ne t'inscrives pas. Elle m'a dit qu'elle était prête à le faire elle-même. Alors je l'ai fait. (Il désigne l'ordinateur.) Elle les adorait pour leur exubérance, leur liberté. Moi aussi.

– C'est elle qui a pris ces photos ?

– Non, c'est moi, révèle Noah. Elle a dû les trouver sur l'appareil photo de papa et les transférer avant que j'aie le temps de les effacer. (Il me regarde.) Après la soirée chez Courtney.

J'essaie de digérer toutes ces informations. Surtout d'intégrer le fait que ma mère connaissait une facette de moi que je croyais inconnue de tout le monde. Je me sens à nouveau si légère. Je baisse les yeux. Mes pieds touchent encore le sol. Les gens meurent, mais votre relation avec eux ne s'éteint jamais. Au contraire, elle dure et s'inscrit dans l'éternité.

Je réalise que Guillermo est en train de dire quelque chose. « Votre mère, elle était très fière de vous. Je ne jamais vu une maman aussi fière de ses enfants. »

Je jette des coups d'œil furtifs autour de moi. Je sens la présence de maman dans la pièce. Oui, c'est ce qu'elle aurait voulu, j'en suis sûre. Elle savait que nous détenions chacun une partie de la vérité qui devait éclater. Elle tenait à me faire savoir qu'elle avait vu mes sculptures, et ça, seul Guillermo pouvait me le dire. Elle tenait à ce que papa et Guillermo entendent la vérité de la bouche de Noah. Elle voulait que j'avoue à Noah pour son dossier d'inscription, et je n'aurais sans doute jamais trouvé le courage de le faire si je n'étais pas venue chez Guillermo soulever un marteau et un burin. Elle voulait qu'on entre dans la vie de Guillermo, et qu'il entre dans la nôtre, parce que chacun de nous était une clé ouvrant une porte indispensable aux autres et qui, sinon, serait restée à jamais verrouillée.

Je repense à l'image qui m'a incitée à venir ici la première fois : maman à la barre, nous entraînant à travers le ciel, gardant le cap. Eh bien, elle a réussi.

– Et moi, je compte pour du beurre peut-être ? C'est Granny !

– Bien sûr que non, lui dis-je sans bouger mes lèvres, ravie de la retrouver égale à elle-même. C'est toi la meilleure.

– Tu l'as dit. Et *pour info,* puisque c'est ton expression préférée, je te signale, jeune fille, que je ne suis *pas* le fruit de ton imagination. Comme c'est présomptueux de ta part ! J'ignore d'où te vient ce trait de caractère.

– Je me le demande, Granny.

Plus tard, après avoir installé Noah dans un coin avec un chevalet et de la peinture – il n'a pas pu résister quand Guillermo le lui a proposé –, le sculpteur me retrouve dans la cour, où je me suis attelée à mon modèle en argile pour mon projet de statue de maman. « Je ne jamais voir personne peindre comme lui, dit-il. C'est un Olympien. C'est fascinant à regarder. Une fois, Picasso a peindre quarante toiles en un mois. Moi, je crois que Noah pourrait faire en un jour. On dirait que ses toiles sont déjà terminées et qu'il les exécute juste.

– Mon frère a l'impulsion d'extase, dis-je, me remémorant la dissertation d'Oscar.

– Je dirais même plus : ton frère *est* l'impulsion d'extase. (Il s'appuie sur la table.) Je vu des photos de vous quand vous être petits. » Il abaisse une main vers le sol. «Et Dianna, elle me parlait toujours de Jude et de ses cheveux. Je n'aurais jamais cru, jamais *jamais* imaginé qu'un jour tu… (Il secoue la tête.) Mais maintenant, je trouve que c'est évident, que tu es sa fille. Noah, il lui ressemble comme deux gouttes d'eau, tellement que c'est douloureux de le regarder, mais toi… Tu ne lui ressembles pas du tout, mais tu es exactement comme elle. Tout le monde a peur de moi. Pas ta mère. Pas toi. Vous avez foncé droit dedans. (Il touche son torse.) Tu m'as fait moi me sentir mieux dès la seconde où je te vois sur l'escalier de secours et où tu me parles des briques volantes.» Il prend son front dans sa main et, lorsqu'il relève la tête, il a les yeux rougis. «Mais je peux comprendre si…» Sa voix chevrote, un flot d'émotions passe sur son visage. «Je veux te remercier de continuer à travailler avec moi, Jude, mais je peux comprendre si tu ne veux plus, ou si ton père ne veut plus.

– Tu as failli être mon beau-père, Guillermo, dis-je pour toute réponse. Je t'aurais to-ta-le-ment pourri la vie.»

Il rejette la tête en arrière et éclate de rire.

– Oui, je vois ça. La terreur ambulante.

Je souris. Notre connexion est toujours aussi naturelle, même si, pour moi, elle se teinte désormais d'une légère pointe de culpabilité à cause de papa. Je me tourne vers mon modèle d'argile et commence à caresser l'épaule de ma mère, puis son avant-bras, pour lentement leur donner forme.

– C'est comme si une partie de moi savait, dis-je en travaillant le pli du coude. J'ignore ce que je savais, au juste, mais je savais en tout cas que ma place était ici. Toi aussi, tu m'as aidée à aller mieux. Tellement mieux. J'étais si verrouillée de l'intérieur.

– C'est ce que je pense, dit-il. Je crois que Dianna a cassé tes bols, et que c'est pour ça que tu t'es tournée vers un sculpteur.

Je le regarde. «Oui, dis-je en sentant mes poils qui se hérissent le long de ma nuque. Moi aussi.»

Au fond, qui sait? Qui sait quoi que ce soit? Qui sait qui tire les ficelles? Qui, ou quoi? Ou comment? Qui sait si le destin n'est pas juste la manière dont on se raconte sa propre histoire? Un autre garçon, quelque part, n'a peut-être pas interprété les derniers mots de sa mère comme une prophétie, mais comme un simple délire sous l'influence des médocs, aussitôt oublié. Une autre fille, quelque part, ne s'est peut-être pas inventé une histoire d'amour à partir d'un dessin réalisé par son frère. Qui sait si Granny pensait réellement que les premiers narcisses du printemps portaient bonheur, ou si elle n'avait pas juste envie de faire des promenades en forêt avec moi? Qui sait si elle croyait elle-même en sa bible ou si elle ne préférait pas s'inventer un monde où l'espoir, la créativité et la foi l'emportaient sur la raison? Qui sait si les fantômes existent (pardon, Granny) ou s'ils ne sont pas de simples souvenirs de ceux que vous aimiez, vivant à l'intérieur de vous, et s'efforçant d'attirer votre attention par tous les moyens possibles? Qui sait où diable est passé Ralph? (Pardon, Oscar.) Nul ne le sait.

On se coltine nos mystères, chacun à sa manière.

Et certains d'entre nous ont même la chance d'en faire leur maison. On a visité *Le Mystère*, ce matin, et le courant est bien passé entre papa et Melanie, la propriétaire – je veux dire, *vraiment* très bien passé. Ils prennent l'apéro ensemble, ce soir même, sur le pont de l'arche. Pour discuter de la vente, nous a-t-il aussitôt précisé en tentant de dissimuler son immense sourire d'hurluberlu.

Je m'essuie les mains dans un torchon et sors de mon sac la biographie de maman sur Michel-Ange qui appartient à Guillermo.

– Je te l'avais volé. Je ne sais pas pourquoi j'ai fait ça… désolée.

Il me prend le livre des mains et contemple la photo de maman. «Elle a téléphoné à moi ce jour-là, depuis sa voiture. Elle était bouleversée, elle pleurait. Elle disait qu'elle a besoin de me voir pour qu'on parle. Alors quand Noah est venu ici pour me dire que… j'étais sûr qu'elle voulait me dire : j'ai changé d'avis.»

Sur le chemin de la sortie, je m'arrête devant l'ange pour lui adresser un dernier vœu. Pour Noah et Brian.

Mieux vaut miser sur tous les chevaux, mon chou.

Jeudi, deux semaines plus tard. Papa et moi enlevons nos combis sur le perron de la maison. Il a nagé, j'ai surfé ou, pour être exacte, je me suis pris des gadins à chaque vague – c'était du délire. Tout en me séchant, je garde un œil rivé sur le sentier de la forêt, de l'autre côté de la rue, car je suis à peu près certaine que le lieu secret du fameux rendez-vous de dix-sept heures est dans les bois, là où Noah et Brian ont passé tant de temps ensemble cet été-là.

Noah m'a dit qu'il avait trouvé l'adresse de Brian sur le Net et qu'il lui avait envoyé une série de dessins sur laquelle il avait travaillé – nonstop, le parfait psychopathe – intitulée *Le Musée invisible*. Quelques jours plus tard, il avait reçu une réponse à son message sur *AvisdeRecherche.com*. Ça disait simplement : « Je viendrai. »

La semaine dernière, Noah a reçu une invitation officielle pour intégrer l'IAC, sur la base des photos que j'ai prises de sa fresque murale. J'ai dit à Sandy que j'étais prête à lui laisser ma place si nécessaire. Il s'avère que c'est inutile. Noah n'a pas encore pris sa décision.

Le coucher du soleil a transformé le ciel en un carnaval de couleurs quand Noah et Brian émergent de la forêt, main dans la main. Brian nous aperçoit le premier, papa et moi, et il lâche la main de Noah qui la lui reprend aussi sec. À ce geste, Brian plisse les yeux et un sourire absolument adorable éclaire son visage. Noah, comme toujours lorsqu'il est en compagnie de Brian, semble flotter sur un petit nuage.

– Tiens, commente papa. Ça alors. J'avoue que ça m'avait échappé. Avec Heather, tout ça... Mais en réalité, ça paraît logique.

– Oh, oui, dis-je en remarquant la coccinelle qui vient de se poser sur ma main.

Vite, fais un vœu.

Saisis ta (deuxième ou troisième ou quatrième) chance.

Refais le monde.

Remerciements

La rédaction de ce livre m'a demandé beaucoup de temps, ce qui veut dire qu'elle m'a éloignée bien trop longtemps des gens que j'aime le plus au monde. Je leur adresse ma plus profonde gratitude – j'ai déjà cité leurs noms la dernière fois, et ils n'ont pas changé, aussi me contenterai-je de dire simplement : mes amis, ma famille, mon DD chéri. Merci à chacun d'entre vous de créer de la joie autour de vous chaque jour, chaque semaine et chaque année, de venir vous abriter sous mon parapluie dans les moments de tempête, de me comprendre quand je dois m'enfermer à double tour pour écrire et de faire la fête avec moi quand je retrouve ma liberté. Comme dit Jude : « Certaines personnes sont faites pour habiter la même histoire. » Je suis très heureuse d'avoir la chance d'habiter la même histoire que vous, ô gens merveilleux.

Pour avoir été mes premières lectrices alors que j'étais encore au Vermont College of Fine Arts et que ce livre n'était encore qu'un début de brouillon, merci à mes deux mentors : Julie Larios et Tim Wynne Jones. Pour ses échanges passionnés, intimes et fascinants avec moi durant la rédaction de cet ouvrage et pendant mon année de thèse au VCFA : immense merci à Louise Hawes. Pour leurs premières lectures qui ont dû leur faire le même effet que s'ils se taillaient un chemin dans la brousse, merci beaucoup à : Brent Hartinger, Margaret Bechard, Patricia Nelson, Emily Rubin, ma formidable mère, Edie Block, qui est mon cœur et mon point d'ancrage, et pour leurs lectures plus tardives : Larry Dwyer et Marianna Baer. Pour tous nos coups de fil et nos e-mails d'urgence et de révélations littéraires : mille mercis supplémentaires à Marianna. Pour m'avoir appris à sculpter la pierre, merci au formidable sculpteur de pierre Barry Baldwin. Pour m'avoir dépannée sur tout ce qui concernait le surf : Melanie Sliwka. Pour les questions scientifiques, merci à mon scientifique fou de frère : Bruce. Pour Paris, *merci beaucoup*, Monica. Pour leur soutien inconditionnel et pour avoir pris chaque jour de mes nouvelles pendant la rédaction de ce livre, remerciements particuliers à mon frère Bobby, ma maman, Annie, et surtout surtout surtout à mon Paul chéri. Presque toutes les petites phrases de la bible de Jude ont été inventées, mais quelques-unes d'entre elles s'inspirent de la fantastique *Encyclopédie des superstitions, du folklore et des sciences occultes du monde* de Cora Linn Daniels et C.M. Stevens, publiée en 1903.

J'ai une chance folle d'avoir Holly McGhee, de chez Pippin Properties, comme agent littéraire. Je remercie le ciel chaque jour pour son intelligence, son bon sens, son soutien, son humour, son dévouement passionné à l'art et l'écriture. Sa joie. Elle m'a apporté d'excellents conseils, profonds et pertinents, sur ce livre, le tout avec un enthousiasme débridé. Vraiment, son excitation est communicative et elle me transporte ! Remerciements éternels aux autres filles de l'agence Pippin : Elena Giovinazzo (pour tellement de choses) et Courtney Stevenson (qui a également lu et donné d'excellents conseils sur le manuscrit, et tellement plus encore). Je dois une fière chandelle à mon éditrice Jessica Garrison, chez Dial, qui a eu un flair et un instinct parfaits pour cette histoire, et dont le retour pertinent, précieux et inestimable m'a ouvert les yeux. En plus, elle est patiente, drôle et adorable : un délice. Je remercie du fond du cœur toutes les autres personnes chez Dial et Penguin Young Readers, notamment : Lauri Hornik, Heather Alexander, la secrétaire d'édition Regina Castillo, la graphiste Jenny Kelly, et Theresa Evangelista, qui a conçu cette couverture géniale que j'adore. Je remercie également mon éditrice britannique chez Walker Books, Annalie Grainger, pour m'avoir aidée à peaufiner l'accent anglais d'Oscar, et bien plus encore. Enfin, je remercie mes agents pour les droits étrangers, Alex Webb, Allison Hellegers, Alexandra Devlin, Harim Yim et Rachel Richardson de l'agence Rights People en Grande-Bretagne, ainsi que mon agent pour les droits cinématographiques, Jason Dravis, de la Monteiro Rose Dravis Agency. Il faut tout un village, et le mien est extraordinaire !

Ma chère amie Stacy Doris, poétesse de talent, indomptable, gracieuse, belle et brillante, nous a quittés pendant que j'écrivais ce livre. Cette histoire, où il est question de passion et de plaisir artistique, d'impulsion extatique et de moitiés coupées, lui est également dédiée.

Jandy Nelson est agent littéraire en littérature pour adultes. Elle a, par ailleurs, été productrice de films et dramaturge, et publié des recueils de poésie. Passionnée de littérature et de musique, elle est aussi amoureuse de la France ! Son premier roman, *LE CIEL EST PARTOUT*, est un succès international et va prochainement être adapté au cinéma. *LE SOLEIL EST POUR TOI* a été sélectionné meilleur livre de l'année par de nombreuses rédactions aux États-Unis et a remporté le très prestigieux prix littéraire américain, la Printz Medal. Elle vit en Californie, à San Francisco.

LE CIEL EST PARTOUT

de Jandy Nelson

« Je suis censée pleurer la mort de ma sœur, pas tomber amoureuse... » Comment Lennie peut-elle continuer à vivre après une telle tragédie ? A-t-elle encore le droit de plaire et de désirer ? D'être heureuse, de rire ? Parfois, il faut tout perdre pour se trouver...

- 1. Lune de Sang
- 2. L'enfer des loups
- 3. Le duel des Alphas

Christelle Dabos
La Passe-Miroir
- 1. Les Fiancés de l'hiver

Grace Dent
LBD
- 1. Une affaire de filles
- 2. En route, les filles !
- 3. Toutes pour une

Victor Dixen
Le Cas Jack Spark
- Saison 1. Été mutant
- Saison 2. Automne traqué
- Saison 3. Hiver nucléaire
Animale
- 1. La Malédiction de Boucle d'or

Berlie Doherty
Cher inconnu

Paule du Bouchet
À la vie à la mort
Chante, Luna

Timothée de Fombelle
Le livre de Perle

Alison Goodman
Eon et le douzième dragon
- Eona et le Collier des Dieux

Michael Grant
BZRK
- BZRK
- Révolution
- Apocalypse

John Green
Qui es-tu Alaska ?

Maureen Johnson
13 petites enveloppes bleues
- La dernière petite enveloppe bleue
Suite Scarlett
- Au secours, Scarlett !

Sophie Jordan
Lueur de feu
- Lueur de feu
- Sœurs rivales

Mary E. Pearson
Jenna Fox, pour toujours
L'héritage Jenna Fox

François Place
La douane volante

Louise Rennison
Le journal intime de Georgia Nicolson
· 1. Mon nez, mon chat, l'amour et moi
· 2. Le bonheur est au bout de l'élastique
· 3. Entre mes nungas-nungas mon cœur balance
· 4. À plus, Choupi-Trognon...
· 5. Syndrome allumage taille cosmos
· 6. Escale au Pays-du-Nougat-en-Folie
· 7. Retour à la case égouttoir de l'amour
· 8. Un gus vaut mieux que deux tu l'auras
· 9. Le coup passa si près que le félidé fit un écart
· 10. Bouquet final en forme d'hilaritude

Carrie Ryan
La Forêt des Damnés
· Rivage mortel

Robyn Schneider
Cœurs brisés, têtes coupées

Ruta Sepetys
Big Easy
Ce qu'ils n'ont pas pu nous prendre

Stéphane Servant
Guadalquivir

Dodie Smith
Le château de Cassandra

L.A. Weatherly
Angel
· Angel Fire
· Angel Fever

Scott Westerfeld
Code Cool

Moira Young
Les chemins de poussière
· 1. Ange de la mort
· 2. Sombre Eden
· 3. Étoile rebelle

Le papier de cet ouvrage est composé de fibres naturelles,
renouvelables, recyclables et fabriquées à partir de bois
provenant de forêts gérées durablement.

Photo de l'auteur : D. R.
Maquette : Françoise Pham

ISBN : 978-2-07-508114-6
Loi n° 49-956 du 16 juillet 1949 sur les publications destinées à la jeunesse
Dépôt légal : avril 2017.
N° d'édition : 311974 – N° d'impresssion : 216417.
Imprimé en France par Maury Imprimeur - 45330 Malesherbes